シェイクスピアと身体

危機的ローマの舞台化

村主幸一

人文書院

シェイクスピア〈解体新書〉
——本書刊行に寄せて

藤田　實

イギリスの草深い田舎を飛び出したシェイクスピアが、誇るべき学識もなく大都会ロンドンで大胆不敵に裸一貫で演劇世界に乗り出したとき、おそらく劇作家としての彼には、己自身の〈身体〉という小宇宙のダイナミズムの〈解体新書〉を、徹底して舞台演劇のタームで過激に表現する以外に生きる道はなかった。本書の各章のシェイクスピア劇分析を活性化しているものは、シェイクスピアをおいては不可能に思えるような、演劇的資源として己の〈身体〉そのものを想像力の根拠として創り出された、原始的ともいえる野生の思考であった。

本書の読者は、シェイクスピアが採ったあまりにも赤裸々な身体の解剖学的演劇主題と、その舞台的表現に現れる恐れを知らない身体的表象のダイナミズムの仮借ない徹底した精査を、驚きをもって受けとめるのではないだろうか。古代ローマの史的存在の英雄のエピソードの非神話化において、タイタスやシーザーたちの存在と行動は、人間としての原初の身体感覚の存在のレヴェルに劇的に解体され、舞台上の事件は、しばしば現代の目から見ればおぞましいばかりの赤裸々な血と肉の絡み合う解剖学的な図柄を映発することも辞さない。それが、著者の的確に描き出すシェイクスピア演劇の実像なのである。ローマ史劇についての、否、シェイクスピア演劇そのものについてのわれわれの従来の批評的先入見は見事に残酷に覆される。しかし、このおぞましさは、それが可能性としてシェイクスピアの中で高度な文明的演劇表象につながる。本書で繰り返し説かれる、残酷でプリミティヴな身体論は、リア王やマクベスの悲劇の奥行きの深さに直列している。これが本書のもたらす優れた啓示である。

新歴史主義のイデオロギー批評や詩的言語の曖昧性の美学がシェイクスピア研究の地平からようやく退いたと思う瞬間に、満を持したかのように、突然、いかなるシェイクスピアの大胆な演出家もたじろがせる震撼的洞察のシェイクスピア論が出現した。それが本書の演劇的身体論である。

二〇一二年十二月

目次

シェイクスピア〈解体新書〉——本書刊行に寄せて　藤田實
プロローグ……9
I　身体的ドラマの開幕——『タイタス・アンドロニカス』をめぐって
第一章　レイプ表象の舞台化……27
一　伝統的表象のなかで　27
二　腕をつかむ　31
三　狩と疾走　39
第二章　身体損傷の順序……54

一　真相解明の手がかりとしてのフィロメラ物語　56
二　もう一つの真相開示　72
三　復讐の手本としてのフィロメラ物語　78

II　傷つけと痛み――『ジュリアス・シーザー』をめぐって

第三章　皮膚を剝ぐ――公開解剖学レッスン　87
一　処刑解剖――ヴェサリウス以前の解剖図　88
二　神聖解剖――ヴェサリウス以降の解剖図　94

第四章　傷、痛み、秘密　102
一　漏れる容器としての肉体　104
二　ポーシャの傷つけ――マーシャル批判　112
三　ルーパカル祭的な身体性　119

《幕間　その一》

傷つく女性身体の変奏をみる（『タイタス・アンドロニカス』）……131
——無言のラヴィニアのメッセージ性を基点として——
一　暴力を宿す虚構　132
二　「書くこと」対「話すこと」　137
三　一義性のパラドックス　142

III　流血と食——『コリオレーナス』をめぐって

第五章　授乳、流血、穀物……153
一　流血の真理性とその源　154
二　巨大な胃袋としてのローマ　163
三　出し惜しんだ穀物／惜しみなく捧げた血　167
四　帝王の身体　171

第六章　悪魔の身体……181
一　バベルの塔　183
二　バビロン　189

三　悪魔の体　191
四　言語とその不安　201

《幕間　その二》

食の変奏をみる（『タイタス・アンドロニカス』）……211
――料理と妊娠――
一　墓から森の穴へ　212
二　人肉料理　215
三　料理と強姦　221

Ⅳ　地理的接近から身体接触へ
――『アントニーとクレオパトラ』をめぐって

第七章　身体性の代行者たち……233
一　過去の大英雄と身体性の発見／シーザーと身体性の乖離　234

二　シーザーの身体性を引き受ける使者たち　245
三　英雄幻想と生身　253

第八章　身体接触……261
一　スターとアンサンブル　262
二　ほんの少し触れること　268
三　女（少年俳優）どうしの接触　274

エピローグ……286

注
あとがき
初出一覧
図版リスト
引用文献一覧
索　引

シェイクスピアと身体——危機的ローマの舞台化

プロローグ

本書『シェイクスピアと身体——危機的ローマの舞台化』では、シェイクスピア演劇の一つの鉱脈を掘り進める。この鉱脈には、おそらく如何なる演劇にとっても重要な身体資源のシェイクスピア的展開、現代人の目から見ると奇想とも受け取られかねない、シェイクスピアの極めて融通無碍な演劇的展開が隠されている。

本書が具体的に取り上げるのは、シェイクスピアの「ローマ劇」Roman plays（日本ではローマ史劇と呼び習わされる）であるが[一]、これらの劇作品をローマ史劇研究のオーソドックスなアプローチで探求しようというものではない。ローマ史劇について伝統的なアプローチをとっている研究には次のようなものがある。シェイクスピア以前の演劇におけるローマ的主題や、プルタークとルネサンス期におけるその翻訳などに関心を示すマンゴー・W・マッカラムによる研究[二]、エリザベス朝時代の人々の古典時代に関する姿勢や前提を明らかにしようとするJ・リーズ・バロルによる研究[三]、ローマ史劇を四大悲劇と区別し、シェイクスピアはそのキリスト教的な歴史観からローマ史とその登場人物の扱いにアイロニーを込めているとするJ・L・シモンズの研究、[四] シェイクスピアを古代ローマへと向かわせた多くの道筋を示し、彼は厳格なローマ的生活様式を批判していると結ぶロバーツ・S・マイオラの研究、[五] 複雑な意味と錯綜したルーツをもつ「ローマ的不変」(constancy)の観念を古典研究の立場から詳細に分析するジェフリー・マイルズによる研究、[六] ローマに関する知識をシェイクスピアに提供した歴史的資料の検討を土台に据えながらフェミニスト批評の立場を取るコッペリア・カーンの研究[七]などである。この概観からは、エリザベス朝時代における古代ローマに関する理解の文脈のなかでローマ史劇を論じることが伝統的なアプローチとなっていることがわかる。またいわゆるローマ史劇研究では、ローマ史劇と称せられるジャンルにどの作品までを含めて論じるのか、研究者の判断は異なる。プルタークの『英雄伝』を材源とする三つの作品(『ジュリアス・シーザー』、『コリオレーナス』、『アントニーとクレオパトラ』)については問題がない。しかし、『タイタス・アンドロニカス』は別の種類であるとする研究者もいる。[八] 本書は、すでにタイトルをあげた四つの劇作品を扱うが、ここに述べたローマ史劇研究の伝統的なアプローチは取らない。その意味ではローマ史劇研究ではない。また『タイタス・アンドロニカス』もその研究対象に含めるローマ史劇研究では、「正統派」ローマ史劇三作品を基準として『タイタス・アンドロニカス』をも論じるのだが、本書の方向性は逆である。シェイクスピアの演劇的な思考方法は、『タイタス・アンドロニカス』がその初期の発現のひとつであり、その鉱脈は彼の劇作家生涯の後期においても変わることがないと主張する。だから本書がこれらの四作品を取り上げる理由は、それらがシェイクスピアの作家生涯の初めと終りの創作であるという事実にある。初めと終りに同じ鉱脈が観察されるなら、それはつまり、シェイクスピア演劇全体がここに示す鉱脈を有している可能性を示唆することにならないだろうか。そのため、本書では、『ジュリアス・シーザー』を論じた二つの章のあとと、また『コリオレーナス』を論じた二つの章のあとに、《幕間》を設け、そこで、シェイクスピアの最初の悲劇である『タイタス・アンドロニカス』を振り返ることにしたい。シェイクスピアの作家生涯における初期と後期の作品を取り上げることで、彼の劇作家としての発展をみるという研究の方向性もあるだろうが、本書の関心はそこにはない。本書は全体として、初期作品においてもすでに観察されるシェイクスピアの演劇的想像力（創造力）が後期作品においても同じように観察されるということを示そうとする。

『知恵の宝庫』（一五九八）の著者フランシス・ミアズ、シェイクスピアの最初の全集（一六二三）の編集者ヘミングズとコンデルの分類にならい、本書での四作品の取り上げ方は、それらを悲劇とみなしていると言うべきかもしれない。ロレンス・ダンソンによると、フォリオ版で悲劇と命名される作品群は恐らく一五九八年以降に書かれ[九]、その時期は、エリザベス女王の高齢化とそれに伴う王位継承の不安が国民的な関心であった時期、またエリザベスからジェイムズへと王権が移行する時期に対応しており、そのために悲劇と歴史劇との境界線はときに越境する価値があるという[一〇]。古代ローマが舞台となっている作品群も、そこに提示されるローマの危機（カタストロフィー）には、シェイクスピア時代の社会不安が投影されているのかもしれない。（また本書タイトル中の「危機」の語には演劇用語としての「カタストロフィー」の意味も含ませている。）本書がシェイクスピア的鉱脈の初期の発現と考える『タイタス・アンドロニカス』を基準にして見ると、危機的なローマは、シェイクスピア時代の身体文化、また当時の演劇的な身体資源をふんだんに活用して舞台化されたものであることが浮かび上がってくる。

従って本書は、シェイクスピアが、当時の身体文化という土壌からどのような養分を吸収して、その演劇を形成したかに関心を寄せる。すなわち、本書は近代初期における身体文化と演劇との接点に関心をもつ。この接点には、身体的な要素が集中しており、その要素はおおよそ次の三つに大別される。第一には、歴史的・非歴史的（ロング・デュレ）に構築されてきた身体観がある。近代化が進むにつれ知識の分化も進んだが、シェイクスピアの生きた近代初期の英国においては、人々の考え方やコミュニケーションの方法は依然として身体的観念や身体的イメージと密接に結びついていた。身体のイメージは非常に長い時間をかけて形成される。近代以前の身体観はほとんど変化することがないため、あたかも普遍的な観念であるかのように見えるという[一一]。それもあって身体的な観念はまた保守的な政治的立場に絡めとられやすいという[一二]。では様々な次元での身体的な資源を活用するシェイクスピア演劇がそれらを再生産しただけかというと、事実はむしろその逆である。エリザベス朝とジェイムズ朝の演劇は、多くの演劇的ルーツの合成である「実験的なメディア」であったし、この短い期間、英国演劇は治外法権的な地位を享受していた。それは周縁的な存在であり、周縁性がもつ潜在的な可能性が類を見ない深さ、また異常ともいえる想像力によって探求された[一三]。

第二の要素は第一の要素と密接に結びついている。それは身体的「実体」に富んだ言語である。言語と身体の関係については言語学的にアプローチする研究もあり、その種の研究からは、言語習得のプロセスには身体運動や身体的基盤が関係していること、身体経験が言語表現の構造に基礎的なスキームを与えていることなどについて教えられる。[一四]しかし、これらの相関の事実とは別に、両者の関係には歴史的な次元も存在する。近代初期の身体文化に関する研究は、当時の人々の考え方・感じ方が、より深く身体と結びついていたことを教える。現代の我々にとってはたんに隠喩的表現のように見えるものも、当時の人々にとっては実体性を帯びていたかもしれないのである。中世の時代における人間についての一般的な概念は「精神と身体の統一体」a psychosomatic unity であった。[一五]また、「自己と物質性とは、この時代のデカルト以前の信念体系において不可避的に結びついていた。これは通常、医学的・体液的生理学の語彙を個人の心理学の語彙から分離しようとするどんな試みよりも先行していた。[一六]」この時代、世界は肉体の中に信じられないほど豊かに受肉されてもいた。この受肉の手段が言葉の「隠喩的」次元であった。伝統の中で安定した観念はしかしながら、シェイクスピアの特徴的な言語――「華麗な言葉あそび、多彩な比喩表現、謎めいた台詞[一七]」によって根底からゆさぶられてしまう。

第三には、演劇というメディアに本来的に内包される身体的要素がある。[一八]これには、身体を重要な表現手段とする役者、身体的感受性をもつ観客、演技する身体に制限と可能性を与える舞台空間などが含まれる。シェイクスピアは、「夢想によって触発された行為の身体的結果を探求する劇作家」であり、彼はつねに「非身体化された修辞学の言語は危険であり、非物質化する表象はどんなものでも信用できない[一九]」ことを教えている。ここで、マイケル・ゴールドマンの演劇観に目を留めたい。彼の関心の中心はドラマの特性にある。彼が演劇を論じる際に時間の問題を重視するのもそのためである。例えば、そのジャンル論のなかで、経験としてのドラマは一瞬一瞬の過程《プロセス》だが、多くのジャンル論は終了した経験を振り返る「省察の範疇」として演劇を扱っていると述べ、前者の重要性を主張する。[二〇] また演劇的効果を論じた中でも、それは多くの要素から組み立てられており累積的（cumulative）なので、諸々の「観念」や、省察と解釈の対象からそれを外科手術的に分離することは実際上できないと述べる。[二一] ゴールドマンの研究書のひとつは、そのタイトルに「ドラマのエネルギー」という言葉を含み、その言葉には演劇におけるこの「過程的」で「累積的」な時間感覚の意味が込められている。[二二] また彼は同じ研究書のなかで、演劇経験の顕著な特徴は演劇が身体に焦点を当てることであると述べる。「劇はシェイクスピアの想像力の中で生まれ、我々の想像力の中にもたらされるかもしれないが、それは二組の身体、我々の身体と役者の身体とのあいだで起こる。そして劇場では我々はとくに身体を意識する。役者の身体、多かれ少なかれ詰めこまれた（シェイクスピアの劇場では現代の劇場以上にぎっしり詰めこまれた）観客の身体、また我々が観たり聞いたりすることによって我々の心の中に確立され喚起される身体イメージを意識する。役者がその身体ですること、すなわち彼の体にかけられる様々の負荷と、それが顕現させる気品や優美さに対する我々の反応は、劇全体に対する我々の反応の顕著な構成要素である。[二三]」本書ではこのようなゴールドマンの演劇理解を忘れないようにしたい。

　従って、身体的な素材が劇の意味と構成と効果にどのように関係しているかに注目する必要がある。また演劇は、役者と観客と劇場（舞台）の存在が前提であるメディアなのだ。これらの演劇的な要素は、劇の物語レベルでの身体的関心とどのように関係するのだろうか。本書は、特定の身体的観念やイメージを作品中に指摘すればよしとするのではなく、以上の三つの要素が織りなす相互関係のなかに身体的な資源がどのように演劇的に展開されているかを探ろうとする。ローマのカタストロフィーの演劇化は身体的なテーマと切り離すことができない。演劇テキストをたんにテキスト上の身体表象の次元でのみ解読するのではなく、演劇論的な次元をも考慮して身体的テーマに迫りたい。同時に身体史の知識をたよりに演劇テキストの細部にも宿る身体的なテーマを発見したい。劇作品が物語のレベルで身体的な事件を扱っていれば、その読解もまた当然のごとく身体的なテーマを扱うことになるのだが、本書は、あるときは身体史の知識を利用し、またあるときは演劇論的な観点をとることによって、表面下にあって機能している身体的なテーマを掘り起こそうとする。

シェイクスピア研究における「身体」への関心の萌芽は、「身体論」という言葉が人文学や社会科学において広く話題になる以前から見られた。初期の関心の一つはシェイクスピアの各作品に現れる特徴的なイメージの種類とその意味を研究したキャロライン・スパージョンの研究（一九三五）である。[二四]『リア王』には痛めつけられる肉体のイメージが頻出するという彼女の指摘はその後、『リア王』批評においてしばしば参照されてきた。イメージの研究や図像学的な研究は人間身体の描かれ方を無視できなかったはずであり、このアプローチは今もなお続いている。その後、シェイクスピア批評において文化人類学的なアプローチがもてはやされた時期には、演劇テキストに見られるカーニバル的な身体性やアクションが注目された。シェイクスピアをひとつの頂点とするエリザベス朝演劇は、演劇史的には中世末期の民衆文化のなかにあった様々な娯楽を総合したものとして誕生した。この観点からも、シェイクスピア演劇と祝祭《カーニバル》との関連が指摘されたのである。ミハイル・バフチーンが民衆文化のシンボルとして描き出したグロテスクな身体[二五]をシェイクスピアの演劇の中にも発見しようとする試みがなされた。マイケル・ブリストルのすぐれた研究はその系譜に属する。[二六]人類学者であるメアリー・ダグラスの研究もよく援用された。[二七]些細と見える身体現象もダグラスにかかるとコスモロジーのなかで眺められる。この種の視点もシェイクスピア研究には有効であった。また当時の政治に目を向けると、誕生して日の浅い絶対主義の君主たちは、劇場的な手法をその民衆統治にも活用しようとした。民衆や家臣の前に姿を見せる王は王権の体現者として自己をスペクタクル化しようとした。宮廷仮面劇の研究はその詳細を明らかにした。[二八]シェイクスピアの英国史劇にも演劇的な意識をもった王たちが登場するところから、宮廷演劇との関連を指摘する研究もある。また当時の宮廷文化における礼節やマナーを扱うノルベルト・エリアスは、それらを文明化の途上のものとして扱い、そのような身体に対する高められた意識はフロイトが治療対象とした近代人の神経症のルーツであると論じた。エリアスやピエール・ブルデューの視点は、[二九]シェイクスピア演劇における規範的身体の研究に貢献した。[三〇]またエルンスト・カントーロヴィチは王位継承に係わる「王の二つの体」という宗教的かつ政治的な観念を研究したが、[三一]この観念を利用した作品分析がシェイクスピアの英国史劇や『リア王』についてなされた。[三二]ミッシェル・フーコーが時代によって異なる権力の現れ方について明らかにしたように、[三三]当時の刑罰もまた王権を確認するスペクタクルとして構成されたので、その反映をシェイクスピア演劇の同様の場面に見ようとする人々もいた。大体これらがシェイクスピア研究において「身体論」登場以前に、比較的よく取り上げられた身体的なトピックであったように思われる。

しかし、近年の人文科学や社会科学における「身体論」に類似するものは長く現れなかった。なぜ今身体なのかという問いかけをする論文や講演は、研究者たち自身が「身体論」の爆発的な広がりに当惑していることを暗示していた。近年の「身体論」や「身体史」は学問のパラダイムの変化を背景にして現れてきた。[三四]これまで学問の周辺的な関心でしかなかったものが、中心に躍り出てきたのである。[三五]「身体」もそのひとつであった。「女性」もそのひとつであった。「障害」もそのひとつであった。[三六]それまで周辺に置かれていたものは互いに関連性がある。「身体」研究がともすると「女性」身体の研究になりがちなのには、また「障害」が一種の女性化だとみなされがちなのには、イデオロギー上の理由がある。その背景には、女性を男性と比べ、「身体度」[三七]の高い存在とみなしてきた伝統的な考え方がある。本書はスパージョン以降七十年以上にわたるシェイクスピア研究の恩恵も受けているが、同時に上述したパラダイム変化とともに現れてきた様々の「身体」研究にも負っている。

しかし本書執筆の背景は、以上のような「身体」研究からの影響だけでは十分な説明にならない。本書がドラマを研究対象としながら、その身体を大きなテーマと捉えるのは、一種の同語反復であると言われるかもしれない。ゴールドマンが述べるように身体は本来ドラマにとって必須の要素であるからだ。しかし、演劇テキスト研究の流れは長い期間にわたってそのような同語反復を必要とするような状況だったのである。

大学院で演劇研究を目指す学生の指導を担当するときがある。そのようなとき、彼らの書く論文が演劇を扱いながらも、いったいこれは何のメディアを扱っているのかという疑問をもつことがたびたびある。小説的なアプローチなのである。中村雄二郎が七十年代末に述べた「文学の領域でも明治以降の日本では（中略）小説の特権的位置が当たり前になっていて、詩や戯曲は非常に狭いところに押し込められてきた」との言葉が今も当てはまる状況がある。[三八] 筆者はこれまで三十年ほどシェイクスピア研究に従事してきたが、西洋演劇全体を視野に入れた演劇教育の観点からは、シェイクスピア研究の方法論がほかの時代の劇作品に対してもつねに応用できるとは限らないことに気づかされる。それはシェイクスピア演劇の時代的・地理的な特殊性による部分ももちろんあるだろうが、シェイクスピア研究そのものがもつ特殊性、シェイクスピアという研究対象が戦後のアカデミズムにおいてもつ特殊性によるのではないかと思うときがあるのだ。W・B・ウォーゼンは、アカデミズムが戦後にドラマを研究対象として制度化したことにより、詩とパフォーマンスに対してドラマが突きつける挑戦を軽視する枠組みを作ってきたことを指摘する。戦後において、演劇、とくに近代演劇を文学研究のキャノンに組み込もうとした背景には、相互に関連する二つの不安があったという。その一つはドラマの純粋に文学的な性質を定義することであり、もう一つは芝居から文学的なドラマをどのように区別すべきかであったという。[三九] ウォーゼンはそのような動きの中心にあったものとして新批評（New Criticism）を名指しする。本来は詩の読解に中心をおいていた新批評は舞台上演を演劇テキストの派生的な「解釈」とみなした。[四〇] 新しい批評の潮流は最初にシェイクスピアに流れ込むとはよく言われることであるが、新批評もその例に漏れなかったのは、たんにシェイクスピアのテキストがもつ意味の重層性のためからだけではなく、すでに学会におけるシェイクスピアの位置づけが「文学」キャノンの筆頭に属するものであったからにちがいない。

またドラマ研究と関連する新しい研究分野としてパフォーマンス研究がある。パフォーマンス研究はここ数十年の歴史をもち、とくに近年、人文諸科学のなかでは目立つ学問的関心となっている。[四一] ところが、パフォーマンス研究では、テキストがもつ権威を排除しパフォーマンスを優位におこうとする姿勢からか、台本をもつドラマ（scripted drama）の研究は周縁化される。ドラマを研究しようとする学生諸君が戸惑うのも無理はない。その点、すでに言及したゴールドマンは、シェイクスピア研究において成果を挙げながらも、西洋演劇全体を視野に収める姿勢、ドラマそのものの価値を重視する姿勢、長期に渡り理論の深化に取り組んできた姿勢など学ぶべきことが多い。

　章によって取り上げられる具体的な身体的テーマは異なり、身体史的関心が先行した章もあれば、演劇論的な関心が先行した章もある。前者に該当するのは、『タイタス・アンドロニカス』を扱う第一章と《幕間その二》、『ジュリアス・シーザー』を扱う第三章、『コリオレーナス』を扱う第五章と第六章である。これらの章では、歴史的なレイプ表象、近代初期の産科学、解剖学、授乳観、身体としての国家観、悪魔の身体などの身体史の知識を利用する。後者に該当するのは、『タイタス・アンドロニカス』を扱う第二章と《幕間その一》、『アントニーとクレオパトラ』を扱う第七章と第八章である。これらの章では、身体のメッセージ性、物語上の勝者に対し敗者が演劇的効果の点で優勢となる仕掛け、観客認識の誘導、舞台における身体性の濃密／希薄の効果をつくりだす仕掛け、演劇における現前性、役者同士の身体接触などの演劇論的観点また演劇史的観点を通して、身体的なテーマを扱う。身体史的関心と演劇論的関心は水と油のように混じり合わないものではなく、一方の関心が他方の関心を触発する例もある。例えば、第一章は身体史の知識を借りながら、身体的な物語を舞台化することの意味を問うている。

各章の要旨を述べておこう。第一章は『タイタス・アンドロニカス』におけるレイプ表象を取り上げる。伝統的なレイプ表象のイメージを美術史から取り、シェイクスピアが、そのイメージを劇という異なるメディアの中でどのように応用したのかについて考察する。第二章では、『タイタス・アンドロニカス』の事件展開（性的暴力、犯行隠蔽、犯人の暴露）において、フィロメラ物語と現実との並行関係が強調されていることについて、そのことはかえって観客の注意を虚構と現実との差異に向けさせると論じる。同時に劇がフィロメラ物語のどの部分をもっとも多く利用しているのかに注目する。そして、そのことが登場人物の行動と観客反応の誘導にどのように係わっているのかを論じ、その過程で身体損傷の順序をクローズアップする。

第三章では、『ジュリアス・シーザー』におけるシーザーの死体をめぐるアクションに、ヴェサリウス以前と以後の解剖学の展開がそのサブテキストとして読み取れることを指摘する。第四章では、『ジュリアス・シーザー』におけるポーシャの傷つけについて論じたシンシア・マーシャルのすぐれた研究に対して批判を試みる。そして登場人物と観客のなかに創造される内界は、秘密を隠すための場所として意味づけられると論じる。さらに、肉体の軽視を背景として提示される肉体の弱さと傷つけのテーマを前景化するための大掛かりな演劇的仕掛け、演劇的構成について明らかにする。

『ジュリアス・シーザー』では傷つく女性身体がみられたが、《幕間　その一》では、その変奏を『タイタス・アンドロニカス』にみる。無言のラヴィニアが、多義的・不透明なメッセージ性を帯びる点を議論の出発点とし、暴力と虚構のテーマ、また話し言葉と書き言葉のテーマとの関連性において、身体的メッセージの多義性と一義性を論じる。

第五章では、『コリオレーナス』の言葉とアクションの背後に感じられる魔術的ともみえる空想を扱う。授乳・流血・穀物にかかわるイメージとアクションの理解について、従来の研究を再考する。とくに先行説と異なる点は、栄養の循環の観念ではなく蓄積の観念を強調した点、主人公の血の無限放出のファンタジーを強調した点、授乳と流血に歴史的な理解を与えた点にある。そのため本論では、コリオライ戦におけるコリオレーナスの血まみれの姿を文字通りに受け取る。また、この作品に反映しているジェイムズ朝の権力の言語を浮び上らせる点では、ジョナサン・ゴールドバーグの研究に多くを負いながら、本論の解釈の文脈に合わせた彼の視点の応用を試みる。ほかの器官からの供給なしに栄養としての血を体全体に流すイメージをシェイクスピアの時代の政治言説のなかに探し出す。第六章では『コリオレーナス』冒頭に流れる飢えのリアリズムのその後の発展をたどる。ローマ市民の飢えの文脈のなかで語られる腹の寓話には言語の腐敗が暗示される。この言語の腐敗の観点から、ローマという都市の身体が、キリスト教神学で説かれる「キリストの体」の対立概念である「悪魔の体」であると論じる。そして、ローマの政治状況のなかでは言葉は擬似的な物質性を帯びることを指摘する。前章においては身体イメージと政治的言説との関連を中心的に扱うが、この章では、身体イメージと神学的言説との関連を中心的に扱う。

『コリオレーナス』では身体現象・社会現象としての食が問題化されたが、《幕間　その二》では、食の変奏を『タイタス・アンドロニカス』にみたい。タモーラの妊娠・出産と、料理人に変身したタイタスの復讐方法との関連を探る。その際、当時の産科学の知識及び産婆術に関する一次資料を利用する。タイタスの復讐の実行とその空想には、彼なりのロジックがあること、またそれはこの劇のアクションのロジックでもあることを明らかにする。

『アントニーとクレオパトラ』では、アントニーがその濃密な身体性とともに提示されるのと対照的に、オクテーヴィアス・シーザーの身体性は希薄である。第七章においては、どのような演劇的仕掛けがそのようなオクテーヴィアスの希薄な身体性を喚起するのかを明らかにする。そのために、オクテーヴィアスよりも一世代前の大英雄たちの地理的移動・接近に注目する。大英雄に特徴的な接近と身体性の発見を参照枠として、その枠から逸脱するオクテーヴィアスの活動こそ、彼の希薄な身体性を喚起する主な演劇的仕掛けであることを指摘する。その参照枠からの逸脱には、オクテーヴィアスの使者にかかわるアクションも含まれる。シーザーが派遣する個々の使者を扱う中で、もう一度アントニーの濃密な身体性に戻る。クレオパトラがドラベラに語り聞かせるアントニーの幻には、英雄主義に到達しない生身のアントニーに関する観客の側の記憶がその基礎にあると論じる。さらにオクテーヴィアスの希薄な身体性は、すでに扱った以外にも、登場人物の語りによる観客効果やテキストの細部にもみられることを指摘する。第八章では、『アントニーとクレオパトラ』における接近のテーマと密接に関連する接触のテーマを扱う。まず、スター俳優の観点ではなく、複数の役者のアンサンブルの観点からこの劇を捉えようとするアプローチによって、「身体接触」のテーマをもつ場面の成功を指摘する。そこでは物語のレベルにおいてシーザーに対し劣位にあるクレオパトラが、演技と観客効果のレベルにおいて、舞台の主役を物語中の覇者から奪い取ってしまうと論じる。また、スターとみなすことができないクレオパトラを捉えるために、メディア研究におけるパーソナリティの観念を導入する。この視点から、「シドナス河へ」を含む女王の言葉を再考するため、道化の場面を取り上げる。道化は「そっと触れるような種類の接触」をこの劇にもたらす。最後に、アントニーとクレオパトラについてベヴィングトンが述べるような親密な身体的接触は、アントニーの死後、どのように現れるのかと問いかけ、少年俳優たちによって構成される劇の最終部分について検討する。

なお、シェイクスピア作品の翻訳については、小田島雄志訳を中心に用い、適宜、他の翻訳者の訳業も参考にさせていただいた。

I　身体的ドラマの開幕――『タイタス・アンドロニカス』をめぐって

シェイクスピア作『タイタス・アンドロニカス』

■主な登場人物

タイタス・アンドロニカス（ローマの将軍）、ラヴィニア（娘）、リューシアス（息子）、マーカス（タイタスの弟）、タモーラ（ゴート族の女王）、サターナイナス（新皇帝）、バシエーナス（弟）、アーロン（タモーラの愛人）

■あらすじ

ローマの将軍タイタス・アンドロニカスは、ゴート族の女王とその息子たちを捕虜に外敵との戦争から凱旋する。戦死した息子たちを弔うため女王の長子を生贄にしたことで、彼は女王の激しい恨みを買う。新皇帝との結婚で実力を得た彼女は、残酷な報復を画策しはじめる（一幕）。結婚祝いの狩猟が催されるが、その森のなかで、タイタスにつながる者たちの殺害、彼の娘ラヴィニアに対する暴行、タイタスの手の切断などが次々と起きる（二幕）。やがて叔父マーカスの機転でラヴィニアに暴行を働いた犯人の正体が明らかになる。「底なしの悲しみ」に狂ったようになったタイタスは、空想の中で仇への敵意をあらわにする（三幕）。息子リューシアスはローマ追放の刑を受けるが、その後、ゴート軍を率いてローマに攻め入ろうとする（四幕）。これを不発に終わらせようと、タモーラは甘言を弄して、タイタスの破滅をはかる。しかし、タイタスは陰謀を逆手にとりタモーラの二人の息子を殺害し、その人肉でパイを作り、それを食わせてから彼女を殺害する。タイタス自身も皇帝に殺されるが、後者はリューシアスに殺される。社会の混乱の収束が残された者たちによって行われ、リューシアスが新皇帝に就き、劇は幕を閉じる（五幕）。

第一章　レイプ表象の舞台化

一　伝統的表象のなかで

シェイクスピアはいくつかの作品の中で、若い娘が強姦される、あるいは、その危険にさらされる事件を扱っている。それらの作品群のなかでも、異常ともみえる残虐な事件を大きな規模で扱った作品として『タイタス・アンドロニカス』がある。本章は、この劇の強姦事件の扱い方が、はたしてシェイクスピアの創作なのか、あるいは伝統的な観念やイメージによるものであるのかを問おうとする。ひとつの劇作品の個性とみえるものも、同じモチーフが伝統的観念やイメージのなかに発見されるならば、初め作品の個性とみえたものも、そうであるとは簡単に判断することはできなくなるだろう。これまで、このような観点から、シェイクスピア作品における強姦のモチーフを検証した研究はほとんどない。その数少ない研究の中から二例をあげると、シェイクスピア全作品のなかの強姦のモチーフを扱ったキャサリン・R・スティムスンの研究、ギリシア・ローマの古典文学における強姦の表象を参照しながら『タイタス』を論じたコッペリア・カーンの研究がある。[一] いま、シェイクスピア作品を西洋のレイプ表象の歴史の中に置いて検証が可能になったのは、近年の歴史学や美術史学において、「レイプ」に関する歴史的事実や表象の研究が進展したからに他ならない。[二]

ダイアン・ウルフソールの『レイプのイメージ——「英雄的」伝統とそれに代るもの』は、十二世紀から十七世紀にかけての北方ルネサンスの絵画に見られるレイプ表象を、フェミニスト美術史研究の立場から扱った研究である。[三] ウルフソールによると、古代ローマでレイプにあたる“raptus”の語は「力ずくで運び去る」という意味であった。“raptus”とは一種の盗みであって、暴力は必要条件だが性交は必要条件ではない。ローマ法はこの犯罪を女性の視点から眺めず、女性の夫、あるいは保護者（guardian）に対する犯罪と考えた。[四] イタリア・ルネサンスの代表的な画家の一人であるプッサンは、古代に起きた「サビニ人の女の略奪」の事件を彼の絵（一六三六～三七年頃）の題材としているが、一四世紀から一七世紀にかけてのイタリアでは、その事件は英雄的・愛国的なものと考えられた。そして、サビニ人の女は最初のローマの母としてあがめられる。ウルフソールは、この種のレイプを、スーザン・ブラウンミラーが用いた「英雄的」という形容詞を冠して「英雄的レイプ」[五]と呼ぶ。

当時のイタリアの貴族たちは、この種のレイプを題材とした絵を、結婚式の旗飾り・嫁入り箪笥・貴族女性の部屋などに描いて、先祖の犯罪を理想化した。「英雄的レイプ」のイメージは三つの機能を果たしたとウルフソールはいう。第一には結婚生活の教理解説として、第二には性的な刺激をねらったものとして、第三には貴族階級である庇護者の政治的な権威を主張するものとして、である。貴族が、長持（cassoni）のパネルや寝台の背もたれ（spalliera）など息子の結婚式の品物を、レイプのイメージで飾った最も有名な例としては、ボッティチェリが描いた「春」（一四八二年頃）がある。そのなかには西風の神ゼピュロスが逃げるクローリスをレイプしようと追いかける場面が描かれている。この他にも、結婚式の品物に描かれるレイプには、白い牡牛に変身したユピテルに連れ去られたエウローペー、牝牛に変えられたイーオー、ユピテルが白鳥の姿で交わったレーダー、後に冥界の女王となったプロセルピナ、月桂樹に変身したダプネーなどがあった。これらの絵によって当時の家父長制社会は、女性の貞潔、夫への従順、家と国のための犠牲、家の中の調停者としての女性の役割などを教えようとした。この方面での代表的な画家や彫刻家には、プッサン、ティツィアーノ、コレッジョ、ジャンボローニャ（ジョバンニ・ダ・ボローニャ）がいる。「略奪」（raptus）としての結婚の観念は古代ギリシアに遡ることができるかもしれないという。「英雄的レイプ」シーンは性的にあからさまに描かれることはなかったが、それらの作品はエロティカとして上流階級の男性を性的に刺激し、また女性を略奪するのはローマの神々や英雄であったところから、それらの男たちに全能感（sense of omnipotence）を呼び起こしたとウルフソールは述べている。ウルフソールの研究書では、これら「英雄的レイプ」イメージとは異なる表象の伝統も扱われているが、『タイタス』との関連では、この種のイメージが最も関係があるだろう。『タイタス』でのレイプの扱い方を考えるとき、ウルフソールが解説している代表的なレイプ表象のいくつかの点が、共通のものとして想起されてくるのである。

本章の第二の目的は、強姦事件を扱うメディアの種類に係わるものである。『タイタス』のアクションでは、強姦をめぐる一連の発展（強姦に先行する動機、強姦事件、その結果としての復讐）が大きな部分を占めているというだけではない。特徴的なのは、古典文学や同時代文学における強姦の物語から、この作品が描写やモチーフを頻繁に借用していることである。繰り返し言及されるのは、オヴィディウスがその『変身物語』の中で語るフィロメラ物語であるが、そのほかにもルークリース物語、バージニア物語への言及がある。そして同時代文学からは、トマス・ナッシュの『不運な旅行者』（*The Unfortunate Traveller*）に描かれる夫婦連れの旅行者が暴行を受ける描写が借用されている。二幕三場でカイロンが述べる「その亭主を人目につかない窪地にひきずって行き、／死骸を枕に女房のからだをちょうだいしようぜ」（二幕三場一二九～一三〇行）[六]がそれである。これら古典文学や同時代文学における強姦の物語の中で、この劇にとって最も重要なものはフィロメラ物語である。なによりもラヴィニアの加害者たちはフィロメラ物語に教示されるかのように犯行に及んでいる。ではシェイクスピアは、詩や散文で書かれた強姦物語をなぞる形で、その演劇版を創作しようとしたのであろうか。傷ついたラヴィニアに対してマーカスが言う「おまえが出会ったテリュースはさらに狡知にたけ、／フィロメラよりも美しく刺繍することもできたはずの／あのかわいい指まで切り落としてしまったのだ」（二幕四場四一～四三行）の言葉は、シェイクスピアが先行する強姦の物語に対して意識的・競争的であったことを暗示している。[七]先行する文学形式がもっていなかったもの、それは役者の身体であった。シェイクスピアは役者の生身の体を使って、彼自身の強姦のドラマを考えているように思える。この議論の文脈では、「シェイクスピアは、明らかに、彼の発展の初期の段階において、役者の身体的現前性がもつ変幻自在な可能性を活用しようとしており、役者の声と身体がもつ官能的・視覚的な直接性を巧みに用いた修辞的操作によって、観客を感動させる方法を発見していた」とするポリーン・カーナンの見解が役立つだろう。(八) シェイクスピアは積極的に役者の身体の活用を考えたのであった。暴力を文字によって語るだけの方法と、身体をもった役者がそれを演じる方法とは、おのずと異なるはずである。本章の第二の目的はレイプ表象の舞台化について論じることである。

二　腕をつかむ

このセクションでは、ウルフソールが「英雄的レイプ」と呼んだ種類のレイプがもつ特徴が、『タイタス・アンドロニカス』にも見られることを指摘する。ラヴィニアはその父の功績によって、皇帝サターナイナスから后として指名されていた。彼の弟バシエーナスがその彼女を皇帝から奪う。この強奪事件による混乱が一段落したあと、サターナイナスが弟の行為をなじって言うのが次の言葉である。

サターナイナス　裏切り者め、ローマに法があり、おれに権力がある以上、
おまえもおまえの一味もこの強姦（rape）の罪を後悔するぞ。
バシエーナス　強姦（rape）ですと、兄上、自分のものであり、
まことの愛を交わしていまは妻となった女の
手をとる（seize）ことが？

（一幕一場四〇三～〇六行）

サターナイナスは婚約者を奪った弟の行為を“rape”と呼び、それに対して、バシエーナスは「いまは妻となった女の手をとる（seize）ことが？」と言い返している。引用箇所の“rape”の語の意味について、ある注釈は「広い意味での誘拐」[九]だとする。『タイタス』の注釈者たちはこの語に特別注意を払っていない感がある。[一〇]大きなスケールで強姦事件を扱うこの劇で、シェイクスピアが“rape”の語を不用意に使うはずがない。ウルフソールによると、性的暴力である「レイプ」は、古典時代から中世・ルネサンスにわたる長い期間、男性の視点から定義されてきた。すでに「英雄的レイプ」についてウルフソールの議論を紹介したように、西洋では長く「レイプ」とは、男が法律上の権利をもつ女性を奪われることであった。

　また先の引用でバシエーナスが“seize”と“rape”の二つの言葉を同時に使っている点に注目したい。“seize”の語は、実際に彼がラヴィニアを強奪するくだりにも見られた語である。次のやりとりである。

バシエーナス　タイタス、失礼ながらこの娘御は私のものだ。
タイタス　なんですと！　本気で申されるのか、殿下？
バシエーナス　（ラヴィニアをつかんで）
本気だとも、タイタス。この決意は動かぬ、
私にはそうする理由もあり、権利もあるのだから。

マーカス　各自のものは各自に、というのがローマの掟だ、
殿下がご自分のものを手にされる（seizeth）のは掟どおりです。
リューシアス　そうなるだろうし、そうさせてみせる、いのちにかけて。
タイタス　さがれ、謀反人めら！　皇帝の護衛はどこだ？
謀反ですぞ、陛下！　ラヴィニアが強奪されますぞ。
サターナイナス　強奪！　なにものにだ？
バシエーナス　婚約を交わしたものが
連れて行くのだ、どこに連れ去ろうとかまうまい。
（マーカスとバシエーナス、ラヴィニアを連れて退場）

（一幕一場二七六～八六行）

婚約者バシエーナスによるラヴィニア強奪は、この劇で提示される最初の暴力と似かよった形象をもつ。タモーラの長子アラーバスは生贄として連れ去られ、舞台から退場した。そして彼の肉体に対する四肢切断という暴力はオフステージで扱われる。演出の仕方にもよるので一概には言えないが、タイタスの息子たちがアラーバスを連れて舞台から退場するとき、アラーバスは無理やり体の一部をつかまれる形で（手を引っ張られるとか、捕虜の体に巻きつけられた鎖を引っ張られるとか）舞台から退場したにちがいない。つまり"seize"されるのである。アラーバスの四肢切断という暴力が舞台上で演じられないのは、それを演じたと

したら、リアルに見えないというような理由からではないだろう。げんに劇の後のほうでは、タイタスが自分の腕を舞台上で切断するし、タモーラのふたりの息子たちは喉を掻き切られる。むしろ劇作家にとって必要であったのは、アラーバスが強引に舞台上から連れ去られるという、その舞台形象であったと考えられる。それと同じ舞台形象がバシエーナスによるラヴィニア強奪において繰り返されるからである。

　そしてラヴィニア強奪がアラーバス退場と同じ形をもっていることで、そこに付け加わる暗示がある。つまり、婚約者の権利に基づいて、兄である皇帝からラヴィニアを奪い返すというバシエーナスが表明した意図以上の意味である。これも演出の仕方によるかもしれないが、少なくとも劇のテキストからは、バシエーナスによって連れ去られるとき、ラヴィニアの意志はどこにあるのかまったく不明である。彼女の主体性の不明確さは、バシエーナスがラヴィニアを奪おうとしたとき、アンドロニカス一族の男たちがその行為について述べる言葉が示す明確さと対照的である。タイタス以外のアンドロニカス一族の男たちはバシエーナスの行為を支持しており、彼らの間には、その行為の前提について共通の理解がある。彼らの共通理解は、タイタスへの反抗とも解される行為として、目に見える形で現われる。この男たちの公然とした態度表明に比べ、ラヴィニアの態度は観客にとってまったく不透明である。はたして彼女は「婚約者」バシエーナスに連れ去られることを喜んでいるのか喜んでいないのか。そのような文脈のなかで、先ほど指摘したアラーバス連れ去りと同じ舞台形象が繰り返される。そこにはアラーバス連れ去りに見られた要素、すなわち暴力がある。

　バシエーナスがラヴィニアを連れ去る箇所には、ト書きに“Seizing Lavinia”と指示され[二]、またマーカスは「殿下がご自分のものを手にされる（seizeth）のは掟どおりです」（一幕一場二八一行）と言う。マーカスの言葉においては"seizeth"の語は「所有する」という比喩的な意味で使われているのだが、バシェーナスの舞台上の所作が"Seizing Lavinia"であるために、この語は即物的な意味も帯びてくる。すなわちバシエーナスを演じる役者の身振りとしても、またマーカスが述べる台詞としても、ラヴィニアの身体を"seize"することが強調される。そもそも美術史におけるレイプ形象は加害者が被害者の片手を無理矢理に取る形で示されてきた（図1-1）。ウルフソールによると、他人の手首を摑むジェスチャーは中世の美術に頻繁に現れるという。「モーガン絵聖書の彩飾が明らかにするのは、レビ人の妻が強姦されたこと、即ち、彼女は無理に連れ去られたことである。中世を通じて、また近世に入っても、この定義は司法上、非常に重要である。犠牲者は貞操を無理やり奪われたこと、嫌がらずに従ったのではないことを証明しなければならない。中世の情景では、妻は進んで結婚の承諾を与える（gives her hand freely）。しかし、摑まれた手首は、レイプのイメージにおいて暴力が使用されたことを示す省略表現である[二]」と、手首を無理やり摑むというジェスチャーがもつ意味について述べている。

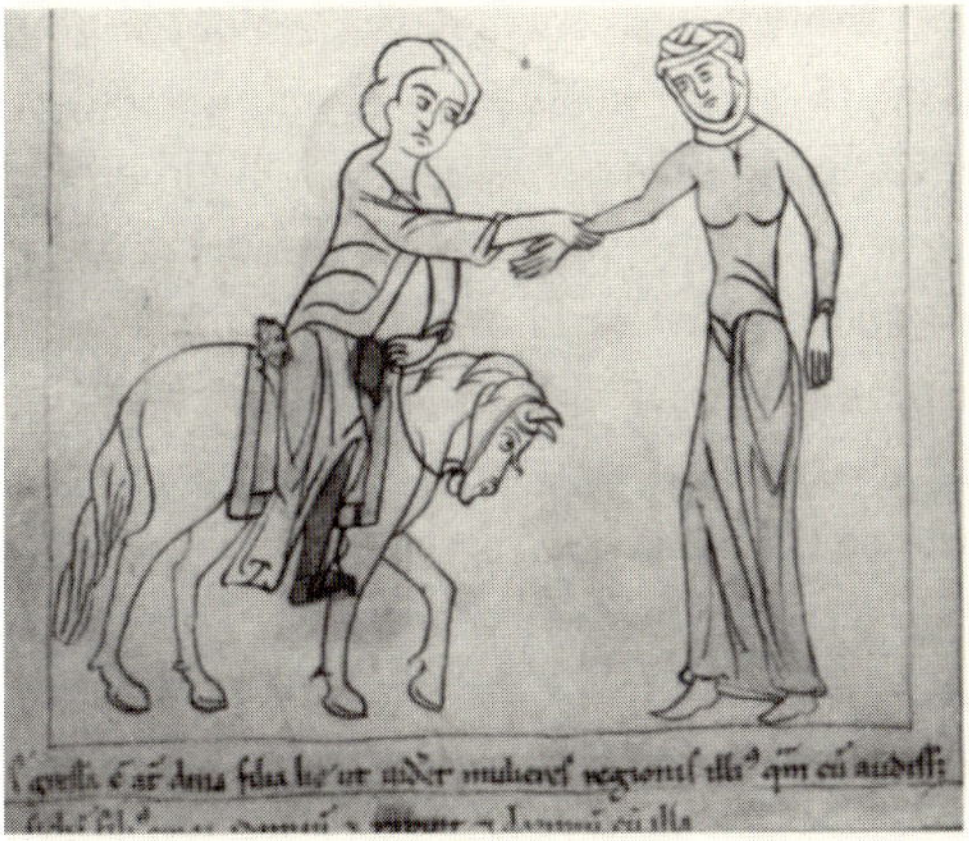

図1-1　「ディナのレイプ」、パンプロナ聖書、12世紀末葉、アミアン市民図書館

少し場面が飛ぶが、二幕三場の森の中で新婚のバシエーナスとラヴィニアが偶然タモーラとアーロンの情事の場に出くわしたとき、彼らはそのことでタモーラをなじる。この劇で女性の登場人物同士が出会うのはこの場面だけである。夫に倣って、しかも夫の使う言葉を自分も使って、タモーラをなじるラヴィニアは、あたかも自分と彼女をまったく別の存在として扱っているかのように観客には思われる。しかし、この二人の女性たちは、一幕一場ではたいへん似かよった状況にあった。つまり、男性たちのあいだを交換されるという意味で。サターナイナスは、凱旋将軍のタイタスが自分を皇帝の位に推してくれた返礼に、彼の娘であるラヴィニアを后に迎えようと提案する（二三八〜二四三行）。娘の気持ちをまったく確かめずに、父親はその提案を名誉なことと受け止め、戦利品一切、「私の剣、私の戦車、私の捕虜ども」（二四九行）を新皇帝の足元に捧げる。ほとんど間髪おかず、サターナイナスは捕虜となったゴート族の女王タモーラに浮気心を向け、「美しい女だ、まったく。選びなおすとすれば／この女をこそ選びたくなるような容色だ」（二六一〜二行）と声を掛けるのである。これはラヴィニアに対しては見られなかった求愛の言葉であるように聞こえる。サターナイナスの后選び、バシエーナスのラヴィニア強奪という一連の事件において、二人の女性たちは主体性を与えられていない。そのために彼女たちは似たもの同士のように見える。最終的に、ラヴィニアがサターナイナスからその弟へと交換され、タモーラが「戦利品」の中から、サターナイナスによって后として発見されるという状況のなかでは、結婚における性的関係も結婚外における性的関係もそれほど違うはずがない。

実際、二幕一場のタモーラの息子たちのラヴィニアの「愛」をめぐる兄弟間の争いは、一幕一場のサターナイナスとバシエーナスのラヴィニアをめぐる争いと平行する。タモーラの息子たちにとってラヴィニアはフリーである。彼女が人妻であるということなど問題でないという調子である。彼らは最初求愛の言葉で、ラヴィニアへのアプローチを競っている。それが次にアーロンのアドバイスによって、「たとえバシエーナスが／皇帝の弟であるとしても、もっと偉い男だって／知らぬは亭主ばかりなり、っていうめに会ってるんだ」（二幕一場八九〜九〇行）[13] と姦淫の言葉に変わる。そしてアーロンを交えた彼ら三人のやり取りのなかに狩の比喩が現われると、そのまま強姦が決まるのである。

ディミートリアス　おまえだってよくやったろう、雌鹿を仕留め、
森番の鼻先をうまくかすめてちょうだいしたことが？

……………………

アーロン　若様たち、もうすぐお祝いの狩りがはじまります、
美しいローマのご婦人がたもみんな集まります。
森の中は広い、その道をたどって行きゃあ、
めったに人の通らない場所がいくらでもある、
自然が作り出した悪事、強姦のための場所ってわけだ。
そこへあの雌鹿一匹追いこみ、ことばでだめなら
腕ずくで、みごと仕留めてやるんですな。

（二幕一場九四～九五、一一三～一二〇行）

ラヴィニア強姦の主要イメージは狩猟のそれであり、それらは上の引用にとどまるものではない。ウルフソールは、「英雄的レイプ」を描いた絵は「浄化・美化」“sanitize and aestheticize”[一四]されていると述べ、これらの絵で十分に追求されていないモチーフは追っ手から半狂乱になって逃げる女のモチーフであると指摘している。

狩はギリシアの英雄にとって人気の活動であった。彼らにふさわしい活動はただ一つ、それは獲物を狩り立てることであった。「英雄的」レイプの通常の犠牲者である女性は自然がもつ「野生」の側面と連想されたので、このことが性的関係を一種の狩としてみるギリシア人の視点を構成したのかもしれない。ギリシア人は、戦争・競技・恋の追走におけるスピードを男性的美徳として尊重した。女性や若者を追いかける神や英雄の表象は性的欲望の省略表現となった。[一五]

カイロンとディミートリアスは強姦の行為を狩猟のイメージで述べたのであるが、この劇では実際に狩猟の場面が設定される。従って、レイピストたちの狩のイメージは、彼らが強姦を計画するプロセスからも生まれているが、同時に狩のイメージを触発しやすい環境に彼らはある。

そして特徴的なことに、狩猟は皇帝の結婚祝いとして行われている。

さあ、狩りの始まりだ（The hunt is up）。朝はしらじらと明け、
野原は花の香りに満ち、森は緑を濃くしている。
ここで猟犬を解き放ち、声高く吠えさせ、皇帝とその美しい花嫁のお目を覚まさせ、
弟殿下をお起こし申そう。狩人の角笛を吹き鳴らし、
宮廷内に高らかにこだまさせよう。

（二幕二場一～六行）

タイタスはここで狩猟犬たちの吠える声を強調しているが、ここには“the hunt is up”と呼ばれた早朝に歌われる歌への言及があるかもしれない。その歌は早朝に狩に参加する人々を目覚めさせるためのものであったが、結婚式の翌朝にも歌われ、新婦を起こす場合もあったという。[一六] もしこの指摘が正しいならば、さらに狩と結婚式の結びつきは強まる。狩を中間項として結婚と強姦が連結するのである。

三　狩と疾走

『タイタス・アンドロニカス』の冒頭では、ローマ皇帝が亡くなり、その息子たちが皇帝の位をめぐって争っている。そんな争いの最中に外敵との戦争に出陣していた将軍タイタスがローマに帰還してくる。その

タイタスが、ローマ市民によって、皇帝に選ばれたことが、護民官によって告げられる。しかし、タイタスは自分に与えられようとした皇帝の位を先帝の長子であるサターナイナスに譲り渡す。すでにこのとき、舞台上に立つ登場人物のあいだに見られる主要な対照は、凱旋将軍タイタスを中心とする戦勝の人々と、彼の捕虜となったゴート人とのあいだに出来上がっているのであるが、また、それら多くの男性たちの間にあって二人の女性の存在が目立っていたはずである。その一人は捕虜となったゴート族の女王タモーラである。彼女については、この劇を観たと思われる当時の観客の一人のスケッチ（Longleat manuscript）[一七]が残されており、その絵におけるタモーラの衣装は、凱旋将軍であるタイタスと比べて大変に目立つ。そしてもう一人、スケッチには描かれなかったが、タイタスの娘ラヴィニアも女性の衣装の点から、舞台上では男性たちと視覚的にはっきりと区別されたことが想像される。

　タイタスの戦死した息子たちの霊の弔いのために、タモーラの長子が生贄として四肢切断の形で殺害されようとするとき、母はその命を救おうと必死の嘆願を行う。観客の注意は、それまでローマ人とローマ国家のことがらに向けられていたが、このとき初めて蛮族の女王に向けられることになる。タモーラの発言は母親としてのものであった。それは今までローマに存在しなかった異質な声である。そしてこの劇の二人目の主要な女性の登場人物であるラヴィニアは、タモーラの長子が殺害された直後に舞台に姿をあらわす。このタイミングは劇作家の意図的なものであろう。劇冒頭の政治権力をめぐるサターナイナスとバシエーナスの争い、帝位をめぐって護民官とローマ市民が示す政治的関心、タイタスの凱旋、死者の弔い、捕虜の生贄——これら劇の足早の展開によって、舞台上には暗く重苦しい空気が垂れ込めていた。その流れの中には長年に渡る戦争で失われた多くのタイタスの息子たちへの言及があり、舞台上では彼らの死骸を墓に葬る儀式が行われる。

ああ、わが喜びであったものたちを受納する聖廟よ、
美徳と高潔の香りに包まれた地下の納骨所よ、
おまえは私の息子を何人おさめれば気がすむのか、
それなのに一人として私に返す気はないのだ!

（一幕一場九二～九五行）

このように死臭が濃厚で沈鬱な空気が醸成された後に、ラヴィニアが登場する。彼女の登場に、観客は新しい風が舞台に吹き込むのを感じるだろう。まさしく死者と生者との違いのような風である。ラヴィニアを演じる役者の声・肉体・所作など、その身体的存在（physical presence）全体が観客へのメッセージとなる。この登場人物、この役者に対する観客の印象そのものが、タイタスの次の言葉によって代弁される。

なさけ深いローマよ、おまえはかくも愛情こめて
年老いたわが心の慰めを守っておいてくれたのか。
ラヴィニア、生きよ、父よりも長く生きよ。

名声の不朽のいのちよりも長く、淑徳の名を高からしめて生きよ、……

（一六五～六八行）

「ラヴィニア」（Lavinia）[一八]という語の発音は第二音節にアクセントを置くが、タイタスの「ラヴィニア、生きよ、父よりも長く生きよ」"Lavinia, live, outlive thy father's days"の言葉は、第二音節に含まれる「イ」"i"の音を強調したものである。ここには娘の名前に対する身体的感性（somatic sensibility）さえ感じられる。父親タイタスにとって、娘の名前は彼女の身体的存在と響き合うものだからである。そして上の彼の言葉には、娘の身体的存在と生命に対する喜びが表明されていた。度重なる外敵との戦争で次々と消費される息子たちの命とは異なり、娘の命はローマの国の内部で保護されている。ラヴィニアへの心情を吐露する父親の言葉に、観客は共感を覚えるだろう。彼の言葉はタイタスという人物を造形する必要からも由来しているが、ラヴィニア登場まで、舞台の空気にいわば窒息状態であった観客の生理的・心理的要求に適うものでもあった。

ラヴィニアは、劇の中盤でタモーラの二人の息子たちによって強姦されるばかりか、その手と舌を切断される。話し言葉と書き言葉を奪われた娘は、ただ彼女の周囲の人々にとってのみならず、また観客にとっても、その内面を十分に捉えることがむずかしくなる。しかし注意すべきは、彼女は被害を受ける以前から、観客にとって、その人柄と内面が伏せられているような存在である。戦死したタイタスの息子たちの葬儀をめぐるやりとりでは、タイタスを中心としてアンドロニカス一族に、暗黙の共通理解がある様子である。その証拠にマーカスはタモーラの長子が生贄となるとき一言も発しない。生贄の儀式は、あたかもアンドロニカス一族の慣わしとして了解されているかのようである。しかしバシエーナスがラヴィニアを奪った直後に示される共通理解は、明らかにタイタスを排除している。マーカスは次のように言う――「各自のものは各自に、というのがローマの掟だ、／殿下がご自分のものを手にされるのは掟どおりです」(一幕一場二八〇～八一行)。劇は瞬く間に、一族の長であるタイタスを煙に巻くような形で、冒頭の彼がもっていた凱旋将軍のイメージを失墜させる。タイタスは混乱に巻き込まれる。何が起きているのか、彼にはその意味がわからない。その混乱の核には、娘ラヴィニアの本心が不明であるという事実がある。彼女には事件の進行段階における発言や態度表明が少ない。彼女が舞台に登場している時間や発言の回数について、劇作家はたいへん節約している印象である。ラヴィニアとバシエーナスを守ろうとして、タイタスの息子の一人が父親の剣によって命を落とす。残された息子たちと叔父マーカスが、アンドロニカス一族の墓にその骸も葬らせてほしいとタイタスに懇願し、その末に葬儀が行われる。このとき不思議なことに、その事件に深く係わるラヴィニアは舞台上に姿を見せない。これも節約の証拠である。

このようにラヴィニア登場には、戦争と政治の沈鬱な空気を晴らす者として、タイタスと観客の期待が寄せられていた。それにもかかわらず、ドラマは舞台に初登場したラヴィニアを父親に対する感情表明をするだけで、その他の点ではまったく本心を表明することのない、静止的な(static)存在として提示する。これは、二幕以降の傷ついたラヴィニアの舞台形象が、象徴的に表しているものではないか。ラヴィニアは悪漢たちからギリシア・ローマ神話のフィロメラ以上の虐待を受ける。強姦され、その舌を切断されるのみならず両手も切断される。ラヴィニアのこの姿に接して、観客は暴力によってラヴィニアが異常な姿に変わってしまったと感じるだろうが、同時に、話し言葉と書き言葉の両方の表現手段を奪われたラヴィニアの形象は、彼女の常態をも表象していると思い至るのである。皇帝サターナイナスから后にすると、ほとんど一方的に決められたとき、また自称許婚のバシェーナスが彼女を皇帝から奪ったとき、彼女はまだ十分に活用できるその舌でもって、なんの意志表明もなさなかった。

不具になったラヴィニアは、それ以前の彼女の存在のあり方の、より目立った、それこそ象徴的な姿となって舞台上に現れる。そこには、初登場のときの静止的で不活発な女の印象が、今度は外観を与えられて立ち現れたとも言えるだろう。舌と手を奪われた女。傷ついた彼女を発見したとき、親しい人々が彼女を欠如態において捉えるのももっともである（観客も同じように捉えるだろう）。暴力を受けたラヴィニアを初めて目にした彼女の叔父マーカスの次のような言葉は、観客の反応を代弁しているとも言える。

言ってくれ、ラヴィニア、どんな残忍酷薄な手が
おまえの二本の小枝を、かわいい飾りを、
おまえの幹からたたき切り、裸木にしたのだ？

（二幕四場一六～一八行）

ラヴィニアの加害者であるディミートリアスとカイロンももちろん同じ認識である。彼らは自分たちの犯行

がばれないように、そのような蛮行に及んだのであるから。[一九]

ディミートリアス　さあ、その舌でものが言えるなら帰って言うんだな、
だれに舌を切り取られ、手ごめにされたか。
カイロン　でなければ思うことを書いてみんなに知らせるんだな、
手首を切り落とされた切り株でものが書けるなら。

（二幕四場一〜四行）

ここに、シェイクスピア時代の女性に関する一つの固定観念、女性がよく動く舌をもつという観念があるならば、その舌を切り取られることは盛んな動きをもつ部位を失うことである。また上の引用でラヴィニアの腕は「切り株」（＝stump）と表現されていることからも、彼女の手は生命のないものとして捉えられている。さらに死の影がラヴィニアに重なる。この引用に続けて、カイロンは自分が恥を受けた身なら縊れて死ぬと言ったのに対して、その兄弟のディミートリアスは「それも首吊り縄を編む手があればの話だろう」（二幕四場九〜一〇行）と応じる。ここでは、ラヴィニアの身体はロープからぶら下がる死体以上に活動を奪われたものとみなされている。この死のイメージは、ラヴィニアの加害者ばかりか、ラヴィニア自身も暴力を受けるときに表明したものであった。

私がお願いしているのはいますぐ死ぬこと、
それにもう一つ、女の口からは言えないことも。
人殺しよりもひどいあの人たちの情欲から私を守り、
どこか恐ろしい穴にでもほうりこんでください、
二度と私の死骸が人の目につかないように。
せめてそうして慈悲深い人殺しになってください。

（二幕三場一七三～七九行）

これらの言葉は、あたかも強姦を受けたラヴィニアを死体と等しいものとみるよう促すかのようである。ウルフソールによると、レイプの犠牲者を「生命のない死体」[二〇]として表象する場合があった（図1‐2）。

しかし果たして、強姦を受けたラヴィニアは、死体と等しいものとなったのだろうか。強姦されたラヴィニアはただ最初のラヴィニアの本質を表象したものに過ぎないのだろうか。二幕四場、強姦者たちに置き去りにされたラヴィニアは叔父マーカスと出くわす。角笛が鳴り、マーカスは狩の途中で虐待を受けた姪に出会う――「だれだ？　姪ではないか、あわてて逃げるのは！」（二幕四場一一行）。これはなんとラヴィニア的ではない身体の動きか！　そもそもシェイクスピア演劇のなかで、舞台の上を走る登場人物はいったい何人いるだろう。筆者の記憶ではほとんど思い当たらない。[二一]だからそれだけ、ここでのラヴィニアの疾走は印象深い。しかし、それだけでは終わらない。ここでのマーカスは角笛の音とともに登場する。ト書きが示す

図1-2　右下のコマ「レビ人は妻の死体を発見する」モーガン絵聖書、1240-55年頃、ピアポント・モーガン図書館（ニューヨーク）

図1-3 「女を追いかけるゼウス」、紀元前190-80、ボストン美術館

ごとく、彼は狩の途中なのである。その狩をしているマーカスの目の前を、ラヴィニアが走り去ろうとする。ラヴィニアは疾走する狩の動物のようではないか。事実、この劇で「疾走する」ものとして語られるのは狩の動物たちだった。

サターナイナス　では行こう。馬と車を用意せい。狩場に向って
出発だ。タモーラ、いよいよ見せてやるぞ、
わがローマの狩猟を。
マーカス　　　　私の猟犬どもは、陛下、
どんな高慢な豹でも狩り出して追いつめますし、
どんな高山の頂でも駆け上って行きます。
タイタス　また私の馬は獲物の逃げるあとをどこまでも
追いかけますし、平野を疾駆するさまは燕のようです。
（二幕二場一八～二四行）

すでに述べたように、レイプの伝統的な表象のなかでは「狩

猟」のイメージはつきものであった。それは暴行者から半狂乱のようになって逃げる被害者のイメージである[二二]（図１‐３）。

しかしながら、ラヴィニアが犯罪者から逃げる余裕も与えられなかったことは、レイピストの「その亭主を人目につかない窪地に引きずって行き、／死骸を枕に女房のからだをちょうだいしようぜ」（二幕三場一二九～三〇行）という言葉からもわかる。狩猟と結びついた疾走のイメージは、強姦事件の「まえ」ではなく「あと」に、ラヴィニアに与えられる。強姦事件が狩の森で起きるために、「強姦」「狩猟」「疾走」という三つのイメージの結合は、繰り返しテキストに現れる。ジーン・アディソン・ロバーツによると、「鹿の姿は、シェイクスピアのなかで最も豊かで挑発的な動物のモチーフのひとつである。多くの文脈において、鹿といえば、求愛と不倫（cuckoldry）にかかわる展開と変化が連想される。（中略）その暴力と犠牲化の含意は人を不安にする」と述べる。[二三] さらに、初めはタモーラの息子たちが用いる比喩でしかないものが、[二四] 現実化してゆくプロセスがある。[二五] それらの比喩は、はじめ登場人物たちの言葉のレベルのことがらであり、また彼らの欲望の姿であった。それはメタファーが現実化してゆくプロセスであるとも言えるが、しかし、強姦を狩のメタファーで捉える通常の方法とは異なる面もある。舞台上の現実、役者の肉体運動のレベルでは、「疾走」が起こるのは強姦事件の「あと」なのである。

森の中でマーカスが出会った傷ついたラヴィニアには生命力がある。もちろんそれは恥と痛みのなかに置かれているが、それでも生きている体がそこには示されている。

ああ、無惨な。あたたかい真紅の血の流れが、
風にあおられては泡立ち騒ぐ泉のように、
おまえのバラ色の唇から湧き起こり、引いている、
おまえの蜜のような吐く息、吸う息に合わせて。
……………………………
ああ、そうして恥ずかしそうに顔をそむけるのか。
三つの口からせきを切ってあふれ出た水のように
多量の血を失いながらなお、おまえの二つの頬は
タイタンの顔（Titan's face）さながらに真赤になっている。
雲に遭遇し、紅潮して（Blushing to be encountered with a cloud）。

（二幕四場二二〜二五、二八〜三二行）

ただでさえセリフのない役はむずかしいという。ラヴィニアの内面とその外的表出がとりわけ問題となるこの場面で、シェイクスピアは役者に与える困難を認識していたことであろう。傷ついたラヴィニアの姿は、それだけで舞台上のスペクタクルとなり、観客の視線を集める。しかしシェイクスピアはただ単に静止的なラヴィニア像をこの場面で考えていたのではない。話し言葉を封じられた役者にとっては演技が困難な場面でありながら、シェイクスピアはあえて観客の注意を、ラヴィニアを演じる役者の演技と表情の細部に向け

ようとしている。この場面でラヴィニアを演じる役者に要求されるのは台詞によらない表現力である。それは「顔をそむける」「体を引く」といった大まかな所作にとどまらず、口の開き方、両頬の紅潮にまで及んでいる。これは、観客席と舞台とが遠く離れた古代ギリシアの劇場ではなく、両者が近接するエリザベス朝の劇場だからこそ、可能な演技であった。[二六] 通常のコミュニケーションを奪われたラヴィニアに、観客は表現への意志をもった主体性を見るのである。

このときラヴィニアについて用いられるイメージは、彼女のジェンダーを超える。上の引用における「タイタンの顔」(三二行)とは太陽をさす。通常男性代名詞で受け「支配者」を表す太陽は、この場面の少し前に、ローマの政治を陰で牛耳ることができる地位についたタモーラについて用いられていた。アーロンによると、タモーラはいまや「雲にそびえる山々をはるか下にみおろす」「金色の太陽」(二幕一場九、五行)となった。これと同じ男性的な太陽のイメージが、傷ついたラヴィニアに使われる。上の引用文にある「雲と遭遇して、紅潮」するのは、イメージのレベルで言うと、なにも人見知りのようなことが想定されているのではない。ここにあるのはむしろ、戦いと自分の地位についての意識である。「太陽」は「雲」に比べて著しく身分が高い存在である。「遭遇する」(encounter)には「戦闘で遭遇する」との意味も込められており、身分の高い「太陽」は卑しい「雲」などと戦をして、名誉を汚すべきではないのである。マーカスの傷ついたラヴィニアの描写には、レイプ被害者の伝統的表象を覆すようなモメントがある。ジェシカ・エヴァンズは、女性の身体障害の表象について、「身体的損傷の表象は侵犯的である。当然視された性差の境界を指し示し、より男性的・逸脱的な女性を生み出す(中略)。これらのイメージは恐れの対象でもあるが、同時に魅惑の源である」と述べる。[二七] この場のラヴィニアにこのようなジェンダー規範を逸脱するようなイメージが与えられているので、口と手から血を流すラヴィニアの姿そのものが、「漏れる容器」[二八] としての規範侵犯的な女性イメージではないかと思わせさえするのである。

＊

本章は、伝統的なレイプ表象が『タイタス』の中で、どのように応用されているか、劇の一幕と二幕を中心に検討した。伝統的なレイプ表象は、主に美術史におけるものをそのモデルとしたのであるが、シェイクスピアがそのモデルをどのように劇というメディアの中に取り入れているかに注目した。具体的には、レイプにおいて加害者が被害者の片手を取るモチーフ、被害者が加害者の暴力から逃げるモチーフを扱った。前者については、ラヴィニアの手を取るバシエーナスの行為の形象が、死者の弔いの儀式のために生贄となるアラーバスが舞台から連れ去られるときの形象と重ねられることによって、バシエーナスの行為に暴力の要素が加味されることを指摘した。一幕におけるタモーラとラヴィニアの類似性は顕著である。ここで指摘した形象の一致は、両者の間の顕著な類似性を構成する一要素と考えることができる。すなわち、「英雄的レイプ」においては、レイプと結婚とはたいへん近い位置にあったが、同じ観念が『タイタス』第一幕においても存在し、結婚の文脈においても暴力のサインがあることを明らかにした。その議論の中で浮上したのは、ラヴィニアの主体性の不明確である。第二のモチーフについては、ラヴィニアの疾走がレイプの前ではなく後であること、疾走する彼女は、劇中に散見される狩猟者から逃げる動物のイメージと重ねられることを指摘した。そこで浮かび上がったのは、傷ついたラヴィニアに逆説的に与えられるコミュニケーションへの意志表明とそこに感じられる彼女の主体性、また逸脱する女性のイメージであった。これらのモチーフの舞台化を通して、シェイクスピアがいかに役者の身体を利用したのか、その一部を見てとることができた。

第二章　身体損傷の順序

『タイタス・アンドロニカス』では古典文学が人間身体への暴力を教唆しているようにみえる。劇中で起こる二つの大きな事件——ラヴィニアへの暴行と父親タイタスによる復讐は、登場人物たちがあたかもオヴィディウスのフィロメラ物語に導かれるように進行する。おまけに舞台の小道具としてオヴィディウスの『変身物語』が使われ、そのページがめくられる。そのことによってラヴィニアの受けた暴力の種類が暗示される。フィロメラ物語との平行性は、これでもかと言わんばかりに主張されるのである。しかしその一方で、この劇は古典文学への依存に対する批判を含んでいる。そのひとつの印は、いわゆる文明人のなかに発見される野蛮性である。しかし、本章では「平行性」はじつは完全な平行関係ではないことを指摘することによって、古典文学に依存的な人々の姿勢をこの劇が批判していることを示そうと思う。劇による平行関係の強調は、かえって現実とフィクションとの異同に観客の注意を向けることにならないだろうか。本章では、劇がフィロメラ物語のどの部分をもっとも多く利用しているのかに注意を向けたい。そして、そのことが登場人物の行動と観客反応の誘導にどのように係わっているのかを論じる。議論のなかでクローズアップされるのは、ラヴィニアに対してなされた暴行の順序である。

本題に入る前に、『タイタス・アンドロニカス』に登場する人々に見られる古典文学への造詣を概観しておこう。それはローマ人たちだけにみられる特徴ではない。戦争の捕虜としてローマに連れてこられたタモーラの息子たちもまた、ローマの文化に関して無知ではなかった。長兄が戦死者の生贄として殺害されるとき、彼らは母の苦衷を思いやり、彼女をトロイのヘキュバになぞらえる。ヘキュバは殺害された息子のかたきを討った母親だからである。ヘキュバの復讐の物語はオヴィディウスの『変身物語』やエウリピデスの『ヘキュバ』が扱っており、劇作家自身の知識はこれらによるものと言われている。[二] 従って、カイロンとディミートリアスもまた、それらの古典文学を典拠にしたと考えられる。ルネサンス期の人文主義教育は古典文学の学習を推し進めようとした。当時の人文主義者は、古典テキストの研究と市民的徳の涵養とが一致すると考えたのである。その教育理念は古代ローマの模倣である。古代ローマは、最高に文明的な都市とみなされ、また古典文学研究の模範（同様に古代ローマにとってはギリシア文学が模範）とみなされた。しかしながら、シェイクスピアの『タイタス・アンドロニカス』はこの観念を「転倒させて」いる。[三] タモーラの長子の殺害に触れたが、ローマ人が犯したその行為は、ローマ人が野蛮人とみなすゴート人によって「野蛮」“barbarous”（一幕一場一三一行）[四] と評せられる。本章はシェイクスピアの古典文学に対するそのような批判的姿勢を、「転倒」論とは異なる独自の視点による「フィロメラ物語」準拠の検討を通して、再確認しようとするものである。フィロメラの物語はオヴィディウスの『変身物語』に扱われている。そしてシェイクスピアの時代の文法学校が、ラテン語の教科書として第一に使用した古典文学はオヴィディウスの著作であった。[五] シェイクスピアはオヴィディウスなどの古典作家から得た物語を演劇化したのである。劇中で機能している「フィロメラ物語」の批判的な検討は演劇的な次元についても考慮しながら進める。この点に関し、オヴィディウスがこの物語をつくるとき、ソフォクレスやエウリピデスなどの先行する劇作品を参照したという可能性は示唆的である。[六]

一　真相解明の手がかりとしてのフィロメラ物語

はじめに、フィロメラ物語がレイプとその犯行の隠蔽、そして次には、その秘密の開示の物語として観客の中に定着してゆくプロセスを確認する。物語では、義姉フィロメラに対して強姦を犯したテリュースは犯行が露見するのを恐れ、彼女の舌を切断する。二幕四場で傷ついたラヴィニアに遭遇した叔父マーカスは、以下のように彼女に声をかける。

　フィロメラを犯したテリュースのように
　おまえを犯したうえで名を明かされぬよう舌を切ったな。
　……………………………………………
　昔のフィロメラは、ただ舌をなくしただけだから、心のうちを丹念に刺繡に縫いあげて示すことができた。
だが美しい姪よ、おまえはその手段さえ切りとられた（that mean is cut from thee）。
おまえが出会ったテリュースはさらに狡知にたけ、
フィロメラよりも美しく刺繡することもできたはずの
あのかわいい指まで切り落としてしまったのだ。

（二幕四場二六～二七、三八～四三行）

「おまえを犯したうえで名をあかされぬよう」というマーカスの言葉が示すように、強姦が先にあり、そのあと切断があったと、はっきりその暴力の順序がここには示されている。この順序は、手の切断を述べた箇所でさらに駄目押しされる。マーカスはフィロメラとラヴィニアを比較して、前者は話し言葉こそ封じられたが手を活用したコミュニケーションが可能であったのにと嘆く。“that mean is cut from thee”における“cut”は「切断」と「奪う」の両方の意味を担っているが、そこにもコミュニケーション手段が奪われたことが示されている。この段階では、ラヴィニアが強姦されたことは事実として確認されていない。しかしマーカスは、舌と手を切断された姪を見て、フィロメラに向けられた暴力と同じものが、彼女にも向けられたと想像する。

強姦が露見しないように被害者のコミュニケーションの手段を封じてしまったというマーカスの想像は、加害者側の言葉によっても裏付けられており、観客はマーカスの想像をなんの問題もないものとして受け取るだろう。例えば、タモーラはこれからラヴィニアに暴行を加えようとする息子たちに、「だけど甘い蜜をなめたあとは、その蜂を／生かしておくんじゃないよ、私たちを刺すからね」（二幕三場一三一～三二行）と警戒心を示す。このタモーラの言葉には、その背景に、蜂に刺されたキューピッドの物語がある。[七] キューピッドは蜂蜜を盗もうとして蜂に刺され、その母親であるヴィーナスのもとに泣いて帰る。劇の場合、ヴィーナスはタモーラに相当する。息子たちが蜂蜜（ラヴィニア強姦）を楽しんだあと、蜂に刺されない（犯行が露見しない）よう蜂を殺してしまえとタモーラは言う。従って、このタモーラの言葉もマーカスの想像と一致している。そして彼らがラヴィニアの身体に残虐の限りを尽くしたあと、観客は次のような彼らのやりとりを聞く。

ディミートリアス　さあ、その舌でものが言えるなら帰って言うんだな、
　だれに舌を切りとられ、手ごめにされたか。
カイロン　でなければ思うことを書いてみんなに知らせるんだな、
　手首を切り落とされた切り株でものが書けるなら。
ディミートリアス　見ろよ、身ぶり手ぶり（signs and tokens）でなにか書いてるぜ。
カイロン　帰ってきれいな水をくれと言って手を洗うがいいや。
ディミートリアス　くれと言うにも舌はないし洗うにも手がないんだぜ。
　だから黙ってほっつきまわらせるしかてがないさ。

（二幕四場一～八行）

この彼らのやりとりのなかで繰り返し述べられるのは、ラヴィニアが意志伝達する手段をすべて奪われたことである。カイロンとディミートリアスは、ラヴィニアから話し言葉のための舌と書き言葉のための指だけでなく、身振り言語"signs and tokens"まで奪い取る。彼らが語る言葉は、完全犯罪は万全だと言わんばかりである。観客も彼らのやりとりをそのまま受け取るだろう。フィロメラ物語は、レイプとその犯行の隠蔽、そしてその秘密の開示の物語として観客の中に定着してゆく。

そして劇の中盤、ラヴィニアのジェスチャーをなんとか読み解こうとする人びとのアクションそのものが上に述べた順序を支持していると言える。人々の心の中にフィロメラ物語がサブテキストとして存在している。彼らがラヴィニアのサインを読み解こうとするのはなぜか。フィロメラと同じようにラヴィニアも秘密を内包していると思いこんでいるからである。その一例として、タイタスの次の言葉を示しておく。

おい、マーカス、この娘がなにか
言っておるぞ。このずたずたに切断された身ぶりはよくわかる。
……………………
いまにおまえのことばをもたぬ訴えを読みとり、
托鉢する修道士が祈りの文句に通じているように

おまえの無言の動作に通じてみせよう。
おまえが溜息をつく、切り株の腕を天にあげる、
まばたきをする、うなずく、ひざまずく、合図をする、
おまえの言いたいことを理解できる（wrest an alphabet）ようになってやる。

（三幕二場三五～四五行）

このタイタスの言葉には、ラヴィニアが傷ついてから今までに示してきた主要な動作と表情のほとんどが取り上げられている。タイタスはこれらの身体言語を文字言語・音声言語に翻訳する技術を学ぶ（wrest an alphabet）という。それはコミュニケーションを封じられた娘の秘密を解き明かしたいという願望の表明である。劇は、秘密を解明しようとするタイタスたちの努力を、ラヴィニアの性的な身体部位が本来もっている秘密のトポス[八]と重ねあわせている。その真相追求のモチーフと秘密の身体部位のモチーフとの関連は、タモーラの森の中でのエピソードによって間接的に暗示されていた。森の中でタモーラが愛人アーロンと性的関係を楽しもうとしたとき、バシエーナスがその情事の場に出くわす。その彼に対し、タモーラは怒りの言葉をぶつける。そこには今の自分の地位についての意識がアクティーオン神話とともに表明されていた。「生意気な、私が一人で散歩したらいけないの！」“Saucy controller of my private steps”（二幕三場六〇行）。ルネサンス的解釈によるとこの神話は、「君主の秘密の会議（secret Cabinet）をうかがう者たちが辿る運命を表すエンブレム」であった。[九] タモーラは自分の性的側面を「国家機密」（the mystery of the state）

であるかのように語ったのである。タモーラの情事（それは中途半端に終るが）の場面とラヴィニア強姦事件とは連続して起こる。タモーラの情事に関係して突然現われる森の穴のなかにラヴィニアの夫バシエーナスの死体が投げ込まれる。その結果、穴の周囲には彼の死体の血が付着する。この森の穴は、ある瞬間にはタモーラの生殖器官（男を去勢する女の性的力）を象徴的に表わすが、また別の瞬間にはラヴィニアのそれ（破瓜）をも象徴している。視線を向けられるのをタモーラが拒否し、またラヴィニア強姦がオフステージで演じられる一方で、劇は森の穴という大掛かりな象徴的仕掛けを提示する。劇のこの構成は性的な身体部位の秘密的性格を暗示しているのである。

そしていよいよラヴィニアの秘密が開示される瞬間がやってくる。フィロメラ物語が触発した犯罪は、同じ物語によって暴露されるというわけである。本を読んでいたリューシアスの息子（父と同じ名をもつ）をラヴィニアは狂ったように追いかける。少年は持っていた数冊の本を床に落としてしまう。怯える少年にタイタスはその必要はないと安心させる。

タイタス　こわがるな、リューシアス、なにか言いたいようだ。
マーカス　見ろ、リューシアス、叔母さんはおまえを
　大事にしてくれるだろう。どこかにいっしょに
　行ってほしいようだ。なあ、おまえ、叔母さんは、
　慈母の鑑コーニーリアが息子に読んで聞かせた以上の

心づかいをもって、美しい詩やキケロの『雄弁術』を
読んでくれたろう。

（四幕一場九～一四行）

このタイタスの言葉によって浮かび上がるのは、古典文学を愛読し、また子どもに読み聞かせをするような
アンドロニカス一族の家庭環境である。そのなかでラヴィニアは少年に対し読み聞かせをする母親の役目を
果たしていた。叔母を恐れる心配はないというタイタスの言葉に、少年は次のように応じるが、それも当然
と言えるだろう。

だっておじい様がよくおっしゃっていたでしょう、
悲しみがきわまると人は気ちがいになるものだって。
ぼくもトロイのヘキュバが悲しみゆえに気が狂ったと
本で読んだことがあります。だからこわかったのです、
叔母様が実の母親のようにぼくをかわいがり
狂気の発作にでもかられなければ小さいぼくを
こわがらせるようなことはないとわかってはいても。

（一八～二四行）

少年には叔母が自分を怖がらせるのは彼女が悲しみのあまり狂ったからだとしか思えない。少年はその知識を祖父から得たが、また同時に、彼が読書で知っているトロイのヘキュバから得たという。この劇には、なぜかタモーラを除いて母親は登場しない。しかしアンドロニカス一族の人びとにとって、母はコーニーリアやトロイのヘキュバという形で古典の物語のなかに存在している。このエピソードは、アンドロニカス一族の人々がラヴィニアの謎を解明するための参照枠を示唆している。古典的物語が提供する参照枠である。

四幕一場、秘密開示の瞬間はいよいよ近づいてくる。それとともにタイタスたちがフィロメラ物語へ依存する度合いもますます強くなる。

タイタス　リューシアス、叔母さんがページをくっているのは
　なんの本だ？
少年　　　　オヴィディウスの『変身物語』です、
　お母様からいただいた。
マーカス　　　　　　　いまは亡き人を思う気持ちから（For love of her that's gone）
　特にその本を選び出したのでしょう。

（四幕一場四一〜四四行）

リューシアスの息子の言葉は、マーカスから少年の母とラヴィニアとの親密さについての言及を引き出す。マーカスはラヴィニアが『変身物語』を選んだのは、彼女の亡き義妹への愛からであろうと推測する。この劇にはもともと女性の登場人物は少ないが、女性同士の親密さが述べられるのは劇中でこの箇所だけである。ここにもフィロメラ物語の感化力が働いているかもしれない。なぜならオヴィディウスのこの物語は、フィロメラとプログニ姉妹の仲の良さを語る物語でもあり、姉妹の親密さはフィロメラが秘密を明かす拠り所であったからである。

劇は次第に肝心のページへと接近してくる。少年が舞台上に数冊の本を散らばらせ、その中からラヴィニアがオヴィディウスの『変身物語』を選んだあと、その本のページを繰るというように、徐々にタイタスたちは核心へと進んでゆく。舞台上の人物よりも先に核心に到着していると思い込んでいる観客（後述するように、観客はある意味でそう思い込んでいるに過ぎない）は、この件では登場人物たちの認識が自分たちの認識のレベルに達するのを待つ心境である。ラヴィニアはあわただしく『変身物語』のページをめくり、いよいよフィロメラ物語の箇所が開けられる。タイタスは言う。

待て、あのようにせわしくページを繰っている（turns the leaves）！
手伝ってやれ。なにを見つけたいのか？　ラヴィニア、
読んでやろうか？　これはフィロメラの悲しい物語、
テリュースが裏切って（treason）彼女を手ごめにした話だ。

してみると手ごめにされたのがおまえの苦しみの根か。

（四幕一場四五～四九行）

アテネの国王パンディオンは自国の政治的危機を避けるために、野蛮人であるテリュースに娘の一人プログニを嫁がせた。それにもかかわらず、その義理の息子にもう一人の娘フィロメラを犯された。「裏切り」"treason"とはそのことを指す。姉妹がパンディオンとテリュースとの間の交換物であったように、ラヴィニアもその父タイタスとローマ皇帝サターナイナスとのあいだで交換される客体となった（第一章を参照）。この劇にはこれだけフィロメラ物語との平行関係が散在するにもかかわらず、またとくにこの四幕一場ではその平行関係が顕著になるのにもかかわらず、この時点で、事件とゴート人タモーラ一味との関連はタイタスの脳裏に浮かばない。後述するが、この盲点はすぐあとでまた繰り返される。そして劇はこの時点から、ラヴィニア暴行の真相解明のプロセスにおいて、新しい要素を導入し始める。それはタイタスの先入観から由来する認識の誤りである。

「兄上、ご覧あれ、ラヴィニアがページを繰るさまを」（四幕一場五〇行）——ラヴィニアがページを繰る動作に再び注意が向けられる。彼女は『変身物語』に含まれたフィロメラ物語の箇所を示すだけで終わるのではなかった。彼女はその物語の箇所のさらに特定のページを指し示そうとする。それは物語と現実との細部に及ぶ重なりも暗示していた。物語と現実との平行関係は次のタイタスの言葉でその頂点に達する。

ラヴィニア、おまえも、フィロメラのように、
不意に襲われ、手ごめにされ、辱められたのか、
無情な、荒涼とした、陰鬱な森のなかで？
見ろ、あれを？
たしかにそういう場所がある、狩をしたところに――
ああ、あんなところで狩をしなければよかった――
この詩人がここに描いているのとそっくりな（Pattern'd）、
殺人と強姦のために自然が作ったような場所が。

（五一～五七行）

「おまえも、フィロメラのように、／不意に襲われ、手ごめにされ、辱められたのか」と、フィロメラ物語をモデルに、現実に起きた事件の内容が確認される。「辱められた」とするタイタスのひらめきをさらに強めるのは、フィロメラが強姦された場所である森と、タイタスが狩をした森の一致である。ここでは強姦の主要な伝統的メタファーである「狩」が、物語と現実との一致感をいや増しにしている可能性もある。フィロメラが強姦された森、「無情な、荒涼とした、陰鬱な森」が、確かに自分が狩猟を行った場所にもあった、そうタイタスは振り返る。その帰結が、彼の「この詩人がここに描いているのとそっくりな、／殺人と強姦のために自然が作った場所」という言葉である。「殺人」の言葉には、バシエーナスの殺害事件とそれに関

連したタイタスの二人の息子たちの死が想起されているだろう。タイタスには理解不能であった経験、アンドロニカス一族に次々と降りかかる一連の悲惨な経験が、ラヴィニアに対する暴行に象徴的に集約される形で語られる。またタイタスがここで“Pattern'd”の語を使った背景には、フィロメラが織物によって真実を明らかにした故事が想起されているかもしれない。この語には、「模様で飾る」という手芸的な意味もあるのだ。劇でフィロメラが真実を開示する描写のなかでは、“sampler”（二幕四場三九行）という語が使われていた。この語の意味については『オックスフォード英語辞典』の次の定義が当てはまるだろう。

a まねる手本として役立つ刺繍作品（廃語）。b 刺繍の初心者の練習。熟練の腕前を示す好例として女性が刺繍するカンバス布の一片で、通常、様々な意匠を凝らした装飾的な文字で作られるアルファベットや標語を含むもの。[12]

即ち、“sampler”の語には複製される手本という意味がある。タイタスは、人目に触れられることのない強姦という犯罪を文学がその細部に到るまで手本を提供し、自然（現実）もまたその手本に従って犯罪に適した場所を作っているという。

先ほども触れたが、フィロメラ物語の背景にあるアテネの政治的危機、アテネとその蛮族との対立という要素は、物語と現実との部分的な平行関係に囚われているタイタスの脳裏には浮かばない。その無知は再度繰り返される。森の中での強姦が判明したあと、タイタスの関心はその犯人の正体へと向かう。

身ぶりで教えてくれ、娘、ここにいるのは
身内だけだ。ローマの貴族のだれがこんな目に合わせた？
サターナイナスが忍び寄ったのか、タークィンが
陣営を離れてルークリースの寝床に近づいたように？

（四幕一場六〇〜六三行）

「ローマの貴族のだれがこんな目に合わせた？」とタイタスは言う。彼の想像力が及ぶのはローマの内側なのである。その想像には、引用文の後半が示すように、タークィンによるルークリース凌辱がそのパターンを提供している。ラヴィニアは人妻であるという事実が、やはり人妻に対する暴行事件であるルークリース物語をタイタスに選ばせたのかもしれない。一度はラヴィニアとの結婚寸前までいったサターナイナスが強姦の犯人の第一候補としてタイタスに想像されるのはありそうなことではある。このタイタスの言葉のあと、すぐにマーカスの機転によって、ラヴィニアが砂に書く文字の形で犯人を明らかにする。犯人の名前を見たタイタスは激昂する。彼の反応の激しさは怒りの対象が特定されたことだけから来るのではないだろう。彼の反応には、娘の開示した犯人の正体が彼の予想した者ではなかったことも絡んでいるのではないか。そのことは、マーカスの「心を静めてください、兄上、この大地の上に／配された文字を見れば、どんな温厚な人も／胸のうちに反乱を起こし、どんな幼少な童子も／立って叫ばずにはおられないことはわかっていますが」（八二〜八五行）の言葉によっても示されている。マーカスもタイタスの驚きを共有するが、いったい

「あのタモーラの淫乱な（lustful）倅ども」（七八行）がレイピストの候補として彼らに想像できなかったのはどうしてなのか。"lustful"という形容詞そのものがカイロンとディミートリアスは性犯罪の候補となる十分な資格があることを示し、そもそもマーカスがそのような形容詞を彼らについて用いたこと自体、彼らが性犯罪に及ぶ可能性を彼が認識していたことを示している。タイタスたちにとって結びつかないのは、タモーラの息子がラヴィニア強姦に及ぶ可能性である。ここにはタイタスたちの認識の限界が示されていると言えるだろう。女性を交換物とみる彼らの視点からすると、タモーラの息子たちはその交換相手とはなりえない。彼らはタイタスやマーカスの想像の埒外にいる。階級的にも人種的にも、またかつては「卑しいローマの奴隷たち」（一〇八行）であった点においても、彼らはタイタスたちの空想の外に位置する。彼らは、タイタスらの想像力が及ばないほど性的・階級的に無差別（promiscuous）であるということである。ルークリース凌辱の物語を引き合いに出すことで、タイタスは誤った方向へ想像を働かせかけた。その間違いを耳にしていながら、マーカスはまた同じ物語を現実世界での行動の指針として利用しようとする。

そして私とともに誓うのです、操を汚された
貞女ルークリースの悲嘆にくれる夫や父親とともに
ジューニアス・ブルータスが復讐を誓ったときのように。
さあ、われわれも誓いましょう、十分策を練り、
あの裏切り者のゴート人たちに死の復讐をはたして

血を見るか、この恥辱を抱いて死ぬか、どちらかだと。

（四幕一場八八〜九三行）

ふたたびルークリースの物語への言及である。このマーカスの言葉には幾種類の動機が働いているのだろう。ルークリースの夫ブルータスに言及したのは、専制君主であるタークィンをローマから追放した彼に倣って、英雄的な行為へ自分たちの心を励ますためか。また、直接の敵は「裏切り者のゴート人」であるとわかった今となっても、彼らによるラヴィニア強姦という侵犯行為をローマ人同士の対立と見立てることによって、自分たちが負うべき恥に直面することを避けようとしているのか。

秘密開示の瞬間が近づくにつれ、タイタスたちによるフィロメラ物語への依存度はますます強くなってくる。タイタスたちにとっては、フィロメラ物語は秘密開示の物語であって、この物語への言及がおびただしくなるにつれ、ラヴィニアの秘密は開示される方向へと進む。劇のアクションはそのように受け取る方向に観客を誘導する。長々と述べてきたことは一語に収束する。ラヴィニアは強姦され、レイピストは自分たちの犯行が露見しないようにラヴィニアの舌を切り取ったばかりか、その手も切断したのである。ラテン文字を筆記することによって、ラヴィニアが強姦のあったこと「だけ」を明らかにしたとき、それはフィロメラ物語との平行関係をタイタスに再確認させると共に、その他の暴行は物語通りであると理解させたことであろう——

（ラヴィニアはマーカスの杖を口にくわえ、手首のない腕で動かし、書く）
マーカス　ああ、兄上、読めますか、この文字が？
タイタス　強姦。カイロン。ディミートリアス。（*Stuprum-Chiron-Demetrius*）
マーカス　なに、あのタモーラの淫乱な伜どもであったか、
　この忌まわしい残忍な行為の張本人は？
（四幕一場七七〜七九行）

強姦を切断よりも大きな暴力とするタイタスのこの姿勢はこのあとも一貫して続く。五幕二場においてカイロンとディミートリアスの喉を切るときに彼は、「これの可憐な両手も、その舌も、さらには／手や舌よりもはるかに大事な汚れなき操も、／人でなしの裏切り者め、きさまらはむりやり奪いとった」（一七五〜七七行）と彼らに告げる。また、わが娘を殺害するとき、やはり強姦を受けた娘であるバージニアをその父が殺した故事をタイタスがもちだしたのは、強姦が彼の心の中心を占めていることを示す。タイタスのラヴィニア殺害に驚いた皇帝サターナイナスはその理由を問うが、その質問に対して「（娘を殺したのは自分ではなく）カイロンとディミートリアスだ、／あの二人が娘を手ごめにし、舌を切り落としたのだ」（五幕三場五五〜五六行）と答えている。ここでも舌の切断が強姦を隠すためであるという認識は変わらない。そして、舌の切断に言及することで手の切断は省略される。劇のなかで最後にラヴィニアに対する暴行が言及されるのは、ローマ市民を前に皇帝や后の殺害の理由を数え上げるリューシアスの弁明においてである。そのなかで

は「私たちの妹ラヴィニアを手ごめにした下手人であった」（九八行）とラヴィニアに対する強姦しか言及されていない。舌と手の切断は強姦に収束してしまう。これは劇の流れが観客に絶えず促してきた結論と言えるだろう。従って、これを疑うのはばかげているように思える。しかし、劇はこの結論に到る過程で、部分的にではあるが、登場人物が誤解する可能性をまったく消し去ったのではなかった。タイタスの身分意識、フィロメラ物語とほかの強姦物語が示唆するところが一致しないことなどがそのサインであった。われわれは一度当たり前とみえる上の結論を疑ってみようではないか。それには劇にみられる第二の秘密開示の場面を検討する必要がある。

二　もう一つの真相開示

ラヴィニア暴行の真相開示は劇の二箇所で行われる。一つは今まで述べてきたタイタスたちが到りつく真相開示である。これはローマの内部で起こる。もう一つはローマから追放されたリューシアスに対しなされる真相開示である。ここで後者を扱う前に、その開示が行われる文脈をまず確認しておきたい。第二の真相開示はゴート族の土地で起こる。ローマ皇帝の后となったタモーラとの肉体関係から生まれた赤ん坊を抱えたアーロンはゴート族の地に向かう。その養育をゴート族の人間にゆだねようとするためである。ところがゴート族の軍隊はリューシアスに率いられ、いましもその父タイタスに忘恩を働いたローマに攻め入ろうとしている。その軍隊の一兵士にアーロンは捕らえられてしまう。そしてリューシアスは、捕虜となった仇敵アーロンに、その赤ん坊の縊れ死ぬ様を見せ、返報しようとする。それまで口を開こうとしなかったアーロンはすぐさま、リューシアスにとって重要な情報を提供するので赤ん坊には手を掛けるなという。いかにも演劇らしい展開がここから始まる。

アーロンは、物語の語り手としてまた演技者として、リューシアスよりも優位に立とうとするのである。これは彼の告白にみられる一貫した姿勢である。アーロンはリューシアスにとって有益な情報だけを打ち明けて、自分の子どもの命を救えばよかったはずである。しかし、それにもかかわらずアーロンの告白は、その当初の目的をはるかに超えて、かえって目的には不利な程度にまで、また、不利なトーンでなされる。告白の言葉のなかで顕著なのは、「自分が」"I"という語である。告白のなかのアーロンは、リューシアスから少し前に「皇后タモーラの目を楽しませた宝石」（五幕一場四二行）と述べられたような客体ではない。彼の第一の告白は、じつは告白とは言えないものであった——「まず第一に、この子はおれが皇后に生ませた子だ」（八八行）。なぜならリューシアスはすでにその事実を知っており、だからこそ、その知識を元に、赤ん坊を吊るし首にしてその苦しむ様をその父親に見せてやれ、などと脅したのである（五二行）。しかし、アーロンはあえてその事実から始める。そこでは主体は自分である。自分がその赤ん坊を后に生ませたのである。

いよいよラヴィニア暴行の秘密が開示される瞬間が訪れる。

バシエーナスを殺したのはあの女の二人の息子だ、

その二人がまたあんたの妹の舌を切ったり強姦したり、
両手を切り落としてきれいにしてやったりしたんだ。

（五幕一場九一～九三行）

これが第二の秘密の開示である。この告白が事件の順序に従って物語られたものだとすると、まずタモーラの二人の息子はラヴィニアの夫バシェーナスを殺害した。次に、彼らはラヴィニアの舌を切り、「そのあと」彼女を強姦した。最後に手を切り落とした。このような順序になる。観客はカイロンとディミートリアスがバシェーナスを殺害する場面を実際に見ている。そのあと、ラヴィニアは彼らに引きずられて舞台から退場した。この大枠での順序においてはアーロンの報告は観客の記憶と一致している。しかし、細部においてはどうであろうか。ラヴィニアへの暴行に触れたほかの箇所と比較したい。タモーラはラヴィニアを餌食にしようとする息子たちに、「だけど甘い蜜をなめたあとは、その蜂を／生かしておくんじゃないよ、わたしたちを刺すからね」（二幕三場一三一～一三二行）と声を掛ける。[一三] タモーラのこの言葉と同じように、ラヴィニア暴行に関連してフィロメラ物語に言及される箇所ではすべて、まず性的暴力が起こり、その犯行を隠蔽するため、その後に身体部位の切除が行われたとする順序をとる。アンドロニカス一族の人びとはすべて、そのような順序でラヴィニア事件を想像している。これはただの語順に過ぎないのだろうか。[一四]

　ラヴィニアの身体に対してなされた暴力は、強姦、舌の切断、手の切断の三つである。二つの秘密の開示はそれらの暴力が起きた順序について、異なる二つのバージョンを示している。まずアーロンの告白にみられる彼の演劇的な関心からこのことを眺めてみよう。自分の身体の自由を奪われ、また敵に囲まれ、アーロンには現実的な勝ち目はない。しかし彼は相手の知らない秘密を知っているという有利な立場から、それを元手にリューシアスに対し演劇的な勝利を得ようとしている。実力に訴えることができなければ、自分の舌を刃物とすればよい。「その二人がまたあんたの妹の舌を切ったり強姦したり、／両手を切り落としてきれいにしてやったりしたんだ」"They cut thy sister's tongue and ravish'd her,/ And cut her hands and trimm'd her" と彼が述べたとき、"cut" の語にアーロンはほとんど自分が実際にそうしたのと同じ手応えを感じていたにちがいない。言葉が意味するところのものを体感として味わっていたことだろう。そのことはそれ自体、彼にとって悦びであったかも知れないが、また、観客・聴衆としてのリューシアスを、自分が演技者・語り手としてコントロールできる点でも、彼には快感であったろう。そのような彼の動機からすると、語り手にとって実際の順序はそれほど問題ではなく、自分と相手への効果だけが重要になってくる。悪魔のようなアーロンが真実を語る必要もなく[一五]、また細部の事実性に拘泥する必要もない。このレベルにおいては、二つの動詞（cut, ravish）をこの順序の方が発音しやすいというような音声学上の事情も含まれてくるだろう。"They cut thy sister's tongue and ravish'd her"——アーロンにとっては、この言い方のほうが自分の嗜好により合致したし（対照的にタモーラはやはり自分の嗜好に一致させる形で先に強姦に言及した）、聞き手に対しより大きなインパクトがあると考えた、のかもしれない。

　アーロンは自分の嗜好に合った部分を語りのなかで膨らませる。そこには、聞き手であるリューシアスを苦しめてやりたいという動機も働いている。

リューシアス　ああ、何たることを言うやつだ！　さっぱりしたとは何事だ。
アーロン　だって、姉君は、水で洗われて、刈られて、きれいさっぱりとしちまって、
　その仕事をやらかした連中にとっても気がさっぱりとするお慰みだったわけなのだから。
リューシアス　ああ、野獣のような蛮人どもめ、まるできさま同然のやつらだ！
（五幕一場九四～九七行）

アーロンはラヴィニアの舌と手の切断に心を奪われている。レイプはほとんど彼の関心ではない様子である。これに続くアーロンの語りは、どうして自分がこの部分にとらわれているのか、その説明となっている。ラヴィニア強姦の直接の犯人はタモーラの息子たちであるけれども、彼らはその「好色」"codding spirit"（九九行）を母親から、その「残虐性」"bloody mind"（一〇一行）を自分から学び取ったのだという。これはアーロンが以前にも言及した点であった。森の場面で自分を情事へと誘うタモーラに彼は、「お妃様、あんたはあかるい金星《ヴィーナス》に情欲を／かき立てられておいでだが、あたしを支配しているのは／暗い土星《サターン》だ」（二幕三場三〇行～三一行）と述べた通りである。劇がこのように二度も観客に告げている点を軽視することはできない。この劇ではアーロンに性的関心は希薄である。タモーラとの肉体関係も、その関係をチャンネルとして陰の力を謳歌できるからこそ、彼にとっては意味がある――「お妃様と同じ高さに登るんだな」（二幕一場一四行）。森の場面以降、アーロンの残虐性は、タイタスの腕の切断、彼の二人の息子の首の切断というように発展してゆく。告白の場面でアーロンは、演劇的に自分が優位な立場に立てるよう様々な要素を転

用する——周囲の状況（修道院の廃墟）や聞き手に関する情報（リューシアス自身の残虐）や相手の言葉尻など。捕虜になったアーロンを縛り首にするため、リューシアスは彼を梯子に登らせる。アーロンの告白はその梯子の上でなされる。その不利な状況はしかしながら、演劇的な彼の優位性を象徴する舞台形象ともなっている。そして最後には、アーロンの演劇的な勝利が宣言される。リューシアスは、彼の縛り首を取りやめ、彼を梯子から降ろせと指示をだす。縛り首などという「そんな安楽な死に方」（五幕一場一四六行）を与えるわけにはいかないからである。また最初には告白を命じながら、最後にはアーロンに猿轡を嚙ませるよう命じる。アーロンの告白がますます、「おれの毒舌でさんざんいたぶってやれるからな」（一五〇行）という言葉が表わす様相を帯びてきたからである。

「あんたの妹の舌を切ったり強姦したり」（五幕一場九二行）が、暴行の順序の通りに述べられたものであるとするサインは、劇中に見られるであろうか。意外なことに、この順序と表現は加害者自身の言葉のそれらと一致している——「さあ、その舌でものが言えるなら帰って言うんだな、／だれに舌を切りとられ、手ごめにされたか」（二幕四場一～二行）。ディミートリアスがこの言葉を述べたとき舞台上には、共謀者の兄弟と傷を負ったラヴィニアしかいなかった。アーロンの告白のときのような演劇的な状況ではない。タモーラの息子たちが事実を改変して述べる必要のない状況だということだ。アーロンの告白にうかがわれる演劇的動機は、観客が彼の告白の一つ一つを全面的に事実として受け取るわけにはいかないものとする。しかし、この加害者自身の言葉との一致は無視できない。アーロンとタモーラの息子たちが述べる順序とタイタスが述べる順序は逆である。誰がラヴィニアを強姦したのかという皇帝サターナイナスの質問と、それに続く、なぜタイタスがたった今、一人娘を殺したのかというタモーラの質問、これらの質問に対するタイタスの返事は、「殺したのは私ではない、カイロンとディミートリアスだ、／あの二人が娘を手ごめにし、舌を切り落としたのだ」（五幕三場五五～五六行）であった。このタイタスの返答は、フィロメラ物語をラヴィニア強姦事件の範例としてみる彼の一貫した姿勢を表わす。しかしそれは、タイタスにとって事実をゆがめるバイアスとして働いたものであった。

三　復讐の手本としてのフィロメラ物語

タイタスは縛り上げたカイロンとディミートリアスに対し、「きさまらは娘をフィロメラよりもひどいめに会わせた、／おれはその姉プログニよりひどい復讐をしてやる」（五幕二場一九四～五行）と言う。フィロメラは舌を切断されただけだが、自分の娘は舌に加え手までも切断された――フィロメラよりもひどい扱いを受けたという言葉の意味する内容である。しかし「プログニよりもひどい復讐をしてやる」とタイタスが言うとき、彼はどのような暴力を念頭においてそのように述べたのだろうか。彼は復讐の段取りをタモーラの息子たちに聞かせ、それも二度も彼らに聞かせて、そのあと彼らの喉をナイフで切り、その流れ出る血をラヴィニアに洗面器で受けさせる。そしてタモーラの息子たちの死骸でパイを作り、それを彼らの母親に食わせる。表面的には、それがタイタスの言う「プログニよりもひどい復讐」である。劇は復讐のためにタイタスが大変身する様子を見せる。劇冒頭の凱旋将軍の面影はまったく感じられないような料理人の装いと立ち居振る舞い。復讐の女神に変装したタモーラに向かって言う、復讐が叶うなら自分はどんな卑しい仕事"a servile footman"（五五行）も厭わないという言葉。自分自身でタモーラを殺害すること（かつての凱旋将軍が刃物も持たない女を殺す！）。劇冒頭の社会秩序は転倒していると言っても過言ではない。自分が目指す最大の敵は皇帝の后であるとタイタスは考えているのだから、身分秩序を転覆させる覚悟がないと復讐は叶わない。このような要素は復讐悲劇の常套であると言えるだろう。しかし、タイタスの敵の殺し方はいずれも一撃である。縛り上げたカイロンとディミートリアスの喉を切り、タモーラには（恐らくその心臓に）ナイフを突き刺す（「この短刀の切れ味が証人だ」五幕三場六二行）。この復讐方法はまったくラヴィニアが受けた痛みと苦しみに引き合わないと思われるくらい、あっさりとしたものである。

このタイタスの復讐方法をリューシアスのアーロンに対する報復と比較してみれば、両者の違いは一目瞭然である。後者の復讐の方法とは、「この男を胸の深さまで地中に生きうめにし、／いくら飢えて食物を求めわめこうと与えずにおくのだ」（五幕三場一七八〜七九行）というものであった。これならアーロンが犯してきた悪事に釣り合う感じがする。実際タイタスの復讐方法は、オヴィディウスが描くプログニとフィロメラの復讐場面と比べると、そのむごたらしさにおいて劣る。一五六七年に刊行されたアーサー・ゴールディング訳の『変身物語』から姉妹の復讐の一部を以下に示す。

そしてまだ命が彼［幼い子どものアイティス］の四肢に宿っている間に、
彼女たちは、肉片に引き裂き、一部を鍋でゆで、一部をじゅうじゅうと音を立てる金串に刺し、火であぶった。
さすれば、固まった血で部屋一面は汚されてしまった。
…………………
フィロメラは、殺戮の行われる争いから
逃げる人のごとく髪を逆立て飛び出しては、アイティスの
血まみれの頭をその父親［テリュース］に向かって投げつけた。
（六巻八一四～三四行）[一六]

オヴィディウスの描くプログニは息子を殺害せねばならない母親として心の葛藤を示しており、それが姉妹の復讐をいっそうむごたらしくみせている。

　タイタスの言う「プログニよりもひどい復讐」はどの点に存在するのだろうか。それはおそらくカイロンとディミートリアスの死骸を料理するプロセスに、またその料理を母親に食わせるという空想のなかにある。そのためレシピは念入りに説明され、また繰り返し説明される――「こいつらの骨を臼でこまかい粉にし、／それにこの憎らしい血を注いでこね合わせ、／その練り粉にこいつらの生首を包んで焼いてやる」（五幕二場一九八～二〇〇行）。タイタスが述べた「プログニよりもひどい復讐」は、料理のプロセスとその料理をタモーラに食わせるという空想でしかあり得ない。[一七] タイタスは料理のプロセスを楽しむ。復讐の残酷さが彼の内面で経験されているからである。アンドロニカス一族の人びとは、タイタスの正気が失われかけている

と思って、彼の狂気にも見える空想に付き合うが、「狂気」がまず内面で経験されるという意味ならば、タイタスは狂気である。たとえ変装して自分の館を訪れたタモーラとその息子たちの正体を見破っているとしても狂気である。それはフィロメラ物語に自分の認識と行動の先導役をさせる彼にはふさわしい。

「プログニよりもひどい復讐」とタイタスは言い、フィロメラ物語のなかのプログニの位置に自分を置く。タイタスが復讐を実行するには社会秩序の転倒があったとすでに述べた。劇冒頭の凱旋将軍の地位は、「戦車の御者」「従僕」「料理人」へと社会的地位が下降する。ジェンダーの変化もタイタスは経験する。支配的な父を象徴する凱旋将軍の地位からの落下がそのままジェンダーの変化を示していると言えるが、劇の中盤に彼が見せるおびただしい涙、そして自ら引き受けるプログニの役割がそれを表わす。復讐を終えたあと、残されたアンドロニカス一族の人びとはタイタスの亡骸に別れを告げる。そのなかでリューシアスは小さな息子に次のように声を掛ける。

いろいろな話を聞かせ、そのおもしろい話を
よく覚えておいて、自分が死んだらおまえがかわりに
話して聞かせるのだぞ、とおっしゃっていた。

（五幕三場一六三～六五行）

小さなリューシアスに本を読んで聞かせてやったのは誰だったか。四幕一場で観客はタイタス自身の、「な

あ、おまえ、叔母さんは、／慈母の鑑コーニーリアが息子に読んで聞かせた以上の／心づかいをもって、美しい詩やキケロの『雄弁術』を／読んでくれたろう」（一二一～一四行）という言葉を聞いた。そこでタイタスが少年に指摘したのは、本読みという形でラヴィニアが甥に示した愛情だった。従って、上に引用したリューシアスの言葉のなかでは、少年に対する本の読み手がラヴィニアからタイタスに変わったことになる。あるいはラヴィニアの位置を今度はタイタスが占めたと言うこともできる。[一八] つまり、タイタスとラヴィニアは少年に物語を聴かせることを通して、姉妹となったのである。またしてもこの劇は、フィロメラ物語に一歩近づいたわけである。フィロメラの復讐をしたのはその妹であったのだから。ここにタイタスの変身は完成する。軍事・政治の世界の最有力者から家族のなかの娘と違わない立場に。そのことは、「私の父とラヴィニアは、これからただちに／わが一家の墓地に安らかに眠らせることにする」（一九二～九三行）という劇の最後の台詞のなかにも暗示されていた。

*

ラヴィニアが意志伝達する手段をすべて奪われたことによって、フィロメラ物語は、レイプとその犯行の隠蔽、そしてその秘密の開示の物語として観客の中に定着してゆく。この定着のプロセスにおける重要な事実は、ラヴィニア強姦の事実は本人の証言を通してしか明らかにすることができないということであった。森のオンステージとオフステージの二つの「場所」における事件が平行して進行する劇構成が示すのは、性的な身体部位がもつ秘密的性格である。劇はその秘密的性格を前景化する。さらにそのことは、タモーラが言及するアクティーオン神話が「国家機密」を意味することによって補強される。

被害者側の人々のフィロメラ物語をもとにした推測に対応して、加害者側から具体的な事実提供がなされるという劇構成によって、観客自身も虚構と現実の一致について確信を強めていく。ラヴィニアの秘密開示に近づくにつれ、劇はフィロメラ物語とのさらなる類似性を、登場人物に向けてではなく、観客に向けて提示する。例えば、姉妹関係や、外敵との関係である。しかし劇が強調するのは、外敵との関係はタイタスの脳裏に浮かばない点である。彼は、物語と現実との部分的な平行関係に囚われており、またその想像力はローマの内側にしか働かない。娘の開示した犯人の正体は彼の予想した者ではなかった。秘密開示の瞬間に言及されるルークリースの物語もまた、タイタスやマーカスの思考の及ぶ範囲がいかにローマ内部に限定されているかを告げている。

タイタスの認識には省略がある。強姦には言及して切断を省略する、舌の切断には言及して手の切断を省略するという具合に。観客もその省略作業に同調し、その結果を問題なく受け入れてしまうだろう。即ち、ラヴィニアは強姦され、レイピストは自分たちの犯行が露見しないようにラヴィニアの舌を切り取ったばかりか、その手も切断したのであると。本論はこの当たり前とみえる結論を疑い即座には受け入れない。

そのために劇中における第二の秘密開示の場面を検討した。リューシアスとアーロンとの対決場面は、森の場面と似て、またもや秘密保有の文脈である。アーロンの語りをその文脈と彼の動機から考察した。アーロンは相手の知らない秘密を知っているという有利な立場から、それを元手にリューシアスと観客に対し演劇的な勝利を誇示しようとする。彼の語りの中では、ラヴィニアに対してなされた暴行の順序は彼の嗜虐性に合致したものであるので、それだけでは客観的な判断材料にはならない。しかしその順序は、加害者の一人が語る順序と一致するところから、ラヴィニア強姦事件の範例としてのフィロメラ物語は、タイタスにとって事実をゆがめるバイアスとして働いた可能性を示唆すると述べた。

本章の最後のセクションでは、フィロメラ物語のプログニ以上だとタイタスが言う彼の復讐に含まれるものは何かという問い掛けをした。また劇はその結末においてもフィロメラ物語との類似性を作り続けることを指摘した。なおタイタスの奇妙な復讐方法については、《幕間　その二》においてさらに論じることとする。

II　傷つけと痛み——『ジュリアス・シーザー』をめぐって

シェイクスピア作『ジュリアス・シーザー』

■主な登場人物

ブルータス（陰謀の中心的存在となる）、キャシアス（ブルータスを陰謀に引き込む）、ポーシャ（ブルータスの妻）、ジュリアス・シーザー（権力者）、アントニー（シーザーのお気に入り）、オクテーヴィアス（シーザーの養子）

■あらすじ

共和制ローマで自由を享受する人々は、シーザーが最高権力者に上り詰めるのを恐れ、彼を暗殺する計画を立てる。キャシアスは、個人的な動機もあってシーザーを嫌っているが、大義名分を押し立てブルータスを陰謀に誘い込もうとする（一幕）。陰謀仲間が集まると、ブルータスはすぐに彼らの中心的存在となり、シーザー暗殺計画を自分の想念で染めてしまう。ブルータスの妻ポーシャは夫の様子に異変を感じ取り、秘密を打ち明けてくれるよう懇願する。シーザーの家では不吉な夢を見た妻が夫に外出しないようにと頼むが、自己イメージを肥大させた夫の耳には入らない（二幕）。陰謀者らは陳情者のふりをしてシーザーに接近し彼を殺害する。彼らは暗殺成功の興奮から、暗殺のシーンをことさらに残虐に演出していることに気づかない。生き延びたアントニーは陰謀者らに近づき、ひそかに形勢逆転をねらう。有名な演説の場面でブルータスの次に演説に立ったアントニーは、たくみに民衆を扇動し、ブルータスらが主張する共和制の守護者のイメージを転覆させてしまう（三幕）。アントニーは、この機会に乗じ、権力欲から邪魔者を次々と抹殺する。他方、現実問題との対応がブルータスらのあいだに人間関係のきしみを生む（四幕）。戦争の旗色が悪くなる中で、ブルータスとキャシアスは自害する（五幕）。

第三章　皮膚を剥ぐ——公開解剖学レッスン

身体と衣服との関係は、いつも明らかであるとは限らない。また両者はいつもそれぞれの独自性を保っているものでもない。[一]この身体と衣服との境界が曖昧である様子は『ジュリアス・シーザー』における演説の場面においても観察される。

アントニーが「シーザーの亡骸をかこみ輪になってくれ」（三幕二場一六〇行）[二]と声をかけると、民衆はシーザーの死体の回りに集まり、ついでアントニー自身も演壇から降りて死体の傍らに立つ。アントニーはシーザーの死体を見せようと言って、民衆をその回りに集まらせる。しかし最初に彼が群衆の注意を向けるのは、シーザーの死体ではなく、それが着ている外套である。彼は外套の穴のひとつひとつを、それを穿ったシーザーの殺害者たちの名前とともに指し示していく——「これがあれほど愛されたブルータスの刺した箇所だ、／そして彼の呪わしい剣がここから引き抜かれたとき、／シーザーの血はそのあとを追ってほとばしり出たのだ」（三幕二場一七八〜八〇行）。ブルータスの剣がシーザーの体から抜き取られたとき、その剣を追いかけるかのように血が流れ出た、とアントニーは述べる。しかしこれは奇妙である。実際ならば、傷口から流れ出た血はまず外套ににじみ（それより先に、体に直接触れている衣服ににじみ）、そのにじみが広がるという形になるだろう。アントニーのレトリックによって外套は、次第にシーザーの皮膚そのものに変容する。多くの穴を穿たれたシーザーの流血はおびただしい。ほとんど外套全体が血で染まっているはずである。アントニーの聴衆がそれを皮膚だと空想してもなんの不思議もない。その血染めの外套が取り除かれてシーザーの体そのもの（当時の役者は肉襦袢のようなものを外套の下につけていたと考えられる）が開示されるとき、それはあたかも皮膚を剝がれた死体のようである。死体の周囲に集まる群衆、死体の傍らでその解説をするアントニー、皮膚を剝がれる死体。この瞬間、劇の観客は、ヴェサリウスの解剖学レッスン（図3－2）を見ているという錯覚に襲われるのではあるまいか。本章では、シーザーの死体を核とした劇展開のサブテキストとして、ルネサンスの公開解剖学レッスンとその図像が考えられることを述べる。

一　処刑解剖——ヴェサリウス以前の解剖図

ベレンガリオ・ダ・カルピ、ヴァルヴェルデ・デ・アムスコ、シャルル・エティエンヌ、アンドレアス・ファン・スピゲリウス、そしてとくにアンドレアス・ヴェサリウスなどによる人体の解剖図を含む著作は、人体の科学としての解剖学の誕生と結びついており、この時代はこれまで「解剖学のルネサンス」（anatomical Renaissance）と呼ばれてきた。英国ではこの種のルネサンスは一七世紀の中頃、ウィリアム・ハーヴェイ（一五七八～一六五七）の著作が広く読まれるようになるまで根をおろすことはなかった。しかし解剖図は、解剖学書の翻訳・再刊・要約などを通して、より早くから英国に流布していたのである。[三]

まず、最初の演説者ブルータスと解剖学レッスンとの類似性を指摘したい。演壇に上ったブルータスの両手は血に染まっていた。それは彼がシーザー殺害の直後にほかの仲間にも呼びかけて、シーザーの血にわざわざ自分の手を浸したからである。このブルータスの行為は普通、計画を遂行するうちに生まれた激情に、いつも理性的な彼が我を忘れてしまうエピソードとして受け取られる。しかしこのことさらにスペクタクル的な行為にブルータスを駆りたてた力の一部は、自分は社会の権威の側に立っているという彼の思い込みであった。自分をパブリックな立場においたブルータスの想念のなかでは、シーザー殺害は公開の処刑と似たものである。スペクタクルとして血を流すシーザーの死体は、ローマ社会の理念を崩そうとした者がたどる必然的な運命である。ミッシェル・フーコーによると、処刑によって君主の力の絶対性が罪人の体の上に主張される。[四]そして公開の解剖学講義は、この「刑罰のスペクタクル」に似ていた。ジョナサン・ソーデイは、処刑と解剖学講義との関係を、ひとつのドラマの連続する二つの場面であると述べている。[五]ローマにおいては公開の処刑と公開の解剖の関係は明白で、土曜日に処刑された罪人の死体を翌日の解剖用に用いたのである。

ブルータスの語る共和制ローマの理念に民衆が同調を示した（三幕二場三六行）直後に運びこまれるシーザーの死体は、彼にとって今やなんの意味ももたない。多くの批評家が指摘するように、ブルータスの関心はほとんどシーザーの死体に向いていない。ローマのなんびとであれ、シーザー殺害について疑問があれば、すべては文字《テキスト》がそれに答えてくれる――「彼の死に関する問題点は議事堂《キャピトル》の記録にとどめてある」"The question of his death is enroll'd in the Capitol"（三八～三九行）。シーザーの死体に対するこのブルータスの態度は、「ヴェサリウス以前」（pre-Vesalian）のスタイルで描かれた解剖図の場合と似ている。そのような一例に、ヨハネス・ド・ケタムの『医学叢書』（*Fasciculus Medicinae*, Venice, 一四九三）に載せられた木版画（図3-1）がある。この図版では講壇（lecturn）に立つ解剖学の教授が古典の医学書から死体の説明をしている。この版画のバージョンでは書物は示されていないが、それは暗黙のうちに了解されている。スコラ学の慣習のなかで講壇に立つことは、指定教科書から朗読するものと決まっていた（図版では講壇の周囲の細かな装飾がそれを示す）。教科書《テキスト》に死体の解説を求める解剖学の教授と似て、ブルータスにとってシーザーが死体となって横たわっている問題は、すべてキャピトルに納められたテキストによって解決されている。ヴェサリウス以前の解剖図のなかの死体が「テキスト的権威の受け身的受容者[六]」の状態であるのと同じように、シーザーの死体の解釈もテキストに委ねられている。

つぎにケタムの図における解剖学の教授と死体との位置関係に注目したい。高い位置を占める教授と低い位置に置かれた死体――これらは社会の階層秩序を表わしている。図の枠に対して水平に置かれた死体は、垂直方向に差異化された社会秩序に参加していない。それは人目を引かず、まだ切開もされていない。演説の場面でブルータスは高い位置から民衆に語りかけたが、これは解剖学の教授が図のなかで高い位置を占めていることと符合する。

ケタムの図の中の講壇に立つ人物は解剖用の死体を見つめるのではなく、むしろ遠方に視線を向けている。

図 3-1　ケタム『医学叢書』(1493) より

図 3-2　ヴェサリウス『ファブリカ』(1543) より

それだけではない。この絵の鑑賞者は教授の背後にある壊れた窓を通して遠方の風景の一部分を見はるかすことができる。これらの点に関して、ジェラム・J・バイルビルは、人間の直立の姿勢は遠方を見るのを助けるというモンディーノ（一二七五頃～一三二六年）の説を挙げ、また「それゆえ都市の守護者は見張りを遠くまでよく見えるように塔などの高い場所におくのだ」という彼の言葉を引用している。[七]

劇において、大所高所からの政治的判断はブルータスやキャシアスに特有のものである。劇の冒頭では護民官が、民衆の歓声がタイバー川に突き出した堤防によって反響し、音が外へと広がって行かない様子を語ったが、次の引用文でも同じように、ローマは一種の閉じた容器として定義される。“Rome”はひとつの“room”である――

ローマの歴史を語って、こう言えたものがいるか、
この広大な城壁がただ一人の人間しか容れなかった
時代があったと？　広いローマ（Rome）はたしかに大広間（room）だ、
たった一人の人間でいっぱいになるのだから

（一幕二場一五二～五五行）

この劇のローマの閉塞性は、劇中で用いられる言葉のレベルにおいても言える。本来は一つの国の対外的関係において用いられるべき「凱旋」「征服」「奴隷」「捕虜」などの言葉が、自国内の様子や事件を述べるの

に用いられている。またこのローマは、時間的境界を有することも示唆される。王位に就こうとしたタークィンをブルータスの先祖がローマから追放したエピソードは、共和制ローマの創世神話のように語られている（一幕二場一五六〜五九行、二幕一場五一〜五四行）。

そして、ケタムの図の中の「壊れた窓」がもつ意味と似て、ブルータスの家の「窓辺」（二幕一場三六行）に置かれた、圧政者シーザーの打倒を迫る手紙の内容は、このローマの地理的・時間的最大枠を取り込んでいる。さらに遠方のモチーフは、陰謀者たちが集合するブルータスの家での奇妙なやりとりにもあらわれる。ブルータスとキャシアスが二人だけで内緒話をしているあいだに、他の陰謀者たちが東の方角について行なう議論である――「ほら、むこうの雲に灰色の線が／縞模様を作っている、あれは夜明けの前ぶれだ」（二幕一場一〇三〜〇四行）。そこには象徴的な意味があるかもしれない。つまり、陰謀者たちの拠ってたつ立場が、ローマにあって遠方を見はるかすものであるということである――ちょうど解剖学の教授が遠方を見やっているように。ブルータスとシーザーの死体を核とする構図は、「ヴェサリウス以前」の解剖学レッスンの絵の構図と符合している。

二　神聖解剖――ヴェサリウス以降の解剖図

解剖図は、ケタムから移行段階にあるベレンガリオを経て、ヴェサリウスになると大きく変化する。死体は解剖台のうえで「超越的な意味」"transcendent significance"[八]を与えられるのである。劇においても、ブルータスのあとアントニーが演説台に立つと、シーザーの死体に対する態度と意味づけが一変する。アントニーの「諸君はきっとシーザーの傷口にかけ寄り、口づけし、／その神聖な血にめいめいのハンカチをひたすだろう、／いや、それどころか、シーザーの髪の毛一筋を記念のためにもらい受け」（三幕二場一三四～三七行）という言葉は、シーザーの体を聖遺物に等しい神聖なものとして提示する。

アントニーと同じ言葉は、ディーシアスによっても語られたものであった。カルパーニアの夢についての彼の解釈は、「あなたから大ローマが復活の血を吸いとり／貴族たちが先を争って、聖なる血にひたした記念の品（tinctures, stains, relics, and cognizance）を求める」（二幕二場八七～八九行）というものであった。ここにも聖遺物への言及がある。つまり、死んでもなお生前の力を失わない体である。処刑と解剖という二つの儀式が終ると、人びとの関心は治療効果をもつと信じられた死体そのものへと向いた。処刑された死体に人々が求めたものは、その脂肪、血、髪の毛、頭蓋骨、へそなど、特別に治療効果をもつと信じられた部分であった。さらに英国では、たんなる刑死者との接触でさえ、「治癒効果がある」“therapeutic”[九]とみなされたのである。

ヴェサリウスの『人体の構造に関する七章』（略称『ファブリカ』*De humani corporis fabrica libri septem*）の解剖図のなかでは、死体は「過去の権威を確証する手段というよりも、発見の場[一〇]」となる。死体にみられるこの地位の変化は、解剖学者の役割の変化と結びついている。彼は高い位置にあった教授の椅子から降り、ケタムの図に示されていた垂直的な階級秩序は破壊される。同時に死体と解剖学者とのレベルの差は消え去り、両者は同じレベルで向かい合うことになる（図3-2）。この点についてソーデイは、「ヴェサリウスを見物者たちと同じ高さに置くことで、実際その中に紛れ込んでしまいそうな人々で彼を取り囲ませることで、彼の仕事は、人々からの承認を受ける種類のものであることが示されている」[二]と述べる。劇では、シーザーを葬り去ったブルータスは壇上へ登るのに対して、アントニーは演説の途中で壇上から降りて、聴衆のなかに置かれていたシーザーの死体のすぐ傍らに立つ。

初めにシーザーの外套の傷穴のひとつひとつを群衆に示し、次に外套という覆いを取り去って（覆いものを取り去るのは解剖学のレッスンに付きもののジェスチャー）無惨なシーザーの死体を示すアントニーは、ヴェサリウスの解剖図における教授のように、シーザーの体の内部と接触している。いまや一幕一場の職人たちによって代表される群衆と混じりあって、まだ血が流れる傷口を指し示すアントニーの行為は職人的とも言える。かつて職人の一人は自分のことを「古靴の医者（surgeon）」（一幕一場二三行）と述べたことが想起される。死体と聴衆との関係において、ブルータスはケタムの図のなかの教授に対応したが、アントニーはヴェサリウスの図のなかの教授に対応している。アントニーが指し示し、彼が語ることがらのひとつひとつが群衆によって確認される。

新しい解剖図では、古い図で解剖学者が占めていた場所に骸骨が立っている。この骸骨は、観客によって無視されるばかりか、「死を想え」（*memento mori*）の寓意としても軽蔑をもって扱われている。ソーデイによると、この骸骨を通して示されるのは、「ガレノス的解剖学者は、今では解剖劇場の痩せこけた（bony）存在にすぎない[三]」ということである。ヴェサリウスの図のなかで無視・軽蔑される骸骨は、劇ではブルータスに相当するだろう。シーザー殺害後、死について観念的な言説（三幕一場九九～一〇〇行）を吐いた彼は、演説の場面の終りで群衆によって無視され、劇の結末に到ると彼の肉体は、"bones"（五幕五場七八行）と呼ばれるものに変わるからである。

ヴェサリウスの図で死体がその視線を解剖学者に向けていることにも示されているように、両者の間には親密さがある。さらに、この親密さについてソーデイは、「死体は切開を願っている。どの解剖学者とも同じように、彼女は心から、自分の体の内奥を公衆の視線に開示されることを願っている」[一三]と述べる。死体が自分から肉体の内部を広げて見せるポーズをとる型は、スピゲリウスやヴァルヴェルデにみられる[一四]（図3－3）。切開された死体が解剖学者に示すこの「協力姿勢」に対応する劇中のディテールは、アントニーによるシーザーの遺書の開示とそのプロセスである（"his closet"［三幕二場一三一行］に発見された遺書の秘密的性格と身体の内奥のモチーフとの結合に注意）。この開示される遺書は、聴衆の想像のなかで、あたかもシーザーの死体が語るメッセージのようである。また逆に、シーザーの「開かれた」体は観察者がそこに意味を読みとることができるテキストである。民衆の扇動を目的とするアントニ

図3-3　スピゲリウス『人間身体の構造について』（1627）より

ーは、いわば腹話術を用いて死体に語らせねばならない――「私はただ諸君自身のすでに知っていることを語り、／シーザーの傷口を示し、あわれな物言わぬ傷口に／私の代わりに語れと命じるのみだ」（三幕二場二二五〜二二八行）。解剖死体の「自己論証の型」が示すのは、もはや解剖学者は必要ではないということである。同じように劇では、民衆の想像のなかでシーザーの傷そのものが語っているのである。

多くの解剖図のなかの死体（cadaver）は、死んだ体としては描かれなかった。それは頻繁に戸外の風景を背景に、まだ生きているものとして描かれた。この解剖図のコンベンションは、アントニーによって、あたかも意識があるかのように語られるシーザーの死体に相当する。解剖死体の背景図となっている、ローマあるいはパドヴァ（Padua）の南西部を描いたとされる田舎の風景は、アントニーによって聴衆の想像のなかに喚起されるシーザーの牧歌的な遺産（三幕二場二四九〜五三行）と対応するだろう。

ルネサンスの解剖図に特徴的なもう一つの死体の描法についても触れなければならない。『ジュリアス・シーザー』における印象的なイメージに、シーザーの彫像がある。プルタークの「シーザー伝」では、彼が顚覆したポンピーの立像を立て直したこと、シーザーの立像が王の冠を戴いていたので護民官二人がそれを取り去ったことに触れているが、シェイクスピアの想像力は、彫像のイメージをまったくオリジナルな形につくり変えている。カルパーニアの夢に現われるシーザーの彫像は、シーザーの肉体を彫像として幻視するきっかけを与える。この肉体と彫像とが結合されたイメージは、殺害の場でシーザーの血を浴びたポンピーの像に発展する。これらの事情もルネサンスの解剖図を喚起せずにはおかないものである。解剖図の人体も彫像の形で描かれることがあった。ヴェサリウスと彼以降の解剖図の人体モデルを提供したのは、実際に切開された肉体だけではなしに、一六世紀になって急に知られるようになった古代の彫像でもあった。例えばヴェルヴェデーレ（Belvedere）のトルソーは、『ファブリカ』のなかの多くの人体図（図3－4）の基礎となった。[一五]

シーザー殺害に成功した陰謀者らの興奮は、演劇の形式を用いた自己顕彰として表現される（三幕一場一一一～一一六行）。自分たちの行為は、そのまま舞台にかけても十分に演劇作品として通用するというブルータスの意識は、演説の場面においても続いていると見るのが自然だろう。そして、このブルータスと対抗するのはアントニー、この劇でルーパカル祭からそれこそ直接に翌日へと目覚めるアントニーなのである（アントニーは、陰謀者らの企むシーザー暗殺とも、その予兆ともみえる夜の数々の異常とも無関係に、お祭り騒ぎのあと遅い時間に床につき、ルーパカル祭からそれこそ直接に翌日へと目覚める）。「芝居好き」（一幕二場二〇三行）とわざわざ述べられているアントニーは、ブルータスに比べ下手な役者であろうはずがない。すでに三幕一場で暗殺者たちの破壊を目論んでいる彼の独白、「復讐を求めてさま

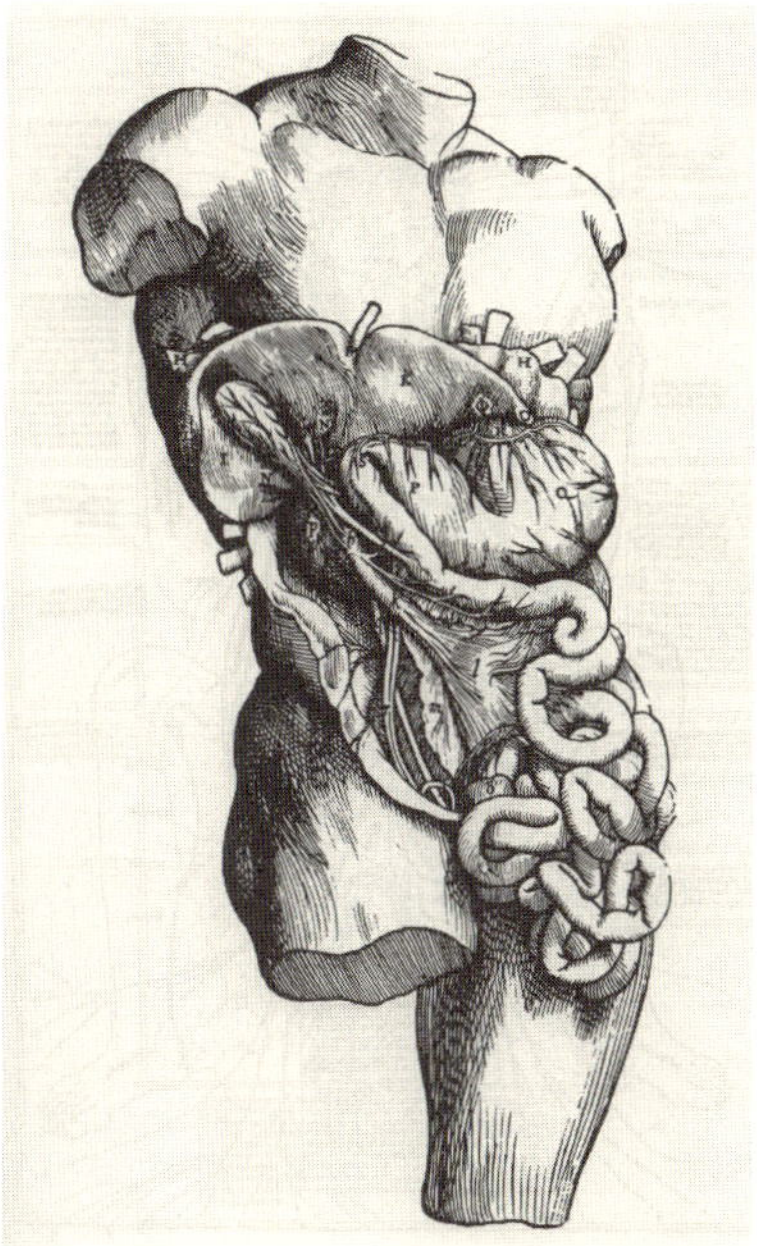

図3-4　ヴェサリウス『ファブリカ』（1543）より

よい歩くシーザーの霊魂は」（三幕一場二七〇行）で始まる独白は、この作品が書かれた当時流行の復讐劇につきものの台詞ではないのか。その結果、演説の場所は極めて劇場的な場（theatrical site）と化す。ジョヴァンニ・フェラーリによると、公的な解剖劇場（public anatomy theatre）は、劇場的な場として構想されたものだった。ティツィアーノの弟子であったアレッサンドロ・ベネデッティがヴェサリウスの『ファブリカ』の口絵（frontispiece）のデザインを担当したが、その彼がインスピレーションを受けたのは円形劇場であったし、エティエンヌの『人体部分解剖学』（*De dissectione partium corporis humani* 一五三〇年頃に著わされ一五四五年に出版された）は、「ヴィトルヴィウスのスタイル」（Vitruvian style）でつくられた半円形の解剖劇場の描写に長い一章を当てている。[一六] 建物のデザインだけでなく、異なる局面に分けられたレッスン、入り口での入場料の徴収、音楽の演奏、「出演者」に対する規制など、演劇用の劇場と共通する要素を解剖劇場は合わせもっていたのである。

　さらに興味を引くのは、公開解剖の儀式はカーニバルの時期に催されたことである。それは厳粛であるがまた祝祭的な儀式であり、解剖学に携わらない人々も引きつけたと、フェラーリは述べている。[一七]『ジュリアス・シーザー』の前半は、祝祭的要素・カーニバル的要素が濃厚である。カーニバルの気分は、アントニーの演説によって扇動された民衆が詩人シナをシーザー殺害者の一人と同じ名をもつという理由だけで殺す場面にも続いている。市民が詩人シナに職務質問するエピソードは、「お祭り」"holiday"（一幕一場二行）気分の職人たちが護民官によって職務質問を受ける劇冒頭の場面を彷彿させる。解剖学講義がカーニバルの時期に催されたのは、死体を保存するのに適した季節ということのほかに、一般の人びとが見物に出かけやすい休日であったことにもよる。彼らはときには仮面や仮装などのカーニバルの装いで公開の解剖学講義に出かけた。英国の公開解剖学講義についても、ウィリアム・ハーヴェイが、専門家だけでなく、「あんぐりと口を開け、不思議なものを目撃していると考えている無知な大衆[一八]」をも含めた観客の前で切開（dissection）を行うといって批判したように、それは一般の人びとをも招き寄せたのである。

*

本章で扱ったことがらを通してわれわれは、シェイクスピアはこの劇でひとつの新しい試み、ルネサンス的試みを成そうとしているのではないかと思わせられる。シーザーの死体をめぐるアクションに、あたかもヴェサリウス以前と以後の解剖学の展開がそのサブテキストとして読み取れるのである。内部をもつ肉体、それは遠近法（パースペクティヴ）をもって描かれる肉体である。ポーシャが太股をナイフで刺すエピソードについても論じうるように、この劇には身体の扱いにおける遠近法的手法が濃厚である。内部をもつ肉体、それはヴェサリウス的解剖図に描かれるような量感をもつ肉体である。これは単に肉体の表面での観客効果が問題となるスペクタクル的身体とは別のものである。シーザーの体の内奥を秘密の隠し場所とする点もまた、ポーシャのエピソードと類似している。これらのテーマについては次章で扱うこととする。

第四章　傷、痛み、秘密

『ジュリアス・シーザー』の登場人物たちは、彼らの振舞の表層とその互いの差異に対してこだわりを示す。彼らに特徴的なこのスタイルへの関心をR・J・カウフマンとクリフォード・J・ローナンがうまく述べている。

場面は、繰り返し、画家の構図や彫刻家の配置のように組織される。アクションが動くと、それはあたかも様式的な振り付けがされているかのようである。主要な登場人物はわざとらしいポーズで現われる（あるいは、そのようなポーズであることが明らかにされる）。彼らは気取ったポーズをとる。彼らは自分たちを分類する。

実にスタイルへの意志は、シーザーとそれ以外の者たちの区別なく、ローマの貴族全体に浸透している。スタイルは閉じたローマ（前章を参照）における貴族たちの一大関心事なのである。[二] どちらかといえば、風習喜劇（comedy of manners）が批判的に扱うはずの登場人物の認識と振舞のこわばりが、この劇の登場人物の空虚さ（hollowness）と彼らの政治的言説の空虚さの印象[三]を生み出している。その中でもとくに注意すべきは、彼らによる肉体の軽視である。（このことは、劇中初めて体に注意を向けるのがポーシャであることによって、さらに際立ったものになる。）ブルータスの政治的認識は身体性を軽視する方向に進展する。ブルータスによる肉体の軽視を前景に押し出す一方で、劇は後景において肉体への並々ならぬ関心を示している。ブルータスにとっての劇場の観念は、劇がシーザー、キャスカ、ブルータスと順を追ってそれぞれの「芝居がかった仕草」（histrionism）の特徴を提示していることからわかるように、結局のところ劇場都市ローマのエトスが内在化されたもの、私的にされたものであった。そこでは誰もが下手な役者を演じる。彼らの演技への志向は、彼ら男性たちが奉じる理想のローマ人の観念と分かちがたく結びついていた。しかし、その結合はポーシャのエピソードによって、肉体的な痛みの観点から、またジェンダーの観点から厳しく批判される。この劇における暴力のインパクトの大きさは、劇の前景におかれた表層的なスタイルへの関心の背後からそれが生じることに起因している。[四] 肉体の軽視を背景として提示される肉体の弱さと傷つけはこの劇世界全体に及んでおり、この劇の基調をなす。そのための大掛かりな演劇的仕掛け、演劇的構成についても最後のセクションで明らかにしたい。

一　漏れる容器としての肉体

二幕一場におけるポーシャのエピソードは、女性の場合、スタイルへの意志がどのような形で現われるかを問題にしている。このエピソードを通して観客は、この劇における権力・政治・哲学的理念の問題は、ジェンダーにかかわる問題と比べればはるかに小さいことを知る。ジェンダーの問題がもつ重要性に比べれば、シーザー個人の権力の問題（シーザーが死んでも、この劇のローマでは政治の何が変わるだろうか）、共和制か帝政かという問題、ローマの哲学的理念の問題などは、この劇の中心的関心ではない。ポーシャが自分の体を傷つけるこのエピソードについて注目すべき点は、第一に、自分のジェンダーを男性として定義しようとするポーシャの努力である。第二は、そのために彼女が払う犠牲である。つまり、女性ジェンダーの否定である。いったいなぜポーシャは自分を傷つけねばならないのか。これら二つの点は密接に関係する。

この劇ではナイフによって体を傷つけるモチーフが繰り返しみられる。それら同種のモチーフの中にあって、ポーシャの場合は特殊である。劇の中ほどのシーザー殺害、また劇の終りのブルータスとキャシアスの自殺は、危機的状況の中で発生する暴力である。ポーシャの場合はそうではない。むしろポーシャの傷つけの性格は、劇中で頻繁にみられる、自己証明のためにナイフの切っ先を自分の体に向ける男たちの行為に似ている。

最後に、次のことばをもってお別れしよう――私はローマのために最愛の友を刺した、その同じ刃を、もし祖国が私の死を必要とするならば、みずからこの胸に突きつけるだろう。

（三幕二場四五～四八行）[五]

しかし男性たちの場合（上の引用のほかに、一幕二場二六〇～六三行と四幕三場九八～一〇二行も参照）には、わが身に向ける刃はたんにジェスチャー・言葉にとどまる。自己の真実性を他人に向かって表明（証明）する手段としてのいわば「見得」である。それは彼らがスタイルの信奉者であることを示す。どうしてポーシャだけが、「ケートーの身体的言語」[六]を用いて、「ほとんど自殺行為」[七]に走らねばならなかったのか。

このエピソードについては、その文脈に注意せねばならない。最近様子が異常な夫ブルータスの健康を心配して、その心の奥の秘密を打ち明けるように願うポーシャのエピソードは、ブルータスの家に深夜集まった陰謀者の密談という文脈の中におかれている。ブルータスは、陰謀参加のための誓約を不要として述べる「いや、誓いはいらぬ。もしも人々の悲憤の顔、／われわれの魂の苦痛、この時代の悪弊――／もしもこれだけで動機が弱いというなら、いますぐ／やめてしまおう」（二幕一場一一四～一一六行）で始まる言葉の中で、理想のローマ人の観念を表明している。彼に言わせれば、シーザー暗殺のための陰謀団に参加し、これを密告などによって裏切らないことがローマ人の証明なのである。また彼は散会しようとする陰謀仲間たちに次の言葉をかけて、うっかり秘密を漏らすことがないようにと念押しする。そのためにブルータスが使用する手本は、「倦まぬ心と毅然たる落ちつき（constancy）」（二二七行）を備えた「ローマの役者」（二二六行）にある。この劇では“constancy”の語は理想のローマ人の観念を集約させた言葉だが、引用が示すようにその観念の基盤には演技の要素、「変身」の要素がある。不変なものの中核に変身原理があるというのは奇妙であるが、ブルータスはその種の演劇のイメージが引きおこす矛盾など気にかけない。それどころか、彼は自由に演技・劇場・役者などの言葉をローマ人の理念を語る際に利用するのである。

　ローマの男性の言葉と振舞いの中でこれだけ演技が用いられるならば、ポーシャも男たちと同じように、自分の体にナイフの切っ先を向けるという演技だけによって、自分の真実性を表明すればよかったのではないか。なぜポーシャにはそれができなかったのか。エピソードの背景にあるのは、女性ジェンダーについての複合的観念である。一般的に劇場や演劇は女性的なものと連想があるが[八]、演技する女性は、人を欺く性であり秘密を漏らす性である。それゆえ、ポーシャが夫に秘密を打ち明けてもらうためには、自分にまとわりつく女性ジェンダーを拒絶せねばならない。

　ポーシャが秘密を打ち明けるよう夫を説得する努力は、自分のアイデンティティを夫に認識させる努力となって進行する。彼女は、第一に自分が「娼婦」（二幕一場二八七行）ではなくブルータスの「妻」（二八七行）であると言い、さらにそれを発展させて次のように言う。

そのおことばがまことなら、あなたの秘密を
私に教えて下さっていいはずです。確かに私は
女です、でもブルータスが妻に選んだ女です。
確かに私は女です、でもケートーの娘として

恥ずかしくないだけの評判をえている女です。

（二九一〜九五行）

彼女は自分が肉体的には女であることを認めながらも、自分と夫、また自分と父との関係をもちだすことで、ブルータスの視点を女である自分から、夫と父のアイデンティティへと移動させ、そこに自分のアイデンティティを重ね合せようとしている。この言葉の直後にポーシャは、「私の心の固さの確かな証拠」"strong proof of my constancy"（二九九行[九]）として自分の股をナイフで刺す。すなわち、彼女は夫が自分の信念を表すために用いた言葉（"constancy"）を実行しようとする。自分の肉体を傷つける行為は、男性たち（夫と父）のアイデンティティを借用することによって自分を定義しようとする試みの連続として起こる。

秘密保持が重要なこの場面で、ポーシャは演技とジェスチャーをもちだすことはできない。演技の要素は女性ジェンダーをポーシャに帯びさせることになり、自分を男性ジェンダーとして定義しようとする彼女の努力と矛盾するからである。さらに都合の悪いことには、演技する女性は欺く性、秘密をもらす性であることを連想させるからである。この文脈からみると、ポーシャが「娼婦」のイメージをもちだしたのはもっともなことである。

私があなたと一体なのは、
いわば部分的・条件つきであって（as it were, in sort or limitation）、

ただ食事をともにし、閨《ねや》のお伽《とぎ》をし、
ときには話し相手になるというだけのことなのですか？　私はあなたの愛の
本宅にではなく、街はずれにすんでいるのですか？
であればポーシャはブルータスの娼婦です、妻ではなく。

（二幕一場二八二～八七行）

ここでポーシャは、「いわば部分的・条件つきであって」と言い淀んでいる。そのことは、ここでポーシャは妻と娼婦を区別しようとしているとも言えるが、またその二つは彼女にとって区別がつけにくいという認識もここにあらわれている。女性一般の体が開いたものとして夫にイメージされないように、戦略的に「街はずれ」にすむ「娼婦」をもちだしてきたと言えるのである。[10]娼婦の体は開いているが、妻の体は閉じていると言わんばかりに。

この文脈では、ポーシャ（Portia）の名前は、門（port＜L. *porta*）との連想がある。それは性的な門であると同時に、言葉の門でもある。シェイクスピアの時代の法律書・作法書では、女性について饒舌・多弁と性的淫乱が結びつけて問題にされることが普通であった。ピーター・ストリブラスによると、「女性を娼婦と呼んで中傷し、そのことで訴えられた男性は、自分が言ったのは「体の娼婦」“whore of her body”という意味ではなく「言葉の娼婦」“whore of her tongue”という意味であると主張して、自己弁護することができた。[11]」ベン・ジョンソンの劇『エピシーニ』のタイトルロールは寡黙な性格であるのかどうかが問題となるが、その彼女についてマローズが「ふたたび栓を抜けば勢いをまして水を放出する水道管（a conduit-pipe）のようだ」（四幕二場一四二〜四四行）と言う通り、女性の言葉はその肉体から水のように漏れる。女性の体と漏れる容器（leaky vessel）のイメージとは容易に連想された（図4）[12]。『ハムレット』における主人公もまた母を娼婦として空想するので、母が秘密を守るとは思えない。

そうだ、あいつ［クローディアス］に打ち明けてしまったらいい、
きれいで、しとやかな、かしこい女王でなくては、誰が
この一大事を隠せるものか？　あのひき蛙に、
あの蝙蝠《こうもり》に、あの雄猫にどうして隠しおおせるものか？
いや、分別もいらない、秘密もいるもんか、
あの有名な昔話の猿のように、屋根に上って、
鳥篭の口を開き、鳥を逃がして、
ものは試しとその中へもぐりこむがいい。
それから屋根から落ちて、首の骨でも、へし折りゃいいんだ。

（三幕四場一九〇〜九八行）[13]

ここでは漏れる容器は鳥篭に、秘密はそこから逃げる鳥に変形されている。

12

Fruſtrà.

THE Poëttes faine, that DANAVS daughters deare,
Inioyned are to fill the fatall tonne:
Where, thowghe they toile, yet are they not the neare,
But as they powre, the water forthe dothe runne:
No paine will ſerue, to fill it to the toppe,
For, ſtill at holes the ſame doth runne, and droppe.

Which reprehendes, three ſortes of wretches vaine,
The blabbe, th'ingrate, and thoſe that couet ſtill,
As firſt, the blabbe, no ſecretts can retaine.
Th'ingrate, not knowes to vſe his frendes good will.
The couetous man, thowghe he abounde with ſtore
Is not ſuffiſ'de, but couetts more and more.

Superbiæ

図4　ジェフリー・ウィトニー『エンブレム集』（ライデン、1586）より
いくら水を注いでも漏れる樽によって、三種類の人間が非難されている。そのひとつは秘密を保持できない口軽である。水を注ぐのが女たちであることによって、口軽と女性ジェンダーとの連想は避けられない。

ポーシャは自分が女性の体をもつ以上、漏出する肉体・秘密を漏らす肉体との連想は避けられないと感じる。ここには、ジェンダーによる女性の定義は、階級とは無関係にすべての女性を同じものとみなしたというシェイクスピアの時代の通念も反映しているだろう。[一四]男性貴族の場合には、ローマ人の観念に演技の要素が組み込まれているので、演劇関係の言葉を使用することはいわば合法的なのである。[一五]自己の真実性について証明の努力が不要なのである。そのことは、二幕一場の最後にあるリーゲリアスのエピソードにも示されている。彼は病人を装ってブルータスを訪問するが、「健康な耳」（三一九行）をもっているなら陰謀を打ち明けようと言うブルータスに、「きみは妖術師でもあるのか、俺の瀕死の霊魂を／呼び覚ましてくれた」（三二三〜二四行）と応じる。ここではポーシャの「演技」の重さと、リーゲリアスの演技の軽さとが対比されていると言ってもよいだろう。二人の男たちはほとんど瞬間的に意気投合する。ポーシャの場合には、女性ジェンダーと対立する構造をもったローマ人の観念と自分を同一化せねばならない。これは女性の読者が男性作家の書いたテキストを読むときの問題点と似ている。テキストが女性の読者に、男性の主人公と自分を同一化することを促すが、そのことが結果として、読者の性（女性）の価値をおとしめることになる問題である。[一六]ポーシャは、男性が女性についてもつ不安を先取りしている。彼女は自分の性に関して自己分裂を要求される。その分裂が自分の体を傷つける行為となって現われるのである。ポーシャに求められたのは、演技であることが否定されるような演技であった。ポーシャは自分の体を舞台にして、ローマのジェンダー・イデオロギーを「内在化」する努力を外在化して、夫に見せようとする。[一七]

二　ポーシャの傷つけ――マーシャル批判

ポーシャの傷についての本論の視点は、それをブルータスにとっての発奮材料とする解釈（この劇の題材となっているプルタークのように）や、ナイフによる最大の暴力であるシーザー暗殺を基点として、ポーシャの傷をその同種のモチーフとして考える解釈を、作品を平板にするものとして退ける。その平板化のなかにはストイシズムの一方的な賛美も含まれるだろう。[一八] ここで本論の議論がシンシア・マーシャル[一九]に多くを負っていることを明らかにするとともに、その論文に対するわたしなりの批判を加えたい。

登場人物（character）についての認識論として構想されたこの内容豊かな論文の特徴を一言で要約するのはむずかしいが、マーシャルは、言語的領域よりも身体的領域を重視することによって、ローマの哲学（ストイシズム）とテキストの構造に奉仕することからポーシャを救い出そうとしている。マーシャル論文について、疑問点は二つある。ひとつの疑問点は、彼女がポーシャをストイック（Stoic）として解釈する従来の歴史主義的立場を退け、精神分析学の知見にたよりながらポーシャをヒステリック（hysteric）として解釈し終えたあと、いよいよ詩的テキストのレベルから演劇的表象のレベルへと入ってからの部分についてである。マーシャルは、ポーシャの傷には詩的テキストとして解読される以上の意味がある、肉体的痛みには象徴的なもの・言語的なものを超えた意味があると論じている。その意味は「テキスト的意味の演劇的宿命」として生み出されるという。

しかしわれわれが、アレッサンドロ・セルピエリが「テキスト的意味の演劇的宿命」と呼ぶものに注意を向けるとき、傷は観客の心をつかまずにはおかない余剰的な意味を提供するものと考えることができる。傷はそれ自体の意味をも帯びる。ポーシャの傷は文脈から独立した意味をもつと解釈すること、転じて、すべての舞台上の暴力は文脈から独立した意味をもつと解釈することは、ロラン・バルトの言葉によると、「記号と、意味されたものを混同すること」になるかもしれない。しかし私が主張したいのは、もし劇における登場人物に関する概念が、その登場人物についての純粋な言語的提示だけでなく、舞台上で表象される肉体の運命をも含んでいるとするなら、そのような混同は避けがたいということである。[二〇]

マーシャルは、新しいレベルでの議論（論文の第四のセクション）を始めるまで、作品に即して具体的に論じてきた。ここ演劇のレベルに入ると、彼女は急に一般論として語り始める。それは彼女が引用するセルピエリの「演劇的宿命」という表現にも、また、彼女自身の「すべての舞台上の暴力」という表現にもうかがわれる。演劇レベルについての彼女の議論の要点は、舞台で示されるポーシャの傷によって、観客の空想のなかに傷の痛みが生じ、次の瞬間にそれはポーシャという登場人物に内的次元（interiority）を与えることになり、結果として登場人物の内的次元と観客の内的次元が隣接することになるというものである。[二一]

いかなる舞台上の暴力も同じ効果を観客に与えるというマーシャルの議論は、一般化しすぎた議論である。その反証は、たとえば、マーシャルがまったく言及していない詩人シナのエピソードに見ることができるだろう。アントニーの演説（三幕二場）によって理性を失った民衆が、陰謀者たちを襲う暴徒と化したことが示されたあと、その暴力が最初にあらわれる事件として、詩人シナ受難のエピソードがある。ここでは暴力が喜劇的モードで提示されており、ケネス・バークの、「観客には、なんとはなしに詩人のシナはたいそうな被害にはあわないことがわかっている。彼は、大砲の玉でぶっ飛ばされるピエロのように、殺されもし、殺されもしないのである[二二]」という評言はもっともなのである。

また、マーシャルは同じ議論のなかで、舞台上の流血についても次のように一般的に語っている。

流血は暴力的な傷つけの舞台化になくてはならない。そして、リーオ・カーシュボームがはるか前に気づいたように、舞台上の血の提示は「つねに観客に恐怖心をかきたてるものである」。カーシュボームが示しているように、舞台上の血は、象徴的なもの・イマジズム的なものを超える意味をもつ。それは、登場人物（character）の概念とおおいに関係するある種の表象された経験、肉体の痛み（bodily suffering）の経験を目立たせる。[二三]

シェイクスピアの『ジュリアス・シーザー』に材源を提供したプルタークは、ポーシャの傷つけを次のように描写した――「彼女は床屋が男の爪を切るときに使うような小さい剃刀を手にした。それから侍女たちを部屋から出て行かせて、剃刀で太股に大きな傷を負わせたのである。たちまち彼女は血まみれ（all of a gore-blood）となり、そのあとどうしようもなく、その傷の痛みから激しい熱が襲ったのである。[二四]」マーシャルの語り方はポーシャの傷口からの流血は当然といわんばかりだが、プルタークの描写とはちがって、劇のテキストはポーシャの血について一言も述べていない。肉体に加えられた暴力としてのポーシャの傷つけが観客に与えるインパクトについて、劇は曖昧性を示している。このあと起こるシーザーに対する暴力が観客に与えるスペクタクル的効果をさらに大きくするためでもあろうが、[二五] ポーシャの場合には明らかにその効果は小さい。『タイタス・アンドロニカス』に登場する、強姦され両手と舌を切断され、傷口から血を流すラヴィニアとはまったく比較にならないのである。ポーシャの傷をめぐっては、その傷を隠す衝動と顕わす衝動がともに感じられる。

　マーシャルの論についての第二の疑問点は、暴力に対する観客の反応が契機となって生じるポーシャの内的次元・内界の扱い方である。それが登場人物と観客との一瞬の共感を作り上げるという主張については問題ないが、それを最終的な結論とすることはできないと思う。なぜなら詩的テキストのレベルにおいても、ポーシャの内界は彼女にとって重要な問題であるからだ。マーシャルが述べるようなメカニズムによって生じたポーシャの内界は、象徴空間に変じる可能性をもっている。

　ポーシャが自分の太股を刺したことが観客にわかるのは、ポーシャの言葉によってである。

> あなたの秘密を話してください、漏らしたりしません。
> 私の心の固さははっきり証拠をお見せしました、
> これ、このように太股に、傷を負わせて。

その痛みに耐えられて、夫の秘密を
守りとおせないとでもお思いですか？

（二幕一場二九八～三〇二行）

ポーシャが「その痛みに耐えられて」と言うように[二六]、彼女の体の中には痛みからくる呻き声が押し込まれている。それは上で引用した言葉となって発せられる声とは別に、ポーシャの体の内部に押し込められている声、即ち、激痛にともなう悲鳴である。彼女はいま体の外へ爆発しそうな悲鳴を押し殺している。自分が秘密を守りおおせる女であることを夫に納得させたいポーシャにとって、都合の悪いことに、自身の敵が自身の体に内在する。女性ジェンダーに内在する機密漏洩の欲望である。彼女の体の中では、そのような欲望から漏れる（かもしれない）声と痛みからくる悲鳴とが隣接して存在する。

　マーシャルによると、ポーシャの肉体が舞台上で痛めつけられる演劇的効果は、観客の心の中に彼女の内界（interiority）が創造されることである。この指摘はたいへんすぐれたものであるが、テキストの中に書き込まれた象徴的意味と、演劇というメディアが観客に与える効果とをまったく別ものとして扱うことはできないだろう。つまり、ポーシャの内界が創造されれば、それはまた象徴的意味も帯びるようになるのである。肉体の深部が存在する感覚は、痛みは秘密そのものであるという感覚と通じている。痛みも秘密も、ともすると言葉として体の外に現われてしまう。デイヴィッド・B・モリスが述べるように、「痛みを明かすという意味において、言葉はそうでなければまったく隠されていることを暴露する[二七]」のである。ポーシャは秘密を体の奥へと隠さなければならない。秘密が暗黒の洞の中に隠され、それが死と隣り合せ（ポーシャの刺傷は「自殺に近いもの」）になっている現実は、たとえばブルータスが「陰謀」を擬人化して呼び掛ける次の言葉の、文字通りの実現と考えられる。

それなら昼にはどこにそのすさまじい形相を隠す
暗い洞穴を見つけるのだ？　いや、探してもむだだ。
それよりも、陰謀よ、愛想笑いにおのれを隠すがいい、
かりにおまえがもって生まれた素顔で出歩けば、
たとえ暗黒地獄エレボスといえども、おまえを
人目から隠すにたる闇はもちあわせぬだろう。

（二幕一場七九～八五行）

秘密の陰謀計画を隠そうとするブルータスは、その秘密の隠し場所としてまず暗黒の洞穴を想像し、さらにそのイメージを死の世界ハデスに通じる穴であるエレボスへと発展させる。ブルータスが秘密保持についてレトリックを弄しているあいだに、女性は同じ目的のために死の近くまでも行かなければならない。先に引用したプルタークによるポーシャの傷の描写とちがって、この劇の場合にはポーシャの傷口から流れる血への言及はない。血が流れては機密漏洩を連想させる体になってしまう。確かに秘密は、ポーシャの体の深部

に押し込まれたように隠されているのである。

ポーシャにとっては、自分の真理は体のなかにある。それはたんにポーシャの個人的な感じ方であるというだけではなく、ブルータスのジェンダー・イデオロギーの反映であり、ひいてはローマの男性が有するそれの反映である。自分の体を傷つけるポーシャにブルータスがみたものはシーザー殺害の発奮材料ではないと少し前に述べたが、ポーシャの傷つけはシーザー殺害と無関係なのではない。シーザー殺害の計画には、ブルータスの想念が色濃くまとわりついていた。ブルータスは、「われわれが断固立ち上がるのはシーザーの精神に対してだ。人間の精神には血は流れていない、できることならシーザーの精神（Caesar's spirit）のみとらえて肉体を傷つけたくはない」（二幕一場一六七〜七〇行）と述べて、シーザーの体の内部に、彼についての真理が隠されていると空想した。ブルータスは、シーザー殺しの理由として彼自身が言及する「よく聞く話」"a common proof"（二一行）を、頭から信じているようには思えない。むしろ、彼はシーザーを殺すことによって、シーザーの真実に到達したいと考えている。ブルータスにとって、シーザーは他者だからである。ペイジ・ドゥボイスによると、古代ギリシアにおいて、真理は他者（初めは奴隷）の肉体の中から拷問によって引き出されるべきものであった。真理が、「秘密として、知られないものとして、意識では捉えられないものとして定義された」[二八]からである。この西洋における真理観は現代に至るまで連綿と続いているという。

自己のアイデンティティの定義を出発点として問題に対処しようとする姿勢はブルータスとポーシャにともにみられるものである。だからこそ二人は夫婦であると言いたいところなのだが、この性癖はシーザーを含むローマ貴族全体に及んでいる。ブルータスらがローマ社会全体の男性コードを無意識に受け入れ、その枠の中で行動と発言をしているのとは対照的に、ポーシャは自覚的に、ほとんど強迫観念的にローマの男性コードと取り組まねばならない。それは彼女にとって自己破壊的であった。ブルータスの姿が観念的・メランコリックなものとして提示され、そのようなスタイルがほかの陰謀者たちの承認を得るのに対して、ポーシャは夫から疎外されて、夫がほとんど観念としてのみ奉じるストイシズムをほとんど病的に実践せねばならない。ポーシャの心配と献身振りは、その身体化において現われ、その内容がエロス化する。フランキ・ルービンスタインは、ポーシャの言葉の中の「秘密」“secrets”（二幕一場二八一行）という語について「性的秘所」の意味を指摘することを初めとして、彼女が夫にかけた言葉のなかに多くの性的暗示を読み取っている。[二九]また、ウィリアム・W・E・スライツは、「ポーシャは自分の太股を傷つける、それはブルータスの視線だけが許される場所の一つである」と述べる。[三〇]この関連では、膝を生殖器官とみる観念も想起される。[三一]そのようなポーシャに対して、ブルータスのメランコリーは、形式と内容において政治化する。[三二]ポーシャの病理は、ジェンダーの観点からの社会批判として現われるのである。

三　ルーパカル祭的な身体性

この劇はブルータスによる肉体の軽視を背景としながらポーシャの傷つけを提示した。肉体の軽視を背景として提示される肉体の弱さと傷つけはこの劇世界全体に及んでおり、この劇の基調をなす。次には、そのための大掛かりな演劇的仕掛け、演劇的構成について明らかにしたい。シェイクスピアはこのテーマを前景化するため、いくつかの歴史的事件を重ね合わせたり、隣接させたりしている。

シェイクスピアは『ジュリアス・シーザー』一幕一場の「時」を、平日なのか祭日なのか曖昧にしている。護民官フレーヴィアスが往来の職人たちにかける言葉は、今日という日が平日であることを示している。「今日は休み（holiday）か？　なに、知らないのか、きさまら。／職人ってものはな、仕事日（a labouring day）にはちゃんと／商売のしるしである仕事着をつけないで／出歩いてはならんのだ」（一幕一場二～四行）。護民官の職務質問に、自分たちが「一張羅」"best apparel"（八行）を着て外出しているのはシーザーの凱旋を歓迎するためだと、職人たちは答える。そして、護民官たちは、シーザーの勢力拡大への恐れから職人たちを追い払ったあと、今度は意外なことに、今日という日はルーパカル祭という特別な祭りの日だという。[三三] シェイクスピアは曖昧さを含ませながら、シーザー凱旋をルーパカル祭と同じ日の出来事としているのである。[三四] 一幕一場では、まだ力点はシーザー凱旋にある。民衆は彼の凱旋を歓迎するために街に出てきた。それゆえ次の場面では、凱旋の姿でのシーザーの初登場が予想される。しかしこの予想は裏切られてしまう。一幕二場は、その初めから終りにいたるまで、あたかもシーザー凱旋を忘れ去ったかのように、ルーパカル祭の設定でアクションが進展する。劇冒頭の二つの場面がこのように明らかにつじつまのあわない点を含んでいるのは、シェイクスピアが二つの異なる「時」を重ね合せることによってなにか特別な意味をそこに込めようとしているからだと推測される。

一幕一場と二場に共通して描かれるのは、ローマの英雄や指導的立場にたつ人物に対する民衆の熱狂ぶりである。そのような民衆の熱狂の性格はまず一幕一場で護民官によって語られるが、それは次の戴冠式の場面で民衆がシーザーに対して示す興奮についての注釈ともなっている。すなわち、ローマの民衆はつねにスペクタクル的なものに対して反応するのであって、どのような政治的指導者を、また、どのような政治的理念を、支持するのかといった問題に対しては関心が薄い。シーザーの凱旋がルーパカル祭と同日の事件として設定されることによって、民衆の叫び声は政治的支持の声ではなく、祝祭的歓声であることが一幕一場においても二場においても示される。護民官たちは、かつて民衆がポンピーを歓迎した様子を叙事詩的スタイルで語ることによってイコン化するけれども、シーザーと同様、ポンピー自身にもそのようなカリスマ性のなかったことが、次の場面におけるシーザーの姿が暗示する。シーザーが民衆に向けて発した唯一の言葉は、彼が肉体的弱点をもつ一人の人間であることを示すものにほかならなかった。

凱旋は祝祭に、英雄は肉体的弱点をもつ普通人に移行してゆく。ローマの政治は、軍事力でも演説でもなく、民衆を良きにつけ悪しきにつけ興奮させるスペクタクルの力によって成立しているらしい。政治的な場面で要求されるスペクタクルのなかでは、英雄的そぶりよりも、ことさらに肉体の弱さを強調することが人々に受ける。異なる日に起きた二つの出来事を同じ日のうちに重ね合せたのは、そのことを効果的に提示するためのシェイクスピアの工夫であった。

前述の二つの出来事を同じ日のうちに重ね合せるのと同種の工夫が、ポーシャの傷つけのあとにも見られる。シェイクスピアは、一幕から三幕にかけての時間の経過を、ルーパカル祭（二月一五日）とアイズ・オヴ・マーチ（三月一五日）とを連続させることによって特徴づけている。この劇のルーパカル祭では、競走と多産の儀礼が催される。アイズ・オヴ・マーチへの言及は、その儀式の中で、行列を従えるシーザーにかけられる予言者の警告として初めて現われる。この日の名はそのあとも、暗殺者の代表としてのブルータスの意識と、彼らがねらうシーザーの意識から消え去ることがない。シェイクスピアが数字を使わずにルーパカル祭とアイズ・オヴ・マーチという呼び名を用いたのは、歴史的事実としては一ヶ月の隔たりのある二つの日を連続させるのに好都合だと言える。シェイクスピアは、この劇の最初の三幕を二日間に起こった事件として提示しているのである。

ルーパカル祭とアイズ・オヴ・マーチとの接続によって、その二日を結ぶ一夜が設けられる。劇中の登場人物たちはそれぞれの方法でその一夜を過ごす。劇によると、この夜は激しい嵐であった上に、ローマの路上では次々と不思議な超自然的事件が起きた。この異常な一夜は、シーザー暗殺の予兆であるという印象を与えるだろう。実にこの異常な一夜の描写は、観客にとってルーパカル祭の記憶を消し去るくらいの衝撃をもっている。しかし、この嵐と異変の影響をほとんど受けなかった者たちがいる。ブルータスとアントニーである。ブルータスはシーザー暗殺を思いついて以来、彼の精神状態が「あやしい幻か悪夢のよう」“Like a phantasma or a hideous dream”（二幕一場六五行）な状態にあったことによって、おそらく夜の力は彼を素通りしてしまう。

アントニーについては、三月一五日朝、キャピトルへ出かける直前のシーザーが述べる「見ろ、アントニーだ、夜を徹して飲み騒ぐ男なのに」（二幕二場一一六行）の言葉によって、彼がルーパカル祭に連続する雰囲気の中にいたことが観客にわかる。彼はことあるごとに他の登場人物たちから「お祭り騒ぎ（revel）」と結びつけて言及される（一幕二場二〇三〜〇四行、二幕一場一八八〜八九行、五幕一場六二行）。アントニーは、陰謀者らの企むシーザー暗殺とも、その予兆ともみえる夜の数々の異常とも無関係に、お祭り騒ぎのあと遅い時間に床につき、ルーパカル祭からそれこそ直接に翌日へと目覚める。そしてルーパカル祭的特徴をもつアントニーが演説の場面で前景化されるのである。

　アントニーの演説は、ブルータスの演説との比較において読まれるのが普通である。[三五]この通常の解釈は、二人の演説に等しい重みを与える。しかしアントニーの演説は、ブルータスの演説と比べると非常に長い。ブルータスが演壇に上って下りるまでが四〇行、アントニーが演壇に上ってから、興奮した群衆がシーザーの死体を運んで舞台を去るまでが約二〇〇行である。舞台で要する時間でみると、さらにこの差は大きくなるだろう。アントニーの場合には、沈黙、言葉を伴わない身振り、緊迫した間が入るにちがいないからである。シェイクスピアがアントニーのこの場面を観客に対して最もインパクトを与えるものとして考えたことは間違いない。しかしこの大規模な仕掛けは、民衆を扇動して寝返らせるというアントニーの当面の目的をはるかに超えている。アントニーが演壇に上ってから九〇行目ほどの時点で、すでに民衆の中から「やつらは謀反人だ！　公明正大なんかであるもんか！」（三幕二場一五五行）と、ブルータスの言い分を否定する声が上がる。アントニーが演壇に上ってから一四〇行目ほどで、すでに民衆の怒りは十分に高まっており、彼らは口をそろえて、「復讐だ！　やれ！　捜せ！　焼き討ちだ！　火をつけろ！／　殺せ！　やっつけろ！　謀反人を一人も生かしておくな！」（二〇六〜〇七行）と叫ぶ。このあとシーザーの遺書の開示をめぐって、さらに五〇行ほど興奮状態のやりとりが続行するのである。アントニーの演説には、たんに観客へのインパクト以上のものが含まれていると考えざるを得ない。

この劇では、ルーパカル祭はアイズ・オヴ・マーチまで延びている（アントニーは、ルーパカル祭からそれこそ直接に翌日へと目覚める）。この構成は、劇がブルータスの演説よりもアントニーの演説を重要視していることを示す。アントニーの演説とそれをめぐる劇のアクションには、それまでの鍵となる場面との共鳴がある。その共鳴を生みだしているのは、ルーパカル祭の底流である。演説の場面のアントニーは、一幕一場の職人たちと似ており、また、二幕一場のポーシャに似ている。これら二種類の人々との類似性を少し詳しく述べてみよう。

護民官は自分たちの心性に合致した自分たちの声を職人の内面の声として、[三六]彼らに押しつけようとした。演説の場面のアントニーも同じように、ブルータスによってその声を限定される。[三七]「弔辞のなかでわれわれを非難することは許さぬ。シーザーを称えるのは自由だが、ただそれはわれわれの許可によるものであると断ってほしい」（三幕一場二四五～四七行）。劇冒頭では職人たちは民衆の一部として登場した。職人とのやりとりは民衆とのやりとりへと発展する。シーザーの追悼演説のためにアントニーは民衆の前に立つが、彼は以前にも公的な場面で民衆の前に姿を見せたことがあった。ルーパカル祭のときに催されたシーザーの戴冠式においてである（対照的に、ブルータスは祭りに参加しようとしなかった）。三幕における演説のなかでアントニーは、シーザーが野心をもつ人物ではなかったことの証明に、彼が戴冠式で三度王冠を受けるのを拒んだことに言及する。「諸君はみな、ルーパカル祭の日に目撃したろう、／私はシーザーに三たび王冠を献げた、それをシーザーは三たび拒絶した」（三幕二場九七〜九八行）。ルーパカル祭のなかにいたアントニーだからそう言えるのである。アントニーがルーパカル祭に言及したことによって、彼の聴衆の記憶にもまた劇の観客の記憶にも、ルーパカル祭のときのシーザーの姿が呼び戻される。あの日のシーザーには、彼の肉体への言及が多くあった。戴冠式での卒倒事件（一幕二場二四六〜四七行）、シーザー自身の肉体の弱さの認識（二六二行）、戴冠式からの帰途に示される彼の左耳の難聴など。死んだシーザーにアントニーが取り戻すのはこの身体性であった。アントニーが提示する身体観は民衆の抱くそれに似ている。これをルーパカル祭的な身体性と呼ぶことにしよう。肉体を備えた存在としてのシーザーは、シーザーの体と魂とを分離して考えるブルータスとも、また殺される直前に自らの身体性を否定し、自らを不動の「北極星」“the northern star”（三幕一場六〇行）に喩えるシーザー自身とも対照を成していることは言うまでもない。この劇は、人間が身体をもっていることをすべての人間の共通項として主張している。人間の身体の痛みは階級とイデオロギーを超えて人々に理解されるがゆえに、演説のなかでアントニーは、この身体の痛みをシーザーに取り戻すのである。ルーパカル祭的な身体性とはこのようなものであった。

次にアントニーとポーシャとの類似性を指摘する。それは彼が女性ジェンダーをもつものとして表象されることと関係する。「お祭り騒ぎ（revel）」と結びつけて言及されるアントニーは、陰謀団に加わることが理想のローマ人の証明であるかのように言うブルータスからは、一人前の男性とみなされていない。[三八] 観客もまた、三幕一場終りのアントニーの独白に到るまで、固定観念で捉えられるアントニー像を修正する必要がない。シーザーが暗殺された瞬間には、むしろこの固定観念が強調されているとも言えるのである。シーザーが刺された瞬間、恐怖がその場に居合わせたローマの群衆の心をとらえ、彼らは散り散りに逃げ去る。

キャシアス　アントニーはどこだ？

トレボーニアス　　　　驚いて家に逃げ帰った。

男も女も子供も、目をむき、声をあげ、駆けまわり、

まるで最後の審判のようだ。

（三幕一場九六〜九八行）

ここでのアントニーは、ローマの女・子どもと同じ部類に入っている。[三九] そして、三幕一場終りでの独白のあとも、アントニーは女性ジェンダーに強く結びつく嘆きの役割だけを演じることになる。民衆の一人はシーザーの死を嘆くアントニーを見て言う――「かわいそうに、目を真赤に泣きはらしているぞ」（三幕二場一七行）。[四〇] これは、身体性の強調が（性別にかかわらず）人間を女性として表象する契機となることを示している。そこにポーシャのエピソードとの共鳴が生じる理由がある。ポーシャの傷のエピソードを扱ったときに、傷と痛みと秘密が身体的メッセージとして互いに関係をもっていることについて述べた。アントニーがシーザーの傷口のひとつひとつを民衆に指し示し、民衆の心の中に痛みを再現したあとで、封印を解く秘密のようにシーザーの遺書を開示するプロセスは、ポーシャの傷のエピソードを強く想起させる。

ポーシャの場合、彼女の身体を舞台として、両ジェンダーの葛藤がナイフをもつ手とその切っ先が向けら

れた太股とのあいだで演じられ、それがスペクタクルとしてブルータスに示された。前章でも取りあげたが、アントニーが暗殺者の具体的な名前とともにシーザーの外套にあけられた穴のひとつひとつを示しながら、ブルータスの「呪わしい剣」（三幕二場一七九行）に言及するとき、アントニーは剣と傷口を両ジェンダーの葛藤として描き出す。ルネサンス期の解剖学との関係で当時の身体観を扱ったジョナサン・ソーデイは、血を吐くなど、「その境界を「越える」体は、体の内部の印を表面に現わすことによって注目を引き、当人の生物学的性別がなんであれ、大きく異なる種類の表象の中でも一様に女性として構成される傾向をもつことを身体の文化史は示している」と述べる。[四一] ましてやシーザーの死に方は受け身的であり、無力であった。さらにシーザーの死について語るアントニー自身がいま、ブルータスによって話題を制限され（三幕一場二四五～五一行、三幕二場五九～六二行）、女性ジェンダーを帯びることを余儀なくされている。シーザーの内界が女性として表象されるのは、この語り手が自分の現在の立場をシーザーの死体に投影した、一種の腹話術であるとも言えるだろう。

シェイクスピアはルーパカル祭とアイズ・オヴ・マーチを連続させることによって、演説の場面におけるアントニーにルーパカル祭的要素を豊富に与える。そのために、ブルータスの演説よりもアントニーの演説の方がはるかに長く、また前者よりも後者に、より大きな劇的重要性が与えられることにもなっているのである。ルーパカル祭的底流が演説の場にも流れこむことによって、アントニーと民衆との間に、またアントニーとポーシャとの間に、類似性が生じた。民衆にみられた身体性の強調、および、ポーシャのエピソードに示された身体内部の女性化が、アントニーによるシーザーの身体表象のなかに再現されるのである。

＊

この劇の登場人物たちは、自分たちの振舞の表層とその互いの差異に対してこだわりを示す。このようなスタイルへの意志は、シーザーとその暗殺者の区別なく、ローマの貴族全体に浸透している。それは劇場都市ローマのエトスが内在化されたもの、私的にされたものであった。そこでは誰もが下手な役者を演じる。彼らの演技への志向は、彼ら男性たちが奉じる理想のローマ人の観念と分かちがたく結びついていた。劇は前景において、ブルータスによる肉体の軽視を提示する一方で、その後景において肉体への並々ならぬ関心を示す。ポーシャの傷つけのエピソードは、理想のローマ人の観念と演技の結合を、肉体的な痛みの観点から、またジェンダーの観点から批判している。シンシア・マーシャルは登場人物と観客のなかに内界が創造されると説き、肉体的痛みは余剰的価値をもつと一般化して論じたが、本章は、その説に異論を唱え、この劇の文脈では秘密を隠すための場所に変じる可能性があることを指摘した。ポーシャの傷つけのエピソードは、傷つく肉体・内界・秘密などのテーマをあわせもつ。このポーシャのエピソードにみられるのと同様の相互に関係する複数のテーマを含みもつエピソードについて、それがどのような演劇的仕掛け、どのような材源の改変によって成立しているかを最後に解き明かそうとした。これらのエピソードでは共通して、その暴力の衝撃は、劇の前景におかれた表層的なスタイルへの関心の背後からそれが生じることに起因している。次の《幕間　その一》では、傷つく女性身体の変奏を『タイタス・アンドロニカス』にみることとする。

《幕間　その一》

傷つく女性身体の変奏をみる（『タイタス・アンドロニカス』）
――無言のラヴィニアのメッセージ性を基点として――

『ジュリアス・シーザー』を扱った前章ではポーシャの傷つけを中心にしてローマ世界のエトスを考えたのであるが、傷つく女性身体は『タイタス・アンドロニカス』にも顕著である。

『タイタス・アンドロニカス』のラヴィニアは、強姦事件の中で、舌と両手を切断される。話し言葉も書き言葉も奪われた娘は、表現手段がないゆえにかえって、彼女の内部に封印されたメッセージを宿しているかのように人々から扱われる。顔色の変化、涙、溜息などの表情が、その心にただならぬものが満ちていることを人々に推測させるのである。無言のラヴィニアは、多義的・不透明なメッセージ性を帯びる。四幕一場より、舞台上の人物たちの関心は無惨な姿のラヴィニアから、狂気のタイタスへと移行する。次の場面での彼の狂気の本格化は、あたかも同時に始まるラヴィニアの舞台上の不在に引き金を引かれたかのようである。この劇的関心の移行によって、狂気のタイタスは、ラヴィニアのメッセージの特徴を引き継ぐかにみえる。無言のラヴィニアが同時に暴行を受けたラヴィニアでもあったように、この劇にあってはメッセージのもつ多義性は暴力の有無と密接にかかわる。ここでは、メッセージがもつ多義性と一義性を鍵語として、この劇の解読を試みる。

一　暴力を宿す虚構

四幕二場においてタイタスは、いまでは敵であると確認されたタモーラとその息子たち、それに皇帝サターナイナスに手紙を送りつける。それらの行為は、タイタスの一種の攻撃性のあらわれである。以前彼は、自分にふりかかる不可解な不幸のゆえに嘆き悲しむばかりだった。いま彼は攻撃的姿勢に転ずる。しかし、その攻撃性は曖昧である。タイタスの兄弟マーカスが主張する復讐のモデルは、『ルークリースの凌辱』[1]における女主人公ルークリースの夫ブルータスの復讐方法である。この武力による攻撃方法は、しかしながら、タイタスによって採用されない。その理由は、マーカスの攻撃対象が皇帝サターナイナスであるのに対して、タイタスが一番手強い相手と考えるのが、后タモーラであるからだ。タイタスは、マーカスとは「別の方途」（四幕一場一一九行）[2]を考えているらしいのだが、それはマーカスによっては理解されないで、彼はタイタスが義人ゆえに復讐の決意はないと解するのである。

　タイタスが敵たちに送る手紙は、どれも共通の形態をもっている。彼がタモーラの息子たちに送りつける手紙、天の神々に向って放つ矢、サターナイナスに送った手紙は、すべて手紙（書き文字）が帯のように武器を巻く形をとっている——「何だ、これは。巻物だ。ぐるっと書いてある」（四幕二場一八行）。書かれているのは、この三つの場合すべてについて、ラテン文学からの引用や、タイタスの狂気の想像が生み出した虚構である。その筆記された虚構が帯のように矢や短剣を巻いている。虚構と暴力との結合である。

　手紙の受け取り手の反応は様々である。劇中で最もすぐれた状況判断の力をもつアーロンは、タイタスが短剣とともに送って寄こした言葉が、ホラティウスの引用であると述べたカイロンの判断を正しいとする。しかし、アーロンが読み取ったタイタスのメッセージは、タモーラの息子たちの解釈とは逆である。彼らが、タイタスは自分たちにへつらっていると解釈したのに対し、アーロンはタイタスの攻撃性を読み取る。しかし、ここでアーロンがその逆のメッセージを文字から読み取ったのか、文字の帯が巻いている剣から読み取ったのか、テキストからはわからない。J・C・マックスウェルは、このホラティウスの引用が選ばれた理由は、ひとつには「ムーア人アーロンへのあてこすり」からかもしれないと述べている。[三] しかしこれは、書き言葉に傾斜した現代人の心性に由来する解釈のように感じる。ウォルター・オングは、書き文字に添えて、短剣のような象徴的な小物が送られた中世の例をあげ、その際のメッセージが手紙よりも小物に負っていたと述べる。[四] 中世においては、書き言葉的心性がまだ十分に発達していなかったのである。劇のテキストもその点について曖昧性を示す。「傷つける文字でくるまれた武器」（"weapons wrapp'd about with lines, / That wound"［四幕二場二七〜二八行］）の"That"は、「武器」"weapons"を修飾するのか、あるいは「文字」"lines"を修飾するのか確定し難い。

　虚構と暴力の結合は、蠅の場面（三幕二場）でもみられる。蠅を空想の象徴とする例は、エドマンド・スペンサーの『妖精の女王』（第二巻第九篇五一行）にもみられ、蠅をめぐるエピソードは、狂気のタイタスの空想が劇の関心であることを示している。蠅を黒い肌のアーロンに見立てることで、タイタスの空想に暴力の要素を加えたのは、マーカスであった。弓矢の場面（四幕三場）においても、現実的な方法でサターナイナスに対する復讐を主張するマーカスが、タイタスの狂気から生じた虚構に調子を合わせながらも、その虚構の中に現実との関連、すなわち、皇帝に対する、より即物的な攻撃の意志を持ち込もうとするのである。タイタスはいったい、象徴の中に裸の攻撃を封じ込めようと、即ち、攻撃的象徴を意図しているのか、あるいは逆に、象徴を通して攻撃性を爆発させようと、即ち、象徴的攻撃を意図しているのか。観客は、タイタスには復讐の行動にでる意志はないとするマーカスの解釈と、タイタスはすでに復讐を決意しているとするアーロンの解釈の、どちらとも確定しがたい不安定な立場に立たされる。

　虚構と暴力の結合のモチーフは、変装するタモーラとタイタスのやりとりに、その最大の展開をみる。劇の終盤において、タモーラはアーロンと同じように政治的リアリズムを失う。状況を洞察する力は、劇の前半では、タモーラとアーロンのみがもっていた特質なのだが、劇の結末では、両者はその力を発揮することがない。アーロンが自分の犯した悪事を物語る快楽に、自分の子どもの命を助けるという、その物語を語る当初の目的を忘れてしまうように、タモーラは自分がタイタスに仕掛けた虚構の罠が、彼によって見抜かれていることに気づかない。それは、タモーラが自分の舌の力に対する過信から、リアリズムの目を曇らせてしまうからなのである。

　タモーラが狂気のタイタスを欺こうとする五幕二場は、タモーラのあまりの鈍感さに観客をあきれさせる。

タイタスが繰り返し自分の復讐の相手はアレゴリカルな変装をした者たちと同じ顔をもつと述べるにもかかわらず、タモーラの油断は変わらない。タモーラが演じる「復讐の女神」は、彼女の作り話の初めでは、犯罪者の耳にその名前を吹き込むだけで悪者を震え上がらせる力をもつ超自然的存在なのに、作り話の後の方では、タイタスの敵を「あざむく」ために「計略を仕掛ける」(lay a complot［一四七行］)という、人間くさい手段に訴える存在に成り下っている。「計略」"complot"という語は、劇中では、タモーラとアーロンのみが用いる語(二幕三場二六五行、五幕一場六五行)である。タイタスは、タモーラが奸計を用いるのは彼女の遣り口だとわかっているので、次の言葉で「そうとも」と彼女に応じる。しかし、その言葉がもつアイロニーは、あっさりとタモーラに見逃されてしまう。

このすぐ後でタイタスの親戚の者たちが現われ、彼らもまた、しごく簡単にタモーラの息子たちの変装を見抜く。しかし、このときのタイタスの振舞は、虚構と暴力の結合という点で一貫している。

ばかな、パブリアス、まちがえるにもほどがある。
お一人は「殺人」様、もうお一人は「強姦」様とおっしゃる。
だからな(therefore)、パブリアス、この二人をふんじばれ。
(五幕二場一五五〜五七行)

タイタスの「だからな」の意味は、二人の訪問者がカイロンとディミートリアスだから縛るのではなく、彼らが「殺人」と「強姦」という虚構であるから縛るということである。復讐の女神登場の虚構は、このとき舞台に現われたパブリアスが、以前に狂気のタイタスを慰めるために語った虚構の物語（四幕三場三七～四一行）の連続ともとれる。虚構のスクリーンを通して、タイタスの暴力が生じるのである。

これは、二幕三場の森の場面で、タモーラがバシエイナスとラヴィニアに害を成そうとした方法と似ている。一幕一場で観客は、長子がタイタスに殺されたことで、タモーラが復讐の誓いを立てるのをみた。それゆえ、タイタスと縁続きの者たちに向けられる暴力の動機はすでに与えられていた。しかしタモーラは、彼女の虚言の中に突如出現する森の穴を通して、わざわざバシエイナスとラヴィニアとの、自分に対する殺意をでっち上げる。そして、二人に対する暴力は、その嘘の殺意に対する報復としてなされる。タイタスと同じく、虚構のスクリーンを通して暴力が生れる。しかし、虚構から暴力が生れる難易度は二人の場合、対照的に異なる。タイタスは五幕二場に到るまで、攻撃性を含んだ虚構をつくりだし続けるだけであった。マーカスが、タイタスは義人ゆえに復讐の意志なしと嘆いたとき（四幕一場）、タイタスは「銅板」に「鉄筆」によって、娘の啓示した文字を書写しようと言う。この彼の行為は、「鉄の筆と鉛」とによって「岩」に訴えの言葉を「刻みつけ」たいと願ったヨブを想起させる（『ヨブ記』一九章二三～二四節）。ローマの父と一度は呼称されるほどに、ローマにとっての功労者である彼が、なぜ次々と苛酷な扱いを受けねばならないのか、タイタスには理解できない。それは、義人ヨブに突然次々と及ぶ不可解な不幸の経験と似て、引き延ばされた悪夢としてタイタスには感じられた（三幕一場二五二行）。銅の文字は、タイタスの攻撃の暴発を遮断したのである。

五幕二場の初めでタイタスは、復讐の計画を血文字で書きつける。彼は言う、「ここに書いてあることは、かならず実行せずにはおかぬ」(一五行)。ここにも虚構による暴力封じ込めがある。タイタスにとってそれは、彼を真に現実的な行動へと乗り出させない魔法の輪のようなものであった。書斎に閉じ篭り、ただひたすら書きつける彼の行為は、彼の心理的内向を示している。ここでふたたび、文字に巻かれた武器を思い返してもよい。武器(暴力)は文字(虚構)という鞘の中に収められたままであったのだ。しかし、虚構と暴力の曖昧な結合という狂気のタイタスの心性から、タモーラの策略が触媒として作用して、いまや現実的効果が生れ出ようとしている。タイタスの特殊な心性は、タモーラの虚構と融合することで、現実的暴力へと突き抜ける。

二 「書くこと」対「話すこと」

一幕一場、ローマ軍の将校がタイタスの凱旋を報告する。

ローマのみなさん、道をあけてください。
武人の鑑、ローマ最大の勇将アンドロニカス閣下の御帰還です。
たびかさなる戦闘に赫々《かくかく》たる戦果を収め、
ローマに仇なす敵どもをその剣で完全に制圧(circumscribed with sword)、逼塞せしめ、

栄誉と勲功に輝いて、
ただいま、戦場から御帰還になられました。

（一幕一場六四〜六九行）

彼の言葉で注目したいのは、原文を引用した部分である。"circumscribe"は、"circum"＝around と"scribe"＝write（二幕四場四行の"scribe"を参照）から成立している。これは、劇の後半で現われる文字の帯に巻かれた武器を想起させる。上の引用は、あたかもローマの国防は書き文字による、とでも言いたげである。ローマ人には、外敵と比べて書き言葉（literacy）への依存が強くあったのか。三幕一場にも、タイタスの腕は、「敵の城に破壊を書き（Writing destruction）」（一六九行）とある。では、外敵（バーベリアン）とは何か。

劇の最後の演説の中で、マーカスはローマの先祖であるトロイの滅亡の歴史に言及するが、それは外敵の舌の力（orality）によって、トロイが文字通り内側から破滅した出来事であった。

いかなるサイノンがわれわれの耳を惑わしたか、
あるいは、われわれのトロイ、われわれのローマに内乱の深傷を与えている
おそろしい木馬を持ち込んだのは誰なのか、われわれに告げていただきたい。

（五幕三場八五〜八七行）

このトロイ滅亡の事件は、タイタスがゴート族の女王タモーラをローマに連れ帰ることによって、その結果、ローマが「豺狼《さいろう》の行き交う荒野」（三幕一場五四行）となってしまった、この劇の展開と平行している。ところで、トロイの木馬には妊娠の連想があるらしい。「孕んだ」を意味する「トローヤーヌス」（すなわち「トロイヤの」）の語源はトロイの木馬であるとする古代の説を、ジョーゼフ・リクワートがあげている。[五] アーロンの子どもを出産した日から逆算すると、タモーラもローマの城門を越えたとき、すでに妊娠していたはずである。ローマは外側の敵との戦いで勝ちながらも、蛮族の女王の舌の力により、内側から崩壊の危機にさらされる。

五幕二場の初め、変装したタモーラは、タイタスの邸を訪れる。それは、トロイの城内に外敵が姿を隠して侵入したローマ史上の大事件のミニチュア版である。タイタスは書斎で復讐の計画を「書きつける」が、タモーラは「甘言」による破壊をもちこもうとする。この場面冒頭では、タイタスにおける書くこととタモーラにおける話すこと・語る（騙る）ことが、対照的に配置されている。

タモーラ　タイタス、わたしはあなたと話し合いたいことがあって来ました。
タイタス　いや、ひと言でもお断りいたす。手がなくては
　話に身振りも添えられず（Wanting a hand to give it action）、どうして上手な
　話ができようか。

（一六〜一八行）

"action"とは、弁論術（oratory）の専門用語で、話し言葉を助ける声の抑揚、身振りなどを意味する。タイタスは"action"に必要な片手がないので、うまく話すことができない。それゆえ、彼はタモーラの話し言葉による接近を断ろうとする。

劇最後の演説の場面では、舌の力によって混乱したローマの安定をとり戻すための努力が示される。マーカスとリューシアスは、皇帝殺害によって動揺するローマの群集に対し弁明する。モリス・チャーニーは、この演説がリューシアスを皇帝に推す目的を含む「本質的に政治的な演説」であると述べる。[六] さらに彼は、この場面が『ジュリアス・シーザー』のシーザー殺害後の演説に似ていると言う。彼の説明では、ここでの演説が計算されたものであることになるが、事実はむしろ逆であると思う。『シーザー』の弁論者の演説は、前もって周到に準備されたものだが、『タイタス』における演説は、いわば即興で行なわれたものである。

はじめマーカスが弁論者として立つが、「溢れる涙の洪水が弁論を溺れさせ、言葉を途切れさせてしまう」（五幕三場九〇〜九一行）。次の弁論者リューシアスは、事件の真相を語った後、話題を自分自身のことがらに集中させるあまり、話を「脱線」（一一六行）させてしまう。むしろ、彼らにとって話し言葉は全面的に頼り得るものではない。おそらくそれゆえに彼らの心性は、「証拠」（witness）に頼る。彼らは、たえず「証拠」を言葉の裏付けとして提示しようとする。最初に提示されるのはマーカスの「白髪」であり、次にはリューシアスの「戦傷」である。そして、最後の切札となるのが、タモーラとアーロンの間に生れた赤ん坊であり、アーロン自身である。

この子をごらんください。
これはタモーラが生んだ子です。
このたびのわざわいをたくらみ仕組んだ張本人、
神も仏も信じぬムーア人のたねを宿して彼女が生んだ子です。
その悪党はいまもタイタスの邸に監禁されて生きており、
彼が証言（witness）するように、このことは真実です。

（一一九〜一二四行）

このように次々と証拠が提出される。劇は、証拠を信じないことの愚かさを、すでに五幕二場の初めの、タイタスとタモーラのやりとりの中で示していた。そこではタイタスが"witness"の語を五回も続けて用いて、タモーラの正体を見抜いていることを述べるのだが、タモーラはそれを信じない。ローマ人にとっての話し言葉そのものがもつ説得力と、証拠がもつ説得力との関係を、『タイタス』と『シーザー』において比較してみるとよい。後者の劇におけるアントニーも、シーザーの遺書と死体の傷を証拠として持ち出す。しかし、マーカスとリューシアスの場合よりも、はるかに弁論のもつ説得力が、証拠そのものがもつ価値に勝っている。演説の場面以降にアントニーが遺言を改竄することも、それを暗示している。

次のセクションでは、話し言葉からの離反、書き言葉と証拠への傾斜を特徴とするローマ人の心性が、劇の最後で逆説的に、話し言葉を他者として政治的に利用する様を検討する。

三　一義性のパラドックス

タイタスの多義性・不透明性は、アーロンの発展と対照をなす。劇後半、タイタスの破壊的衝動が現実に対し向けられるかのようにみえ始める一方、それまで現実に働きかけることによって破壊的衝動を満足させていたアーロンは消え去る。そして、彼は現実の行動を伴わない悪の破壊者の象徴として発展してゆく。この象徴には一点の曇りもない。タイタスの不透明な破壊性と対照的である。

劇後半のアーロンの発展については、彼を純粋な悪として造形しようとする作者の意図が感じられる。タモーラとの間に赤ん坊が生れたことで、ふたたび浮上する悪魔と魔女の性的交渉のイメージ。そして、タモーラの殺意から自分の子どもを救おうとするアーロンの試みはその瞬間だけ、彼の邪悪な性格に相容れないひとかけらの善的な部分を添えるように見えるが、その後の劇の展開をみると、はたして劇作家が本気でそれを意図したのかどうか疑わしい。

五幕一場、ゴート人に捕まったアーロンが自分の子どもを救おうとする場面は、彼にとっては最大の危機である。そのために彼がとる手段は、一幕一場でのタモーラの懇願とも、二幕三場でのラヴィニアの哀願とも異なる、現実的な取引である。アーロンは、リューシアスに益となる情報のみを打ち明けて、自分の子どもの命を救えばよかったはずである。しかし、それにもかかわらずアーロンの告白は、その目的をはるかに越えて、かえって目的には不利な程度にまで、また、不利なトーンでなされる。

アーロンの告白は、四幕一場のラヴィニアと同じく、真実を啓示するものである。しかし、無言の、それゆえ多義的・不透明なラヴィニアとはまったく対照的に、アーロンの語るメッセージは、饒舌で疑いの余地がない。強姦された女のもつ恥辱感から内向している可能性のあるラヴィニアとは対照的に、自分の過去・現在・未来の悪事を並べ立てるアーロンは、外向的（externalized）である。アーロンは、舌の無いラヴィニア、書き言葉に傾斜するタイタスとは対照的に、舌の活用を誇示する。

悪魔というものがいるのなら、わたしはその一匹になりたい。
永遠の劫火に焼かれながら生き、
地獄であんたがた一行を迎え、
わたしのはげしい毒舌（my bitter tongue）であんたがたを苦しめ抜いてやりたい。

どこかの悪魔よ、おれの耳に呪いの言葉をささやき
おれを促して、このふくれ上がる胸にたまる
猛毒の悪意をおれの舌（tongue）に吐き出させてくれ。

（五幕一場一四七〜五〇行、五幕三場一一〜一三行）

アーロンの言葉は、他の人物たちが（そして、おそらく観客もまた）、その言葉の動機を探ろうとはしない性質をもっている。アーロンを中世演劇に登場する定型的なヴァイス（Vice）とみないで、心理的葛藤をもった人間と捉えるエルドレッド・ジョーンズの見解は、[七]それゆえに『タイタス』批評の中にあっては、孤立した見解である感を与える。動機のない、表面に現れる意味がすべてであるような言葉。それは、この劇でアーロンの黒い膚に与えられる意味と同じである。

　アンドロニカス一族の者たちが重視する証拠との関係で考えるならば、それは、アーロンの言葉に与えられる信憑性の問題である。アーロンの言葉が劇の最後で切り札として提出されるのは、捕われる以前のアーロンの言葉の用法からすると奇妙なことである。なぜならば、たびたびアーロンが悪魔に喩えられていることからもわかるように、彼にとっての言葉の主な用法のひとつは、人を欺くことである。つまり、彼の言葉は嘘である。アーロンの言葉は、嘘の言葉から最も真実な言葉に変ったことになる。なぜリューシアスは、アーロンの言葉に信頼を置くことができるのだろうか。

　確かにアーロンの告白は、自分の赤ん坊の命を救うという目的があって開始されるとはいえ、この告白の発展の仕方は、その当初の目的を裏切っている。アーロンの告白の基本的なトーンは、悔悛の調子でもなければ、客観的叙述でもない。彼は、自分が過去にかかわった悪事のひとつひとつを賞味するかのごとくに物語る。たとえば、ラヴィニアの「舌を切り、彼女を強姦した」（五幕一場九二行）のはタモーラの息子たちだとアーロンは打ち明けるが、告白はその程度にとどまらない。アーロンは卑猥な意味もこめた散髪のイメージで、ラヴィニアの強姦と切断の回想を楽しむ、「姉君は、水で洗われて、刈られて、きれいさっぱりとしちまって、その仕事をやらかした連中にとっても気がさっぱりとするお慰みだったわけだ」（九五～九六行）。また、タイタスを騙し、彼の手と引き換えに彼の二人の息子の生首を送ってやったときには、タイタスが涙するのを、「こっそり壁の隙間から覗いて」（一一四行）、抱腹絶倒したと語る。告白の最後の方では、その話題は、アンドロニカス一族とは関係のない、おそらく彼がローマに連行される以前の悪事の数々に及ぶ。（アーロンがリューシアスに対し演劇的勝利を得ようとしているという点については本書の第二章で論じた。）

このアーロンの告白は、リューシアスにとって事件の真相を物語る役目をするとはいえ、観客にとっては、そのパフォーマンス、その積み重ねられる告白の総計的効果こそが重要だと思われる。アーロン自身が、「わたしの行為をわたしの価値の証人（witness）として欲しい」（五幕一場一〇三行）と言うように、総計的効果が指し示すのは、アーロンの行為ではなくて、彼のアイデンティティである。告白の流れの中で、彼は悪魔と等しいような悪の純粋な体現者として現われる。彼のアイデンティティは、自然の領域から、自然を越えた領域へと移される。彼の言動について、あえて動機を探る必要はない。すべて彼の行為は、悪という源泉から生み出されるからである。五幕一場でまず、アーロンのアイデンティティが観客の印象の中に確立されて、それが五幕三場で、信憑性について疑義のない証拠としてマーカスによって提示される、というプロセスがある。アーロンの特殊なアイデンティティのあり方が、悪事について語る彼のすべての言葉に完全な信憑性を与える。証拠としてのアーロンは、解釈における曖昧性を含まず、説得力において完璧である。

この純粋な悪が舞台上に提示される中で、それと異質なアーロンの赤ん坊をめぐる動機は、抑制されてしまう。五幕一場では父子の絆に焦点が当てられていた赤ん坊は、五幕三場では、その黒い膚ゆえに証拠品としてクローズアップされる。四幕二場でこの赤ん坊は、皇帝サターナイナスを欺くため、やはり白人の女とアーロンの同国人との間に生まれた白い膚の赤ん坊と交換されようとした。エルドレッド・ジョーンズは、黒人と白人の混血児が白色であるというのは、エリザベス朝時代の人々にとって「奇跡に等しい」と述べる[八]。この観点からすると、タモーラとアーロンの赤ん坊が黒いのは自然である。しかし、この劇における色のシンボリズムは、アーロンの赤ん坊を「怪物の誕生」（monstrous birth）として印象づける。乳母は述べる、「これがその赤ん坊。この国に生れる白いきれいな顔の赤子に比べると、まるでひきがえるのように汚くていやらしい」（四幕二場六七〜六八行）。証拠としての赤ん坊は、明確なメッセージをもつ。近代初期ヨーロッパにおける出産の歴史に関するジャック・ジェリの研究を参照すると、怪物の誕生は両親の獣性を示しているのである[九]。

　アーロンのような言葉をもつもの、彼と彼の子どものような膚の色をもつものは、政治的に利用するのに都合がよい。劇の最後でリューシアスは、ローマ皇帝を殺した件について、ローマ市民に対し釈明しなければならない。そのために、饒舌のアーロンと黒い膚をもつ彼の赤ん坊が利用される。結果として、アンドロニカス一族にとって都合の悪いことがら――タイタスの政治的不明と異民族に対する冷酷――が不問に付される。一幕一場で展開された文明と野蛮のパラドックスは、反省されることはない。野蛮性はアーロンによって代表される。

　五幕三場のこのくだりで、マーカスがアンドロニカス一族の処置に関して、「言ってください、ローマのみなさん、どうぞ言ってください」(一三五行)とローマ市民の返事を求める。それに対しイーミリアスが、「たずねるまでもなく、全員の一致した声(the common voice)がそう叫んでいることを、わたしはよく知っておりますから」(一三九〜四〇行)と、市民全体に代ってリューシアスを皇帝に推す。これは一幕一場でタイタスが、皇帝選挙について、ローマ市民の「お考えと御意見」"your voices and suffrages"(二一八行)を、彼個人の意志で決定したのと同じである。ローマ市民の声の主体性のなさ。この点で彼らはラヴィニアに類似する。リューシアスの実体は、連勝の将タイタスと似て、彼がローマ市民に向けた言葉とは裏腹に、弱者ではない。ローマ市民の「声」は、政治的強者によって支配されるのである——ラヴィニアが父タイタスの権威の下で無言であったように。皇帝殺害の大義名分は、アーロンの声と彼の赤ん坊によって成立する。リューシアスとマーカスの演説は、政治的異変の後に、ふたたびアンドロニカス一族をローマの正統として人々に納得させることに成功する。

人の口が語る証言というより、あたかも物がもつような証拠的価値をもつアーロンは、それゆえ、純粋な悪の体現を持続させながら死んでゆく。それは劇中で彼が最後に述べる、「心は怒りに燃え、気は猛り狂うとき、どうして口をつぐんで黙っていてよいものか」(五幕三場一八四行)の言葉に示されていた。この持続したメッセージ性の点では、彼は強姦されたラヴィニアに似る。サターナイナスは、ラヴィニアと似た立場にあったヴァージニアスの娘について、「辱しめを受けたのちも、なおその娘が生きながらえ、彼女の姿が父親の目に触れ、そのたびに父親の嘆きを新たにする」(四一〜四二行)と述べた。この言葉は、強姦された女は消滅しないメッセージをもつ、という意味を含んでいた。

しかし、アーロンとラヴィニアがメッセージの持続性の点で類似するとはいえ、メッセージ性の消滅の仕方の点で両者は相反する。劇の後半、コミュニケーションのひとつの手段としての顔色の変化が繰り返し話題となるが、最後に舞台に現われたラヴィニアは、ヴェールを被せられており、その手段さえも封じられる。ラヴィニアは次々と表現手段を除去され、その除去の過程が、そのまま彼女の死の道程となる。一方、劇の最後に到ってもわめき続けるアーロンは、形象においても口そのものになる。彼は胸まで地面に埋められるという刑罰を言い渡される。地面に開いた悪の口。それは、エリザベス朝演劇には馴染み深い、地獄の口（Hell mouth）を思わせたかもしれない。

＊

《幕間　その一》では、無言のラヴィニアが、多義的・不透明なメッセージ性を帯びる点を議論の出発点とした。このメッセージ性の特徴は狂気のタイタスに受け継がれる。舞台上の人物たちの関心もまた無惨な姿のラヴィニアから、狂気のタイタスへと移行する。狂気のタイタスが生み出す虚構は、「文字の帯に巻かれた剣」のイメージが示すように、多義性・不透明性のなかに攻撃性を宿す。さらに、この劇においては、ローマ人の心性には話し言葉からの離反、書き言葉と証拠への傾斜があることを指摘した。それゆえ、ローマにとっての外敵は舌の力をもつもの、人を欺くことに長けたものとして造形化される。その代表がタモーラであり、彼女は妊娠と舌の力とが結びついた悪の力として空想される。タイタスが、傷ついた娘から引き継いだように見える多義性・不透明性は、劇終盤のアーロンの発展と対照をなす。タモーラとアーロンとの間に赤ん坊が誕生するエピソードは、ふたたび悪魔と魔女の性的交渉のイメージを浮上させる。彼はリューシアスに語り聞かせるパフォーマンスによって悪の純粋な体現者として現われる。この純粋な悪が舞台上に提示される中で、それと異質なアーロンの赤ん坊をめぐる動機は、抑制されてしまう。即ち、アーロンの身体は一義的なメッセージ性をもつものに還元される。アーロンに観察される持続したメッセージ性・一義的なメッセージ性は、皮肉なことに劇の最後でタイタスによって、強姦された娘のメッセージ性の特徴としても主張される。この劇は、暴行を受けたラヴィニアが帯びる多義的・不透明なメッセージ性を、身体的メッセージが多義性／一義性のテーマをめぐって展開する、その発端また核としているのである。

III

流血と食——『コリオレーナス』をめぐって

シェイクスピア作『コリオレーナス』

■主な登場人物

マーシャス、のちにコリオレーナス（将軍）、ヴォラムニア（母）、ヴァージリア（妻）、コミニアス（将軍）、メニーニアス（「腹の寓話」を語る元老）、護民官たち、オーフィディアス（敵将）

■あらすじ

『コリオレーナス』は市民たちの食糧一揆という内政の混乱で始まる。結局、市民の言い分が通り護民官制度が成立する。主人公であるマーシャスはその傲慢さゆえ、市民に嫌われている。ところが戦争の危機に際して彼は無類の活躍をみせ、その戦功によりコリオレーナスという名称を与えられる（一幕）。彼を勇猛果敢な戦士となるよう育ててきた母親は息子の栄誉を喜ぶが、次に彼女は嫌がる息子を執政官選挙に立候補させる（二幕）。ところが、コリオレーナスは民衆の歓心を買おうとするどころか、彼らの政治参加に反対し、民衆の怒りを買ってしまう。結果ローマは大混乱に陥り、護民官の暗躍により主人公はローマ追放の刑に処せられる（三幕）。追放された主人公は自分を貶めたローマに復讐せんと、敵方につく（四幕）。守護神を失ったローマは助命嘆願者を次々と差し向けるが功を奏せず、最後に主人公の母や妻などを送り出す。主人公は身の危険を感じながらも、やがて彼女たちの説得に折れてしまう。ローマでは女たちの上首尾を称える大歓声がわきおこるが、敵国では敵将オーフィディアスの計略によって主人公は殺害されてしまう（五幕）。

第五章　授乳、流血、穀物

『コリオレーナス』の冒頭は、リアリズムを基調としている。ローマ市民の飢えの実感が、シェイクスピアにはめずらしく個性を与えられた市民たちの会話を通して伝わってくる（このリアリズムの感覚に踏みとどまったこの作品の読者の中にはブレヒトもいた）。この感覚は、三幕終りのコリオレーナス追放に到るまで失われてはいない。しかし、それにもかかわらず、劇の表面にある台詞の背後に魔術的空想とでも呼びたいような水脈があるのが感じられる。この劇の核となるファンタジーは、この劇がローマの身体性とコリオレーナスの身体性を重視していることに源をもっている。そこでは、授乳・流血・穀物にかかわるイメージとアクションが互いに深く関係している。本章はこれらの理解について、ジャネット・エイデルマンとスタンレー・キャベルとのすぐれた研究に触発されているが、議論の力点を栄養の循環ではなく蓄積の観念に置きたい。その関連で主人公の血の無限放出のファンタジーを前景化し、また授乳と流血に歴史的な理解を与えたい。そのため本論では、コリオライ戦におけるコリオレーナスの血まみれの姿を文字通りに受け取る。

また、この作品に反映しているジェイムズ朝の権力の言語を浮び上らせる点では、ジョナサン・ゴールドバーグの研究に多くを負う。ゴールドバーグの視点を本書による解釈の文脈に導入しようと試み、ほかの器官からの供給なしに栄養としての血を体全体に流すイメージをシェイクスピアの時代の政治的言説のなかに発見する。

一　流血の真理性とその源

二幕と三幕において、コリオレーナスはローマ市民との対立の中で激しい怒りを示すが、その怒りの中にある、彼にとって最も重要な要素は、自分こそ真理であるという信念である。コリオレーナスにとって、この信念は彼が戦場で血を流した経験によって支えられている。この観点から、一幕で血まみれとなるコリオレーナスの姿の意味を再考したい。

R・B・パーカーによると、批評と上演において、戦場でのマーシャス（この時点でのコリオレーナスの名）の流血を文字通りに受け取る例は稀であるという。舞台では「顔と腕に血のしるしが付くくらいがほとんどで、まったく血を表現しないときもある（例えば、オリビエの演技）」。これらの表象は、「胸の悪くなるような明瞭さで」テキストが述べていることと合致しない。[二] 通常の演出や解釈とは異なり、本章ではマーシャスの流血をテキスト通りに受け取ることとする。血まみれといえば、普通には血がマーシャスの鎧の上を流れていると解されるだろう。[三] しかし、戦場で彼の姿を目撃したローマの将軍コミニアスは、「だれだ、向こうに来たのは？／まるで生皮をはがれた男のようだ」（一幕六場二一～二二行）[四]と驚きを示す。皮をはがれた人間は一種の裸である。また、城門によって閉じられた空間は伝統的に女性ジェンダーとして捉えられるが、[五]閉されたはずの城門が開き、血まみれの姿で現れるマーシャスには、このあとすぐ戦功により新しい名前（コリオレーナス）が与えられることも手伝って、母親の胎から出たばかりの赤子の暗示がある。生れたばかりの赤ん坊が血まみれの裸であるように、戦場のマーシャスもまさに同じ血まみれの裸なのである。イコノロジーの伝統の中で「真理」"naked Truth"はつねに裸の肉体によって表象されるが、[六]裸のマーシャスは、この図像に通じるものである。この劇の場合、なぜ真理の図像が流血と結びつくのか、劇はその理由を別の体液（乳）の観点から提示している。

　マーシャスの戦場での活躍は、彼の母ヴォラムニアが息子に対して示す教育的情熱の所産として観客の目に映る。そのような観客の理解は次のような劇の構成によって促される。一幕三場でヴォラムニアがその情熱を表明し、戦場での息子の活躍について空想する。そのあとに続くコリオライ攻めの場面で、母の空想そのままに、マーシャスは突出した戦士としての活躍を示す。これは、シェイクスピアの意図的な劇構成であるだろう。「わたしにはあの子がこのように足を踏み鳴らし、このように呼ばわるのが目に見えるようです」（一幕三場三二行）と、あたかもヴォラムニアが戦場でのマーシャスの一挙手一投足を支配しているかのように感じられるのである。

　この特別な劇構成によって、戦場におけるマーシャスの流血と真理性の結合の源が、母ヴォラムニアへとさかのぼることがわかる。まさに、その結合の源は、彼が母ヴォラムニアによって育てられたことの中にある。

あのヘクターに
乳を飲ませたときのヘキュバの胸も、
ギリシアの剣を見下して、血を吐き出した
ヘクターの額ほどに美しくはなかった。

The breasts of Hecuba
When she did suckle Hector, look'd not lovelier
Than Hector's forehead when it spit forth blood
At Grecian sword contemning.

（一幕三場四〇〜四三行）

このヴォラムニアの言葉から彼女のマーシャスに対する教育の特徴を読み取れる。第一に、彼女は子どもの発達段階を無視することである。ここにはヘクターが二度言及されているが、最初のヘクターは次のヘクターに影響を与えている。つまり観客は、最初のヘクターを乳児であると了解するが、文の勢いに従うと、第二のヘクターが言及された瞬間、そのヘクターはいまだに乳児性を帯びている。マーシャスの発達投階を無視するヴォラムニアの教育態度は、彼女が用いる「子どもでもすでに大人」“a man child”（一幕三場一七行）の語にもみられた。シェイクスピアの多くの劇作品には、ライフサイクルにおける、ヴァン・ジェネップのいう移行期のテーマがあるが、[七]この劇の主人公はその傾向に反する面がある。

　第二の特徴は、彼女が授乳を通して、自分の性格と情熱とを息子マーシャスに伝えたと考えていることである。引用のヴォラムニアの言葉は、彼女が息子の戦場での活躍を幻視しながら嫁のヴァージリアにかける「お前の夫の打ち鳴らす太鼓の音が聞こえるようです」（一幕三場二九行）という言葉の直後におかれている。ヴォラムニアが幻視するマーシャスの姿は、彼女の教育理念のままに成長してきた息子の姿にほかならない。つまり、引用のヴォラムニアの言葉は、彼女の教育理念と、その理念の実現としてのマーシャスの成長という文脈の中におかれている。ここから、赤子に授乳するヘキュバのイメージをもちだしたヴォラムニアの動機のまた別の一端がうかがわれる。ここには、子どもは乳を通して母の性質を受け継ぐという観念がある。英国における最初の小児科学の書とされるトマス・フェアの『小児に関する書』（一五四五）は、「母乳と授乳は子どもの性格形成に驚異的な効果をもつ[八]」と述べている。マーシャスは、ヴォラムニアの乳を通して、彼女の情熱をも吸収したのである。

　さて、ヴォラムニアのこの言葉（「あのヘクターに／乳を飲ませたときのヘキュバの胸も～」）はいかにも彼女らしい。それはまた、この劇の主人公のアクションにかかわる中心的なファンタジーを凝縮した内容をもっている。[九]第一に、ヘキュバの胸とヘクターの額とが比較され、両者がともに体液の一種（乳と血）を流し出すところから、両者を同じものとみなす視点が暗示される。つまり、ヘクターの額は乳首を暗示する。

この額からは、乳の代りとしての血がローマのために流れ出る。キャベルによると、戦士の流血が示すのは、たんに攻撃であるばかりではなく、また「男性のやり方で食物を提供すること」でもある。[一〇] 乳としての血という観念からは、ペリカンの図像（たとえば肖像画の中のエリザベス女王が掛けているペリカンのペンダント（図5-1）[一一]や、『欽定訳聖書』のタイトル・ページにある胸の血を授乳するペリカンの図（図5-2）[一二]、あるいは聖痕からの出血がマリアの授乳と平行するものとして描かれたキリストの図像（図5-3、4）が想起される。キリストの人間的身体が、授乳する女性身体と同一視される伝統は一七世紀になっても残っていた。[一三]

ヴォラムニアの「お前の勇気は私のものだった。お前はそれを私から乳とともに吸い取った」（三幕二場一二九行）という言葉が示すように、乳は、ヴォラムニアにとってマーシャスを養育し教育する媒体であった。この背景には、授乳の習慣についての歴史的な変化が反映しているかもしれない。一六世紀の英国においては、赤ん坊は乳母に三年間ほど授乳されることが上流階級では普通の習慣であり、その結果、子どもは生みの母よりも乳母との間にはるかに強い親密な関係をもっていた。シェイクスピアの『ロミオとジュリエット』におけるジュリエットと乳母との親密な絆は現実の習慣を反映していたわけである。ところが一七世紀はじめになって、この習慣に反対する議論があらわれ、母親自身が授乳するようになり、母子の感情的絆が強まる。[一四]

乳は、ヴォラムニアにとって、マーシャスを養育し教育する媒体であったのだから、マーシャスの体から流れる血もまた同じ機能を帯びるに到る。つまり、赤ん坊に乳を与える母が、授乳を通して自分の性格と思

図5-1　ニコラス・ヒリアード「ペリカン・ポートレット」(1572-6年頃)

図 5-2 『欽定訳聖書』(1611) の表題頁、部分

図5-3　ホーセン・ファン・デル・ウェルデン「Antonius Tsgrootenの三翼祭壇画」(1507)　アントワープ王立美術館。マリアの授乳とキリストの流血が平行的に示されている。キリストのポーズに似たマリアのポーズはたんに憐れみと仲保の象徴なのではない。それは食べ物の象徴でもある。その証拠に、彼女の横には彼女がその乳で養ったクレルヴォのベルナールが立っている。(解説はBynum (1987) による)

想を子どもに伝えようと強く願うならば、乳と血が等価にされるコリオレーナスについても同じことがいえる。そして、劇は、あたかもそれを証明するかのように展開する。コリオレーナスは、ローマのために血を流すことで、彼の「子ども」(三幕一場二九行) としてのローマが自分と似たものとなることを望んでいるのだ。彼が体現し、彼が語る真理は、ローマ全体が理解しなければならないものなのである。ここには、マーク・シェルが述べるような、共通の乳を飲むことによって国家の再生を図るという伝統的な観念が隠れているかもしれない[15]。この観念の歴史的起源には、古代ローマの建国の王とされるロムルスとその双子の兄弟レムスが、メス狼の授乳によって育てられたという故事がある。さらにシェルによ

図5-4　M・フィヨリーニ（F・ヴァンニ原画）「キリストは、シェーナの聖カテリーナにその胸や脇腹から授乳したという言い伝えがある」『大聖人伝』（1597）から。フランス国立図書館（パリ）

ると、「血族関係は究極的には常に否定可能であり、また、乳母の乳で育つ子供と乳母との間に発展する共通の乳による親類関係（collactaneous affinity）は子供の家族とその生物学的種ですら変えてしまう可能性があるので、人間の乳母や動物の乳母はときに恐れられる対象になる」という[一六]。これは、ローマへの授乳の文脈におけるコリオレーナス像に当てはまる。彼は平時のローマで民衆に恐れられるからである[一七]。授乳の段階から息子に対する教育的情熱を抱くヴォラムニアの空想を通し、血を流すコリオレーナスとローマとの間にファンタジーとしての授乳関係が浮かび上がり、母が息子に伝えた真理は、今度は息子によってその「子ども」たるローマに伝えようとされる。戦場における血まみれのコリオレーナスの姿はこのような文脈の中で真理の図像として立ち現れる。さらにヴォラムニアの情熱と空想とに倣えば、コリオレーナスはローマに対する一種の授乳者、つまり養育者であることが示唆される。

二　巨大な胃袋としてのローマ

ひとりの人間の血が国家全体を養うという観念は奇想とみえるかもしれないが、[18]この劇は国家をひとつの身体と見立てる思想をその冒頭においているので、この奇想には説得力がある。シェイクスピアは、劇のはじめにメニーニアスの語る寓話をおくことによって、観客が劇全体をその寓話の影響力の下に眺めるよう要請する。国家を一つの身体とみるこの寓話では、最初に腹が受けとった「すべての食物」（一幕一場一三〇行）は、「血液の流れ」（一三四行）に乗って、体の各器官へと運ばれる。寓話の中のローマを養う穀物としての血と、ローマを「霊的な意味」[19]で養うコリオレーナスの乳としての血とは、互いに共鳴する。擬アルベルトゥス・マグヌスも、中世の産科学の書『女性の秘密』において、四段階からなる消化作用を説明する中で触れている通り、[20]生理学的に言っても乳と血は食べもの（穀物）の変形なのである。第三段階の消化作用が肝臓でおこるが、その際、未消化の余りものが月経による出血となって体外に出る。（男性は女性に比べ、肝臓により高い熱があるので消化は完全に行なわれ、余りものは出ない。）妊娠中の女性の場合、月経の血は、子宮から二本の管によって胸へと運ばれ、そこで料理されて母乳に変形される。[21]このように消化作用は胃のみで起こるのではなく、体全体で起こると考えられていた。この観点からは、人間の体は巨大な胃袋な

のだ。[二二]

ところで、ローマを養う「腹」のメタファーが成立する前提は、ローマを養うコリオレーナスの血の前提に似ている。それらはどちらも他から供給を受けなくても無尽の放出ができる。一幕三場にはヴォラムニアの「一人の息子が戦《いくさ》にも出ず美食・大食をするよりも、十一人の息子がお国のために戦死した方がむしろよい」という言葉（二四〜二五行）があるが、この言葉を想起させるコリオレーナスの「死ぬ方がよい、飢える方がよい」（二幕三場一一二行）の言葉には、彼が食物の摂取を好まないという暗示がある。[二三] 同様に、メニーニアスは、腹に直接語らせる初めでは、「最初に私（腹）がすべての食べものを受けとる」（一幕一場一三〇行）と述べながらも、食べものを生産する源を明確にしない。ところが、寓話を語り終え、そのモラルを説明する段になると、「すぐわかるはずだ、諸君が受ける公共の利益は／すべて彼ら（元老院）が生み（proceed）、彼らの手をへているのであって、／諸君自身が作り出すものではないことが」（一五〇〜五三行）というように、腹を食物の源泉であるかのように断定する。ここでの“proceed”は、“originate, be derived”を意味する。[二四]

メニーニアスが腹の寓話を選んだのは、特権階級が穀物を退蔵していると主張する飢えた市民たちに反論するためであった。そのことによって、彼は市民たちの反乱を鎮めようと試みたのである。この場面では、穀物に限らず富全般が特権階級に集中していることが、市民たちによって強調されている。この劇の批評家の中には、腹の寓話のポイントとして富と血液の循環を指摘する人びとがいるが、血液の循環と平行するような富の概念は、M・セルヴェトウスとW・ハーヴェイによる偉大な発見をまたねばならなかった。[二五] 栄養は血液の流れによって各器官に運ばれ、そこに「蓄積」するのである。[二六] 市民たちは、穀物の生産者が貴族ではないことにはまったく触れず、ただ穀物が貴族に集中していることを問題としたのであり、メニーニアスの語る腹の寓話もまた同じように、栄養の源泉を不明確にしておいて、最終的に腹そのものが栄養の源であるかのように述べた。

　血の蓄積の概念は、次に、血が誰のものかという問題に我々の関心を向けさせる。腹が体の各器官に送り出す栄養を含んだ血が腹のものとは断定できないように、コリオレーナスの体を流れる血はいったい誰の血なのか。その血が彼の体内から流れ出る限りにおいて、コリオレーナスの血は無尽蔵に放出すると言える。しかし、一幕においては彼の体を流れる血は必ずしも彼のものではない、すなわち彼の殺戮行為による返り血であるという指示がある。コリオレーナスの血が無尽蔵に放出されるイメージは、二幕以降、彼が戦場から離れるときに初めて形成されてくるものなのである。そのときはじめて、限りなく血を放出する彼のイメージは、あたかもそれ自体が栄養の源であるかのように語られる腹の寓話と一致してくる。

　一幕では、シェイクスピアは、コリオレーナスの体を流れる血の出処について曖昧性を示している。一幕三場、母と嫁の会話の中で空想されるマーシャスの血は、彼の体から流れ出たものか、返り血が付着したものか曖昧である。コリオライ攻めの戦場でも同じように、マーシャス自身、「これぐらいの血はかえって元気づけ」（一幕五場一八行）と自分の血であることを示しながらも、「見ろ、おれを覆っている血は、／おれの血ではない」（一幕八場九～一〇行）と言う。コリオレーナスに与えられる死神の図像（一幕三場三四～三七行、三幕一場一五九～六〇行）は、むしろ多量の返り血を暗示していたはずだが、劇の展開とともにこの曖昧性は捨てられ、一幕でのコリオレーナスの全身血まみれの姿は、二幕でのコミニアスによる「彼は顔から足先まで／血のかたまり（a thing of blood）」（二幕二場一〇八～〇九行）という血の出処についての曖昧な定義を経て、三幕になると無尽放出のイメージへと変貌するのである。

　ヴォラムニアの空想の中にみられる死神のイコンは、彼女にとって理想の男性なのである。その体が浴びる多量の返り血。彼女にとっては、あたかもマーシャスは不死の体をもつかのようである。ウィリアム・エンプソンは、コリオライでのマーシャスの超人的働きを、劇のレトリックに逆らって、まったく冷やかに分析している。[二七] エンプソンのように、敵の城門の中に閉じ込められたマーシャスの行動を生身の人間の基準で推測する立場もある。しかし、コリオライの城門の中での主人公の行動は、それが舞台に提示されず観客とローマ兵の目から隠されていることにシェイクスピアの特別な意図があると思われる。[二八] コリオライの城門からふたたび姿をみせたとき（このとき城門が開くとは現実には考えられないのだが）、マーシャスはローマ最大の英雄として誕生するのである。じつに、この城門は、マーシャスの活躍を途方もなく拡大してみせる魔法の容器にほかならない。ふたたび姿をみせたマーシャスの体にはヴォラムニアの空想の中の息子の姿そのままに、多量の返り血が付着していた。このとき観客は鮮血に染まるマーシャスに、ヴォラムニアが語った死神のイコンをみるだろう。コリオレーナスの戦場での流血はヴォラムニアの教育的情熱とメニーニアスが語る腹の寓話が触媒として働き、身体としてのローマには必須の栄養としてのオーラを帯びてくる。劇中盤の発展においては、このファンタジーがさらに強化されてゆくのだ。

三　出し惜しんだ穀物／惜しみなく捧げた血

劇は、一幕でのコリオライ戦のあと、コリオレーナスの血に代って彼の傷をクローズアップしはじめる。執政官の選挙の過程では市民に戦傷を見せるのが立候補者にとっては効果的なのだが、コリオレーナスはそれを嫌がる。その傷をめぐって劇化されるのは、ローマ内部の階級間の軋轢である。すでにコリオレーナスの真理性は彼の流血の経験によって支えられていると述べたが、劇の核となるファンタジーは、コリオレーナスの流血をローマにとっての豊穣とみなす。そのことがローマ内部の軋轢のなかに浮かび上がる。

三幕一場では、一幕一場以来ほとんど現れることのなかった話題、コリオレーナスが穀物を出し惜しんだという話題がふたたび浮上する。護民官ブルータスは、市民がコリオレーナス支持をとり消した理由として、彼が市民を「馬鹿にしたこと」（三幕一場四一行）と、穀物の配給を嘆願した市民を口汚く罵ったことの二点をあげる。第一の理由は、謙遜の衣を着たコリオレーナスと市民との三度に及ぶやりとりの中に言及されていた。それにもかかわらず劇は、コリオレーナスが市民をなぜ馬鹿にしたのか、その発端や事情をまったく取り上げず、第二の穀物の件について主人公に激しく反応させるのである。そして、彼のこの怒りの中で、「祖国のために血を流してきたのだ」（三幕一場七五行）と、流血という形でのローマへの献身が叫ばれ、また、それゆえに彼の扱いについて慎重になるようにという、市民たちへの説得の努力がメニーニアスによってなされる。

彼が流した血は、
彼の体の血をはるかに超える量だと断言するが、
それは祖国のために彼が失った血だ。

（三幕一場二九六～九八行）

いま、ここに、穀物は出し惜しんだが血を惜しみなく献げた者がいる。

穀物の話題がふたたび浮上することによって、メニーニアスの腹の寓話が想起される。二幕以降、ローマはその内政に関心を集中させ、同時に劇はコリオレーナスの戦傷に注意を向け始める。両者はともに体を閉ざし始める。そのことによって、その閉塞状態はメニーニアスの寓話の中の腹の閉塞状態と似てくる。コリオライとの戦争では、コリオレーナスの体を流れる血は、現実には敵からの返り血と、彼の体の傷口から流れる血の混じったものであったのだが、閉ざした体に外部から与えられる血はない。コリオレーナスの体を流れる血は、すべて彼の体内から流出したものとして空想されるのである。

ヴォラムニアに源をもつファンタジーは、乳（穀物・血）を吸った子どもは、同時に授乳者の性格と思想をも吸収するとするものであった。一幕三場でヴォラムニアは、息子が戦場で臆病な兵士たちを叱咤する様子を空想した。またコミニアスは、コリオレーナスの働きを報告する中で、「彼は逃げる味方を押しとどめ、／身をもって目ざましい手本（his rare example）を示し、臆病者の恐怖を／楽しい遊びに一変せしめた」（二幕二場一〇三～〇五行）と述べる。コリオレーナスは、人びとが見習うべき模範として自分を示す。劇中で、ローマ全体を含むことができる者は、劇の最後のヴォラムニアを除いては、コリオレーナスだけである。彼自身は演技することを毛嫌いするが、彼の周囲には演劇的状況が成立する。彼が文化英雄となって、そのオーラの中にローマ全体を包み込むのを観客は見る。エンプソンが、スポーツ競技のスーパースターと評した通り、[二九] 凱旋する主人公をローマ全体が歓迎する場面では、人びとは歓喜のうちに彼と一体感を覚える。

三幕のコリオレーナスには、彼の肥大した自己イメージにローマ市民を同一化させたいという願望が感じられる。そのことを端的に示すのが、彼がローマの混乱の中で市民に向って述べる次の言葉である。

出撃を命じられても、
たとえ国家の危急存亡のときでさえ、
撃って出よう（thread the gates）としない、これが無償で
穀物をもらう働きであったと言えるか。
（三幕一場一二一～二四行）

“the gates”は、出兵の際に通過するローマの城門も指すが、また、コリオライの城門をも暗示する。後者の門を通ることは、将軍コミニアスも決して敢行することはないと推測される無謀な行為であった。その困難の印象は、“thread”（針の目を通る）という言葉が、「マタイによる福音書」（一章二五節）などの「金持ちが神の国に入るよりは、らくだが針の穴を通るほうがもっとやさしい」という箇所を連想させることによ

って、さらに強化される。[三〇] しかし、コリオレーナスは、市民たちがそのときの彼を模倣しなかったことをとがめている。超人の子は超人でなければならないというわけである。換言すれば、彼の流血の贈りものに相当する贈りものを市民にも求めていることになる。

キャベルは、「ヘキュバの胸」ではじまるヴォラムニアの台詞の中にみられるヘクターの額からの出血について、それが攻撃の暗示を含んでいると述べている。そして、その攻撃が、コリオレーナスの母ヴォラムニアに対するものだと言うのである。しかし、コリオレーナスの流血がローマに対する授乳とみなされ、それが、キャベルが述べるようにローマに対する一種の贈り物だとするなら、[三一] 流血に含まれる攻撃性は、ローマに対しても向けられていることになる。つまり、攻撃性を含んだ贈りものである。贈りものも、攻撃的行為となりうる。マルセル・モースはその『贈与論』のなかで、次第に高価な贈りものを対立する共同体との間にとり交すことによって、相手を経済的崩壊に追いやる威信争いについて述べている。[三二] 超人の子となるようにというローマ市民に対するコリオレーナスの要請は、彼のローマへの贈り物に敵意が隠されていることを示している。モースが述べたような民族的習慣は、ブルース・M・クナウフトによっても語られる。彼が述べるメラネシアの「攻撃的な食料交換」は、この劇のいくつかのディテールを思い起こさせる。

> 攻撃的な食料交換のケースでは、社会的な自己呈示と身体内部のプロセスとの関連はときに極めて明瞭である。他人のために余剰となる食料を生産するためには、典型的に個人的窮乏が必要となる。過酷な労働に加え、自分自身の食料消費を切り詰めなければならない。従って、メラネシアのマッシム

(Massim)での、いくつかの島社会における文化的理念は、空の胃袋と、(競争的交換のために取っておかれる)満ちた食料庫をもつことである……これに相当する身体的理想は、たいへん痩せて、頑丈で、「乾燥した」、機敏な体である、換言すれば、厳しい自己鍛練を積んでおり、自分を甘やかさない身体である。この観念は、しばしば部分的には男性の権力と肉体的剛健さというジェンダー的属性と結びつく。そして、食料交換の政治を公的に司り、個人的窮乏と過酷な労働という家庭内での価値を公的に強制するのは、しばしば男性である。[三三]

ここには競争的な食料交換という政治が行われる社会で、どのような身体が理想とされ、どのようなジェンダー観が形成されるかが語られている。これは、戦士コリオレーナスの流血を源として、それを肥大させたこの作品のファンタジーと大変似ているではないか。そこにはコリオレーナスの少食、彼の剣のような肉体(「このおれを剣にして戦ってくれ」"Make you a sword of me" 一幕六場七五行)も含まれている。

四　帝王の身体

ヴォラムニアは息子との絆を彼女の与えた乳にみている。それならば、戦場での彼の流血によってローマという身体を養うコリオレーナスは、自分の血を注ぐことによってローマとひとつの血縁関係をつくっているといえるだろう。マーク・シェルの言葉を借りれば、ローマ全体を含む「普遍的血縁関係」(universal kinship）[三四]をつくっているのである。劇は、三幕一場の最後に、「さもないと、流血の惨をまねき、／その結果は、はかり知れないものとなりましょう」（三二四〜二六行）の言葉によって、ローマ全体が血の海となるイメージを与えている。これは、コリオレーナスのヴィジョンとローマ全体が一体化することについての批判的含みをもつ。しかし、このイメージは別の意味においても、この場面におかれるのにふさわしい。すべてのローマ人の血が入り混じり、ひとつの血となるイメージは、コリオレーナスのファンタジーが主張する普遍的血縁関係を暗示するからである。[三五]

　このように述べるときわれわれは、この劇が、社会に対立するひとりの個人の悲劇を扱った作品ではないことに気づく。ジョナサン・ゴールドバーグは、この劇の主人公を「最も公的な人物」であると述べているが、[三六]まさにその通りである。シェイクスピアの時代においては、家族論は政体論と直結していた。[三七]絶対王政の弁護の書である『パトリアーカ』（一六三一頃）を書いたロバート・フィルマーによると、君主とは「普遍的父親」"universal father"である。[三八]（ここで、血による授乳は母の役割ではないかという異議が唱えられるかもしれないが、その点については後述する。）劇の後半になると、コリオレーナスを君主として提示しようとする勢いは目立って強くなる。

　この劇の主人公をめぐるファンタジーを追求することは、この作品に反映しているジェイムズ朝の権力の言語を浮び上らせることにもなる。この劇のファンタジーの大きな部分が、自分を神の代理人として、また、帝政ローマのオーガスタス・シーザーとみなした国王ジェイムズの言語を反映している。キャベルは、ローマ市民に対するコリオレーナスの怒りは、戦争における彼らの臆病のゆえではなく、彼のローマへの献身に対する彼らの感謝のなさのゆえであると述べているが、[三九]もし劇のファンタジーにおいてコリオレーナスが王とみなされているとするならば、それは国王ジェイムズの置かれていた立場の反映ではないかと思われる。王子ヘンリーに与えた帝王論である『バシリコン・ドーロン』の中で彼は、「あなたの坐る王座は神のものである」と述べ、その重荷が彼に与えた教訓のひとつを「感謝を受けなくなったこと」であると述べている。[四〇]それは「強迫観念的な気前よさ」[四一]をもつジェイムズならではの嘆きであったろう。自分は与えるけれども受けとることはないというジェイムズの言葉は、また彼を讃える詩人たちの常套表現であった。君主からもっとも多くの贈物を受けた寵臣のバッキンガムは、なにも返礼をしないことでその気前よさに応えた。あまりにも大きい借金は、返済不能というわけである。帝王讃美のひとつの常套文句は、臣下が感謝しきれないほどの王からの贈物であった。[四二]

さらに、コリオレーナスの身体が国王ジェイムズの存在の反映であるとするならば、彼の真理性が神秘として暗示されているのもうなずける。彼の言葉は、剣としてイメージされるイエスの言葉（たとえばデューラーの版画（図5-5）で有名な「黙示録」一章一六節）との連想を誘う。コリオレーナスは、言い争いの起る場面で、腰の剣を抜いたり、抜きかけたりする。剣としてイメージされるイエスの言葉は人びとを分かつ（「マタイ伝」一〇章三四～三七節）が、同じように、コリオレーナスの言葉はローマに分裂を生じさせる。このように劇は、コリオレーナスのメッセージ性が顕示的であることを示す一方で、彼のメッセージ性が神秘的であることを示唆する。[四三]これは、ジェイムズが神の神秘の様式、帝政ローマの「独裁政治の神秘」（*arcana imperii*）の様式を好んだ国王だったことと符合する。[四四]王権についての理論を扱う著作の中でジェ

図 5-5　アルブレヒト・デューラー『ヨハネの黙示録』連作より「七つの燭台の幻」(推定1498)、部分、ボストン美術館

イムズはくり返し国王をとり巻く神聖(divinity)について語る。彼のテーマはくり返し「王権の神秘」である。この神秘、『バシリコン・ドーロン』の呼び方に従えば「秘中の秘である王の胸中[四五]」は、王権の中心部であり、それはすべての臣下が排除される聖域であった。コリオレーナスの神秘としての真理は帝王のイメージなのである。シェイクスピアの同時代人として、ジェイムズを讃える宮廷仮面劇を多く創作したベン・ジョンソンも、宮廷で上演される仮面劇の面白さは、説明を拒む神秘の提示にあると心得ていた。[四六]

たしかに、身体としての国家への授乳と絶対的真理の主張ができる人物には、王位が似合っている。王を源として、彼から社会全体にすべての利益が流出するイメージ

は、絶対王制下の英国においては親しまれたイメージであった。[四七]ジョージ・パットナムは、彼の詩論『英詩の技法』（一五八九）の中で次の詩を紹介している。

陛下の乳房（breasts）から、まるで目からのように、
光線が絶え間なく流れます、
陛下の正義・恵み深さ・大権の光線が。
余りにもまばゆいそれらの光は広がって、
御国の先端にとどくまで
はね返されることはないのです。[四八]

『コリオレーナス』の読者にとって、男根的な剣のイメージもあるコリオレーナスが、他方で授乳という女性的イメージをもっていることは、ひとつの当惑かもしれない。引用は、その当惑に対するひとつの答えを示唆する。引用中の「乳房」の語は、パットナムが讃辞をよせたエリザベス女王のジェンダーと無関係ではないが、まったくそれに縛られているわけでもない。その証拠に、エリザベスの次の国王であるジェイムズもまた、自らを「愛情深い、乳を与える父親」“loving nourish father”[四九]と呼んで授乳のイメージを利用した。[五〇]ジェイムズは先王のイメージを継承したのである。[五一]エドワード・フォーセットの『自然的な体と政治的な体の比較研究』（一六〇六）は、心臓を君主の「恵み深さ」（magnificence and bounty）の良いモデルとしてあ

げている。

心臓はすべての器官の中でもっとも強い器官であり、しかも血管によって運ばれる血で養われない。一方、ほかのすべての器官は心臓から血管を通して命を借り出すのである。国王も同様に、彼の王国の土地に関して強く絶対的な地位にあり、ほかのすべての土地の所有者は国王から土地を譲渡してもらったのである、という議論を私は聞いたことがある。アリストテレスが心臓について述べていること、つまり、それは他のすべての器官に与えるけれども、他からは受けとることがないということ、このことは王の威厳と恵み深さの良いモデルである。自らはなんの欠乏もなく、寛大な心で善をなし、救いを他に及ぼすことほど、神性に近いものはないからである。[五二]

彼の語る心臓は、コリオレーナスの流血と同様、ほかの器官からの供給なしに栄養としての血を体全体に流すのである。

ゴールドバーグは、王と王国との結婚というジェイムズの観念が、オーフィディアスが語るコリオレーナスとの同性愛的夢（四幕五場一一四～一二七行）の中にほのめかされていると考えているが、国王として、父と母の両性を兼ね備えているとするジェイムズの自己イメージについての彼の説明は、いまのわれわれの文脈に当てはまる。

王国との一体化は、王の唯一性の印である。王は比べるものがない。なぜなら、他のもの、他人であれ性的他者であれ（それが彼の妻であろうと彼の王国であろうと）、それらは、やはり彼のものだからである。「愛情深い、乳を与える父」と彼は自分を呼んだ。父であり、かつ、母親のような授乳者であるというわけだ。彼は王国に「栄養のある乳」（the very nourish milk）を与え、国民はその国王からの贈りものを飲みほす。父であり、かつ母であるものとして、王は自らの親、両性具有者として自己充足しており、理想の存在である。しかし、そのような自己所有性（self-ownership）を表わすいくつかの用語は、また、国家のために結婚したが、しかし、男性を寵愛した王にふさわしかった。[五三]

さらにジェイムズの影が劇に重なる。劇は、主人公追放以前の場面で、コリオレーナスとローマ市民との間には架橋することの困難な断絶があることを示してきた。断絶は、コミュニケーションにおける断絶であった。劇はまた、この両者の間に多くの仲保的活動をおいてきた。これまでは、これら仲介の役割をもつものたちの努力は、すべて効を奏することはなかった。ローマにおける人間関係のあり方は、テレンス・ホークスが言う「追従《ついしょう》の関係」であり、コリオレーナスはそれを憎悪したからである。コリオレーナスによるローマ攻撃は、言語によるコミュニケーションが断絶し、仲介的機能が不能におちいった状況下[五四]にあるローマに出現する。コリオレーナスのローマ攻撃の意味は、一言でいうと彼の神秘の突然の開示である。

ジェイムズは、『自由な王の真の法律』の中で、議会《パーラメント》を「王の偉大な会議《カウンシル》」と呼んだが、彼の議会についての考え方は、スコットランドのもので英国のものではなかった。彼はスコットランドにおける議会の概念をモデルとしてこれを英国に押しつけた。議会は一種の宮廷であり、王が提案した議題しか議論できない顧問会議のようなものであった[五五]。ジェイムズは議会に対して「突然の予期しない介入」を行うことがあった[五六]。また、ジェイムズは、臣下の間で政治的言説の意味が拡散して危険を招くのを恐れ、王自身の明白な政治的メッセージを伝達しようとした[五七]。劇の後半では、これらがコリオレーナスとの関連で連想される。主人公追放以前には、ローマ市民の間でコリオレーナスのメッセージ性の拡散が劇化されていた。それに対立する形で、絶対権力者ジェイムズの影をもつコリオレーナスが、ローマに突然現れようとするのである。コリオレーナスの出現は、ジェイムズの議会への突然の介入に似ている。コリオレーナスによる神秘の開示は、やはりジェイムズの権力の言語から多くを借用している『シンベリン』の五幕四場、ローマの鷲にのり、雷電を投げながら降下するジュピター神を思わせる[五八]（図5‐6を参照）。コリオレーナス自身についても劇の終り近くで、「稲妻」と「鷲」の語が用いられていることが想起される（五幕三場一五一～五三行、五幕六場一一四行）。

*

「あのヘクターに／乳を飲ませたときのヘキュバの胸も」で始まるヴォラムニアの情熱的な言葉は、戦場で血まみれとなる息子の姿と合わさり、この劇特有のファンタジーを生み出す。血まみれの姿のマーシャスは血まみれの裸と見え、その彼の姿は真理の図像を帯びている。戦場におけるマーシャスの流血と真理性の

図5-6　ルーベンス「ジェイムズ一世の神格化」、王は稲妻の束をその爪につかむ鷲にのっている。ホワイトホール宮殿、宴会の間の天井画（1635完成）中央パネル

結合の源は、彼の母へとさかのぼる。ここには、子どもは乳を通して母の性質を受け継ぐという近代初期の英国にみられた観念が反映している。コリオレーナスはローマに対する一種の授乳者、つまり養育者となる。メニーニアスが飢えたローマ市民に語る腹の寓話とも響き合い、コリオレーナスの流血は選挙の過程ではローマに対する攻撃性を含んだ贈りものとなる。戦場での彼の流血によってローマという身体を養うコリオレーナスは、自分の血を注ぐことによってローマとひとつの血縁関係をつくっているといえる。

ゴールドバーグは、コリオレーナスの身体について次のように述べている――「死すべき体の向こうに垣間みられるもうひとつの体、それは政体（the body politic）にとって代ろうとする不滅の体である」[五九]。われわれは、コリオレーナスをめぐるファンタジーが誕生し、その完全な背丈にまで成長するのをみてきた。このファンタジーは、コリオレーナス自身であるのかどうかは確言しがたい。観客に内面を示さない不可解な主人公だからである。ファンタジーは、逆説的に、彼のそのような神秘性のゆえにこそ、この作品世界に大きな場を占めるに到る。コリオレーナスが体現する真理は、その神秘性の主張のゆえに人びとから理解されることを拒むが、その絶対的真理性の主張のゆえに人びとに同一化を要求する。そして、真理性の主張がコリオレーナスの流血にその根拠をおいているために、彼の血は真理の栄養となって、ひとつの身体をなすローマ全体の中に摂取されることを求めるのである。ヴォラムニアが授乳を通して彼女の情熱をマーシャスに伝えたのなら、コリオレーナスは流血により彼の真理の情熱をローマに伝えたい。そこには同じ血を分けもったひとつの巨大な血縁が成立するだろう。国家というひとつの家族である。これらは、家族論が政体論に直結していた絶対王制の権力の言語の反映であったのである。

第六章　悪魔の身体

前章では『コリオレーナス』のファンタジー的要素に注目し、その中で観察される「身体」を扱ったわけだが、この章で指摘する悪魔の身体のイメージは逆に、作品のリアリズム的要素の中に埋め込まれているものである。ローマの言語的不安は、一幕冒頭で強く打ちだされた民衆の飢えのリアリズムを源として、作品全体に及んでいる。また、こうも言えるだろう。穀物・乳・血などを素材として主人公を中心に紡ぎ出されるファンタジーは、前章で論じたように、それらの素材を劇のひとつの勢いに従って、互いに等価なものとみなした結果であった。しかし、それらの素材を字義通りに別物として扱う立場もある。例えば劇は、コリオレーナスとローマ市民との成長を、彼らが現実に必要とする食物の種類によって、あるいは比喩的に表象される食物の種類によって、問題にしている。一部の批評家たちは、コリオレーナスとローマ市民がともに発達の口唇期にあるとして両者を同一視しがちである。しかし、現実には市民が要求する食物は、コリオレーナスに結びつけられる食物とは種類が異なる。前者が求めるのは「堅い食物」である穀物である。ヴォラムニアは息子があたかもまだ乳を必要としているかのように振舞う。その乳は柔らかい食物である。この点における典拠は、「堅い食物」と柔らかい食物である乳とを対照的に扱う「コリント人への手紙・第一」三章二節あたりであろうか。コリオレーナスは、護民官に向かって、「お前たちはやつらの口だろう、なぜやつらの歯を抑えないのか」(三五行)[二]と、この子どもがいまは乳児ではなく、すでに歯が生えていることを認めざるを得ない。市民はすでに歯が生え、離乳しているのである。発達段階によって人間の食べるものが異なるという認識を、シェイクスピアは、劇冒頭の穀物を要求するローマ市民の反乱の中に書き込んでいる。穀物・乳・血などの素材を字義通りに別物として扱う中に、悪魔の体がローマに屹立する土台がある。

この劇は複数の身体の物語であるとは、『コリオレーナス』批評においては言い古されたことである。[三]しかし、ローマが従来の複数身体説とは別種の身体性を帯びていると言えば、これは筆者の知る限り、新しい発見となるのではなかろうか。別種の身体とは悪魔の体である。本章の第一の目的は、この劇にひとつの聖書的サブテキストの存在を指摘することである。話の手順として、まずこの作品にバベルの塔のモチーフが隠されていることを述べたい。後述するように、バベルの塔は悪魔の体の一形態だからである。この劇世界の言語的状況こそ、ローマに悪魔の体を屹立させる要因である。本章の第二の目的は、このような身体性をもつ『コリオレーナス』のローマに特徴的な言語的風土について論じることである。

一　バベルの塔

『コリオレーナス』三幕においてローマ社会は崩壊の危機に直面する。それは言語の崩壊の危機でもある。都市の崩壊と言語の崩壊を同時にみるシェイクスピアの視点には、都市という人間の共同体の土台が言語であるとの観念がその基礎にある。都市と言語とのこの切り離すことができない関係を、言語の混乱による都市の崩壊という形で示す代表的神話にバベルの塔の故事がある。（この劇の都市ローマの背景に、シェイクスピアの時代の都市ロンドンがあると想定することもできる。バベルの塔は古代からのエンブレムだが、一七世紀英国の民衆作家は、ほとんど常に当時の市場について述べるためにそれを用いた。[四] この劇の執政官の選挙運動も市場で行われる。当時の社会批評家たちは、伝統的な社会秩序を失いつつあるロンドンをカーニバルの転倒のイメージを用いて描いた。しかし、そこにはカーニバルの本質を成す祝祭の要素はない。また、ロンドンのカーニバル的描写には、「人々を安心させる秩序の言語」と「恐ろしい非言語」との対立があった。[五]）

ローマの言語的混乱は、民衆の側からすると、コリオレーナスの高慢な言葉と振舞のせいで生じたように見える。このことは、キリストの受肉《インカネーション》の反対物としてのバベルの塔の物語を想起させる。ダンテも都市と言語との密接な関係を自分の作品の主要テーマのひとつとした。ダンテの『神曲』を論じたジュゼピ・マゾッタは、バベルの塔の物語は、天国と地上との溝をつなぐことに言語が失敗する物語だと述べる。

概して都市と言語の象徴的な相互作用は、ダンテの想像力の中のひとつの一貫したモチーフであったので、両者はしばしば互いに入れ替えできる用語であったほどである。言葉で作られた都市であり、混沌の典型的エンブレムであるバベルは、ダンテのタイポロジーの中では、受肉の反対物である。受肉が、天国と地獄の溝をつなぐために御言葉（キリスト）が卑しい身分となった記述であるならば、バベルは言語の混乱の寓意であり、天国と地上の溝をつなぐことに言語が失敗した物語である。[六]

三幕一場、人びとの叫び声が渦巻く中で、メニーニアス自身も混乱して自分でなにを言っているのかわからない。このとき劇は、ローマの騒乱をあらわす語として「混乱」“confusion”をメニーニアスに使わせている。

いったいどうなるんだ。ああ、息がきれる。
これはめちゃめちゃだ（Confusion's near）。ものも言えない。きみたち、
民衆のための護民官なんだろう。コリオレーナス、まあ我慢して。
シシーニアス、なにか言いなさい。

（三幕一場一八七〜九〇行）

さらに三幕三場になると、この言葉の混乱は鳴り物入りでその効果が確実なものとなる。

一度どなりはじめたからには
途中でやめさせないで、
じゃんじゃん騒がせてほしい（with a din confus'd）
即刻、刑を執行しろと。

（三幕三場一九～二二行）

マゾッタは、バベルの塔は「混沌の典型的エンブレム」であると述べたが、シェイクスピアもここで“con-fusion”の語を、「社会の激変と混沌」の意味で用いている[七]。

このローマ社会の大混乱は、市民階級と貴族階級との闘争――これまでは貴族の譲歩によって避けられていた両者の実力闘争――にも発展しかねない勢いをみせる。貴族の側からみたローマ社会の状況は、国家の崩壊であり、それは建築物が潰れてしまうイメージで表現される。垂直方向に秩序を保っていたものが、上下関係の秩序を失って水平になってしまうとイメージされる。

これじゃまるで、この町をおし潰し（lay the city flat）、
屋根を土台の上に崩れさせ、
整然たる町並みを

瓦礫の山に変えようとするようなものだ。

（三幕一場二〇二〜〇五行）

言語の混乱によって建築物が崩壊するイメージは、バベルの塔を想起させずにはおかない。「創世記」一一章は、全地がひとつの言葉であった時代に、人びとが「町を建て、頂が天に届く塔を建て」ようとした物語を語っている。それをご覧になった主は、彼らの言葉を「混乱」“confounde”（『ジュネーブ聖書』と『欽定訳聖書』）させることによって、人間がその町を建設する事業を中止させる。『聖書』は、「バベル」とは「混乱」の意味であると説明している。『ジュネーブ聖書』「創世記」一一章九節の注釈は、バベルの塔崩壊による主のメッセージを次のように述べる。

言語の混乱（the confusion of tongues）というこの大きな疾病によって、人間の高慢と虚栄に対する神の恐ろしい裁きがあらわれる。[八]

劇中のローマの混乱は、それが「高慢な」（一幕一場三八行）コリオレーナスのせいであること、またそれが“confusion”の語であらわされていること、また、ローマの言語の混乱が国家という建築物の崩壊のイメージで語られることによって、バベルの塔の故事との類似性を示しはじめる。

聖書が語るバベルの塔の事件は、ジェイムズ・G・フレーザーが述べるように、その後多くの人びとの手によって潤色された。[九]『王侯の没落』（一四九四）のジョン・リドゲイトによると、ニムロデがバベルの塔を建設する動機は、ノアの大洪水のあと、ふたたび「大水の被害」（一巻一〇八五行）を受けないためである。[一〇]劇中の混乱したローマでは、都市はそびえる建物として、押し寄せる市民の群れは堤防を越えてあふれる洪水として、イメージされた（三幕一場二四六～四八行）。また、リドゲイトによると言葉の分裂は、「心と思いと勇気とが分裂した」（一巻一二二一～一二二行）状態でもあった。これは、人びとの思惑が様々なローマの状態と符合する。最後に、崩れた塔は打ち棄てられ、人の住まない土地となる。その土地は、目にすることはできなくはないが、遠くから見る方が安全である。

そのために今ではその場所に、
蛇や多くの大きな龍の
好んで住むところと言われるようになっている。

（一巻一一三九～四一行）

バベルの塔崩壊後の荒地に龍が住んでいるとの記述は、「エレミア書」（五一章三七～四三節）にもみられる。[一一]

そしてバベルは瓦轢の山となるだろう。龍の住処、驚愕と軽蔑の対象、人の住まぬ場所となるだろう

……その都市は住む人もなく、土地はかれ、荒地となる。

塔のあった場所がいまでは荒地となり、蛇や巨大な龍の住処となっているという叙述は、コリオレーナスが市民たちから「蝮」（viper）として言及される箇所（三幕一場二六一行）、また、ローマの大混乱のあと、コリオレーナスが自分を、姿が見えないゆえに、それだけ余計に恐れをかきたてる龍になぞらえる箇所（四幕一場三〇～三一行）を想起させる。また、バベルの塔を建設したニムロデは、偶像崇拝の創始者とみなされ[一二]、王政の創立者とみなされることがあるが[一三]、これらも劇の後半、コリオレーナスが神かとみまがう君主のイメージで語られる箇所（たとえば四幕六場九一行、五幕四場二四行）と符合する。

三幕におけるローマの混乱の中で、コリオレーナスは民衆を含むローマ全体を血の海に沈めても構わないという態度を示す（三幕一場三二四～二六行を参照）。「兄弟の誓いをした民衆」（二幕三場九五行）に対するその暴挙には、一種の兄弟殺しのイメージがある。聖書の兄弟殺しの祖型といえば、弟アベルを殺したカインである[一四]。カインがその殺人の罪に対して神から「地上をさまよい歩くさすらい人となる」（「創世記」四章一四節）という罰を受けたように、ローマ追放の罰を受けたコリオレーナスもまた「広大な世界」（四幕一場四二行）を「さまよい歩く」（四六行）ことになると、彼の身近にいる人びとは想像する。オーフィディアスの館を訪れてきたときに彼が言う、自分は「トンビとカラスの町」（四幕五場四三行）に住んでいるという言葉も、彼がローマを出てから、さすらい者となったことを示している。地上の放浪もまた、兄弟殺しと同様に、人間社会を破壊する行為なのである。聖アウグスティヌスは、カインを地上の混乱の町であるバベル（バビロン）の創立者であると予表論的に述べている[一五]。一方、アベルの血は仲介的役割をはたすキリストの予型（「ヘブル書」一二章二四節）であるが、ローマ内部で流される血は、アベルの血に類似したものとはなりえないのである。

二　バビロン

S・F・ジョンソンによると、シェイクスピアの時代には、聖書にあらわれる地名としてのバベルとバビロンは、しばしば混同された。[一六]『ジュネーブ聖書』では、都市あるいは帝国についても"Babel"の語を用いている。バベル（エジプト）とバビロン（メソポタミア）について伝統的に与えられてきたイメージは、神に選ばれた者にとっての敵のイメージであった。それは、はじめは古代イスラエルにとって、のちには初期キリスト教徒にとって、さらにのちにはプロテスタンティズムを奉じる国々、とくに英国にとって、敵をあらわすイメージになる。

このバベルとバビロンとの混同のために、これらの都市と『コリオレーナス』のローマとの連想は、さらに興味を増してくる。なぜなら、プロテスタンティズムの立場にたつ解釈者にとって、「黙示録」にみられる象徴的なバビロンは当時のローマをあらわすからである。この混同のルーツの一つとして、聖アウグスティヌスが、バベルの塔の事件をバビロンの事件として、また、ローマを第二のバビロンとして、語っていることも挙げられるだろう。[一七]もともと「黙示録」の背景には、初期キリスト教徒を迫害したローマがある。歴史的なバビロン、また、象徴的なバビロンの崩壊は、「イザヤ書」一三章、「エレミア書」五〇〜五一章、「黙示録」一八章に預言されている。聖書のバビロンについての記述は、シェイクスピアの劇の五幕におけ

図6　マルテン・ド・フォス（？）「女の力の寓意」（16世紀末葉）、ピアポント・モーガン図書館（ニューヨーク）

る事件の展開と連想が深い。なぜなら、バビロンという都市がひとりの女としてイメージされるように、劇の最後では、ヴォラムニアが都市ローマを代表するからである。また、バビロンの破壊が都市の炎上としてイメージされるのは[一八]、焼き滅ぼされる恐怖におののくローマと一致する。

「女の力の寓意」と題する一六世紀末葉の絵（図6）は[一九]、ヴォラムニアとバビロンとの強い連想を示している。絵の前景に立つ女は片手で赤子を抱いて授乳し、片手で王笏《おうしゃく》と黄金の鎖をもつ。彼女は、男性の力をあらわす楯と剣の上に立っており、それらの道具はこわれている。背景には、ソロモンを偶像崇拝へと誘惑し、さらに最後にはバビロンへと誘惑した女たちが描かれている。絵の中のこれらの情景は、劇中の次のような事件と符合する。ヴォラムニアは、自分が授乳したことを息子に対する権威の源として、彼に対して二度にわたり剣を使わせない。また、劇後半では、ローマ攻撃を企てるコリオレーナスに偶像崇拝のイメージが与えられる。さらに、劇の終りの女たちの凱旋によって、女たちはコリオレーナスの活躍があってこそ得られた栄誉を、自分たちのものとして奪ってしまう。

三　悪魔の体

『コリオレーナス』のローマが三幕を中心としてバベルの塔との類似を、また、五幕を中心としてバビロンとの類似を示すことは、身体としてのローマについても再考をうながす。ロバート・M・ダーリングによると、ダンテの『神曲』の地獄の構造は、人間の体との類比でつくられているという。その地獄の中で、人間の腹に当たるのは、詐欺（fraud）の罪で地獄に堕ちた者たちが属する場所である。詐欺という罪の概念と、その罪を犯した者に対する罰の両方において、ダンテは、食物の消化の観念を利用している。

> 人体のこの巨大な突出［腹］は、悪魔の体という伝統的な観念から由来している。それは、キリストの体である教会の地獄版である。それはバビロンであり、バベルであり、混乱である。「地獄篇」の重要なモチーフの中には、罪と、体の機能の濫用との連想がある。[二〇]

このような特徴をもつ悪魔の体は『コリオレーナス』のローマに似ている。この劇もまた、体の物語であり、とくに腹と食物の物語だからである。

ひとりの人間の肉体が国家全体をあらわすことに対する観客の感受性は、劇冒頭でメニーニアスの語る寓話によって呼びさまされる。そこでは飢えた市民が国家に陳情したけれどもらちがあかず、実力行使に出ようとしている。この民衆を鎮めるために、メニーニアスが、国家をひとつの体と見立てた寓話を語ってきかせる。ひとつの有機体としての国家のイメージは、どんな種類の反乱を鎮圧する際のレトリックとしても応用できるだろう。しかし、劇冒頭のローマにおける最大の社会的問題は、市民の飢えであり、また、特権階級に属する人びとには穀物の余裕があると市民が考えていることである――「穀物を自分たちの言い値で手に入れたい、この町には／十分貯えがあるはずだ、と言うのだ」（一幕一場一八八～八九行）。それゆえ、メニーニアスが寓話を語るねらいは、特権階級が穀物を独占しているという民衆の主張に対して、反論することである。

この寓話を文字通りに受けとり、この寓話を通して市民たちの言い分を眺めれば、政体（body politic）としてのローマの消化機能は、不調であるといえる。ローマ市民にとっては、ローマの腹は便秘状態にある。メニーニアスは、「滓しか残らないのだ」（一幕一場一四五行）と、腹が空に近い状態を物語るけれども、市民たちにとっては、「もしもほかの器官が、体の中のごみ溜め（the sink o'th'body）である／大食らいの胃袋に抑えつけられたら」（一二〇～二一行）の言葉が示すように、腹はすでに腐敗した食物で満ちている。食べものが腐れば、飢えた市民を救助できない。だから市民はこのように言う、「お偉方が食いすぎているぶんでおれたちは助かるんだ。せめてその食い残しを腐らないうちにおれたちにまわしてくれたら、まだしも人間味があるというもの」（一五～一八行）。

ところで、この場面で腐る可能性があるものは穀物ばかりではない。メニーニアスの語る寓話は、市民がはじめて耳にしたという代物ではない。

　　　　　　　　　　　　　　　　　　諸君に
おもしろい話をしよう。あるいはもう聞いたことがあるかもしれぬ。
が、いま私の言いたいことにピッタリの話だから、敢えて
もう少し言い古す（stale）ことにしよう。
（八八～九一行）

この寓話が、メニーニアスと市民とのやりとりの中におかれていることには意味がある。スムーズに語られるのではないからだ。メニーニアスが物語る途中で、市民一が口をはさむ。その口出しは、彼がすでにこの物語を熟知していることで語り手を驚かせる。よく知られている物語を再度語るのは、じつに「陳腐にする」“stale”ことにほかならない。言葉もまた腐ると言えるだろう[二]。言葉の腐敗をさらに暗示しているのは、メニーニアスが寓話の教訓を腹に語らせることである。

胃袋は微笑を浮べて、
と言っても肺からくる笑い声ではない、そのつまり、
この胃袋は口をきくことができるくらいだから、
笑うこともできるわけだ――それはあざ笑うように
不満を抱く器官たちに返答した……

（一〇六～一一〇行）

腹が出す音は、おくびか屁である。[三] そのどちらにしても、腹が自ら行う演説は、メニーニアスの言葉そのものが消化不良を伴っていることを暗示している。

民衆の抗議は、貴族が穀物を退蔵していると主張し、また、退蔵された穀物は腐って役立たなくなると述べていた。また、反論するメニーニアスと市民とのやりとりには、言葉もまた腐るものであることが暗示された。言葉が腐ることとの背景には、言葉と食物とを等しいものとみる観念がある。食物としての言葉・知識・真理という観念である。飢えた市民に向かって、メニーニアスは、穀物ではなく、寓話という言葉を与えた。さらに、自分の語る言葉が腐敗しかけていることに気づかない彼は、自分の言葉（メニーニアスのいう真理）を「正しく消化せよ」“digest things rightly”（一幕一場一四九行）と言う。食物と知識との連想は、おそらく太古からのもので、多くの文化の中でみられるだろう。アダムとエバが禁断の木の実を食べたとき、それは知識の木であった。また、キリスト教では、真理としてのキリストは、聖体としての、またロゴスと

しての、命のパンであった。パウロは、「コリント人への手紙・第一」の三章で、食べものと真理との類比を発展させている。この関連では、言語そのものの起源は食物の共食にあるというミハイル・バフチーンの仮説も想起される。その場合の共食とは、自然に対する文化の根本的表現であった。[二三]

この劇にはコリオレーナスの食事は細いという暗示がある。その最初のものは、ヴォラムニアの「息子の一人が戦《いくさ》にも出ないで美食・大食するよりも、十一人の息子がお国のために立派に戦死した方がよい」(一幕三場二四〜二五行)である。しかし、一幕一場のローマ市民にとっては、彼らが目の敵にするマーシャスと彼の食の細さとは連想されていないようである。

市民一　骨と皮になる前に、おれたちの熊手で復讐しようじゃないか。神々だってご存じだ。おれが復讐しろと言うのも、血に飢えているからではない、パンに飢えているからだ。
市民二　やっつけようというのは、ケーアス・マーシャスだけか。
市民全員　まずあいつだ、あいつこそ民衆の生き血をすする犬だ。

(一幕一場二一〜二八行)

ローマの穀倉が、民衆が想像する通りに満ちているかどうかは定かではないが、少なくとも民衆たちが貴族は穀物を退蔵していると想像することは、伝統的観念にのっとったものと言える。貴族と大食とは伝統的な連想だからである。[二四] 引用の市民のやりとりの中では、マーシャスは貴族の代表格である。民衆の目には、マーシャスもまた大食するものとして映っている。それは、このあとのメニーニアスの腹の寓話においても暗示されていた。

一幕一場には、マーシャスの大食を暗示する要素がさらにある。マーシャスと市民との劇中最初のやりとりは次のようである。

マーシャス　どうした、この不平不満のごろつきどもめ、
くだらない苦情のかゆみをかきむしり、からだじゅう
疥癬《かいせん》だらけになる気か？
市民一　　　　　けっこうなおことばで。
マーシャス　きさまらにけっこうなおことばをくださるやつは、
嫌悪をかくした追従者だ。

（一六三〜六七行）

大食は、七つの大罪のひとつに数えられる罪であるが、中世後期には、二種類の大食の観念があった。[二五] 飲み食いの視点からこの罪を考えるものと、「口の罪」の一部として考えるものである。誓言やののしりもまた大食の罪の中に数えられたのである。この場面でのマーシャスの言葉には、当たりの柔らかなメニーニアスとはちがって、「畜生め！」“Hang ye!”や「畜生！」“'S death”などののしりの言葉が混じっている。民

衆からみたマーシャスの言葉は、口の罪として捉えられる大食を暗示している。

消化作用の理論はまったくの統一がないまでも、骨格においては大体以下のごとくであった。まず、口によって食物が柔らかくされ部分的に液化されてのちは、胃がいわゆる第一の消化を行う。[二六] 胃は食物を乳糜（chyle）に変える。その液状のものの一部は、腸によって吸収される。腸は、乳糜を腸間膜の静脈を通して肝臓に送る。ここでいわゆる第二の消化作用がおき、乳糜を血に変化させるのである。第三の消化は心臓でおこなわれる。心臓はさらに血の一部を精製し、動脈中の生気（spirit）と混ぜ合わせる。各器官は、さらに一部の血を精製し、これを精液（semen）に変える。これが第四の消化である。この消化の理論によると、ローマの消化は第一段階においてすでに問題があるということになる。

ローマの中心としての貴族が腹に喩えられ、腹の中に退蔵される食べものが、消化不良によって腐敗するかもしれないという暗示をもつローマは、食物としての言葉によって養われるキリストの体（教会）に類似したものとは言えない。[二七] それは、ダーリングが「地獄篇」の詐欺の罪にかかわる圏谷について述べたように、キリストの体なる教会に対立する概念としての悪魔の体に似ている。悪魔の体とは、バベルであり、バビロンであり、混乱であるが、『コリオレーナス』は、悪魔の体として総称してよい聖書的サブテキストを含んでいることが認められたと思う。劇の主人公が「悪魔」（devil）として言及される箇所がただひとつある（一幕十場一六行）。その呼称は、マーシャスを表現する語としては不適切なものとして、すぐに否定されるけれども、ローマの病んだ体は、確かにキリストの体よりも、悪魔の体に似ている。

ここで再度、「ヘキュバの胸」ではじまるヴォラムニアの言葉（一幕三場四〇～四三行）をとり上げたい。

この言葉は、作品の中心的テーマに深く関係するものとして、批評家たちから精緻な分析を受けてきた。[二八]しかし、筆者が知る限りにおいて、彼らの誰もが問わなかった問いは、乳首以外の体の部位から授乳する者とはいったい何者かという問いである。これにはおそらく聖なる種類のものと、悪魔的な種類のものとの二種類が考えられるだろう。[二九]前者には、胸から流れる血を乳として子どもに与えるペリカンの図像や、マリアの授乳と平行するものとして描かれるキリストの聖痕からの流血の図などがある（前章を参照）。他方後者には、「魔女の乳首」（witches' teat）がある。[三〇]これは女性の体の第三の乳首で、魔女となった女性はそこから使い魔（familiar spirit）に授乳すると考えられていた。この「魔女の乳首」は「悪魔の印」と混同されることもあった。悪魔の印とは体の表面に発見される特別なへこみや突起であり、これは魔女と悪魔との契約の印とされていた。「魔女の乳首」と「悪魔の印」とが混同される場合には、後者も乳首の役割をすると考えられたのであった。まさに問題のヴォラムニアの台詞は、ローマという肉体がどのような性格のものかという問いに対して、対立する二種類の答えを示唆しているのである。ローマを悪魔の体とみるわれわれのいまの議論の文脈は、コリオレーナスの流血が「魔女」（四幕七場二行を参照）の授乳であるという答えを選ばせる。すなわち、ローマの体は、魔女であるコリオレーナスの血によって授乳されているのだ。（ついでに、「魔女」"witch" の語が男性に用いられる例は、シェイクスピアの他の作品にもみられる。[三一]たとえば、『シンベリン』にはリーオネイタスをさして、「善良な魔法使い（witch）です。みんなあのかたに魅せられ、惹きつけられるのですから」（一幕七場一六六行）という台詞がある。）この劇では、悪魔的な授乳のイメージはローマ社会を覆う形で発展するのに対し、聖なる授乳のイメージはコリオレーナスを中心とする形で発展している。

　とは言え、「ヘキュバの胸」ではじまるヴォラムニアの言葉（一幕三場四〇〜四三行）には、神聖イメージと悪魔的イメージの両方を包摂する核があり、二つのイメージは劇の発展とともにほとんど平行して展開してゆくのである。この劇において特徴的とみえるのは、この種の神学的イメージが一方の対立極へと反転してしまう容易さである。この現象はこの劇に関して特徴的と言えるばかりではなく、もしかすると宗教改革の時代の特徴であったのかもしれない。スティーヴン・グリーンブラットは『ルネサンスの自己成型』の中で、カトリックのトマス・モアにも、プロテスタントのジェイムズ・ベイナムにも「悪魔の教会」の観念があったことを述べている。この観念は教義としての強力な伝統と、人の心に訴える力をもっていたので、キリスト教の両陣営がともに用いざるを得なかったのであるが、しかし、それは「反転しうるという危険」[三二]を含んでいた。また、カルロ・ギンズブルグは『糸口・神話・歴史的方法』において、宗教改革の文脈ではないが、民衆的キリスト教信仰の文脈で同様のことがらについて述べている。[三三]異端審問における審問官による悪魔の誘惑を主題にした誘導尋問は、そのまま身分の卑しい被告の神聖経験の告白とうりふたつだというのである。ここには正統な宗教と悪魔的な宗教が民衆の信仰の中で収束する現象が指摘されている。ギンズバーグはこのことから、信仰が迷信やキリスト教以前の残滓としばしば混同する田舎の地方においてはとくに、両者を分かつ境界線はたいへん細いと結論づけている。

　対立する神学的イメージが容易に反転する可能性をもつこの劇の文脈の中では、両極端のイメージの萌芽がすでに主人公の名前に刻印されているのもうなずける。コリオレーナス（Coriolanus）の名前の頭は、心臓をあらわす“cor”であるが、[三四]すでに述べた四段階から成る消化作用の理論からすると、心臓は消化器官のひとつなのであり、それは体内に摂取された養分を体全体にめぐらせる働きをする。その機能における“cor”は、劇の神聖イメージの核になることができる。一方、コリオレーナスの名前の末尾は肛門をあらわす“anus”である。ここからは食物の滓である糞便が排出される。これはすでにみた言葉と食物の腐敗のイメージを収束させる核といえる。

メニーニアスの腹の寓話を扱った際、腹が語る腐った言葉が、尻から出てくる可能性に触れたが、そのことはコリオレーナスの言葉の糞便的性格(fecal nature)について考えさせる。この作品のあからさまな口唇性(orality)のテーマがしばしば批評家たちの分析の対象となってきたのとは対照的に、肛門性(anality)のテーマは暗示に留まっているため、ほとんど考察されていない。その乏しい研究の中で、「罵声のもつ糞便的性格(fecal nature of invective)についてのフロイト理論の光に照らすと、主人公の名前の最後の二音節はまことに彼に当てはまる」[三五]というケネス・バークの評言は洞察に富んでいる。メニーニアスの腹の寓話では言葉が尻から出、コリオレーナスの口からは糞便(“common muck”、二幕二場一二六行)が出るという暗示をもつ身体は、「逆さま」の身体である。「逆さま」の身体は、悪魔の体の特徴でもある。ふたたびダーリングから引用する。

悪魔の体は逆さまである。体の諸機能は通常の器官が行なうのではないし、それらの機能は狂っている。内臓のようなマルボルジェの中にあるのは、政体に統一を与えるべき愛の絆を堕落させ切断した人びとである。信仰と互いの信頼という健康な通貨（流通）を生み出す代りに、彼らの狂った消化機能は、合金・水疱的体液・松やにを生産する……ヴァージルがダンテを連れて悪魔の脇腹を通り、苦労して方向転換をし、上り坂を登って地獄を抜けだしたあと、（ノーマン・ブラウンがなん年も前に指摘したように肛門に相当する地点から）彼らは悪魔をより正確な角度から見る立場に立つ。すなわち、逆さま（upside down）のものとして。[三六]

四　言語とその不安

ローマを悪魔の体に擬することを可能にしたひとつの大きな要素は、ローマの言語的状況であった。このセクションでは、『コリオレーナス』のローマに特徴的な言語的風土についてさらに考えたい。

この劇は、「追従《ついしょう》」（flattery）に対するコリオレーナスの嫌悪を一貫して示している。それは、彼が劇中で表明する最初の感情でもある。彼は言う、「きさまらにけっこうなおことばをくださるやつは／嫌悪をかくした追従者だ（flatter/Beneath abhorring）」（一幕一場一六六～六七行）。ところが、ローマの執政官を選ぶための選挙の仕組みは、あたかも追従の繁栄を保証する制度であるかのようだ。このローマにおいては、市民と貴族との通常の関係は、テレンス・ホークスが述べるように、「追従の関係」（flattering relation）である。[三七]選挙の場面でコリオレーナスは言う。

人気者たちの
人心収攬術というやつをまねして、
ほしがる連中にはふんだんにくれてやるんだ。
（二幕三場一〇〇～〇二行）

ここでは、一幕において親切な言葉と穀物を出し惜しんだ彼が、少なくとも言葉だけは気前よく振舞おうというのである。さらに、この選挙のプロセスの中でも、選挙そのものと関係のない穀物の話題が浮上してくる。市民たちは穀物を要求している。彼らが要求するのは、「親切な言葉」（一幕一場一六五行）ではない。しかし、その要求に対する貴族の側からの約束は、言葉を通してしか行うことができないという重要な事実がある。

ローマでの言葉による約束は、あたかも変更ができないかのようである――「また、いざというときに彼に守らせる／有利な約束をとりつけることもできたはず」（二幕三場一九〇～九二行）。とくにローマ市民にとって言葉は重要である。彼らは、言葉という容器が内容を正味に盛りこんでいると信じるしかない立場におかれている。追従の言葉が身分の低い者から高い者に向けられるとき、後者は、内容の吟味をする必要なしにその追従をきくことができる。[三八] しかし、この劇の追従はそれとは逆方向にはたらいている。言葉は市民にとって死活問題なのである。市民にとって、言葉は擬似的な物質性を帯びると言えようか。

穀物を要求する民衆にメニーニアスは、穀物の代わりとして言葉（寓話）を与えたように、穀物はまず言葉（約束）として市民に与えられる。民衆にとって貴族から与えられる言葉は「言質」であって欲しいし、そうでなければならない。しかし現実にはそれははなはだ心許ない言質に過ぎない。劇冒頭、メニーニアスの寓話の中の腹は重要な食料供給の働きをするものとして提示されていた。ところがローマ市民がこの腹の物語を「消化（納得）す」“digest”（一幕一場一四九行）れば、次にはこの物語が市民を欺き、体の物語が市民たちを食いものにしてしまう。ここには食うか食われるかという反転のイメージがある。それは、コリオレーナスが、馬鹿にした口調で市民を戦争へ促す言葉の中にみられる――「ヴォルサイ人には食糧がたくさんある。この鼠どもをつれて行って／敵の穀物倉を存分にかじらせましょう」（一幕一場二四八～四九行）。食べるイメージの連想がまだ残っているらしい護民官の一人は、貴族一行が立ち去った後、マーシャスへの反感を「今度の戦争でくたばるがいい」“The present wars devour him”（二五七行）と言う。恐らく、彼は“devour”の意味を、その対象をマーシャスに限定して、「餌食を食べるように貪り食う」という意味で使ったのだろう。ところが、“devour”には、「無数の犠牲者をだす火事、戦争、疫病などについて用いられ、焼きつくす、破壊する」（『オックスフォード英語辞典』）という意味もあり、市民もまた、この戦争によって「食われる」という暗示も生じる。コリオレーナスの勧めを鵜呑みにすれば、逆に戦争によって食われる。これは市民が国家によって欺かれることにほかならない。この反転のテーマは、コリオレーナスと対立する立場にある人びとがもつ不安、国家から、あるいは、コリオレーナス個人から、欺かれるかもしれないという不安、の中に広くみられる。[三九]

ローマにおける言葉の不安を主に民衆の側から述べたが、貴族の側からすると、民衆にかける言葉は最初からあまり実質をもったものとは考えられていない。そのようなローマの風潮を、二幕二場冒頭の役人二は次のように述べている。

そりゃあな、昔から民衆に媚びへつらいながら愛してはいないっていうお偉方はたくさんいたさ。かと思うと、民衆のほうでも愛しながらなぜ愛しているのかわからないっていうお偉方もたくさんいたがね。つまりだな、民衆はわけもわからず愛するんだから、これという理由もなく憎んだっていいわけだ。

（二幕二場七〜一一行）

ここに語られている、民衆に実質のある言葉をかけようとはしない貴族像は、まさしく三幕二場で民衆に対する振舞い方をコリオレーナスに教えるヴォラムニアの念頭にあるものである。彼女は言う、「それなのにお前は、あの愚かな民衆どもに／こわい顔ばかり見せる。やさしい言葉の一つもかければ、／あの連中の好意と支持をえて／なにもかもうまくいくというのに」（三幕二場六六〜六九行）。ヴォラムニアの言葉をそばで聞いているメニーニアスはなにも異論を唱えない。なぜなら彼女が述べているのは、共和制ローマの政治原理、あるいは政治家心得であるからである。

ローマにおける民衆の立場からすると、この正味表示の疑わしい貴族の言葉からさえ、なんらかの実益を期待せざるをえない。すでに触れたように、共和制ローマにおける言語の主な機能は説得術にある。この点で、人を説得する経験が例外的なものとして描かれるコリオレーナスの語る言葉は、ローマにあっては異質

人文書院
刊行案内

2025.10

渋紙

食権力の現代史
——ナチス「飢餓計画」とその水脈

藤原辰史著

なぜ、権力は飢えさせるのか?

史上最大の殺人計画「飢餓計画(フンガープラン)」ソ連の住民3000万人の餓死を目標としたこのナチスの計画は、どこから来てどこへ向かったのか。飢餓を終えられない現代社会の根源を探る画期的歴史論考。

購入はこちら

四六判並製322頁　定価2970円

リプロダクティブ・ジャスティス
——交差性から読み解く性と生殖・再生産の歴史

ロレッタ・ロス/リッキー・ソリンジャー著
申琪榮/高橋麻美 監訳

不正義が交差する現代社会にあらがう

生殖と家族形成を取り巻く構造的抑圧から生まれたこの社会運動は、いかにして不平等を可視化し是正することができるのか。待望の解説書。

購入はこちら

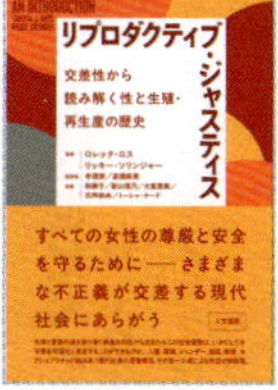

四六判並製324頁　定価3960円

人文書院ホームページで直接ご注文が可能です。スマートフォンで各QRコードを読み込んでください。注文方法は右記QRコードでご確認ください。決済可能方法:クレジットカード/PayPay/楽天ペイ/代金引換

〒612-8447 京都市伏見区竹田西内畑町9　TEL 075-603-1344
http://www.jimbunshoin.co.jp/　【X】@jimbunshoin (価格は10%税

新刊

マルクス哲学入門
——動乱の時代の批判的社会哲学

ミヒャエル・クヴァンテ著
桐原隆弘／後藤弘志／硲智樹訳

重鎮による本格的入門書

マルクスの思想を「善き生」への一貫した哲学的倫理構想として読む。複雑なマルクス主義論争をくぐり抜け、社会への批判性と革命性を保持しつつマルクスの著作の深部に到達する画期的読解。

購入はこちら

四六判並製240頁　定価3080円

顔を失った兵士たち
——第一次世界大戦中のある形成外科医の闘い

リンジー・フィッツハリス著
西川美樹訳　北村陽子解説

戦闘で顔が壊れた兵士たち

手足を失った兵士は英雄となったが、顔を失った兵士は、醜い外見に寛容でなかった社会にとって怪物となった。塹壕の殺戮からの長くつらい回復過程と形成外科の創生期に奮闘した医師の実話。

購入はこちら

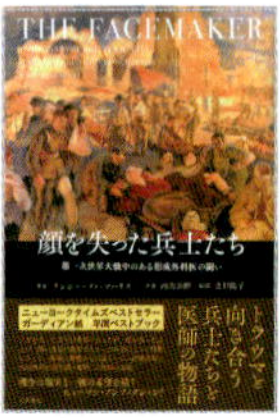

四六判並製324頁　定価4180円

お土産の文化人類学
——地域性と真正性をめぐって

鈴木美香子著

身近な謎に丹念な調査で挑む

「東京ばな奈」は、なぜ東京土産の定番になれたのか？　そして、なぜ菓子土産は日本中にあふれかえるようになったのか？　調査点数1073点、身近な謎に丹念な調査で挑む画期的研究。

購入はこちら

四六判並製200頁　定価2640円

である。彼の口から発せられる言語（?）は、声《ヴォイス》というよりも音響《サウンド》として特徴づけられている。コリオライの戦場で彼の声は「雷神のごときおまえの声の衝撃音（percussion of the sound)」（一幕四場五九行）と述べられる（興味あることに、『オックスフォード英語辞典』によると"percussion"が音について用いられるのはこれが初例である）。また、「羊飼いが雷鳴と小太鼓を聞きわけるより容易に、／おれはあのマーシャスの声（the sound of Martius' tongue）とあれに劣るものの声を／聞き分けることができるぞ」（一幕六場二五～二七行）と、述べられる。また、コリオレーナスのローマ攻撃を今かと待つローマにおいても「声は割れ鐘にもまさり、咳払いはまるで大砲だ」（五幕四場二〇～二一行）と言われる。この戦場で観察されるコリオレーナスの声の特徴は、平時のローマにおいても同じことなのである――「太鼓と合唱する／おれの戦闘用の喉よ」（三幕二場一一二～一一三行）。ローマの民衆の耳には平安の調べは届かないだろう。[四〇] 民衆がおかれている言語的状況――言葉が含む内容に対する切なる期待と大きな不安のいりまじった状況――の中では、コリオレーナスの特徴的な言葉は、民衆の不安そのものと映る言語なのである。

　執政官選挙のプロセスは従来ギフト・エトス（gift ethos）[四一]によって支配されていた。基本的にはこのプロセスは従来、親切な言葉のやりとり以上のものではなかった。しかし、民衆が実質的に弱い立場、まっさきに飢える可能性のある立場におかれている以上、彼らとのやりとりに交換経済の用語が混じることは避けられない。[四二] 市民三から「こっちがなにかさしあげたら、あなたからも利益を得たいと思っていることを御承知おき下さい」（二幕三場七二～七三行）と交換条件をもちかけられたとき、コリオレーナスは彼に「それではうかがおう、執政官の職の値段はいくらか」（七四行）と答える。護民官に扇動される以前の民衆は交換

経済に囚われていたのではないが、事情は変わってしまった。[四三]

交換する種類の言語とは別種の言語として、コリオレーナスの民衆に対する罵声が想起される。これは彼に特徴的な言語である。罵声は一方通行で発せられる点で一種の贈物と言うことができる。コリオレーナスは彼の信じる真理を罵声にまぶして述べるのだが、それは護民官シシニアスによって「毒」(三幕一場八六行)として形容される。[四四] インド・ヨーロッパ語における「贈物」の語源が「毒」であることが思い起こされる。[四五] コリオレーナスの罵声には当然のこととして民衆に対する軽蔑心が動機としてあるが、また(社会的)言語そのものに対する軽蔑心が隠されている。ジャック・デリダが述べるように、言語は、「賦与された(given)もの、必然的に我々より以前にそこにあるシステム、我々が根本的な受身の姿勢から受けとるもの」[四六]であるからである。言語の使用において社会的には贈与の関係は成立しないが、コリオレーナスは、ローマ内部においても攻撃的姿勢をとることによって、言語を、交換のエトスではなく、ギフト・エトスの中で用いているのである。

*

本章の前半では、『コリオレーナス』のローマには悪魔の体という聖書的サブテキストが想定できることをいくつかの観点から論じた。第一に、バベルの塔の故事との類似性である。社会崩壊の危機には、シェイクスピアの都市の崩壊と言語の崩壊を同時にみる視点があるが、バベルの塔は、言語の混乱による都市の崩壊を示す代表的神話である。

第二に、バベル、バビロン、ローマの三都市がキリスト教的文脈のなかでは等価にされることから、劇のローマとバベル／バビロンとの連想を、当時の図像を用いて指摘した。シェイクスピアの時代には、地名としてのバベルとバビロンは混同されがちであったし、また「黙示録」にみられる象徴的なバビロンは当時のローマをあらわした。

第三に、ローマの中心としての貴族が腹に喩えられ、腹の中に退蔵される食べものが、消化不良によって腐敗するかもしれないという暗示をもつローマは、ダンテの「地獄篇」の詐欺の罪にかかわる圏谷がそうであったように、キリストの体（教会）に対立する概念としての悪魔の体に似ていることを指摘した。人間の体との類比でつくられた『神曲』の地獄には人間の腹に当たる部分がある。その場所に属する者たちの罪と罰についてダンテは消化の観念を利用している。劇中に語られる腹の寓話とその語りの文脈は、穀物の腐敗と言葉の腐敗の両方を暗示する。また民衆は貴族の大食を想像し、七つの大罪のひとつとしての大食は「口の罪」として捉えられる場合もあった。これらの点を根拠として、ローマという政体は消化不良をおこしていると述べた。以上の三つの類似点から、『コリオレーナス』は、悪魔の体として総称してよい聖書的サブテキストを含んでいると考えてよいのではないか。

さらにローマが悪魔の体をもつとの観点から、「ヘキュバの胸」ではじまるヴォラムニアの言葉を再考した。それは神聖イメージと悪魔的イメージの両方を包摂する核であること、その一方の極はローマ社会を覆う形で発展する悪魔的な授乳であることを指摘した（他方の極については前章を参照されたい）。対立する神学的イメージが容易に反転する背景に、宗教改革の時代の特徴がみられるかもしれないと述べた。悪魔的なイメージとの関連で、主人公の名前に含まれる「肛門性」についても言及した。

ローマを悪魔の体に擬することを可能にしたひとつの大きな要素は、ローマの言語的状況であった。最後に、『コリオレーナス』のローマに特徴的な言語的風土について論じる中で、市民にとって言葉は擬似的な物質性を帯びること、言葉のレベルにおいて反転のテーマがあること、コリオレーナスの特徴的な言葉は民衆の不安そのものと映る言語であること、コリオレーナスは言語を交換するものとしてではなく一方的に贈与するものとして用いていることなどを指摘した。

《幕間　その二》

食の変奏をみる（『タイタス・アンドロニカス』）

――料理と妊娠――

『コリオレーナス』をめぐる先の二つの章では食のテーマをクローズアップさせたが、この身体的なテーマはシェイクスピアの最初の悲劇である『タイタス・アンドロニカス』にも見られることを振り返っておこう。もちろん、各作品において、一つのテーマはその他のテーマと密接に関連して、独自のテーマのネットワークを構成している。本論では、タモーラの妊娠という少々変わった視点から食のテーマをあぶりだす。

『タイタス・アンドロニカス』については、シェイクスピアの劇作家としての習作的な作品で、ばかげた場面を多く含み、全体的にも一貫した構成を欠いていると評されたこともあった。たしかに、シェイクスピアの二作目の悲劇作品である『ジュリアス・シーザー』と比べても、悲劇作家としてのシェイクスピアのその後の発展につながってゆくような複雑な心理描写や緊密な構成はあまりみられない。しかしまた、この作品の独自性に注目して、作品全体を支配する力を探そうとする努力もなされてきた。たとえば、デイヴィド・ウィルバーンはファンタジーによってこの作品が構成されていると考え、C・L・バーバーとリチャード・P・フィーラーは詩的・象徴的な理解の必要を説いた。[一] この劇のあからさまな象徴的仕掛けは、すでに批評家たちに指摘されてきたように、「母の性欲」(maternal sexuality) と深く関係するものである。[二] シェイクスピアは、強引とも言えるようなやり方で、この劇のアクションの中心を、性的脅威を示す女性への報復に向けている。本論では、母の性欲に焦点を当てる従来の研究に与しながら、この劇の象徴性の理解の中に、シェイクスピアの時代の出産に関する背景知識をもちこんでみたい。そのことによって、第一には料理と妊娠のモチーフを再考し、第二にはラヴィニア強姦とタイタスの復讐方法との関連について考えてみたいと思う。この考察によって、タイタスの復讐には「行き当たりばったりの面」があるとし、人肉を食う宴会が劇のアクションとどのような論理的関係をもつのかと当惑を示すジョン・ジリーズのような見解[三]に対して反論を試みる。

一　墓から森の穴へ

ローマを舞台とするこの劇は、先の皇帝が死んだのち、その二人の息子たちが皇帝の位を争うところから始まる。そして、その争いの最中、蛮族との戦争に勝利をおさめたタイタス・アンドロニカスが故国に凱旋する。タイタスが舞台に現れる直前に、護民官マーカスは、ローマ市民たちがタイタスをローマ皇帝の候補として選んだことを告げる。このような劇の始まり方であるにもかかわらず、この場面の要点は政治的な権力争いではない。重要なのは、アンドロニカス一族におけるタイタスの権威ある父親像であり、また、この父親の権威がローマ全体にも及んでいることである。それゆえ、サターナイナスは、自分をローマ皇帝に指名してくれたタイタスを「わがいのちの父」"father of my life"（一幕一場二五三行）[四]と呼ぶ。一幕の前半は、タイタスがローマの父として最大の権威者であることを観客に印象づけるのである。ところが、その後の事件の急転換は、戦争の捕虜であるゴート族の女王タモーラを、ローマの陰の権力者としてクローズアップする。タモーラはサターナイナスの求婚に対して、「そのお心を満たす侍女となってお仕えし、／若い帝の乳母とも母ともなってお世話します」"She will a handmaid be to his desires, / a loving nurse, a mother to his youth"（三三一～三三二行）と返事をする。ローマを牛耳る力が父から母へと交代したのである。

　そのことを明確に象徴するのが、一幕においてタイタスがアンドロニカス一族の墓に言及したあと、二幕の森の場面に不思議な穴が出現することである。戦争で息子たちを次々と失ったタイタスが、彼らのなきがらを収める一族の墓所に語りかける「おまえは私の息子を何人おさめれば気がすむのか、／それなのに一人として私に返す気はないのだ！」（九四～九五行）の言葉には、父は子どもの命を消費するばかりで、生み出すことができないという無力感がうかがわれる。それに反し、タモーラの劇中での第一の関心は、アーロンとの情事であり、のちに彼女は彼の子どもを出産する。一幕のテキストはタモーラの妊娠になにも言及していないが、妊娠期間を考えると、彼女は舞台にはじめて現れた時から、すでに妊娠しているはずである。[五]タモーラは戦争の捕虜として、ローマの城壁を越えてローマの内部に連れてこられ、その後、彼女の甘言によってローマ滅亡の危機をもたらす。五幕三場では、この事件全体がトロイ滅亡のきっかけとなった故事になぞらえられる。すなわち、サイノンの甘言によって木馬"the fatal engine"（八六行）がトロイの城内にもちこまれ、トロイが滅亡した事件である。トロイの木馬がウェルギリウスによって「子宮」と呼ばれ、また、ダンテがトロイの木馬と人間の腹との連想を繰り返し用いたことを想起すれば[六]、妊娠する女のローマ入城を、シェイクスピアがローマ史上の原体験として捉えていた可能性がでてくる。そして、二幕一場冒頭で、これから起ろうとするタモーラのローマ支配が、アーロンによって高らかに謳われたのち、シェイクスピアは、妊娠するタモーラの支配を、タイタスの二人の息子が落ちこむ森の穴を通して象徴的に示すことになる。

　タモーラは、森の中に現れたバシエーナスとラヴィニアを無き者にするために、彼らに殺されかかったと嘘をつく。その虚言の中で、この穴は突然に出現する。彼女が述べるこの穴に棲む闇の生き物たち――「何千という悪魔やチョロチョロ舌を出す蛇、／何万という小鬼やからだをふくれあがらせるヒキガエル」"A thousand fiends, a thousand hissing snakes, / Ten thousand swelling toads"（二幕三場一〇〇～〇一行）は、性的ニュアンスに富んでいる。そこには、男根を思わせる蛇も、子宮を思わせる蝦蟇《がま》もいる[七]。

　この穴の中にタイタスの二人の息子は落ち込む。この穴は、一幕のアンドロニカス一族の墓をデフォルメした感がある。そこで繰り返し述べられる死者の安眠は、ここでは、この穴へと案内されるクィンタスとマーシャスにとりつく不思議な睡魔となっている。彼らは、一幕ではローマの歴史の最良の部分を収める墓を外側から眺めていたが、今度は穴の中で、その穴を人間の臓腑として眺める。睡魔のゆえに朦朧となった彼らの視力は、一幕とはまったく異なる世界を彼らに見せる。それは、父の支配する世界ではなく、母の支配する世界であった。母の支配の象徴的表現となっているのが、クィンタスとマーシャスがこの穴について繰り返し用いるカニバリズムのイメージである。彼らは、あたかもタモーラの口によって飲み込まれるかのように、その腹と子宮に落下する。この「(人を) 飲みこむ胎」“the swallowing womb”(二幕三場二三九行)は、劇後半で、タイタスがタモーラの息子の肉を料理して彼女に食べさせる箇所に、ある論理的一貫性をもって再現される。

二 人肉料理

五幕二場の人肉料理の場面は、オヴィディウスとセネカからの影響があると考えられてきた。[八] しかし、妻が夫に自分たちの子どもの肉を食わせるオヴィディウスのフィロメラ物語や、兄弟が兄弟にその子どもの肉を食わせるセネカの『サイエスティーズ』とはちがって、この劇では、母がその息子たちの肉を食う。タイタスは、次のように彼の復讐方法を縛り上げたタモーラの息子たちに説明する。

ようく聞け、悪党め、おれはきさまらの骨を粉にひき、
それをきさまらの血でこね合わせて練り粉にし、
その練り粉でパイの皮をこさえ、その皮のなかに
きさまらの恥知らずな生首を入れて二つのパイを作り、
あの淫婦に、きさまらの汚らわしいおふくろに、

食わせてやる、自分が生んだものをのみこむ
大地のようにな。これがおれの招待した宴会だ、
これがあの女にたっぷり食わせてやるごちそうだ。
きさまらは娘をフィロメラよりひどい目に会わせた、
おれはその姉プログニよりひどい復讐をしてやる。

（一八六～九三行）

二幕三場から現れるフィロメラの強姦と復讐の物語は、その時々の登場人物たちにインスピレーションを与えているが、ここでもタイタスは、フィロメラの姉プログニの復讐方法に言及する。しかし、タイタスの復讐方法は、フィロメラ物語との平行関係によってのみ説明し尽されるものではない。

タイタスの復讐の場面でたいへん奇妙なのは、「料理」が強調されていることである。劇のはじめで凱旋将軍の姿であったタイタスは、最後の宴会の場面では、料理人の装いで現れ[九]、その姿は客の一人である皇帝の注意を引く。またタイタスは、タモーラの息子たちに復讐の方法を説明するときに、二度にわたり、人間パイの調理法の詳しい説明を繰り返す。さらに、タイタスがフィロメラ神話の応用を真剣に考えたとするなら、彼はフィロメラの姉であるプログニの役割を選んだ、つまり、ひとりの女の復讐方法をまねたことになる。劇冒頭においてタイタスに与えられていた凱旋将軍のイメージは、劇の最後で彼が復讐を遂げる場面においては、払拭されると言わねばならない。

タイタスがはじめて復讐の決意をあらわしてから、タイタスとタモーラの振舞いは接近し始める。正気を失いかけたタイタスの空想が生み出す虚構と、悪意を含んだタモーラの虚言とが互いに似かよったものになる様子が観察できるのである。それは、タモーラもタイタスの親族と同じように、タイタスに対して、「あの狂った男の機嫌をとるような出まかせを言う」"forge to feed his brain-sick humours"（五幕二場七一行）という方針で臨むからである。五幕二場でのタモーラの変装と虚言は、弓矢の場面においてタイタスと一族との間に交わされた虚構（四幕三場三七～四一行）と、あたかも連続性をもっているかのように感じられる。また同じ場面でタイタスはタモーラの虚言に合わせて宴会を準備する。こうしてみると、虚言の内容が連続しており、一続きの虚構の中にタイタスとタモーラがいることがわかる。タイタスとタモーラは互いに同調し合っていると言えようか。三幕一場でタイタスは、傷ついたラヴィニアとの間に「悲しみの共感」"a sympathy of woe"（三幕一場一四八行）を覚えるが、タモーラとの間にも一種の共感があるのだ[一〇]。後述するように、このタモーラとの共感・同調は、タイタスの復讐の具体的な形態となって発展する。

四幕二場でタモーラはアーロンの子どもを出産する。黒い膚の我が子を抹殺しようとするタモーラの決定は、タイタスの復讐方法の予兆でもある。タモーラ出産によって再浮上する悪魔と魔女の性的交渉のイメージと、タモーラによる嬰児殺しの企てとは、妖術（witchcraft）と嬰児殺害の連想をタモーラに与える。これらはシェイクスピアの時代にあった女性の犯罪のステレオタイプであった[一一]。森の場面では、母の子宮・腹の中で子どもが破壊されるイメージが示されたが、アーロンの子ども誕生のエピソードでは、現実にタモーラが、自分の生んだ子どもに対する殺意を表明する。このあとで起るタイタスの復讐では、あたかもタモーラの母としての相に対して暴力が加えられる。五幕二場で、タイタスがタモーラの息子たちに復讐方法を語って聞かせるときに述べた、「あの淫婦に、きさまらの汚らわしいおふくろに、食わせてやる、／自分が生んだものをのみこむ大地のようにな」"bid that strumpet, your unhallowed dam, / Like to the earth swallow her own increase"（一九〇～九一行）の言葉には、タモーラの生殖が暗示されていた。

さきにタイタスの復讐における料理の強調について触れたが、ジャック・ジェリによると、子宮を「かまど」、胎児を「練り粉」の比喩で表現する習慣が近代初期のヨーロッパにみられた。

> 未成熟な胎児は（中略）「料理されていない」。（中略）子宮がかまどであり、胎児が練り粉である。これは、過去の時代において田舎の人々にみられた妊娠に関する通念に、（中略）正確な表現を与えていた。また産科医は同じイメージを一七世紀に至るまで使っていた。彼らが言うには、「人間の気質にはほとんど無限の多様性があるのと同じように、最も胆汁（熱）の多い子どもはその母親の子宮の中で、より早く形を成す」。（中略）胎児の「練り粉」はゆっくりと子宮の中で形を成す。それは閉ざされた丸い空間のなかで膨らみ、最終的には「パンの一塊」が焼き上がる。どの部分も皮膚（「パン皮」）で覆われて、世の中に出る準備が整う。[二]

たとえば、ジェイン・シャープの著した『産婆術』（ロンドン、一六七一）にもこのイメージがある。

最後に脳が、私が話した第三の皮膚の中でつくられる。なぜなら、種は生気に満ちているので、生気は自然の水分の多くを、膜で被われ、そこで脳がつくられる空洞へと引き込む。熱はその膜を乾燥させ焼いて（bake）頭蓋骨にする。[一三]

また、一五四五年にサー・トマス・レイノルドによって増補・改訂された『人の誕生』は、出版後一六五四年までに少なくとも一四版を重ね、出産の書としては最もポピュラーなものであったが、この中にも子宮中における「熱」（heat）への言及が散見される。[一四] 出産の歴史において、妊娠の過程が料理の比喩で語られたことを考慮すると、タモーラの性欲・妊娠・出産に大きな関心をもつこの劇においても、タイタスにおける料理の強調は、妊娠と出産のメタファーであるとみなしてよいのではないだろうか。タモーラは現実に妊娠・出産を経験し、それが舞台上に提示されるが、タイタスは妊娠していたタモーラの胎内のメカニズムをメタファーとして提示する。さらにタモーラの妊娠のメタファーが、そのままタイタスの復讐として実現する。また、擬娩（couvade）という、妻の出産前後に夫が、妻の出産を誇張された形で、あるいはそれに似せて、模倣する習慣があるが、タイタスの料理は、タモーラの出産に対する一種の擬娩とみることもできるだろう。

　タモーラの妊娠は、タイタスの劇中の最後の言葉の中に明確に示される。

> いや、もうきている、二人ともそのパイのなかに焼かれてな。

おふくろがいまうまそうに食ったそれだ、
自分が生んで育てた肉を食いおったのだ、……

（五幕三場六〇～六二行）

タイタスがタモーラの食べっぷりを観察して、彼女が人肉を賞味したと思った背景には、妊婦が示すことがある異常な食欲という観念があるかもしれない。タイタスは、引用の言葉より少し前、タモーラの息子たちに彼らの料理法を語るところでは、「パスティ」“pasties”の語を用いた。だがここでは、同じ意味をあらわす「パイ」“pie”の語を用いている。自分の計画通りの復讐を遂げた興奮の中で、「パイ」の語が、タモーラが彼女の息子の肉を食った事実と結びつけられる。タイタスの空想の中にある、妊娠したタモーラがパイに焼かれた人肉を食べる異常な食欲は、じつは「パイ」の語が連想させる別の意味と関係がある。『オックスフォード英語辞典』によると、食べ物の「パイ」（pie）は、これと同形で鳥の名をあらわす「パイ」から派生したか、あるいは関係があるという。また、アンブロワーズ・パレ（Ambroise Paré）の弟子であったジャム・ギユモの『出産』（ロンドン、一六一二）の中で、後者は、「パイカ＝異食症」（pica）という病名の語源とされている。著者によると、これは妊婦が罹りやすい病であり、病人は「堕落した、あるいは過度の食欲」を示すという。病人は「自然に逆行する」ものに食欲を示すが、著者が最初に挙げている例が「人肉」である。[一五] また、『人の誕生』の「死産」を扱った章は、死産を予知する症状として、妊婦が「通常は食べたり飲んだりしない自然に反したもの」に対して食欲を示すことを述べている。[一六] 人肉を食べた直後、二人の息子たちの死を告げられるタモーラとこれは符合する。アーデン版の注釈は、タイタスが人肉料理の最初のレシピを解説するなかで、"coffin" の語を「棺桶」と「パイ皮」という二重の意味で使っていることを指摘しているが、"pie" の語にもまた、彼は意外な二重の意味をもたせているのだ。タイタスの復讐の特殊な形式は、妊婦タモーラの生理現象として空想されている。

三　料理と強姦

タモーラの息子たちが変形されているとはいえ、ふたたびタモーラの腹の中に戻される事件は、二幕で森の穴に落ちたタイタスの息子たちを想起させる。タイタスの特殊な復讐の方法は、息子たちのためであったことをこれは暗示している。また、タイタスの独特な復讐方法は、ラヴィニア強姦によっても動機づけられているはずだが、この二つを結びつけるのは、たんにフィロメラ物語との平行性だけであろうか。人肉料理の調理法を説明する中での、タイタスのフィロメラ物語への言及は、この復讐方法が物語によって示唆されたものであることを示す。しかし、元の物語を応用した、母が食うという形式は、タイタスの料理がタモーラの妊娠のメタファーであることを通して、さらに別の意味をこの復讐の場面に加えていると推測される。その意味を明らかにするために、次にタモーラの息子たちがラヴィニアを強姦した事件を取り上げる。

ペギー・リーブズ・サンデーは、「レイプと女性的なるものの沈黙」と題する論文の中で、強姦を「男性的な脆さと母への依存を沈黙させ、あるいは隠蔽する形態」であると述べている。

その脆さは、発育の初期において、母親が与える精神的かつ身体的養育に男児が依存していたことに由来する。男性的な脆さと依存が文化的に退けられ、男性的優越と権力が報酬をえるなら、成長する男性は母親の養育の自然な結果として発展した自分の一部を拒絶しなければならない。そのようにすることで、彼は自分自身の脆さと、自分が母親の胸を吸っていたときに経験した自分の身体の知識を抑圧する。[一七]

この強姦の理論は、ラヴィニア強姦に確かにみられる、暴漢たちの、母への依存に注目させる。二幕一場で、タモーラの二人の息子たちがラヴィニアをめぐって争う中で明らかになるのは、彼らが若者の段階から一人前の男となる段階へと、その敷居を越えようとする姿である。

ほう、小僧め、おふくろがついうっかりして
お前の腰に舞踏用の飾り剣をぶらさげてくれたら、
自分の身内をおどすぐらい向こう見ずになったのか?
ばか野郎。お前のその木刀は鞘におさめて
膠づけにしておけ、少しは使えるようになるまでな。

(三八~四二行)

そして、彼らは、ラヴィニアの愛を得ることを、容易に達成することのできない試練と捉えている――「愛

する女をものにするためならいくら死んでもいい」（七九〜八〇行）[一八]。そのためには、「かまうものか、母上が知ろうと全世界が知ろうと、／おれはラヴィニアを愛しているんだ、全世界以上にな」（七一〜七二行）と、仮に母の反対があったとしても、それは一顧だにしないと挑戦的な態度を示す。ところが、アーロンの教育によって、彼らの行為は、母の影響力からの分離と独立を求める行為とはならず、母の保護の下で行なわれる行為となってしまう。

さあ、この計画を皇后様にも知らせましょう、
なにしろ神聖なる悪事や復讐にかけては、
神のような知恵をおもちのかただ。きっと
あたしたちの計画に磨きをかけてくださいます、
お二人がおたがいにいがみ合うことなく、
お二人ともたっぷり望みをとげられるように。
（一二〇〜一二五行）

タモーラの二人の息子たちの母への精神的依存は、タモーラとは距離をおいてイニシアティヴをとるアーロンとも、また、父タイタスと別れ、単身でゴート族の軍隊を率いて悪人討伐を行おうとするリューシアスとも対照的である。タモーラの保護に結局従属するこの息子たちは、タイタスの意志の中に個性を埋没させる

ラヴィニアに似ている。ただタイタスとラヴィニアの絆が性的感情とは関係なく描かれるのに対して、タモーラの息子たちは、母の性的欲望によって、自分たちの性的欲望の追求も奨励される。

四幕二場においても、この母と息子たちの関係が示される。そこでは、タモーラの出産、タモーラの性的不満足、カイロンとディミートリアスの性的欲望などのモチーフが相互に関係し合うものとして提示されている。場面の冒頭は、タモーラの息子たちがタイタスからの贈り物を受けるところであるが、彼らは狡猾な母親とちがって、タイタスの本当のメッセージを読みとることができない。そこでアーロンは、「打てばひびくようなお妃様が起き出してきたら、／アンドロニカスのこの思いつきをほめたたえるだろう。／だがしばらくは安らかに不安の夢を見せておこう（let her rest in her unrest awhile）」（二九～三一行）と言う。この言葉の後半部について、アーデン版の注釈は、たんにアーロンが金を隠す場面（二幕三場）での似た表現を指摘するにとどまっているが、フランキ・ルービンスタインによると、“rest”は性的意味を含み得る語である。“rest”[一九]とは、「欲望の休息場所にペニスを勃起させる」の意味であり、“no rest”とは、「性的節制」の意味である。[二〇]すると問題の一行が響き合うのは、二幕三場にあるアーロンの「ねえ、タモーラ、あたしの魂の皇后、あなたのなかに／やすらう（rest in thee）以上の天国はのぞむべくもないあたしの天国」（四〇～四一行）であると思われる。つまり、タモーラが“unrest”の状態にあるとは、彼女が性的快楽を得られない状態をいう。そして、それはいまの場合、彼女の妊娠・出産と関係があることは明らかである。引用のアーロンの言葉は出産の床にあるタモーラについて述べた言葉だからである。エイドリアン・ウィルソンは、一七世紀の英国における出産の儀式は、男の世界から妊婦を隔離する要素を含んでいたと述べているが、[二一]出産の歴史のこの事実も、タモーラの性的欲望が満たされない状態にあることを裏付ける。
　また、いま問題にした言葉に続けてアーロンは、「幸いの星がわれわれをローマに導いた」"a happy star / Led us to Rome"（四幕二場三二〜三三行）と言う。リッチモンド・ノーブルによると、これはイエス降誕の場所に博士たちを導いた星のパロディーであるという。(二三) この指摘も、イエスの誕生がアーロンの脳裏に浮んだとしたらうなずける。この場面の彼の最大の関心は、自分がタモーラにはらませた子どもが誕生することだからである。このあと、アーロンとタモーラの息子たちの間に次のやりとりがあるが、それはあたかも妊婦タモーラの過剰な性欲が、息子たちにも受け継がれてゆくかのようである。

ディミートリアス　ローマの貴婦人たちを何百もあのように追いつめ、
　かわるがわる情欲を満たす用に立ててやりたいな。
カイロン　慈悲深い望みだな、愛情がいっぱいこもっている。
アーロン　お母様がおいでなら、アーメンとおっしゃるでしょう。
カイロン　そして何百と言わず何万の女に慈悲をかけろとな。
（四一〜四五行）

これはまさしくアーロンが、のちにリューシアスへの告白の中で「あのものすごい助平根性はおふくろ譲りだ」（五幕一場九九行）と述べる通りである。

五幕二場で、タモーラとその息子たちは、タイタスを滅ぼすため、変装して彼の家を訪れる。そこでタモーラは、彼女の息子たちを「私の手下」(六〇行)としてタイタスに紹介する。最後までタモーラの息子たちは母に従属している。彼らは、母親の愚かな計略に参加したばかりに、当惑のうちに抗弁の機会なく殺害される。これは、やはり当惑のうちに弁解の機会を与えられず死んでいったタイタスの二人の息子を想起させる。タイタスの息子たちは、カニバリズムめいた子宮・腹・口を連想させる森の穴に落ち込むが、タモーラの息子たちは、文字通り、タモーラの口によって食われ、タモーラの腹の中に落ち込む。

強姦が男性の脆さと母への依存を隠蔽する形態であるとするサンデーの理解に従うと、母からの自立の必要を予感しながら、結局、劇全体を通して、タモーラに従属する彼女の息子たちのラヴィニア強姦には、母への依存を隠す動機があったことがわかる。タイタスの復讐がとった料理の形式は、子宮の中で焼かれつくられる胎児の成熟過程を示していた。母親に食われ、母の胎内に戻るタモーラの息子たちは、母への完全な依存状態である胎児のイメージへと退行する。料理人タイタスの復讐には、驚くべき論理性があったと言えるだろう。

タモーラとその一味に性に関する描写が多いのに対して、ラヴィニアも母のイメージが与えられるが、性的暗示はそこにはない。四幕一場で、リューシアスの小さな息子は、ラヴィニアの狂気じみた振舞のゆえに、「トロイのヘキュバ」(二〇行)の故事に言及する。[二三] しかし、この連想は、マーカスによって否定される。むしろ、ヘキュバのイメージはタモーラと連結させられる。一幕一場で、タモーラの息子たちは、彼らの母親が「トロイの女王」（一三六行）のように仇討ちできることを願った。復讐の女ヘキュバは、また多産でも有名であった。『ハムレット』には、「あまたの王子をもうけし／その細腰」（二幕二場五〇四行）[24]とヘキュバの多産への言及がある。

ヘキュバの代りにラヴィニアに適用されるのは、ローマの母の鑑とされたコーニーリアである。

慈母の鑑コーニーリアが息子に読んで聞かせた以上の
心づかいをもって、美しい詩やキケロの『雄弁術』を
読んでくれたろう。

（四幕一場一二～一四行）

以前ラヴィニアと、彼女の兄リューシアスの妻とは仲がよく、ラヴィニアは兄嫁の死後、その子どもの母親代りであった。性交と妊娠を経ない母である。そして、ラヴィニアと妊娠との分離は、ラヴィニア強姦を通して、このときすでに提示済みであることに注意すべきである。オードリー・エクリーズによると、一六五一年にウィリアム・ハーヴェイの生殖についての本が出版されるまで、受胎がおこるためには女性からの「種」（seeds）の提供が必要であり、「種」は女性が性的快感を覚えることなしには、「射精」されないと考えられていた。従って、強姦によっては妊娠しないとするのが一般の理解であったという。[25]森の場面におけるラヴィニアの強姦は、明らかに同じ場面におけるタモーラの性的快楽の追求と対照を成している。タモー

ラは性的快感を通して母になり、ラヴィニアは性的快感が完全に否定される経験によって、妊娠の可能性を消去される。その後、劇はあたかも待ち構えていたかのように、ラヴィニアに妊娠によらない子どもを与える。カイロンとディミートリアスが彼らの母タモーラの保護の下にあるように、リューシアスの息子もラヴィニアの世話を受けた。

これは、あたかも劇のはじめでタイタスが、アンドロニカス一族の墓を見ながらもらした単為生殖への願望が実現したかのようである。また、タモーラとその息子たちとの間にあった性欲追求という共通の関心は、ラヴィニアと少年の場合には、ラテン文学への共通の関心に置き換えられるが、この文学への関心は、劇の最後では、タイタスと少年との親しい関係を育てたものとして移行してゆく。性的な母親に対して向けられる攻撃という本論の視点からすると、劇最後のタイタスによるラヴィニア殺害は、メアリー・ベス・ローズが、シェイクスピアにとって最良の母とはどのような母かという問いに対し、それは不在する母であると答えたように[二六]、劇世界の中での最後の妊娠の可能性の消去であると感じられてくる。

*

一幕で言及されるアンドロニカス一族の墓と、二幕で現れる森の穴は、それぞれ父親的権威、母親的権威を表わし、ローマを支配する力の象徴となっている。これは劇のあからさまな仕掛けである。しかし、本章で論じたように、タモーラの妊娠という要素は、通常理解されるより以上に、この劇の構造とテーマの奥深くまで入り込んでいる。五幕三場で、この劇におけるローマ滅亡の危機が、マーカスによって、トロイ滅亡のきっかけとなった故事になぞらえられるとき、その言葉はこの劇全体を支配するファンタジーを確認する。伝統的にトロイの木馬に結びついた「子宮」や「腹」の連想は、妊娠する女のローマ入城を、シェイクスピアがローマ史上の原体験として捉えていた可能性を示すのである。そして、象徴レベルにおける妊娠するタモーラの支配と、現実レベルにおける彼女と結びついた者たちによる暴虐は、形式と内容において相互に関係し合う。前者は、タイタスの二人の息子が落ちこむ森の穴となって現れ、後者は、母に従属する息子たちによるラヴィニア強姦事件とアーロンによるタイタスの子息殺害事件となって現れる。

劇後半において展開するタイタスの復讐の特徴は、料理の強調である。正気を失いかけたタイタスの空想が生み出す虚構と、悪意を含んだタモーラの虚言とが互いに似かよったものになるプロセスの中で、タイタスは、あたかもタモーラの母としての相に対して復讐の暴力を行使する。近代初期のヨーロッパにおいて、子宮を「かまど」、胎児を「練り粉」の比喩で表現する習慣があったことを考慮すれば、タイタスの復讐の特殊な形式は、妊婦タモーラの生理現象として空想されていると言える。それゆえ、タイタスの独特な復讐方法には、フィロメラ物語との平行性以上のものが指摘される。タモーラの息子たちは最後まで母に従属している。また、ラヴィニアには、彼女が強姦された後、妊娠によらない母親のイメージが与えられる。これは、タイタスがもらした単為生殖への願望の実現となっている。劇は、タモーラのみならずラヴィニアをも犠牲にするという強引な方法で、性的な母親を抹消するのである。

従ってタイタスの復讐は、ジリーズが述べるような「行き当たりばったり」なのではなく、またラヴィニア殺害について彼が述べた「人肉を食う宴会そのものとはなんの論理的関係もない」とする見解も当たっていないと思われる。

Ⅳ　地理的接近から身体接触へ——『アントニーとクレオパトラ』をめぐって

シェイクスピア作『アントニーとクレオパトラ』

■主な登場人物

アントニー（三巨頭の一人）、クレオパトラ（エジプトの女王）、オクテーヴィアス・シーザー（三巨頭の一人）、オクテーヴィア（彼の姉、劇の中盤でアントニーと結婚）、イノバーバス（アントニーの家来）、チャーミアンとアイアラス（女王の侍女）

■あらすじ

エジプトに遠征したアントニーは、女王の絶大な魅力に捕えられ、ローマ社会が彼について抱く英雄のイメージは過去のものになってしまった感がある。しかし、ローマからの使者はひっきりなしにアントニーに帰国要請を伝え、新勢力ポンピーの台頭によって彼は帰国せざるを得なくなる（一幕）。予想されたローマでの軍事的決着は政治的駆引き（政略結婚、講和、暗殺計画など）に変化し、ローマ人が讃える英雄像は現実には疑わしい観念になる。一方、ローマ的規範から逸脱した彼らの欲望は、オリエンタルなエジプト世界を空想する（二幕）。やがてシーザーの権力追求によって、ローマ世界の実力者は彼とアントニーだけとなり、両者反目から戦争へ発展。アクチウムの海戦でアントニーは醜態をしめし、恥の意識に囚われる。敵の使者シディアスと女王とのやりとりを目撃したアントニーは女王を責めるが、突然に浮揚力を回復する（三幕）。だがシーザーとの戦争でアントニーの運命はますます下降線をたどってゆく。その状況のなかで、裏切った家来への寛大さ、女王への不信と彼女のかけがえのなさ、希薄になってゆく自己の存在感などが示される。この幕の終りでは、自害をはかった瀕死のアントニーは、女王が閉じこもる霊廟に運び込まれ、最期を迎える（四幕）。アントニー死亡の報せを受けたシーザーは、己と並ぶ英雄としてその死を悼む。使者に使わされたプロキューリーアスは女王を捕縛。役目を交代したドラベラに、女王はアントニーの幻を語り聞かせる。彼は女王のカリスマにとらえられ、シーザーの魂胆を打ち明ける。女王はローマへの凱旋に自分が利用されるのを嫌悪し、死後の世界でのアントニーとの再会を幻にみながら、侍女とともに自害する（五幕）。

第七章　身体性の代行者たち

『アントニーとクレオパトラ』五幕一場は、シーザーがアントニー軍からの脱走者に初めて直面するエピソードである。アントニー軍からの脱走者はこれまでにもあった。例えばイノバーバスである。四幕六場、彼は昨日までの敵将シーザーの傍らに立つ。しかし二人は言葉を交わさない。五幕一場はちがう。ダシータスはシーザーに取り入ろうとしてアントニーの死亡を告げる。その使者は、瀕死とはいえアントニーがまだ生きていることを知らず、すでに息絶えたと思い込んでいる。その場面で、シーザーは英雄の死について（自分もそこに含める形で）「哲学的考察」を展開するが、観客に与えるその効果は滑稽である。その考察が誤った報告に触発されているためである。人間を道具として用いることに長けているシーザーは、人間と直面すると容易に欺かれてしまう。この場面はそのことを暴露している。彼はフィールドワークが苦手なのである。彼が哲学的考察を展開し始めたとき、女王が派遣した使者が現れる。クレオパトラが霊廟に閉じこもっていることを知らされたシーザーは例のごとく、「さあ、行け、そして／できるだけ早く、あれがどう返事するか、また／どんな様子でいるか、知らせてくれ」（六六～六八行）[二]と、まことに彼らしい指示を与えて使者を送り出す。彼は情報入手に情熱を示す。すなわち間接的な知識を得ることに[三]。

シーザーのもとには間接的な情報が集まる。彼のこのような間接的な経験を対蹠点として、これとは正反対の経験が舞台上に提示される。それは役者の身体という資源を用いて提示される傷を負う経験である。この劇において最も目立つその種の身体的経験はアントニーのものである。シェイクスピアは致命傷を負ったアントニーの身体の提示をわざと引き伸ばしている。アントニーの傷ついた身体が舞台上に提示される時間は長い。それは、自分の人生は延々と続く苦しみだとするアントニーの認識の象徴ともなっている[四]。アントニーがその濃密な身体性とともに提示されるのと対照的に、シーザーの身体性は希薄である。どのような演劇的仕掛けが、シーザーの希薄な身体性を喚起するのか。この点を明らかにするために、まずオクテーヴィアス・シーザーよりも一世代前の大英雄たちの地理的移動に注目する。

一　過去の大英雄と身体性の発見／シーザーと身体性の乖離

このセクションでは、まず過去の大英雄たちの地理的移動が示唆するところのものを確認し、次にこれと比較しながら、オクテーヴィアス・シーザーの地理的移動の特徴を明らかにする。さて過去の大英雄たちの移動とはどのようなものであったか。彼らはローマから地中海を横切りクレオパトラに接近した。この移動は、大英雄に相応しい動き、最高の男性性の持ち主が女王に接近する動きであったことを劇は示唆する。ジュリアス・シーザーや大ポンピーがそうであったし、アントニーもその範疇に入っていた。クレオパトラに地理的に近づき、その上、彼女の愛を得ることができれば、それはドラマ的示唆として、地中海地域第一、つまりこの物語にあっては世界第一の男性として公認されたことになる。だから地理的にオクテーヴィアス・シーザーがクレオパトラに次第に接近してくるのは、この大英雄神話に則っているわけである。

この劇では通常、過去の大英雄たちはクレオパトラに魅了され、彼女と性的関係を結んだ。

額の秀でた
ジュリアス・シーザーがこの世にあったとき、私は
帝王にふさわしい供え物（A morsel）だった。大ポンピーも
その目を私の額から離さず、そこに視線の錨をおろし、
彼のいのちである私を見つめたまま死んで（die）もいい、
と言いたげだった。

（一幕五場二九～三四行）

クレオパトラ自身が過去の性的関係を語るこの言葉では、女王自身は君主のための食べ物の一片としてイメージされる。また、女王から視線を離せない大ポンピーに到っては、「彼のいのちである私を見つめたまま死んでもいい」と自分の生死の境も定かでない（"die" の語には性的意味がこめられている）。食べ物や死

や性的オーガズムのメタファーが示唆しているのは、大英雄たちにとって、クレオパトラとの出会いは自分の身体性との出会いであったということである。死につながる身体性（mortality）であることも、その示唆の中には含まれているだろう。（ここで取り上げた大英雄たちの特徴的な動きの背景には、大航海時代の植民地言説が機能しているかもしれない。ルイ・モントローズによると、そのような言説の中では、長い航海のすえに発見された豊饒な土地は美しい女としてイメージされる。[五] また、新世界の住人に関する西洋の初期の言説の中心には「野蛮・欺き・食人の要素」があったが、[六] これらの要素は劇中に容易に発見できる。[七]）

過去の大英雄が、クレオパトラとの衝撃的な出会いの後、彼女をどうしようとしたのかについて、劇はまったく沈黙している。しかしオクテーヴィアス・シーザーの場合は異なる。自分を偉大な英雄として民衆に提示したいというシーザーの熱意には並々ならぬものがあり、劇の終盤、シーザーはクレオパトラを生かしたままローマに連れ帰ることに執着を示す。そのことは、使者プロキューリーアスにシーザーが与える次の指示にも見られる。

　　　　　　　　　　あの女の
悲しみが求める慰めはなんでも与えてやるがいい、
誇り高い女のことだ、自暴自棄なふるまいに出て（by some mortal stroke）
こちらの計画を出し抜かれ（She do defeat us）ては困る。あれを生きたまま
ローマに引いて行けば、われらの凱旋を

永遠に歴史にとどめることになる。（五幕一場六二～六六行）

シーザーは、一種の戦利品としてクレオパトラをローマに連れ帰ることを自身の「偉大さ」の完成として考えているらしい。あたかも劇の終盤は、その終着点に向って進展するかのようである。シーザーとその側近たちの言動によって、シーザーの世界征服は、エジプトの女王をローマに連れ帰ることをもって完成するという印象が観客の側につくられてゆく。

アントニー亡き後、シーザーに実力で対抗できる者は誰もいない。そのような状況下で、劇はそれまでアントニーに「保護」されていた[八]クレオパトラをシーザーの対抗者として次第に前景化してくる。シーザーに対抗して「偉大さ」の観念を主張できるのはクレオパトラだけである。すでに引用した使者プロキュリーアスへの指示（五幕一場六二～六六行）の中で、シーザーの用いる表現は女王との対戦のイメージ（"by some mortal stroke / She do defeat us"）であり、[九]ローマへの凱旋に生きたままの女王が必要なことは、彼の「あれを生きたまま／ローマに引いて行けば、われらの凱旋を／永遠に歴史にとどめることになる」という言葉がはっきりと認めている。この文脈では、三幕六場で、シーザーの姉であるオクテーヴィアのローマ帰郷に際し、シーザーが表明したスペクタクルへの執着が想起される。シーザーが夢想するスペクタクルは、帰郷する式典として彼の姉にはまったく不似合いで、寧ろ、語り手であるシーザーの性格を暗示しているとしか考えられないものであった。シーザーがクレオパトラをローマに連れ帰ろうとする動きは、過去の大英雄たちとは異なり、彼独特のものと言ってよい。クレオパトラを無理やりローマに連れ帰る意図は過去の大英雄たちにはなかった[一〇]。彼らは女王の磁力に逆らわなかった。自己の権力をスペクタクルとして顕示したいシーザーは、過去の大英雄とは違って、他人にそれも女性に依存しようとする。オクテーヴィアの帰郷の際がそうであった。そして、今回のローマへの凱旋には、生身のクレオパトラが必要だと考えるのである。これはクレオパトラの身体をローマの民衆の視線を集めるスペクタクルとして利用しようということである。劇は身体的濃密の可能性をクレオパトラに与え、シーザーから取り去る。

この身体的濃密／希薄の効果を生み出す演劇的仕掛けは、登場人物の語りによる観客効果やテキストの細部にもみられる。例えば、多くのローマ人たちは、アントニーのエジプトでの生活を「酒池肉林の宴」（一幕四場五六行）であるとして、批判的に話題にしており、これはローマ人たちがエジプトに滞在するアントニーを見る視点であると言っても過言ではない。ところが、エジプトでの放蕩生活とは正反対の、敗走するアントニーのモディーナでの飢餓状態について語るシーザーの言葉もまた、その身体性を前景化する。

　　馬の小便を飲みほし、
けだものさえ吐き気をもよおすどぶどろの溜り水にも
平気で口をつけた、どんなきたない生け垣になった
どんなまずい木の実でもいとわず噛みくだいた、
そう、雪におおわれた草原をさまよう雄鹿のように、

おまえは木の皮までかじった。アルプスの山中では
それを見ただけで死んだものさえいるという
あやしげな肉を食ったと聞いている。

（六一～六八行）

劇中、アントニーのエジプトでの生活が放蕩三昧なものとして語られるときには、そこに常に道徳的弾劾の調子があったが、この引用文に表象されるアントニーの身体はそれとは別の観点からクローズアップされる。得体の知れない肉を食い、変色した水を飲むというディテールや、雪原で樹皮をかじる鹿のイメージは、動物同然の状態に追いやられたアントニーを彷彿とさせる。シーザーの語りの中のアントニーは、飢餓的状況のなかで生死を賭けて食べ物と飲み水を探しているが、ここでの語り方はその語り手自身、アントニーが口に入れるものに対して生理的嫌悪感を覚えていることが感じられ、おそらくこの語りの聞き手（直接的には舞台上のレピダス、延いてはこの劇の観客）にもそのような効果を予想している。即ち、シーザーのこの語りには、明示的要素と暗示的要素とがある。前者はシーザー自身にとっての男性性の理想であるが、後者はその具体的事例によって喚起される否定的な身体感覚である。自分の理性のコントロールを超える身体の要求（アントニーは理性をもたない動物とみなされている）は、シーザー自身が十分にコントロールできないものであり、彼にとって嫌悪の対象となる。それは、自分自身の身体内部に生じる他者的存在なのだ（同種のシーザーの反応は、ポンピーのガレー船上での酒盛りの場面にも見られる[一一]）。

劇の終盤に向けた展開も、身体性の濃密化と希薄化の動きの中で捉えることができる。シーザーの捕虜としてローマへ連行されるという予想される辱めについて、アントニーとクレオパトラの語り方は異なる。アントニーはイアロスに向かい、話し始めの「恐るべき屈辱」（四幕一五場六五～六六行）を敷衍し、「おまえはローマの街の窓から見物したいのか、／おまえの主人がこのように腕を組み、悄然と／頭をたれ、身をさいなむ屈辱に面《おもて》を伏せて／引かれていく姿を？」（七一～七七行）と語る。すなわち捕虜となった敗戦の将の姿が、身体の自由を奪われた者として凱旋式の中に現れる。では、クレオパトラの語り方についてはどうか。二回目の敗戦の直後、クレオパトラから裏切りを受けたと思い込んだアントニーは、怒りの中で、「やつ［シーザー］に捕えさせ、／歓声をあげる平民どものまん中で高く揚げ（hoist）させるがいい」（四幕一二場三三～三四行）と、凱旋式の恥ずべき見世物になってしまえと彼女に罵声を浴びせる。このあと、クレオパトラ自身が自分の予想されるローマでの運命を侍女に語り聞かせるとき、アントニーから聞かされたホラーの描写に微妙な変更が行なわれる。我々はその変更に彼女自身が何を嫌悪するのかを読み取る。アントニーの言葉では、人々が見やすいようにクレオパトラを高く持ち上げる（"hoist"）のはシーザーであったが、今度は、「職人どもが／油じみた前掛けをつけ、物差しや金槌を手にして、／私たちをかつぎあげ（Uplift）、さらしものにするだろう」（五幕二場二〇九～一一行）というように、ローマの職人たちがそれを行う。クレオパトラもエジプトの君主であるのだが、アントニーの発言の場合に見られた敗戦の将のイメージ（「やつの戦車のあとにくっついて歩き」四幕一三場三五行）は影を潜める。惨めな姿は、凱旋式での捕虜の文脈から、クレオパトラが危機的と捉える文脈へと移しかえられる。それはローマの民衆との混在である。[二]

空想される恥辱の場面において女王は、民衆の注視の的となるばかりか、彼らとの身体的接触の危険にもさらされる。「生意気な小役人が／淫売を捕らえるように私たちに襲いかかり」（五幕二場二一四～一五行）と、ローマの役人たちは、クレオパトラが娼婦であるかのように、彼女につかみかかり、「卑しい食物をとる彼らの臭い息が私たちをおし包み、／その臭気をむりにも吸わせるだろう」（二一一～一三行）と、民衆との忌まわしい混在の感覚は身体内部にまで侵入する。恥辱の近未来図の語り手がアントニーからクレオパトラに移行する中で、凱旋の将であるシーザーの姿が消える代わりに、民衆との身体的接触の危険が頂点に達する。語り手が代わる中で、人を上方へ持ち上げる労力を払う人間がシーザーから民衆に変わる。（霊廟にアントニーを引き上げる場面では、そのことが人々に大層な労力を強いる様をすでに観客は見ている。）これは次のセクションで見ることになるシーザーの身体性を引き受ける使者たちのモチーフの変奏に他ならない。シーザーから労働は取り去られ、他の人々へと移し替えられる。今回もまた、シーザーに身体性が刻印されることはないのだ。

シーザーが女王に次第に近づく動きは、彼の許からアレグザンドリアに次々と使者が派遣される劇の展開の中に置かれている。後述するが、シーザーの存在感を考える上で、シーザーからの使者の派遣と、シーザー自身の地理的接近という二つの動きは密接な関連がある。本章の冒頭では、初めてシーザーがアントニー軍からの脱走者と直面する場面を取り上げたが、彼と敗者との第二の直面はクレオパトラとのそれである。五幕二場、シーザーは行列を従えて、クレオパトラの宮廷に乗り込む。その動きは、すでに述べたように、過去の大英雄が辿ってきた道順である。しかし、彼の第一声はまことに彼らしい。

（舞台奥で）道を開けろ、シーザーだ！
シーザー　エジプトの女王はいずれに？
ドラベラ　皇帝です、女王。
（クレオパトラはひざまずく）
シーザー　立たれるがよい、ひざまずくにはおよばぬ。
さあ、お立ちを、エジプトの女王。

（五幕二場一一一～一一五行）

シーザーの「エジプトの女王はいずれに？」の質問がどのような動機によるものか、恐らく見解は分かれるだろう。チャールトン・ヘストンが主演・監督した映画『アントニーとクレオパトラ』では[二三]、シーザーがそのように述べるのは女王を跪かせ恭順の姿勢を強要するためである。そのような解釈は、シーザーのこの段階での作戦、つまり、クレオパトラを騙そうとする作戦を忘れている。彼は見かけだけは温情を示して、その実、女王をローマに連れ帰りたい。むしろ演劇的に面白い解釈は、侍女に混じった女王を彼が見分けられなかったとするものではないか。この英雄は自分の手足のように用いる使者に対しては、「さあ、行け、そして／できるだけ早く、あれがどう返事するか、／またどんな様子でいるか、知らせてくれ」（五幕一場六七

〜六八行）というように観察眼を要求するが、自分自身にはそれが欠けている。[一四]ドラベラの登場は、シーザーが女王に会見する事件の前後にある。ドラベラは女王のカリスマを感じ取る。ドラベラを含め、この劇の多くの人々が感じ取ってきたクレオパトラのカリスマは、シーザーを素通りしてしまう。情報通のシーザーは女王を見分けられない。ここにはある種のパラドックスがある。

会見の冒頭でシーザーが「あなたから受けた傷はこの肉に残っているとはいえ、／それも偶然のなせる業と思い、この心からは消し去るつもりだ」（五幕二場一一八〜二〇行）と述べるのは、二つの意味で象徴的である。第一には、この劇のシーザーは、最も傷を受けることがない立場に自分をおくのが常である。第二には、ここで彼はあたかも自分が傷を受けたかのように述べているが、直接に傷を受けたのは彼の部下たちである。上記のシーザーの台詞に観客はシディアスのエピソードを想起するだろう。シディアスは、シーザーの家来という身分でありながら、クレオパトラの手にキスをした。そして、その現場をアントニーに目撃され、したたか鞭打たれた男である。また、身体的に相手にぶつかることのないシーザーの特徴を表わす箇所として、「隊長たちに、／知らせてくれ、明日こそ最後の雌雄を決する日だと。／味方のなかには最近までマーク・アントニーに／仕えていたものもいる、／それだけでやつを生け捕るに／十分な数だ」（四幕一場一〇〜一四行）も指摘しておこう。この箇所は、通常、観客がシーザーに対して距離を置く効果を狙った台詞とみなされるが、その背後にはシーザーと身体性の乖離がある。

この観点からは、シーザーが凱旋式にクレオパトラを必要とするのは、彼自身の身体性の希薄を覆い隠すためであると言えるかもしれない。アントニーはアクチウムの海戦で自分が戦線離脱したことを非常な恥と感じたが、それはまたこの英雄は前線に立つことを躊躇うことはないという証左でもあった。（アントニーの身体性の強調は、また別の角度からも浮び上る。アクチウム海戦での戦線離脱を典型として、この劇はアントニーに強烈な恥の感情を抱かせる。[一五] 将軍の戦線離脱を目撃したイノバーバスの驚愕は、あたかも主人公二人の性交シーンを目撃したかのように表明されるので、観客は、アントニーが抱く戦士としての恥の感覚を、性的な恥の感覚の視点から眺めるよう促される。バーナード・ウィリアムズは恥について、「恥と結合した基本的な経験は、不適切な状態で不適切な人から不適切な視線を向けられる経験である。それはすぐに裸体、とくに性的な文脈における裸体と結びつく。「恥」を意味する“*aidōs*”の派生語である“*aidoia*”という語は、生殖器を表わす標準的なギリシア語で、同様の言葉はほかの言語においても発見される。その反応は、自分自身を覆ったり隠したりすることで、人々はその必要が生じる状況を当然回避しようとする」と述べる。[一六] アントニーが抱く強い恥の感覚は、身体を含めた自分のアイデンティティを隠したいと思わせ、[一七] そのことが延いては、観客効果として、彼の身体性の強調にもつながってゆく。）第二回目の戦いに出陣する彼の「戦おうとするものはおれのあとに、／ついてこい、存分に腕をふるわせてやる」（四幕四場三三～三四行）の言葉を疑う者はいない。自分の身体を前線におくことを躊躇わないアントニーと、本営から遠隔操作をはかるシーザーとは対照的だ。「シーザーの凱旋に従ったことを悔やむがいい、／そのために鞭を食らったのだ」（三幕一三場一三六～一三八行）と、アントニーから鞭打ちの刑を下されたシディアスのことを今一度思い出そう。シーザーに関する、演劇的に意味のある主な事件は、彼の使者のレベルで起きる。レイ・ヘフナーが「使者は報せの送り手の人格の延長として扱われ、様々の演劇的な緊張と葛藤が使者と報せの受け手との間に複製（duplicate）される」と述べるとおりである。[一八]従って、演劇的にみるとシーザーの行動は彼の派遣した使者たちの跡追い（following）に過ぎない。シーザーは多くの使者を派遣する。自分の言葉と方針を託した者たちを、すなわち、自分のコピーを何度も送り出すわけである。コピーされ過ぎたオリジナルは、オリジナルではなくなってしまう。[一九]つまり、シーザーの演劇的印象は、先行する使者たちのコピーに成り下がってしまう。マイケル・ゴールドマンは「ドラマにおける［役者と観客との］同一化の重要性はドラマの直接性（immediacy）と結びついている」[二〇]と述べるが、シーザーはこの直接性を損なってしまうのである。その意味で、シーザーの「エジプトの女王はいずれに？」という問いは、観客にとって、「シーザーはいずれに？」と響いてしまう。

二　シーザーの身体性を引き受ける使者たち

このセクションでは、劇の後半においてシーザーが派遣した使者たち、主に、シディアス、プロキュリーアスを扱う（ドラベラも、このセクションが取り上げる種類の使者の一人であるが、次のセクションのテーマと切り離せないので、そこで扱う）。議論の焦点は、主人の模倣としての使者であるが、それぞれ固有名詞を与えられていることが示すように、彼らは、シーザーの命令に従いながらも、それから逸脱する側面も示す。これは劇の前半に登場する多くの無名の使者との大きな違いである。劇後半の使者は、主人の意向に沿って行動し、主人からの伝言を届けることで主人のコピーとして機能する一方、主人が本来もっていたはずのオリジナリティを演劇的に消費する。源泉（origin）が本来もっていたはずの濃厚さ（アウラ）を希薄にする。[二] だから、それぞれの使者が登場するエピソードにおいて、彼らはたんなる端役なのではない。役者にとって演じ甲斐のある役が用意されている。劇の終盤でクレオパトラに謁見する使者たちは個性化されており、そのパフォーマンスにはジェンダーの要素も含まれている。彼らは非人格化された（impersonal-ized）存在ではない。

　アクチウムの海戦のあと、敗北を喫したアントニー陣営にシーザーが遣わすのはシディアスである。シーザーは勝者となって、彼の個性を次第に表面化させる。例えば、彼はシディアスへの指示の中で、「女は幸運の絶頂にあっても強くはない、まして／不運のどん底にあれば無垢の乙女（The ne'er-touch'd vestal）も身を堕とすだろう」（三幕一二場三〇～三一行）と述べ、女性蔑視の態度を表明する。「無垢の乙女」[三] とは、性的遍歴を重ねてきたクレオパトラには不適当な表現であるが、シーザーはこの時点から既にクレオパトラが女性であるという理由で彼女を見くびっている。状況次第で容易に前言を翻す存在だと。また本質的に女性は状況に容易に左右される嘘つきであると。ところが、このように女性蔑視の視点で捉えられたクレオパトラの許へ、男である自分もまた、嘘を運び込もうとする。「おまえの弁舌をためすときだぞ、（中略）その要求は、おれの名を出してもいい、かなえてやれ、／その上、おまえの思いつくままに、つけ加えてやれ。／（中略）腕をふるってこい（Try thy cunning）」（二七～三一行）と、女王に対し嘘の約束を振りまくようにと、シーザーは使者に指示を与える。そして、アントニーとの恋愛関係において忠誠を誓った女王も、形勢が不利となった今なら、その誓いを破らせることも容易だと示唆する。"cunning" という語はこの劇で最初、クレオパトラについて用いられた語だったのだ。[二三] それが今はシーザーが同じ態度を取ろうとする。ローマは嘘という形でエジプトに侵入する。[二四] シーザーは自分の存在を提示する前に、代理人によって自分の言葉をクレオパトラに送る。これが女王に出会うための彼の準備なのだ。

クレオパトラの許へ嘘を携えて来たシーザーの使者は、女王を征服者に従わせるため会話を誘導する。つまり、女王がアントニーの保護から離れ、シーザーの保護に入るようにと話を進める。シディアスの話の切り出し方は一方的で、「シーザーはご存知です、アントニーを抱かれたのは／あなたが愛したからではなく恐れたからであると」（三幕一三場五六～五七行）という彼の言葉には、女王でさえ応答に窮した様子を見せる。話の進め方は、シーザーの指示通り、彼の女性蔑視の態度に基づいた方法そのままである。

クレオパトラ　　　　おまえの名前は？
シディアス　シディアスと申します。
クレオパトラ　　　　おまえほど心やさしい使者は
またとあるまい。偉大なるシーザーにこうお伝えして、
まずその征服者のお手に口づけを送りますと。そして、
私は進んであのかたの足もとに王冠をさし出し、
ひざまずき、万民の従うそのお声に、エジプトの女王の
運命をゆだねますと。そう申し上げて。

シディアス　　　　　　　　　　　　　　　それこそ
女王にふさわしいご態度です。分別と運命が争うとき、
分別が最善をつくして戦えば、いかなる運命も
それをうち破ることはできません。どうかそのお手に
敬意を捧げるお許しを。
クレオパトラ　　　　　あのシーザーの父上もよく、
諸国攻略に専念して日々をすごされていたころ、
その唇にはもったいないこの手に、口づけされた、
雨を降らせるように（As it rain'd kisses）。

（三幕一三場七二〜八五行）

女王の言葉によると、過去においては大英雄のみが女王にキスをした。シディアスのキスとそれに対するクレオパトラの言葉には、侵略を性的イメージで捉える大航海時代の植民地主義的言説が背景にあると考えることもできるだろう。[二五] シディアスはここで越権行為を犯す。シーザーから命じられた公的な職責を超えて、クレオパトラに性的に接近する。シーザーの権力を笠に着ての所業である。引用の直後、シディアスのキスの現場はアントニーによって目撃される。女王の「雨を降らせるように」の言葉が暗示するように、シディアスのキスは長すぎる。女王に謁見する初めでは、同席するアントニーの家来たちに対し、彼は警戒心を示

しているが、この段階では彼に油断がある。その油断は、一種の想像力の貧困から来ている。彼とその主人は、アントニーにとってクレオパトラがどのような意味をもつのか想像することができない。キスの現場を目撃したアントニーは、シディアスが「子供（boy）のように」（三幕一三場一〇〇行）顔を歪めて慈悲を乞うまで鞭打てと命じる。この言葉の背景には「若僧のシーザー（the boy Caesar）」（一七行）に対する軽蔑心が潜んでいる。[二六]アントニーの復讐心は、シーザーの代理者である使者に向けられる。シディアスは、その主人と同じ発想で行動しながら、他方で、クレオパトラの性的力に抗し切れず性的に接近し過ぎる。シディアスには、シーザーの代理者としてキスしているという気持ちもあったかもしれないが、シーザーから命じられた役目からの逸脱であることにはちがいない。

当り前であるが、自分と相手との地理的接近の終点には両者の身体的接触がある。だから、上に引用したクレオパトラとシディアスのやりとりのなかで、使者の「どうかそのお手に／敬意を捧げるお許しを」と、また女王の「その唇にはもったいないこの手に、口づけされた」との箇所には、「その」とか「この」とかの直示的言葉（deixis）があり、いずれも相手の身体的部位への接触と視線を示している。[二七]地理的に離れていては登場人物の台詞に直示的な言葉はあらわれようもない。演劇的効果の点からは、シディアスは自分がその身体性を引き受け、反対にシーザーを非身体化する。逆説的だが、当時の伝統的な地理的観念では全世界とみなしてよい地中海地域[二八]に拡大するシーザーの軍事的権力は彼の非身体性に依存している。[二九]（この文脈では、広大なローマ帝国の維持を可能にした要因の一つを、ローマ人が用いた「軽い」メディアであるパピルスにみたハロルド・イニスの説が連想される。[三〇]シーザーは自己を非身体化し、自分の分身ともいえる使者を用いることで世界征服を進める。）キスの罰としてアントニーから受ける鞭打ちは、シディアスにとって身体化の拡大である。「泣いたか、許しを乞うたか、（中略）さあ、鞭の跡を背負って失せろ！」（三幕一三場一三三～五四行）と、シディアスの体は鞭打ちによる痛みが彼の存在全体を支配する。クレオパトラの宮廷に登場したときの彼の「雄弁」とは打って変わり、ここでの彼は「無言」である。傷と痛みが言葉に置き換わってしまった。

次に、五幕一場の終りでシーザーがクレオパトラのもとへ遣わしたプロキュリーアスのエピソードについて考えよう。シーザーの指示はいつもの通りである。すなわち、自分は女王を辱めるようなことは考えていないと告げよ、彼女の望むままに嘘の約束を与えよ、である。また彼は、「さあ、行け、そして／できるだけ早く、あれがどう返事するか、また／どんな様子でいるか、知らせてくれ」（五幕一場六六～六八行）と、女王についての観察結果をすぐに持ち帰るように言う。シーザーの「できるだけ早く」という指示は、いかにも迅速な軍事行動を旨とする彼らしい言葉だが、しかしそこには、使者を活用する自分の手法について、楽観的な態度がうかがわれる。時間差が少なければ、情報は現実をそのまま写しているはずだ、という思い込みである。このときのシーザーは、ダシータスから嘘の情報を飲まされた直後である。ダシータスがもたらした情報は、わずかの時間差とダシータス自身の先入観によって曲げられた情報であった。プロキュリーアスを送り出した後、シーザーは今回の戦争における自分の正統性を説明するため仲間を天幕にさそう。自分はいかに冷静に行動したか説明すると言う。その場面で、彼は「敵に送った書面」“all my writings”（七六行）の書き方に言及する。書類への言及というディテールも、シーザーと身体性の乖離を示唆している。

また、シーザーはクレオパトラが閉じ篭もった霊廟に、一時は三人の使いを派遣しようとする。つまり、完全を目指しているわけだ。ところが、そのうちの一人、プロキュリーアスの加勢に遣わそうとしたドラベラは、すでに別の使命を帯びて、シーザーの許には居なかった。使者を次々と送り出して、いわば遠隔操作によって目的をかなえるためには、よい記憶力が必要である。劇のこの時点で、シーザーの征服が完成間近という時点で、シーザーの人間的な能力の限界が露呈する。

劇はシーザーから派遣される使者としてプロキュリーアスを特別扱いしている。アントニーがクレオパトラに残した遺言は、彼以外のシーザーの側近を信用してはならない（四幕一六場五〇行）というものだった。アントニーのこの遺言の動機については諸説がある。[三] だが、はっきりと言えるのは、五幕二場で霊廟を去るまでに、彼は女王に悪印象を抱かせる結果を招いてしまったことである。観客にとっては、プロキュリーアスの信頼性は初めから問題とはなっていない。観客は、シーザーから直接任務を受ける彼を目撃しているからである。またクレオパトラは、彼に会ったとき、「だが私はだまされても気にとめぬ、いまはもう／人を信用する必要のない身だから」（五幕二場一四～一五行）と述べ、恐らく彼の信頼性は女王にとってどちらでもよい。問題となるのは、プロキュリーアスの取った行動がシーザーの意向にかなっていたかどうかである。既に述べたように、シーザーの指示は甘言を弄すべし、であった。プロキュリーアスの女王との交渉の切出し方はシーザーの指示通りであった。彼は、「あなたのご恭順の意は早速シーザーに報告しましょう」（二五～二六行）と、シーザーに対して従順な姿勢を取ることを誘いかけ、彼が望んだ言葉を女王から得る。そして、「そのように伝えます」（三二行）という言葉は一応彼の任務が終了したことを示している。ところが、その直後、女王の捕縛劇が起こる。狼狽した女王とのやりとりのあと、退出時に彼はもう一度シーザーへの伝言を女王に伺う。しかし、女王は「では伝えて、私は死にたがっていると」(七〇行)と、シーザーがまったく望まない返事を与える。この流れも、プロキュリーアスの行動がシーザーの指示から逸脱したものであったことを示している。女王をコントロールするためには彼女に偉大さの観念を失わせてはならない、シーザーはそう考えていた。プロキュリーアスはその基本方針に背き、女王の抱く自己イメージをないがしろにする。

プロキュリーアスは自害を図ろうとするクレオパトラの体に接触する。観客の知る限りにおいて、クレオパトラの身体的自由を奪えという指示をシーザーはプロキュリーアスに与えなかった。そもそも平常時であれば、クレオパトラの体に触れることができる人間は限られている。彼女の過去の性的アバンチュールでさえ、人々が彼女の体に直接触れないエピソードとして語られているくらいである。かつてジュリアス・シーザーが逢引のため女王を呼び寄せたとき、アポロドーラスは彼女を「敷物」(二幕六場七一行)に隠して運んだのだった。今回、プロキュリーアスは短剣を取り出したクレオパトラと一瞬、揉み合いになった可能性すらある。彼もまたシーザーから遣わされ、シーザーの身体性を引き受ける使者たちの一人である。この文脈では、彼の名前は女衒(procurer)を連想させる。プロキュリーアスの行動は、五幕二場の冒頭から「偉人」のポーズをとっていたクレオパトラに対する暴力だ。クレオパトラの「偉大さ」の観念に対する完全否定である。短剣を奪われたあとに、悪あがきのように彼女が述べる「いいか、私はもうなにも食べぬ、なにも飲まぬ、/さらにむだ口をたたけと言うなら、眠りもせぬ」(五幕二場四九~五一行)などの死に方は英雄的な死のイメージからは程遠い。むしろ、食べる・飲む・眠るなど、女王の日常的な身体性が前景化される。しかもプロキュリーアスは、シーザーの隠された意図をも漏らしてしまう。

世人に
彼の立派な行為を見せねばなりません、あなたが
お亡くなりになっては、それができません。

（五幕二場四四～四六行）

このように彼はシーザーの遣わした使者であるにもかかわらず、その役割を逸脱して個性化する。

三　英雄幻想と生身

シーザーが派遣する使者が主人の指示から逸脱する度合いは、シディアスからプロキュリーアスへと次第に大きくなりドラベラにおいて頂点に達する。先のセクションでは、シーザーの身体性を彼の使者たちが引き受ける様を確認したのであるが、ドラベラとクレオパトラが対面する場面は二重の意味で身体的である。対面でのやりとりは本来的に身体的コミュニケーションの側面を有するが、この場面では、既に故人となったアントニーの身体がクレオパトラによって幻想的に語られる。そこに、シディアスとプロキュリーアスの

エピソードにはなかった種類の身体性の問題が発生する可能性がある。

　いったいドラベラはクレオパトラと対面するまでどこで何をしていたのだろう。[三二] 五幕一場冒頭でドラベラは、アントニーに降伏を迫るようシーザーから指示を受けた。それでシーザーの陣営から姿を消す。その直後、ダシータスが血糊のついた抜き身の剣を携えてシーザーに会う。ダシータスはアントニーが死ぬプロセスを部分的に目撃し、その断片的な材料から彼の英雄的な死の物語を創作し、敵将にそれを伝える。そのあいだ不在のドラベラは、シーザー陣営でダシータスの虚偽報告を聞かない唯一の人物となる。アントニーの死に方について彼は白紙である。その白紙状態の彼の心に、クレオパトラが彼女の夢の中のアントニーを紹介する。

　ドラベラと女王との出会いは、プロキュリーアスと女王との出会いを想起させずにはおかない。後者との出会いでは、すでに女王が使者の名前を聞き及んでいることがまず話題になった。前者と女王との出会いには、後者と女王との出会いに対する挑戦の印象すらある。

ドラベラ　女王、私のことはお聞きおよびと思いますが？
クレオパトラ　さあ、どうだか。
ドラベラ　たしかにご存じのはずです。
（五幕二場七一～七三行）

このドラベラと女王とのやりとりを聞く観客は、アントニーがクレオパトラに残す遺言の一つである「まあ、聞け、／シーザーの味方で信用できるのは、プロキュリーアスだけだ」（四幕一六場四九～五〇行）を思い出し、プロキュリーアスとドラベラを一瞬混同するかも知れない。さらに女王の反応は、プロキュリーアスの場合と同じパターンである——「どうでもいいだろう、私がなにを聞いていようと、なにを知っていようと」（七三行）。彼女は使者の存在を意に介さない。女王とドラベラとのやりとりには、たんに征服者が遣わした者と敗戦国の女王との間の政治的な交渉だけがあるのではなく、どちらの側が演劇的に優勢な対場に立つかという問題が潜んでいる。ドラベラは、シーザーからアントニーに降伏を迫るという重大な任務を帯びた者として初めから定義づけられている。アントニーはシーザーにとって最大の敵であることを考えると、ドラベラはシーザーの側近の中でも重用されていた者であるに違いない。彼は無名の使者ではなく、名の通った者として、女王との面会において上手に出ようとする。この文脈からすると、ドラベラに劇中初めて与えられる言葉は、彼という人間を象徴的に示していた。かつて敗将のアントニーから学校の教師が使者としてシーザーの許へ遣わされたことがあった。シーザーのそばにいたドラベラはその使者を見て、「彼も羽をむしられて丸裸のようですね、自分の翼から／こんな貧弱な羽を抜いて送ってよこすようでは。／ほんの数か月前まではあまたの国王を使者として／送り出していたのに」（三幕一二場三～六行）と述べた。彼の脳裏には、権勢を誇る指導者から派遣される使者の身分について特別の思い入れがあったかも知れない。しかし、このようにシーザー陣営において特別な地位にあるらしい彼が、あっさりと女王のペースに乗せられてしまう。そもそも、シーザーがドラベラに何を指示したのか、観客は知らされない。指示があったのかどうかも不明だ。また彼はなぜ女王を捕らえたプロキュリーアスと交代する必要があったのか、この辺の事情を劇は明らかにしていない。

クレオパトラとドラベラのやりとりの中にも嘘の要素がある。夢の中のアントニー像をドラベラに語り聞かせた後、女王は次のように彼に質問する。

クレオパトラ　私が夢に見たような人が実際にいたと、あるいはいたこともありうるとお思い？
ドラベラ　いいえ、女王。
クレオパトラ　よくもそんな嘘を、神々も聞いておられるのに。

（五幕二場九三～九五行）

嘘つき女がこのように言う。だが、女王は嘘の中に生きている。そのことは、二幕五場で、使者が無理やり嘘をつくよう女王に迫られ、「では私に嘘をつけと？」（二幕五場九五行）と悲鳴をあげた箇所を想起させる。クレオパトラが語ったアントニー像は英雄的なものと言えるだろうが、それはダシータスがシーザーに語ったアントニーの英雄像と同じ種類のものだろうか。ダシータスのアントニー像はシーザーの好みに合うように、その場でローマ的英雄像として創作されたものであるが、クレオパトラのそれは劇のこれまでの様々な要素から構成されている。例えば、「あの人の恵み深さは／冬を知らず、つねに刈りとれば刈りとるほど実りを結ぶ／秋だった」（五幕二場八六〜八八行）には、裏切ったイノバーバスに対しアントニーが度量を示したエピソード（四幕六場）、また戦功の部下をアントニーが最高にねぎらおうとしたエピソード（四幕八場）が想起される。またそこにはエジプト的豊穣の印もある。クレオパトラの語る内容と効果には、二幕二場でイノバーバスがローマ兵たちに聞かせる（大航海時代の言説を想わせる）エジプトの驚嘆すべき話と似たものが感じられる。その箇所では、ローマ兵たちは外国のニュースに魅惑されたものだった。

しかし、二幕二場でのイノバーバスの語る内容について観客は、その実体となるものをなにも与えられていなかった。例えば、彼が語るエジプトでの「とてつもない大宴会」（二幕二場一八九行）は、舞台化されない。他方、クレオパトラがアントニー像について語るとき、それを聴く観客はアントニーについて既に多くを目撃している。また、語り手としての女王の特徴に接してきた。観客にとって、自分たちが見てきたアントニー像と、クレオパトラが語る幻想的なアントニー像との間には落差がある。観客にとってその落差は、ドラベラにとっての信じ難さと重なる。クレオパトラの「アントニーのような人を／想像することは、空想に挑む自然の傑作（nature's piece）であり、／夢の描く姿など圧倒しさるだろう」（九八〜一〇〇行）は、アントニーのヴィジョンの基礎に身体的なもの（nature's piece）を置く。この言葉は、彼女が語るアントニー像を観客がどのように受け取ればよいのか、そのヒントになるかもしれない。クレオパトラにとってはヴィジョンと実体とは同一のものであるが、観客にとってはクレオパトラの語りの中に感じ取られるアントニーの実体（身体）とヴィジョンは食い違っている。観客は、クレオパトラによってほとんど神格化されたアントニー像の背後に、アントニーの身体的実体を読み取ってしまう。（観客のアントニーに関するこのような認識は、彼を演じる役者の認識に近いものがあるかもしれない。[三四]）この主張は、観客の視点をもたないポリーン・カーナンの、「彼女は彼を復活させたいとは思わない。その代わりに、彼女は新しいアントニーをつくりあげる。それは、彼について「既に聞かれ知られている」ことの再度の寄集め（回想）ではない。また、身体的蘇生の試みでもない。新しい独自の創造、純粋な虚構なのである」[三五]とする解釈とは異なる。

クレオパトラの描写によると、アントニーの顔は宇宙のようで、そこには太陽と月があり、それらは移動しながら地球を照らす "lighted / The little O, the earth"（五幕二場八〇～八一行）。しかし観客が思い出すのは、アクチウムの海戦の後、「おれはこの世の旅に行き暮れて／永久に行く道を失ってしまった」（三幕一一場三～四行）と嘆くアントニーの姿である。彼は今の自分を闇夜の中で道に迷った者としてイメージした。また彼の声は味方に対しては天の音楽 "all the tunèd spheres"（八四行）として、敵に対しては轟く雷 "rattling thunder"（八六行）として形容される。しかし女王をシーザーに寝返った裏切り者と思い込んだとき、アントニーには、「あの人は盾をもらいそこなった／テラモンよりも怒り狂っている、ダイアナが送った／復讐の猪《いのしし》よりも暴れまわっている」（四幕一四場一～三行）と、神格化されたイメージでは理解できない声と姿があった。また歓喜と超越を表わすイルカのイメージがアントニーに与えられる箇所では、海面に跳躍したイルカは背中を曲げている（「背中はいつも水面に出ていた」八九行）。劇中で観客が目にしたこのような姿勢のアントニーは唯一つしかない。それは彼の自害の場面である。またこの箇所のイルカに男根のイメージを読み取ることができるとするなら、[三六]それはアントニーとの性的交流に幾度となく言及する彼女にふさわしい。また、「王国も島々も／あの人のポケットからこぼれる銀貨だった」（五幕二場九一～九二行）と述べられるアントニーの身体は穴があいて漏れる身体である。[三七] これに関しては、イノバーバスの「あなたの水もれは／だいぶひどい、もう沈むにまかせるほかなさそうだ」（三幕一三場六三〜六五行）が思い出される。そこでアントニーは、浸水して沈没する船に喩えられた。これらの例が示すように、クレオパトラはドラベラに対して、たんに英雄主義的なアントニー像を語っているだけではないと考えられる。英雄主義に到達しない生身のアントニーの記憶がその基礎にある。[三八] 観客はそのような身体的エピソードを思い出しながら、クレオパトラの語りを聞くだろう。ほとんど神格化された英雄像と身体性のこのような混在は、『ジュリアス・シーザー』で、カルパーニアが語る夢の中のシーザーにも見られたものである。『シーザー』批評においてこの点を指摘したシンシア・マーシャルは、社会がいかに男性を賞讃しようと、男性の身体的基礎を忘れない女性特有の認識を読み取ったのであるが、[三九] 今の場合は、観客のこれまでの劇の記憶が利用されることによって、あたかもクレオパトラ自身が、アントニーについてその生身の身体と幻想的な英雄の身体とを同時にみる視点をもつかのような印象を観客は抱いてしまうのである。

*

シェイクスピアは劇の方向性を彼が題材としたプルタークの物語だけに頼っているのではなく、独自の方向性を演劇的につくりだしている。シーザーがクレオパトラに接近する動きは、彼よりも以前のローマの大英雄たちが女王に接近する動きを参照枠としている。大英雄たちがクレオパトラ経験に発見したものは、彼ら自身の英雄主義ではなく、彼ら自身の身体性であった。生きたままの女王をローマへの凱旋に連れ帰ろうとするシーザーは大英雄がつくる基準から逸脱している。シーザーは、自身の希薄な身体性を女王の濃密な身体性によって演出しようとする。アントニーとクレオパトラがその濃密な身体性とともに提示されるのと対照的に、シーザーの身体性は希薄である。本章では、どのような演劇的仕掛けが、三人の主要登場人物の希薄な身体性あるいは濃密な身体性を喚起するのかを明らかにしようとした。登場人物の語りによる観客効果やテキストの細部にも、その仕組みがみられる。しかしその最大のものは、シーザーの許からアレグザンドリアに次々と派遣される使者にかかわるアクションである。シーザーが女王に次第に近づく動きは、そのようなアクションのなかに置かれている。シーザーが派遣する使者は、主人の意向に沿って行動し、主人からの伝言を届けることで主人のコピーとして機能する一方、主人が本来もっていたはずのオリジナリティを演劇的に消費することなどを指摘した。傷を負う経験や身体的接触の経験が使者のレベルでおきることがシーザーの身体を希薄化する方向にはたらくと論じた。他方、アントニーの身体性の濃密化については致命傷を負いながらもすぐには命を絶つことができないアクションについては言うまでもないが、他にも、クレオパトラがアントニーの幻を語る箇所に、観客の記憶が利用され、劇のこれまでに見られた身体的現実がサブテキストとして女王の言葉の背後に喚起される仕組みになっていると論じた。本章全体として、現前性の創出は、劇の構造と緊密に結びついた役者の身体的存在と演技、及び観客の反応と記憶に依存していることを示そうとした。

第八章　身体接触

前章では、どのような演劇的仕掛けが、アントニーの舞台イメージに濃密な身体性を与え、またオクテーヴィアス・シーザーの舞台イメージに希薄な身体性を与えるのかを扱った。その際、クレオパトラに対する自身の接近に先行してシーザーが派遣する使者の接近と接触をクローズアップした。本章では、続けて接近のテーマと密接に関連する接触のテーマを扱う。そのアプローチは蛇のように蛇行するだろう。まず、スター俳優の観点ではなく、複数の役者のアンサンブルの観点からこの劇を捉えようとするアプローチによって、テレンス・ホークスが重要と指摘しながらも、この劇においては十分な展開を見ないと述べた「身体的接触」のテーマが成功を収める場面があると論じる。そこでは物語のレベルにおいてシーザーに対し劣位にあるクレオパトラが、演技と観客効果のレベルにおいて、舞台の主役を物語中の覇者から奪い取ってしまう。女王を演じる役者は、シーザーを演じる役者と比べ、自らの身体的接触を演劇的に活用する、より大きな可能性を与えられている。同時に次の問いを問う。すなわち、スターとみなすことができないクレオパトラをどのように捉えればよいのか。クレオパトラの舞台イメージにおいて特徴的なのは彼女の日常性であるところから、メディア研究におけるパーソナリティの観念を導入する。パーソナリティ演劇の視点から、「シドナス河へ」を含む女王の言葉を再考する。そのために道化の場面を取り上げる。道化は、この劇の物語のレベルに充満する英雄主義の観点からではなく、女王の日常性を観客に想起させるような方法で、彼女とやり取りを行う。また道化は「そっと触れるような種類の接触」をこの劇にもたらす。それは彼が提供する毒蛇についての情報とそのレトリックによって実現する。最後に、アントニーとクレオパトラについてデイヴィド・ベヴィングトンが述べるような親密な身体的接触は、アントニーの死後、どのように現れるのかという問いをかかげ、劇の最終部分について検討する。

一　スターとアンサンブル

テレンス・ホークスは、少なからぬ研究者が『アントニーとクレオパトラ』について空間的な拡がりを指摘するのに対し、エジプトにおける日常生活の様式は「身体的に密接で、触覚的な、抱擁するような接触」[1]であるがゆえに、舞台上における役者どうしの空間的距離は、ローマの場面よりもエジプトの場面の方がはるかに近いはずだと述べる。すなわち、「空間は存在するかもしれないが、それは性欲旺盛な肉体（willing flesh）によって、絶えず取り囲まれ埋められるために存在する」[2]。また彼は、クレオパトラとアントニーとの抱擁や接吻などの身体的接触はこの劇のテーマにとって重要だが、女性の登場人物が少年俳優によって演じられる演劇において、そのことは観客を当惑させたり、注意を散漫にさせたりする危険があると言う。その見解に続けて、「この理由からシェイクスピアは、舞台上で男女の身体的接触をめったに認めない」[三]と、シェイクスピア演劇全体について概観する。この作品についてのホークスの結論は次のようである。

肉体のみに基づく人生、セックスに基づく人生、その唯一の目的として「このようにすること」"to do thus"（一幕一場三九行）に基づく人生が最後に発見するのは、それが掛詞としてこれまで何度も求めてきた（性的）「死」の、より陰惨な種類のものでしかない。男女の抱擁は、生き方として究極的に不毛で無意味であり、人間的と言っても中途半端でしかない。[四]

エジプト的生活（その代表としてのクレオパトラの人生）は肉体と性生活が基礎となっており、それが最終的に到りつくのは無意味な死であると彼は言うのだ。ホークスは、一方では身体的接触の重要性を指摘しながらも、他方で少年俳優の身体的接触は観客を当惑させると考えるので、結局この劇は彼が重要とみなす身体的接触を十分展開できていない、ということになってしまう。彼の捉え方は、この劇が対立的な価値観によって支配されているとするために、また道徳的観念を作品外から持ち込もうとするために、作品内部における「対立項」どうしの複雑な関係、演劇性、ドラマの進展などについて考慮が足りないと感じさせる。

例えば、男性の登場人物と、少年俳優が演じる「女性」の登場人物との身体的接触が観客に違和感を覚えさせるというホークスの論は、女性を演じる少年俳優は生物学的に男性であるとする前提に基づくが、スティーブン・オーゲル、ローラ・リーヴァイン、マディロン・スプレングネザー、ジュリエット・デュシンベリーなどは、劇場に入る観客は役者の身体について固定的な観念を放棄していたと主張する。[五]なかでもデュシンベリーは、この少年俳優の観点をクレオパトラの官能性の創造に関する議論のなかに持ち込む。

もし、［クレオパトラ役の］デンチと［アントニー役の］ホプキンズが意図的に作る、恋人たちの成熟した中年的情熱の中に、少年の存在を明白に感じ取りにくいとしても、役者たちのチーム（a team of players）という観念と、ほかの役者たちが果たす役割の重要性の観念とが、とくにクレオパトラの官能性の実現を助ける点で、劇作家と少年俳優たちが活動したときの最初の演劇的条件がもつ力学を思い出させた。シェイクスピアはクレオパトラを演じる少年俳優に最大限の支援を与えた。その支援は、たんにアイアラスとチャーミアンを演じた徒弟俳優からのみならず、またイノバーバス、アレクサス、預言者、使者などの大人の俳優からももたらされた。ある劇評は、ホプキンズとデンチは、「あたかも彼らがスター役者でないかのようにタイトルロールを演じた」と述べ、［ピーター・］ホールの演出に賛同した。[六]

この劇を考える際に、ここに述べられたスターとアンサンブル（a team of players）[七]という考え方は大変魅力的だ。おそらく当時、国王一座のスター俳優がアントニーを演じ、スターとは言えない少年俳優がクレオパトラを演じたことだろう。『アントニーとクレオパトラ』の上演史を研究したマーガレット・ラムも、この点を強調する。少年俳優が演じるクレオパトラは、舞台に一人で登場することが決してなく、緊密な結びつきをもつ人々の集団に常に囲まれていると指摘した後、ラムは「ときには少年俳優と詩がその役割をカバーし、ときにはアンサンブルがカバーした。またときには詩的な描写が、理想的なクレオパトラ像を彼女の不在時に喚起した」と述べる。[八]

では、クレオパトラを演じる少年俳優が観客の目にスターとして映らないとすれば、その役者としての特徴をどのように定義すればよいのか。ひとつのヒントは「パーソナリティ」という概念ではないかと思う。ジョン・ランガーは、ハリウッド映画の「スター・システム」とテレビの「パーソナリティ・システム」との違いを次のように説明する。

> スター・システムが、絢爛豪華（the spectacular）の領域、「人生より大きな」映画的宇宙を提示する……近づき難いものの領域から機能する一方で、パーソナリティ・システムはもっぱら「人生の一部」として作られる……パーソナリティ・システムは親密さと直接性（intimacy and immediacy）を構築し前景化するよう直接的にはたらく。スターとの接触が容赦なく偶発的かつ不確かであるのに対して、テレビのパーソナリティとの接触は規則性と予測可能性を備えている。[九]

英国ルネサンス演劇を現代のテレビに喩えることに無理があることは承知の上だが、茶の間の親密なメディアとしてのテレビと、舞台と観客席とが物理的に近接し、役者と観客とが親密な関係にあった当時の演劇とは類似点も指摘できるだろう。先のラムの「詩的な描写が、理想的なクレオパトラ像を彼女の不在のときに喚起した」という引用部分は、スターとしてのクレオパトラのイメージを喚起するが（典型はイノバーバスが語る「シドナス川のクレオパトラ」）、アンサンブルが機能するときには「親密さと直接性」を構築し前景化することができる。すなわち、女王のパーソナリティが打ち出される。（このスターとパーソナリティの違いは次のセクションでも利用する。）

デュシンベリーは、舞台上の少年俳優と成人俳優とのあいだに、優位性をめぐる競り合いがこの劇全体を通してあると考え、「両方の要素、すなわち情け容赦のない競争と他の配役からの支援という二つの要素がなければ、この劇は輝き出さない」と言う。[一〇] 五幕二場でついにクレオパトラとシーザーが出会う場面はその一つの典型である。劇中、彼らが顔を合わせるのはこの場面だけである（次にシーザーが女王に対面するとき彼女は死体となっている）。エジプトとの戦争の勝利者であるシーザーが部下を引き連れ、敗戦国の君主であるクレオパトラの許に現れる。物語のレベルにおいては両者の優劣はすでに決まっている。そのレベルにおいて、シーザーとの対面時にクレオパトラは、勝利者が抱く固定観念（例えば、三幕一三場三〇～三二行）通りの女として自分を提示する。彼女は言う、「ただ、こう告白します、／これまでしばしば女性の名誉を汚してきた心の弱さを／この身も背負ってきましたと」（五幕二場一二二～一二四行）。[一一] そして自分の財産目録を管理者のシリューカスに提示させるエピソードでは、シーザーに対して、自分を嘘つきと証明したのも同然である。彼女は、自分を貶めたイメージで提示する。このエピソードについては女王の動機を問う議論があり、[一二] このエピソード全体がシーザーを欺くための女王の計略であったとして、プルタークの『英雄伝』が援用されることもある。物語のレベルでは、クレオパトラはシーザーに対し劣位にあるが、演技と観客効果のレベルでは、彼女はこのときの舞台の主役を、物語中の覇者から奪い取ってしまう。女王の宮廷に乗り込んできたシーザーが発する言葉は、すでに彼の心の内で練られていたであろうと推測される。シーザーはそのときどきで対応を決めるような人物ではないからである。自分の登場から退場に到るまで、エジプトの宮廷のすべての状況をコントロールすること、それがシーザーの狙いであったと思われる。ところが、主人であるクレオパトラに対するシリューカスの裏切りは、多くの言葉を発し、また同時に演技する機会を彼女（を演じる役者）に与えてしまう。この場の雰囲気は一時的にせよ、シーザーが目論んだ勝者と敗者との儀式から大きく逸脱し、混乱状況を招いてしまう。

演劇的主役は女王なのである。舞台にはクレオパトラの侍女たち、シーザーに付き従う家来たちがいる。粛々とした雰囲気を舞台中央でぶち壊すクレオパトラを見て、彼らは当惑の余りなすすべもない。アンサンブル効果である。多くの脇役たちの視線は女王に集中する。そのことによって観客の視線も女王に集まる。またシリューカスの場面は、女王が召使に暴力を振るう点で、二幕五場と三幕三場を想起させるだろう。過去の場面の観客記憶がここでも活用される。使者虐待の場面でのクレオパトラの演技とアンサンブル効果を、観客はもう一度見たいと思っている、シェイクスピアはそう考えたにちがいない。二幕五場と三幕三場で示されたのは、クレオパトラのパーソナリティ、彼女の日常的な姿であった。それが五幕二場でも再現される。しかし、今は舞台上の目撃者の数はもっと多く、クレオパトラの特徴的な反応は、この劇の観客にとっては既知だが、シーザーにとっては未知である。クレオパトラの特徴的振舞いが彼の調子を狂わせてしまう。アントニーさえ手古摺ったこのような女をシーザーがコントロールできるはずがない。物語のレベルに閉じ込められているシーザーは、クレオパトラの演劇的優位に気づかない。シーザーが女王にかける最後の言葉は、その効果をダメ押しするかのようである。「クレオパトラ、／あなたがとっておかれたものも、申告されたものも、／私の戦利品に加えるつもりはない、そのまま／あなたのものとして、ご自由になされるがいい」（五幕二場一七九～八二行）で始まる、この場面における彼の最後の言葉は、これまで彼が派遣した使者たちに託した言葉（三幕一二場二七～三〇、三幕一三場六六～六九、五幕一場六一～六四、五幕二場四三～四四行）の繰り返しとして観客の耳に響く。舞台という遠近法のなかでシーザーは後景に退き、クレオパトラが前景に躍り出る。彼女がクローズアップされるのである。演劇的快楽がこのように創造される。少し前には凱旋式の捕虜が受ける忌まわしい接触が女王によって空想されたが、この場面では、クレオパトラが主体となって、シーザーの度肝を抜く接触の場面を創造する。ホークスが重要なテーマと指摘しながら、観客に当惑を与えると述べた「身体的接触」が、アンサンブルという視点の導入によって、観客を喜ばせるものとして戻ってくる。

二　ほんの少し触れること

クレオパトラ自殺の場面は、彼女のスター性を再現していると理解されることが多い。

ああ、チャーミアン！
さ、みんなで私を女王にふさわしく飾ってちょうだい、
最上の晴れ着で。私はもう一度シドナス河へ行く（I am again for Cydnus）、
マーク・アントニーをお迎えに。
（五幕二場二二六〜二二九行）

クレオパトラ自身が「もう一度シドナス河へ行く」と言うように、ここで劇作家が、イノバーバスによる二幕二場での見事な語り、シドナス河でのクレオパトラ御座船の描写を想起させようとしているのは間違いない。しかしながら、シェイクスピア劇の舞台上で意義深い語りがなされるときには、同時に語りの文脈をなしているドラマに注目する必要がある。イノバーバスの周囲には彼の物語る話を「感嘆すべきエジプト女だな！……たいした女王だ！」（二幕二場二二五、二三三行）と、感嘆の念を抱きながら聞き入るローマ人たちがいた。このとき彼らの想像のうちに立ち現れるのは、スターとしてのクレオパトラである。そして彼らにとっての女王のスター性は、ローマとエジプトを隔てる地理的距離という要因と、無関心ではおれない彼女の世評という要因とによって成立している。ローマとエジプトは互いに相手について幻想を抱いているのではない。クレオパトラには、ローマについて見当違いこそあれ、ローマ人が抱くようなオリエンタリズム的幻想はない。ローマ人にのみ、エジプトに対するそのような幻想がある。[13] 帰郷したイノバーバスは、ローマの同胞たちがどのような土産話を所望しているのか熟知している。一幕二場、クレオパトラに出会わなけれ

ばよかったと言うアントニーにイノバーバスは、「そうなると、大自然の生んだ驚嘆すべき傑作を見ないですませたことになる、そのしあわせに恵まれずにご帰国になれば、なんのための旅であったのかともの笑いにされますぞ」（一幕二場一五二〜五四行）と述べたではないか。ランガーが述べた「絢爛豪華、近づき難く、人生より大きい」というスターの特性は、イノバーバスの語りの中のクレオパトラそのものである。イノバーバスの土産話は、ローマ人が聞き及ぶ「あの女の魅力は圧倒的らしいな」（二幕二場一九一〜九二行）という前評判を裏切ることがない。

五幕二場のクレオパトラ最後の場面で、劇作家は、イノバーバスによる、シドナス河で御座船にのるクレオパトラについての語り（二幕二場）を想起させようとしていると述べた。批評家の中には、五幕二場は、二幕二場では語りに過ぎなかったものが舞台上で実現するのだと考える人々がいる。しかしこれは、スターとパーソナリティの違いを無視した主張であると思われる。イノバーバスの語りの中のクレオパトラは現実のレベルを超越した絢爛豪華さを備えたスターである。しかし、クレオパトラ最期の場面が目論んでいる演劇的効果は、彼女のスター性の創造ではなく、むしろ彼女のパーソナリティ性の創造である。

そして、クレオパトラの「シドナス河へ」がもつ英雄的響きにもかかわらず、この劇をスター演劇ではなく、パーソナリティ演劇として方向づけるのは、劇のこの重要な場面に登場する道化である。シーザーとの対面では、クレオパトラは彼に対し演劇的優位性を獲得したが、田舎びた道化との対面の箇所では、道化が女王の演劇的優位性を脅かす。しかし、この箇所に見られる両者の関係は、女王とシーザーとの対面の箇所に見られた対立と競争ではない。道化の訪問を予期していたらしいクレオパトラの態度には、自らの演劇的優位性を主張する努力を放棄した風情がある。それは彼女の死の受容の姿勢とも結合していることがうかがわれる。アン・バートンは、死への途上でクレオパトラが最後に直面する障害が道化であると述べる。クレオパトラはかつて、気に食わぬ報せをもたらした使者の髪の毛をつかんで引きずり回したことがある。その彼女が、女性に対する道化の中傷に対し「忍耐強く」耳を貸し、女王が最も恐れる「嘲りの炎（the fire of ridicule)」を通過するゆえにこそ、彼女は悲劇的な死を遂げる資格を得る、観客はそのような印象をもつのだとバートンは述べる。[一四] 道化が「なにしろこいつの一噛みは不老不死（immortal）です、そしてこいつにやられて死んだもんはめったに、あるいは絶対、生き返りません」（五幕二場二四五～四七行）と言ったとき、彼は“immortal”という語について言い間違いをする。彼がその言葉を使った直後に、クレオパトラが同じ言葉を使用するのは「勇気が必要」であったろうとバートンは述べ、女王は悲劇の語彙として、その言葉を取り戻すのに成功すると結ぶ。バートンの論は、あたかもクレオパトラが大変な試練を耐え抜くとでも言うかのようである。しかしこの箇所の女王に感じられるのは、そのような努力ではなく、先に指摘した努力の放棄である。確かに、形の上ではここには対話があるが、彼女はどれほど真剣にやり取りをしているのか、相手の話の内容に注意しているのか、はなはだ疑問である。道化はクレオパトラの最期に必要な道具を届けるため登場してくるのであるが、彼は自分がどのような場所にいるのか、どのような地位の人物と話しているのかについて、認識がない。彼の認識は相手が女であるということだけである。だから彼はこの劇にあっては異形の者なのである。この作品の古典世界に住む人間ではない。饒舌で猥褻な彼の言葉の大部分がおそらく、舞台上にいるクレオパトラに向けられているのではなく、舞台を見ている観客に向けられている。道化とのやり取りの前後にあるクレオパトラの悲劇的な言葉に注目してみるとよい。やり取りの直前には、「覚悟が決まったいま、／私には女の気持など微塵もない、頭から爪先まで／堅固な大理石となった、もう変わりやすい月は／私の星ではない」（五幕二場二三六〜四一行）があり、直後には「ローブを着せてちょうだい、それから王冠を。／私には永遠なるものへのあこがれがある」（五幕二場二七九〜八〇行）がある。この両方の女王の言葉のレベルには差がなく連続している。道化は女王に影響を与えないが、劇の最後の部分についての観客の受けとめ方には影響を及ぼす。

　この劇では、岐路に立つハーキュリーズの神話、マースとヴィーナスの神話、イニーアスとダイドーの物語、オシリスとイシスの神話などへの言及や暗示がある。[一五]それらはすべて古典神話あるいは英雄叙事詩を出典とするもので、いずれも主要な登場人物は神々や英雄である。それらのヘレニズム的知識は道化にはない。道化の話の典拠は創世記の原罪の物語である。それは、クレオパトラをただの女としか認識しない道化が語る物語として相応しい。『ハムレット』の終盤に登場する墓掘りが死による人間の平等化を説くように、道化によると蛇はすべての人間に死をもたらす。シェイクスピア当時の社会秩序の理念からすると、すべての人間の平等化（leveling）は恐怖である。また道化の語る話は性的な裏の意味を帯びている。いままで劇の各所で死の観念と性の観念が重ねられてきたが、ここにおいてもそれは変わらない。「死」が「性的オーガズム」とすり替えられるために、人は「死」から復活してくる。蛇に噛まれることは「不老不死 immortal」（五幕二場二四六行）だと言う道化は、言い間違えたのだろうか。[一六]取留めがないように思える道化の話の中心で、蛇にかまれて死んだ女が言及されるが、その女は詳細な蛇の報告を行ったという。それならば、一度「死んだ」女が生き返ったのである。また、彼女の話が本当か嘘かは曖昧だと道化は言う。道化によって語られるこの女はクレオパトラの影のようである。嘘を常習とする女、「死んでも」生き返る女、装う女。「私を食うだろうか?」(二七〇行)と女王が道化に問うとき、“the pretty worm”(二四二行)は、蛇という意味から死体を食う蛆《うじ》という意味に変わる。[一七] 死そのものによる平等化がクレオパトラを襲う。しかしそれだけではない。この劇における彼女の特徴そのものが、なんら特別な属性をもたない女性の特徴として語られるのである。自分の最期を目前にして、英雄主義的言語が口をついて出やすいクレオパトラを、英雄主義とは異なる観点から眺める視点を観客は与えられる。また、この異なる視点は「接触」という点から言うと、それこそ蛇のように、英雄主義的相のなかに入り込んでくる。単純な二項対立ではない。劇の最後を二色の混合で染め上げるのである。

劇の構造の点からは、道化登場のエピソードは、五幕一場冒頭でダシータスが不意にシーザーの面前に現れるエピソードの変奏となっている。ダシータスと道化はともに死をもたらす道具をもって登場する。また、シーザーがダシータスから、クレオパトラが道化から聴くのは、ともに死についての報せである。また前者の報告の中に言及される剣と、後者のお喋りの中に言及される蛇は、ともに男根の象徴でもある。このように二つの箇所には類似点が指摘できるが、身体との接触の点では相違点がある。ダシータスがシーザーの許にもたらした剣は、アントニーがその上に覆いかぶさるようにして自分の体に突き刺したもので、だから彼の死を報告したダシータスは、「これがその剣です、傷口から/抜きとってまいりました。ごらんください、ここに/あの人の尊い血のりが。」(五幕一場二四~二六行)と述べた。それに対して道化がもたらした蛇は、殺傷能力をもつが痛みを与えることはない（"kills and pains not" 五幕二場二四三行）。また人を噛むという蛇の動きは「それに触れる（touch him）」（二四五行）ことによって起きる。ほんの少し蛇に触ることによって死がもたらされるという道化による説明は、クレオパトラがプロキュリーアスによって奇襲され身体の自由を奪われることによって「死を奪われる」（"betrayed . . . of death" 五幕二場四一～四二行）事件を想起させる。ローマ的世界、男性的世界においては、死を与えることも、またその拒絶も、無理な身体的力、暴力を加えることによって行われる。[一八] 一方、エジプト的世界、女性的世界においては、ほんの少し触れるだけで死は訪れてくる。カーラ・マッツィオは、「ルネサンスの多くの劇において、触覚は、たんに「観客の反応」にとってだけでなく、また劇のプロット、メタファー、アクションの軌道にとっても、不可欠なものである」と述べる。[一九] マッツィオは『ハムレット』を例に挙げるが、この劇においても「接触」は重要であり、しかもその現れ方は劇の展開とともに変化する。しかも、この劇における「接触」はいくつかの相をもっている。それはシーザーの身体性を引き受ける彼の使者のモチーフであり、死と性の結合であり、暴力的な種類の接触からそっと触れるような種類の接触への変化であり、またアンサンブル演劇である。

三　女（少年俳優）どうしの接触

アントニーは成人男性俳優によって、クレオパトラは少年俳優によって演じられた。その際、男性どうしの俳優による身体的接触はどの程度、実際にあったのか、またそれがあったとして、観客にどのような効果を及ぼしたのかという議論が研究者の間でなされてきた。そのような接触は、観客に物語に没入させないだろうという見解が一方でありながら、デイヴィド・ベヴィングトンは、両者の親密な身体的接触は舞台上にしばしば見られたのではないかと述べる。

アントニーが、三幕一一場六九〜七〇行で要求し、受けたにちがいない接吻は、その種類で唯一のものかとホニグマンが問うたとき、彼は適切な問いを提起したのである。クレオパトラの無限の多様性（infinite variety）の一部は、シェイクスピア時代の舞台においてさえ、アントニーの愛撫や抱擁のなかに表現されたかもしれない（彼女が取り澄ましてアントニーの気分を損なうなかでの表現もあったが）。またその一部は、クレオパトラが瀕死のアントニーを接吻で「生き返らせ／興奮させ」"Quicken"（四幕一六場四一行）ようとする試みが示すように、彼の死の場面では恋人たちは明らかに身体的に接近している。[20]

この見解から次のような問いが生じるかもしれない。アントニーが舞台上から姿を消した後、ここに述べられているような種類の身体的接触はどうなってしまうのか。アントニー亡き後、エジプトに女王の後ろ盾となる武将はいなくなってしまった。あるいは、クレオパトラの恋の相手に相応しい大英雄はいなくなってしまった。演劇的にそのことが意味するのは、エジプトは女だけになってしまうということである。その女たちを少年俳優が演じる。劇の最終的なインパクトの主要な部分が彼ら（彼女ら）のオーケストレーションに委ねられる。シェイクスピアが主人公二人の最期を「分割されたカタストロフィー」[二]で行こうと決めたとき、彼は少年俳優三名を中心にして、女主人公の最期の場面を構想しなければならなかった。すなわち、最後の場面においても、スターの方法ではなく、アンサンブルの方法を選び取ったわけである。身体的接触についてもそれまでとは別種のものが出現する準備が整ったわけである。以下、道化が去ったあとの接触の問題について考えたい。

女王の最期にふさわしい装いをさせるというアイアラスの仕事が終ると、女王は彼女に接吻をする（“take the last warmth of my lips” 五幕二場二九〇行）。すると不思議なことにアイアラスは倒れ、息絶えてしまう。その直後のクレオパトラの言葉——

この唇には毒蛇がいたのか？　もう立てぬのか？
おまえといのちがそのようにそっと別れられるものなら、
死の一撃は恋人がつねる（stroke）ようなもの、痛みを与えて
嬉しがらせるだけ。そのままじっとしているのか？
そのように消えて、おまえは教えているのだ、この世は
いとま乞いなどする値うちもないところだと。

（二九二～九七行）

ここに言及される蛇（aspic）は、彼女の唇に置かれているので最初から歯をもたない。さらに蛇が人に与える痛みは、"stroke" にこめられた二つの意味（「一撃」と「ひと撫で」）によって、その痛みの強さがなお緩和される。この蛇の表象はそれまでの表象と比較されるべきだ。「だがあっしは、あなた様がこいつにお手を触れるよう願うような悪党にはなりたかありません」（二四四〜四五行）という道化の言葉の中にあらわれる蛇は歯をもっていた。さらに、彼は「どの程度痛みを感じたか」（二五三行）と痛みに言及する。もっとも、その痛みの鋭さについてはわからないのだが。他方、クレオパトラは道化とのやり取りのなかで「人を殺しても痛みを与えぬという……ナイル河のかわいい蛇」（二四二〜三行）と述べるように、彼女は、ナイルの蛇について人を殺すが痛みは与えない生物だと理解する。このような蛇についての理解の曖昧性を経たのち、劇中初めてクレオパトラによって、歯をもたず、また痛みを全く与えない蛇が具体化される。

クレオパトラはアイアラスを「さ、早く、早く、アイアラス」（五幕二場二八二行）という言葉でせかして、女王としての最期にふさわしい装いを手伝わせる。これは、クレオパトラの死の報せを受けたアントニーが、着ていた鎧を脱ごうとし、「早く、イアロス、早く」（四幕一五場四一行）とせかす箇所を想起させる。両方のエピソードには、いくつかの類似点がある。どちらの場合も、それぞれの主人の行動がきっかけとなり、主人の死に先んじて家来が命を落とす。そもそもイアロス（Eros）という名前とアイアラス（Iras）という名前は似ている。物語の上では同性の者たちの主人への愛情や忠誠心が示される箇所である。そして先に死んだ者は、これから死のうとする者から特権的な立場にあるものと見なされる。突然倒れたアイアラスを見てクレオパトラは、先に死後の世界に旅立ったアイアラスと、すでにその世界にいるアントニーとの接吻を想像する（アントニーに接吻されるということはクレオパトラにとって特権である）。観客はこの接吻について、死者どうしのものゆえ喚起される身体性は希薄であると捉えるかもしれないが、また一方で、クレオパトラと自己同一化して濃密なものと捉えるかも知れない（女王にとって濃密でないアントニーとの接吻などありえようか）。そのいずれにしても、致命傷と大きな痛みをかかえながらもすぐに死ぬことができなかったアントニーの最期とは対照的だ。また、ここでのアイアラスはこの劇に数多く登場する使者の一人と見なすことができるかもしれない。彼女は、女王の許からアントニーの許へ行く。その使者アイアラスにクレオパトラが性的な想像をめぐらすのも彼女らしい。[二二]かつてアントニーの許から来た使者に対して、「おまえのおいしい知らせを、長いあいだ飢えていた／この耳に、早く」"Ram thou thy fruitful tidings in mine ears, / That long time have been barren"（二幕五場二四～二五行）と、性的なイメージで語り掛けた彼女だからである。クレオパトラ最期の場面は日常的観念に満ちていると述べたH・W・フォークナーの評言が想起される。[二三]また、敗戦のアントニーが学校教師という身分の低い者を勝利者であるシーザーの許へ使者として立てたことがあったように、常にクレオパトラの身近にいた侍女のアイアラスが使者として旅立つことは、クレオパトラの周囲に身近な女性たちしか、今はいなくなってしまったことを暗示する。身体をもたない使者の創造（想像）は、シーザーと彼が派遣する使者との関係と対照的だ。シーザーから派遣される使者たちは主人の身体性を引き受け、逆に主人の身体性を希薄なものとしたのであるが、クレオパトラが死んだアントニーの許へ「派遣する」アイアラスは、アントニーから接吻をされる点において、クレオパトラの分身であるとも言えるのだが、この使者には生身の身体性はない。使者の送り手自身が濃密な身体性を保持している。

シーザーが政治的スペクタクルを創作するため他人の身体性を求め、また自分の使者によって彼自身の身体性を発現する機会を奪われてゆくのに対して、クレオパトラはあくまでも自分の身体性を希薄化することはない。二人の侍女たちが彼女たちの主人の言葉の合間に述べる言葉は、「お願い、厚い雲、溶けて雨になって、神々も／泣いていると言えるように」（五幕二場二九八〜九九行）など、英雄主義的なスケールを感じさせる言葉なのだが、クレオパトラ自身はあくまでも侍女たちの注意、ひいては観客の注意を自分の体に向け続ける。クレオパトラの唇に宿ると想像された蛇には歯がなかったが、彼女が蛇を胸に当てようとするとき、それは鋭い歯をもっている。彼女は、「おまえの鋭い牙で、このもつれたいのちの結び目を／一思いに嚙み切っておくれ」（三〇三〜〇四行）と、もつれた紐の結び目 "this knot intrinsicate / Of life" を嚙み切るほどに鋭い歯を想像する。しかし次の瞬間、蛇はまだ歯の生えていない赤子と見なされる。エリック・ベントリーは、「ドラマの本来の活動領域は時間である。またドラマは短い形式である。これら二つの事実によって、時間のそれぞれの単位（分・秒など）は貴重である」という。[二四] クレオパトラの胸に当てられた毒蛇はなお数秒間、そこに張り付いたままである。シェイクスピアはその数秒間、人々の注視を女王の身体から逸らせない。次の引用文は、毒蛇を胸に当てたクレオパトラにチャーミアンが「東方の星！」（三〇七行）と嘆きの言葉を発したのに対し、声を立てないようにという女主人の禁止の命令から始まる。

シーッ、静かに！

これが見えないの、赤子が私の胸で乳を吸い、乳母を
寝かしつけているのが？

（五幕二場三〇七～〇九行）

この数秒の侍女の沈黙のなかでクレオパトラは、蛇を、母親の胸に吸いつく赤子のイメージで提示する。授乳のイメージは蛇を胸に当てる所作以上に、クレオパトラを身体化する。赤子に喩えられる蛇は人に痛みを与えず、「麻薬のように甘く、空気のようにそっと、やさしく」“As sweet as balm, as soft as air, as gentle”（三一〇行）というように、蛇との接触をクレオパトラは感覚的に好ましいものと捉える。

クレオパトラがもう一匹の蛇を彼女の腕に当てることによって、観客はなお彼女の身体に注意を向け続ける。その後、すぐに事切れたクレオパトラの死体に、チャーミアンが触れる。

やわらかな瞼よ、その窓をお閉じ。黄金の太陽も
二度とこれほど気高い目に仰ぎ見られることはない！
王冠が曲がっている、おなおししよう、最後のつとめに。

（五幕二場三一四～一七行）

最初にチャーミアンは、死者の目を閉じる。それは死者に対して最初に行なう儀式の一つである。[25] 次に彼女

は王冠のゆがみを正す。舞台上で、王冠の位置を直すためには、チャーミアンはクレオパトラの頭に触れるだけではなく、真直ぐになるように頭を動かさなくてはならない。観客は、チャーミアンが死体に触れる行為（の演技）に対して、また、彼女に触れられ彼女の力で頭を動かされるクレオパトラの死体（の演技）に対して、ある種のリアリズムを感じるだろう。[二六] このあと数十秒間、蛇を利用した自殺についてクレオパトラが行った連想の流れが、途切れないで続く。急ぎ現れた衛兵に対する、「大声を立てないで、お目を覚まさぬよう」（五幕二場三一八行）というチャーミアンの言葉には、授乳する母とその赤子のイメージがその背景にある。また授乳のイメージは乳飲み子をもつ母親の日常的な生活の一コマである。このイメージは衛兵には理解されなくても、事件の顛末を目撃している観客には、クレオパトラからチャーミアンへと伝達されたイメージとして捉えられる。またチャーミアン自身も蛇に我が身を噛ませるとき、「さあ、急いで！ ああ、もう感じてきたようだ」（三二〇行）というように、クレオパトラの言葉を思い起こさせる表現で女王の死の場面を再現する。このあと、チャーミアンの最期は第一の衛兵によって再現されシーザーに報告される。「このチャーミアンはさきほどまで生きており、／口をきいていました、私がきてみると、死んだ女王の／王冠をなおし、ふるえながら立っていたかと思うと、／突然倒れたのです」（三三八～四二行）。シーザー登場によって、この場面には、別の流れが生まれ始めているが、しかし、第一の衛兵の言葉は観客にとってクレオパトラの印象深い死の場面の部分的な描写となっている。そして第一の衛兵はチャーミアンがその主人のために日常的に行っていたに違いない身の回りの世話を語ったのであり、ここにもクレオパトラの死の場面に特徴的な接触性と日常性が持続しているのである。

シーザーはわずかの時間差によって、クレオパトラの最期に立ち会うことができない。三人の少年俳優がお互い軽く触れ合うことによって構成された最も印象深いドラマに参加することができない。シーザーが舞台に登場する直前にドラベラが発する「シーザー、あなたの予想は／みごとあたった」"Caesar, thy thoughts / Touch their effects in this"（五幕二場三二八～二九行）という言葉は、シーザーが登場して直後のドラベラの「ああ、シーザー、予言者もあなたにはおよばない、／恐れておいでのことがこのように」"O sir, you are too sure an augurer— / That you did fear is done"（三三一～三三二行）という言葉とは、同一内容を扱いながらも表現は異なっている。前者の中の"Touch"の使用は、この語を含むドラベラの言葉が観客にも向けられたものであることを暗示する。次々と使者をエジプトの宮廷に派遣することによって、他者の身体性を濃密なものとしながら自らの身体性を希薄なものとしたシーザーの演劇的末路にふさわしい語の選択である。クレオパトラの死体を検死した結果、胸には血痕が、腕には膨れ上がった部分が見つかる。それらに加えて、無花果の葉に残された粘液から蛇の通った跡"an aspic's trail"（三四九行）が見つかる。これらのディテールは観客にとっては生々しい。ところが、シーザーはそれらの証拠品から、クレオパトラが、無数の自殺方法の実験から最も容易な方法を選び取ったと決めつける。彼の関心は検死の方向へ向う。ここでの観客とシーザーの反応の違いは、それぞれ、ロラン・バルトが写真イメージについて、プンクトゥム（punctum）とストゥディウム（stadium）という用語で説明したものと対応するかもしれない。[二七] ストゥディウムとは、写真に対する一般的な関心（姿、顔、ポーズなど）を指し、プンクトゥムとは、ストゥディウムを混乱させるものである。それは矢のように放たれ、見る者を刺す種類としてイメージされる。バルトはプンクトゥムのイメージとして他に、刺し傷、句読点、斑点、痛点などを挙げる。また、しばしばプンクトゥムとして機能するものとしては、一枚の写真の中の特定の細部がある。それは、写真の方から飛び込んできて見る者を突き刺す。ちょうどアントニーと彼の剣との間に一種の近縁性があったように、クレオパトラと蛇との間にも一種の近縁性を感じないわけにはいかない。一つの理由は、クレオパトラが「ナイルの蛇」"serpent of old Nile"（一幕五場二五行）と呼ばれたからである。また他の理由は、舞台上のシーザーとその家来たちが近辺にいるはずの蛇をまったく捜そうとしないにもかかわらず、またそれゆえに、観客には蛇の行方が気になるからである。それは「どこにもない場所」(nowhere) へ行ってしまった印象がある。また、蛇が残した跡は "trail" という語で表わされている。ここでの "trail" は名詞だが、これと同形の動詞、これの語源ともなっている動詞は、重いものを引きずること、人を引きずること、船で引っ張ること、体を引きずって進むこと、蛇などが地を這うこと、などの意味である。なんとクレオパトラと連想の深い語であることか。これらの用法には接触の要素が前提となっている。蛇が残した跡は、見事な接触から構成された女王の最期の場面にふさわしい。シーザーには知りようもないタブローが観客の心の中に形成される。

＊

ホークスはこの劇における身体的接触のテーマを認識していた。彼の言い方だと、この劇では空間は肉体によって埋められるためにある。そのように認識しながらも、ホークスは少年俳優が舞台上で行う身体的接触についてては、観客の異性愛的先入観から当惑を生むだけだと考えたのであった。少年俳優についての近年の研究成果を参照することにより、身体的接触のテーマの発展を阻む考え方を突破しようとした。デュシンベリーは、クレオパトラの官能性の創造にこの少年俳優の視点を持ち込み、そこからチーム・ワークとしての役者の演技の重要性、また他の役者による支援の重要性を気づかせてくれた。では、クレオパトラを演じる少年俳優が観客の目にスターとして映らないとすれば、その役者としての特徴をどのように定義すればよいのかと問い、テレビ研究から「パーソナリティ」という概念を借用した。スターが絢爛豪華・偶発性を特徴とするのに対し、パーソナリティは親密さ・直接性・規則性・予測可能性を備えているからである。

この観点からシリューカスの場面を再考した。物語のレベルにおいてシーザーに対し劣位にあるクレオパトラが演技と観客効果のレベルにおいて舞台の主役を物語中の覇者から奪い取ってしまうこと、二幕五場と三幕三場でのアンサンブル効果とそのときの観客の記憶が再度生かされること、クレオパトラが主体となってシーザーの度肝を抜く接触の場面を創造することなどを指摘した。次に、クレオパトラのスター性を再現していると理解されることが多い彼女の自害の場面について再考した。クレオパトラ最期の場面が目論んでいる演劇的効果は、彼女のスター性の創造ではなく、むしろ彼女のパーソナリティ性の創造であると述べた。クレオパトラの「シドナス河へ」がもつ英雄的響きにもかかわらず、この劇をスター演劇ではなく、パーソナリティ演劇として方向づけるのは、劇のこの重要な場面に登場する道化である。道化が語る女はクレオパトラの影のようである。つまり、嘘を常習とする女、「死んでも」生き返る女、装う女。劇の構造の点からは、道化登場のエピソードは、ダシータスが不意にシーザーの面前に現れるエピソードの変奏である。これら二つの箇所には類似点が指摘できるが、身体との接触の点では相違点がある。後者から前者への変化は、暴力的な種類の接触からそっと触れるような種類の接触への変化である。

ベヴィングトンは、恋人たちの親密な身体的接触が舞台上にしばしば見られた可能性を指摘する。この見解に触発され、アントニーの死後のそのような種類の接触について思いをはせた。劇の最終的なインパクトの主要な部分が、少年俳優たちが演じる女たちのオーケストレーションに委ねられる。すなわち、最後の場面においても、劇作家は、スターの方法ではなくアンサンブルの方法を選び取ったのである。それまでとは別種の身体的接触が出現する様子を細かにみた。クレオパトラに特徴的な接触性と日常性が持続する。クレオパトラの胸の血痕、腕の膨れ上がった部分、無花果の葉に残された粘液、これらはプンクトゥムとして機能していると論じた。その結果、シーザーには知りようもないタブローが観客の心の中に形成されると結んだ。

アウラという用語はヴァルター・ベンヤミンに従うと、芸術作品が有する唯一無二の存在感を示すものであり、この劇の恋人たちが相手に対して感じていると観客が捉える存在感（例えば、シドナス河における女王とそれを迎えるアントニーについての語り）はその種のものであるだろう。一方、パフォーマンスにおけるアウラは、役者・テキスト・観客の相互作用を通して創造される。[二八] この劇において顕著なのは、この種のアウラ、現前性なのである。

エピローグ

すべてのパフォーマンス芸術のなかで、演劇はもっとも、人間の死すべき運命（mortality）の臭いがする。

——ハーバート・ブラウ[一]

ここでは、シェイクスピア演劇における身体的存在としての人間観を本書での議論から総括するとともに、演劇論的な観点から身体と身体現象が劇作家に大きな可能性を拓いた様子を振り返る。

『タイタス・アンドロニカス』を扱った第一部と二つの幕間を通して我々が見たのは、役者の身体と身体的イメージがシェイクスピアの劇作術にどのように貢献しているかという具体的事例であった。バート・ステイツは、役者を行為者（actor）としてではなく、情景を喚起する者（scene maker）として論じている。エリザベス朝演劇においては、リアリズム演劇とは違って、必要なときに、そのときだけ、「薄い空気のなかから[二]」必要なモノが取り出される。そして登場人物の「片足は現実にあるが、もう片足は巨大な象徴的領域にある。[三]」身体的イメージを喚起する森の穴のイメージもまたそのようにしてつくられた。二人の女性の身体現象（妊娠・出産するタモーラの体と、ラヴィニアの傷つき言葉を奪われた体）は、舞台空間にその情景（scenic illusion）を拡大させる。身体は演劇的想像力の契機となって巨大な象徴的領域を出現させる。[四]またそれだけではなく、役者の身体と演技は彼女たちの身体内部とそのメカニズムに観客の視線を誘導する。劇のアクションは、これらの身体現象に関わる形で展開した（不透明なメッセージ性、性的な母に対する復讐）。

本書の第二部を書くきっかけの一つとなったのは、ポーシャの傷つけはシェイクスピアの劇作品全体のなかで例外的な暴力ではないかという着想だった。なぜなら、それは痛みを伴うものだからである。スタントン・ガーナーは演劇史を通して痛みの舞台化は広く見られると述べるが、[五]そうだろうか。『タイタス・アンドロニカス』におけるように、人間の体が傷ついたり、腕が落ちたり、はては首が離れたりすることは、シェイクスピアの舞台（喜劇を除くすべてのジャンルにおいて）では日常茶飯事であるが、そこに必ずしも痛みが喚起されるわけではない。他人に加えられた肉体的暴力を痛みとして受けとる感受性は登場人物たちにまれにしか与えられてはいないし（その極端な例となるラヴィニアの場合は例外）、また劇の観客にとっても登場人物の体の痛みが直接感じとられることはまれだろう。その理由のひとつとして、登場人物が高貴な身分であることが指摘できるかもしれない。当時の常識として身分の高い人間は、なにかしらその資質において一般の民衆以上であると考えられていた。ここで、ホメーロスの英雄叙事詩が思い出される。ギリシアの神々の特別の庇護を受ける英雄たちにおいても、身体的痛みの喚起はまれであったとデイヴィッド・B・モリスが述べている。[六]またシェイクスピアのほぼ同時代に生きたモンテーニュが、「われわれの魂を拷問にかけることによってわれわれを苦しめるだけの痛みは、わたしにとっては、他の人にとってほど悲惨なものではない……しかし、じつに基本的な肉体的な苦痛に対しては、わたしはまともにそれを受けてしまう」と[七]述べたのも、通念に対する異色な感想であったからだろう。シェイクスピアの凝視は、自らの体を傷つけたポーシャの身体内部のみならず（第四章）、身体損傷を受けたラヴィニアの体とその内界にも向けられている（第二章）。「痛み」に注目することは、同時に身体内部や秘密のテーマにも目を向けることになった。

本書では、『タイタス・アンドロニカス』と『ジュリアス・シーザー』にみられる体の内部と秘密との結合のモチーフを取り上げた。秘密のあるところには、秘密を保有しているという事実を隠すために、あたかも秘密をもたないかのような見せかけと偽装が必要になる。そして人間が秘密の保持とは矛盾する外観を示そうとするとき、秘密は外観の奥に隠されることになる。そして人間が身体をもつことからして必然的に、秘密の隠し場所として身体の内部が表象の関心事となってくる。キャサリン・アイザマン・モウスは、「十六～十七世紀初期の英国では、身体内部は、医学の発達した時代には恐らく理解が困難なほど依然として神秘的であり、それは人間の動機と欲望が神秘的なのとまったく似ていたのである」と述べる。[八]外部とは、内部の構成原理が拡張を止めるところから始まるという。外界と身体的内部の境界は、たんに容器の内と外の関係などではなくて、身体がつねに外界をコントロールしようとする最も敏感な（sentient）部位である。体の開口部（orifice）が身体の内界への入り口として、また外界との交渉の場として重要性をもつ理由もそこにある。[九]『タイタス・アンドロニカス』と『ジュリアス・シーザー』においては秘密と性的秘所とが重ね合わされた。また後者においては、ポーシャのナイフと太股の傷が指し示すところの彼女の下半身の開口部に加えて、ブルータスとアントニーが念入りな注意を払った自分たちの顔、そしてポーシャが火を飲みこんだ口（本書では触れていない）などがクローズアップされる。ブルータスが秘密の隠し場所として、冥界の入り口であるエレボスを想定したことからもわかるように、秘密は死へと到る空間に隠される。ブルータスが用いた秘密の隠し場所についてのトポスは、ポーシャの行為として舞台上に具体化された。

そして人間が痛覚と死の可能性を忘れる場合には、『コリオレーナス』に見られるように、不死の幻想が誕生する。〔一〇〕この作品においても劇作家は身体を契機に演劇的な想像力を飛翔させている。開くはずのないコリオライの城門が開いたとき、主人公の政治的な身体イメージ（絶対王政下での王の身体）、またローマ社会のコスモロジー的な身体イメージ（言語の腐敗を伴う悪魔の体）が舞台空間を覆い始める。ローマにおいて過ごされたコリオレーナスの人生は、彼の母の筋書によるものであったと言えるが、成長も行動も迅速を特徴とする（発達段階の無視！）彼には、彼の物語の終りは彼の人生の終り（死）であるという暗示がつきまとう。時間の侵食とは無縁の世界に住んでいるようなコリオレーナスの死との遭遇は、観客には、限られた形でしか想像できない。三幕には、コリオレーナスの自殺と死刑（これも彼にあっては自殺的である）の暗示が繰り返しみられた。彼自身による人生の幕切れを許さず、彼の人生の終りを遅延させることによって彼の物語を引き伸ばしてゆくのは、いつも彼の母である。コリオレーナスは民衆にこびへつらうくらいなら死んだほうがましだと思っている。コリオライの戦いをあのように戦ったコリオレーナスにとっては、死は恐るべきものではない。彼にとって戦場は時間の侵食を寄せつけない特殊な時空間である。逆説的に死をものともしないコリオレーナスは、常に自分を死と隣り合せに置くことによって、人生のけじめを自分で決定できる。ところが彼は、死期を自分の気持ちに逆らって先送りする。自分の人生のイニシアティヴを母に与えることによって、彼の人生は延々とのびるだろう。ローマの人びとが劇の結末で、「マーシャスを追放した声をうち消し、その罪を／つぐなうために、母上歓迎の叫びをあげるがいい」（五幕五場四〜五行）と叫ぶ声には、彼の物語の継続と反復が暗示されている。[二] 饒舌な母よりも、寡黙な妻が、コリオレーナスの心を大きくゆさぶる。彼女だけが、彼を死すべき体をもつものとしてみなしているからである。ヴァージリアを通して、コリオレーナスは、「超人」についてではなく、死すべき体をもつ普通の人について啓示をえる。しかしそれは、ほんの一瞬の啓示であり、主人公は自殺的とも言える死を遂げる。

　これらの劇では、傷と死、そして生殖（とそれに続いて起こる誕生・授乳・養育など）が、人間に自らの身体性（embodiment）を意識させる契機となる。生殖と傷つけは、おのれが身体をまとっていることを人間に強く意識させる根本的な契機である。この観念は普遍的なものに思える。しかしエレイン・スキャリーは、キリスト教的西洋においてその観念の連結を強固にしたのは、旧・新約聖書であることを論証しようとしている。[三] 生命体としての人間は、人生の初めと終りをもつからこそ人間なのである。その二つの連想を拒否することは、すなわち人間が人間以上のものになろうとすることである。『コリオレーナス』の主人公が、授乳の記憶と、老いと死の接近を否定しようとしたとき、そこには政体ローマにとって代わるような身体が誕生する。『シーザー』においても「不動の北極星」たらんとするポーズがみられたが、その直後に死がジュリアス・シーザーを打った。身体性を否定しようとするブルータスの最期は「言葉の尽きた状態」である。それは社会性の尽きた地点でもあった。陰謀を隠すため他の者たちに演技を要求した彼であったが、「言葉の尽きた状態」は演技の終り・社会性の零度を示している。近づく死が、これまで彼が自己を完璧にコントロールしようとしてきたその姿勢を嗤っている。男たちの超人幻想が支配するローマ社会のなかで、すべての人間が身体の初めをもつという示唆は、カルパーニアの不妊とポーシャにおける母の不在（彼女は自分のアイデンティティを父と夫のそれに重ねあわせた）を通して逆説的な形で与えられる。シェイクスピア悲劇の初め・中・終りは、人間の身体性の初め・中・終りと重なるのであろうか。そして、その悲劇の「中」のファンタジーは、身体性の初めと終りから切り離されたところに危うい形で成立している。

同種のヴィジョンは『アントニーとクレオパトラ』にも観察された。過去の大英雄たちが地中海を横切ってエジプトの女王に出会ったとき、彼らは同時に自分の身体性と出会った。そこには自分たちの死すべき運命も含まれていた。作品は、アントニーとクレオパトラに濃密な身体性（前者については舞台上での提示が引き延ばされる瀕死の体、後者については性生活や出産など）を与え、オクテーヴィアス・シーザーからは濃密な身体性を含む演劇的アウラを取り去る。この濃密／希薄な身体性の効果をつくりだすプロセスそのものがこの作品の演劇的構成となっている。

このようにシェイクスピアは、プルタークが語る英雄たちの物語から出発しながら、すぐにそれとは異なる方向へと、演劇的な方向へと、役者の身体、登場人物の身体、観客の身体的感受性などを利用しながら、まったく彼独自の演劇的世界を創造した。本書が明らかにしようとしたのは、シェイクスピアが身体史的観念また演劇的身体資源をもちいてローマの危機を舞台化した、その劇作術だったのだ。

注

プロローグ

一　シェイクスピアにおけるRoman playsというジャンルについては、Lawrence Danson, *Shakespeare's Dramatic Genres*, Oxford Shakespeare Topics（Oxford: Oxford Univ. Press, 2000）, pp. 36, 116を参照。

二　Mungo W. MacCallum, *Shakespeare's Roman Plays and Their Background*（London: Macmillan, 1910）.

三　J. Leeds Barroll, "Shakespeare and Roman History," *Modern Language Review* 53（1958）, 327–43.

四　J. L. Simmons, *Shakespeare's Pagan World: The Roman Tragedies*（Charlottesville: Univ. Press of Virginia, 1973）.

五　Roberts S. Miola, *Shakespeare's Rome*（Cambridge: Cambridge Univ. Press, 1983）.

六　Geoffrey Miles, *Shakespeare and the Constant Romans*（Oxford: Clarendon Press, 1999）.

七　Coppélia Kahn, *Roman Shakespeare: Warrior, Wound, and Women*（London and New York: Routledge, 1997）.

八　例えば、Miles, vii-viii.

九　ただし、『タイタス・アンドロニカス』と『ロミオとジュリエット』を除く作品群。Danson, p. 115を参照。

一〇　Danson, p. 115.

一一　バーバラ・ドゥーデン『女の皮膚の下——十八世紀のある医師とその患者たち』井上茂子訳（藤原書店、一九九四）第一章を参照。

一二　David Norbrook, "The Emperor's New Body? *Richard II*, Ernst Kantorowicz, and the Politics of Shakespearean Criticism," *Textual Practice*, 10 (1996), 329–57.

一三　Jean-Christopher Agnew, *Worlds Apart: The Market and the Theatre in Anglo-American Thought, 1550–1750* (Cambridge: Cambridge Univ. Press, 1986), p. 11. また、Steven Mullaney, *The Place of the Stage: License, Play, and Power in Renaissance England* (Chicago and London: The Univ. of Chicago Press, 1988); Louis Montrose, *The Purpose of Playing: Shakespeare and the Cultural Politics of the Elizabethan England* (Chicago and London: The Univ. of Chicago Press, 1996) を参照。

一四　この点に関しては、George Lakoff and Mark Johnson, *Metaphors We Live By* (Chicago and London: The Univ. of Chicago Press, 1980); Mark Johnson, *The Body in the Mind: The Bodily Basis of Meaning, Imagination, and Reason* (Chicago and London: The Univ. of Chicago Press, 1987); 正高信男『子どもはことばをからだで覚える――メロディから意味の世界へ』中公新書（中央公論新社、二〇〇一）などを参照。また、本書では援用することができなかったが、演劇と身体との関係を考えるのに役立つと思われる、その他の学問分野として、認知科学と現象学をあげておく。認知科学については、佐々木正人『からだ：認識の原点』（東京大学出版会、一九八七）が、「世界の見えが、つねにそれに向かって動くからだの存在を内包している」（二一頁）とするJ・J・ギブソンの考えを紹介しており、また Donald A. Norman, *The Design of Everyday Things* (New York: Basic Books, 1988) は、「頭にある知識」とは別に「世界にある知識」というものがあり、これは「情報の物理的存在の継続性に大きく依存する」などと述べる (p. 80)。現象学については、B・ヴァルデンフェルス『講義・身体の現象学――身体という自己』（知泉書館、二〇〇四）; Drew Leder, *The Absent Body* (Chicago and London: The Univ. of Chicago Press, 1990) など。

一五　Caroline Walker Bynum, "Female Body and Religious Practice in the Later Middle Ages," *Fragments for a History of the Human Body*, ed. Michel Feher, Ramona Naddaff and Nadia Tazi (New York: Zone, 1989), I, 162. バイナムが「中世」というのは、彼女の研究の場合、一二〇〇～一五〇〇年にかけてである。

一六　David Hillman, "Visceral Knowledge," in *The Body in Parts: Fantasies of Corporeality in Early Modern Europe*, ed. David Hillman and Carla Mazzio (New York and London: Routledge, 1997), pp. 81–106, 83.

一七　Terry Eagleton, *William Shakespeare* (Oxford: Basil Blackwell, 1986), p. 1.

一八　この方面に関しては、鈴木忠志・中村雄二郎『劇的言語』(白水社、一九七七); Joseph R. Roach, *The Player's Passion: Studies in the Science of Acting* (Ann Arbor: The Univ. of Michigan Press, 1993); Simon Shepherd, *Theatre, Body and Pleasure* (London and New York: Routledge, 2006); W. B. Worthen, *Drama: Between Poetry and Performance* (Oxford: Wiley-Blackwell, 2010) などが参考になる。

一九　Pauline Kiernan, *Shakespeare's Theory of Drama* (Cambridge: Cambridge Univ. Press, 1996), p. 9.

二〇　Michael Goldman, *On Drama: Boundaries of Genre, Borders of Self* (Ann Arbor: The Univ. of Michigan Press, 2000), p. 3.

二一　Michael Goldman, *Ibsen: The Dramaturgy of Fear* (New York: Columbia Univ. Press, 1999), p. 4.

二二　Michael Goldman, *Shakespeare and the Energies of Drama* (Princeton, New Jersey: Princeton Univ. Press, 1972), p. 4. また、拙論「二つの演劇理論——Michael GoldmanとEric Bentley」『メディアと文化』第二号(2006)六九〜八五頁を参照。

二三　Goldman, *Shakespeare and the Energies of Drama*, p. 4.

二四　Caroline F. E. Spurgeon, *Shakespeare's Imagery and What It Tells Us* (Cambridge: Cambridge Univ. Press, 1935)

二五　Mikhail Bakhtin, *Rabelais and His World*, trans. Helene Iswolsky (Bloomington: Indiana Univ. Press, 1984)

二六　Michael D. Bristol, *Carnival and Theater: Plebeian Culture and the Structure of Authority in Renaissance England* (New York: Methuen, 1985)

二七　Mary Douglas, *Natural Symbols: Explorations in Cosmology*, 2nd ed. (London: Barrie and Jenkins, 1973) と Mary Douglas, *Purity and Danger: An Analysis of the Concepts of Pollution and Taboo* (1966; London and New York: Routledge, 1984)

二八　代表例は、Stephen Orgel, *The Illusion of Power: Political Theater in the English Renaissance* (Berkeley: Univ.

of California Press, 1975); *The Jonsonian Masque* (1965; rpt. New York: Columbia Univ. Press, 1981) など。

二九 Pierre Bourdieu, *Outline of a Theory of Practice*, trans. Richard Nice (Cambridge: Cambridge Univ. Press, 1977); Pierre Bourdieu, *Distinction: A Social Critique of the Judgement of Taste*, trans. Richard Nice (Cambridge, Massachusets: Harvard Univ. Press, 1984) など。

三〇 Peter Stallybrass and Allon White, *The Politics and Poetics of Transgression* (Ithaca, New York: Cornell Univ. Press, 1986) は、バフチーン、ブルデュー、ダグラス、エリアスを応用している。

三一 Ernst H. Kantorowicz, *The King's Two Bodies: A Study in Medieval Political Theology* (1957; Princeton: Princeton Univ. Press, 1981)

三二 Marie Axton, *The Queen's Two Bodies: Drama and the Elizabethan Succession* (London: Royal Historical Society, 1977) など。

三三 Michel Foucault, *Discipline and Punish: The Birth of the Prison*, trans. Alan Sheridan (New York: Vintage Books, 1979)

三四 この方面の概観を得るには、ドゥーデン『女の皮膚の下』第一章；Barbara Duden, "A Repertory of Body History," in *Fragments for a History of the Human Body*, III, 470-554; 荻野美穂「身体史の射程——あるいは、何のために身体を語るのか」『日本史研究』三六六号（一九九三）三九〜六三頁（この論文は後に、同著者の『ジェンダー化される身体』（勁草書房、二〇〇二）に収録された）; Arthur Frank, "Bringing Bodies Back in: A Decade Review," *Theory, Culture & Society*, 7 (1990), 131-62; Caroline Bynum, "Why All the Fuss about the Body? A Medievalist Perspective," *Critical Inquiry* 22 (1995), 1-33; 吉原ゆかり「ボディ・コンシャス——初期近代の身体表象研究概観」『英語青年』一四五巻三号（一九九九）一二三〜一二六頁；Roy Porter, "History of the Body Reconsidered," in *New Perspectives on Historical Writing*, ed. Peter Burke, 2nd ed. (Cambridge: Polity Press, 2001), pp. 233-260 などがある。

三五 Bryan S. Turner, *The Body and Society*, 2nd. ed. (London: Sage, 1996) は社会学全体から無視されていた身体研究の重要性をいちはやく説き、Anthony Giddens, *Sociology*, 3rd. ed. (Cambridge: Polity Press, 1997) には第二版にな

い新たな章として「身体——食、病気、老化」が設けられ、*Critical Terms for Religious Studies*, ed. Mark C. Taylor（Chicago: The Univ. of Chicago Press, 1998）からは「神秘主義」の項目が消え、あらたに「身体」の項が設けられたことなどにも同様の現象が観察される。

三六　Robert Francis Murphy, *The Body Silent: The Different World of the Disabled*（New York and London: W. W. Norton, 1990）; Rosemarie Garland Thomson, *Extraordinary Bodies: Figuring Physical Disability in American Culture and Literature*（New York: Columbia Univ. Press, 1997）; *The Disability Studies Reader*, ed. Lennard J. Davis（New York and London: Routledge, 1997）など。

三七　「身体度」は前掲の荻野の用語。

三八　鈴木忠志・中村雄二郎『劇的言語』一三頁。

三九　W. B. Worthen, *Drama: Between Poetry and Performance*, pp. 35–93.

四〇　典型的な例は、Cleanth Brooks and Robert B. Heilman, *Understanding Drama: Twelve Plays*（New York: Holt, Rinehart and Winston, 1945）である。

四一　Ed. Philip Auslander, *Performance: Critical Concepts in Literary and Cultural Studies*（London and New York: Routledge, 2003）, 4 vols. この本は代表的なパフォーマンス研究の論文や研究書からの抜粋を集めたもの。その目次を見れば、パフォーマンス研究の広がりが感じられる。

第一章　レイプ表象の舞台化

一　Catharine R. Stimpson, "Shakespeare and the Soil of Rape," in *The Woman's Part: Feminist Criticism of Shakespeare*, ed. Carolyn Ruth Swift Lenz, Gayle Greene and Carol Thomas Neely（Urbana and Chicago: Univ. of Illinois Press, 1983）, pp. 56–64.; Coppélia Kahn, *Roman Shakespeare: Warrior, Wound, and Women*（London and New York: Routledge, 1997）, pp. 46–76. 本章ではシェイクスピアの物語詩である *Rape of Lucrece* を扱った研究は除

く。

二　その主な研究は、Diane Wolfthal, *Images of Rape: The "Heroic" Tradition and its Alternatives* (Cambridge: Cambridge Univ. Press, 1999); *Rape: An Historical and Social Enquiry*, ed. Sylvana Tomaselli and Roy Porter (Oxford: Basil Blackwell, 1986); George Vigarello, *A History of Rape: Sexual Violence in France from the 16th to the 20th Century* (Cambridge: Polity Press, 2001); *Rape and Representation*, ed. Lynn A. Higgins and Brenda R. Silver (New York: Columbia Univ. Press, 1991) などである。

三　Wolfthal はフェミニズムの立場から、先行するレイプ研究に批判的である。批判が向けられている一例は、Norman Bryson, "Two Narratives of Rape in the Visual Arts: Lucretia and the Sabine Women," in *Rape: An Hisorical and Social Enquiry*, pp. 152-73. なお、この段落と次の段落で、美術史における「レイプ表象」の概説は Wolfthal に拠っている。

四　Vigarello, p. 49 によると、レイプには「私物化（appropriation）の観念が常に存在し、女性は「土地、国、場所」に喩えられた」。

五　Susan Brownmiller, *Against Our Will: Men, Women and Rape* (Toronto 1975). Wolfthal, xiii に引用がある。

六　『タイタス』からの引用および幕場行数は、*Titus Andronicus*, ed. Eugene M. Waith, The World Classics (1984; Oxford and New York: Oxford Univ. Press, 1994) による。

七　Leonard Barkan, *The Gods Made Flesh: Metamorphosis and the Pursuit of Paganism* (New Haven: Yale Univ. Press, 1986), p. 244 は、『タイタス』はフィロメラ物語を「競争的様式」"competitive mode" で見ていると述べる。引用文中のテリュースは、フィロメラ物語に登場するレイピスト。物語の詳細については次章を参照。

八　Pauline Kiernan, *Shakespeare's Theory of Drama* (Cambridge: Cambridge Univ. Press, 1996), p. 27.

九　*Titus Andronicus* (Oxford Univ. Press), note to 1.1.404.

一〇　*Titus Andronicus*, ed. J. C. Maxwell, Arden Shakespeare, 3rd. ed. (1961; rpt. London and New York: Methuen, 1987), note to 1.1.409 は「力ずくで女性を連れ去る行為に用いられる。必ずしも無理やり性交をすることではない」と

だけ述べ、*Titus Andronicus*, ed. Alan Hughes, The New Cambridge Shakespeare (Cambridge: Cambridge Univ. Press, 1994) は、この箇所に注釈を付していない。

一一　このト書きは第一四つ折本には見られないが、Waith の版、*The Riverside Shakespeare* (Boston: Houghton Mifflin Company, 1974) の版には見られる。いずれにしても、舞台上で役者がこの動作をすることは確かだ。

一二　Wolfthal, pp. 41-42.

一三　原文は、"Though Bassianus be the Emperor's brother, /Better than he have worn Vulcan's badge" である。「バルカンの印」とは、鍛冶の神バルカンが、その妻ヴィーナス神に浮気される神話が元になった表現である。

一四　Wolfthal, p. 28.

一五　Wolfthal, pp. 12-13.

一六　Ed. Jill L. Levenson, *Romeo and Juliet*, The World Classics (Oxford: Oxford Univ. Press, 2000), note to 3.5.34 "hunt's up".

一七　*Titus Andronicus* (The New Cambridge Shakespeare), p. 16 にその挿絵を見ることができる。

一八　ラヴィニアという名前に関して、John Gillies, *Shakespeare and the Geography of Difference* (Cambridge: Cambridge Univ. Press, 1994), p. 104 の、「ラヴィニアという名前には『アエネーイス』のなかのイタリアの王女を想起させる意図を感じさせる。彼女は、アイネアースと結婚してローマ人の母となる」という見解がある。本書《幕間　その二》で論じる、生殖を経験しない母のイメージとは正反対だ。

一九　ラヴィニアに加えられた暴力の順序については、本書第二章で問題にする。

二〇　Wolfthal, pp. 46, 182. また "mourning" の身振りもレイプ被害者の表象に用いられた。

二一　『リア王』で狂気となった主人公がコーディリアの家来から逃げる場面、『コリオレーナス』のコリオライ攻めでコリオレーナスが敵の城から走り出てくる場面、また『真夏の夜の夢』のパックや『嵐』のエアリエルなどの妖精の速い動きぐらいか。

二二　オヴィディウスは性的関係を一種の狩とみるギリシア的表象を発展させた。彼はアレトゥサに次のように語らせている。「と、ひとつの長い影がわたしの足先にのびてくるのが見えました。あるいは、恐怖のあまりに見た幻影だったのかもしれません。けれども、アルペウスの足音がわたしをふるえあがらせ、かれの吐くはげしい息がわたしの髪のリボンをゆりうごかしたことは、たしかでした」『転身物語』田中秀央・前田敬作訳（人文書院、一九六六）、一八三〜八四頁。Wolfthal, pp. 12-13を参照。

二三　Jeanne Addison Roberts, *The Shakespearean Wild: Geography, Genus, and Gender*（Lincoln and London: Univ. of Nebraska Press, 1991）, pp. 39-90.

二四　「おまえだってよくやったろう、雌鹿を仕留め、／森番の鼻先をうまくかすめてちょうだいしたことが？」（二幕一場九四〜九五行）を参照。

二五　「そこへあの雌鹿一匹追いこみ、ことばでだめなら／腕ずくで、みごと仕留めてやるんですな」（二幕一場一一八〜一一九行）を参照。

二六　Manfred Pfister, *The Theory and Analysis of Drama*, trans. John Halliday（Cambridge: Cambridge Univ. Press, 1988）, pp. 19-22を参照。

二七　Jessica Evans, "Feeble Monsters: Making up Disabled People" in *Visual Culture: the Reader*, ed. Jessica Evans and Stuart Hall（London: Sage, 1999）, pp. 274-88, esp. p. 284.

二八　「漏れる容器」としての女性表象については、Gail Kern Paster, *The Body Embarrassed: Drama and the Disciplines of Shame in Early Modern England*（Ithaca, New York: Cornell Univ. Press, 1993）を参照。

第二章　身体損傷の順序

一　Leonard Barkan, *The Gods Made Flesh: Metamorphosis and the Pursuit of Paganism*（New Haven: Yale Univ. Press, 1986）は、『タイタス』はフィロメラ物語という材源に対して「闘争的」かつ「追従的」（p. 252）であると述べる。またオウィディウスがシェイクスピアに提供したものは、異常な暴力の要素ではなく、コミュニケーション行為の様式であるという（p. 247）。この視点は拙論にとっても重要だ。

二　Ed. Eugene M. Waith, *Titus Andronicus*, The World's Classics（Oxford: Oxford Univ. Press, 1994）, note to 1.1.136.

三　Jonathan Bate, *Shakespeare and Ovid*（Oxford: Clarendon Press, 1993）, p. 108.「転倒」は、ローマ人の暴力はゴート人の暴力のモデルとして提示されているという事実のほかに、結婚に対して神聖なオーラが与えられていない点にもそれをみることができるように思う。

四　テキストは上掲の The World's Classics 版を使用した。引用および幕場行数はこの版に拠る。

五　Bate, *Shakespeare and Ovid*, p. 3 によると、プラウトゥスやセネカよりもオヴィディウスが教材として使われることが多かった。

六　Brooks Otis, *Ovid as an Epic Poet*, 2nd. ed.（Cambridge: Cambridge Univ. Press, 1970）, p. 211 は、「オヴィディウスが、このエピソードのために使用した元々の悲劇にどのような加工をしたか正確に再現することは難しい。それは確かにソフォクレスの『ティーリアス』か、その後の版である。しかし、ソフォクレス自身も、エウリピデスの『ミーディア』に影響された可能性は極めて高い（『ティーリアス』はほぼ確実に紀元前四三一年よりも後である）。とにかく、オヴィディウスがエウリピデスに感化されたのは明白である（とくに子ども殺害の場面）」と述べる。

七　このキューピッドのエピソードは黄金時代に関するものでもある。タモーラ一味は黄金時代の気分を味わっている。

八　例えば、Katharine Eisaman Maus, *Inwardness and Theatre in the English Renaissance*（Chicago: The Univ. of Chicago Press, 1995）, p. 190 は子宮の神秘性について指摘する。

九　Bate, *Shakespeare and Ovid*, p. 39

一〇　Patricia Klindienst Joplin, "The Voice of the Shuttle Is Ours," in *Rape and Representation*, ed. Lynn A. Higgins and Brenda R. Silver（New York: Columbia Univ. Press, 1991）, pp. 35-66 を参照。

一一　Joplin, p. 40 は、オヴィディウス版を含む、ほとんどのフィロメラ神話において、フィロメラとその姉妹とは二人の王、すなわちアテネのパンディオン（ギリシア人）とトラキアのテレウス（野蛮人）との間の交換物である点を指摘する。

一二　*OED*, "sampler", 3, a.

一三　ここに引用した言葉において、タモーラが最初に強姦に言及するのは彼女の嗜好に一致するといえる。

一四　順序といえば二幕四場の冒頭におかれたト書きは、ラヴィニアが暴行の直後に舞台上に現われる姿について、"Enter the Empress' Sons with LAVINIA, her hands cut off and her tongue cut out, and ravished" と述べている。これは一八五七年の Alexander Dyce 以来、色々な版に書かれているト書きである。これはたんに登場するラヴィニアの外観について述べたものに過ぎないのだろうか。その暴行の順序・記述の順序を問題にすることはないのだろうか。

一五　本書《幕間　その一》では、アーロンの「一義性」として、この点を論じている。

一六　*Ovid's Metamorphoses, The Arthur Golding Translation 1567*, edited, with an introduction and notes, by John Frederick Nims with a New Essay, "Shakespeare's Ovid," by Jonathan Bate (Philadelphia: Paul Dry Books, 2000), p. 159.

一七　Bate, *Shakespeare and Ovid*, p. 104 は、プログニの復讐の特徴について、「処罰と料理法は互いに関連し合っている」という George Steevens の言葉を引用している。本章では、処罰と料理法がどのようなロジックで関連するのかを問うている。《幕間　その二》も参照。

一八　この部分の解釈は、Jonathan Goldberg が彼の "*Romeo and Juliet's* Open Rs," in his *Shakespeare's Hand* (Minneapolis: Univ. of Minnesota Press, 2003), pp. 271-85 で示した、『ロミオとジュリエット』におけるロザラインの位置が、シェイクスピアの『ソネット』における、詩人に恋心を寄せられる若い貴族の位置と同じであるという視点を借用したものである。

第三章　皮膚を剝ぐ——公開解剖学レッスン

一　身体と衣服の曖昧な関係については、鷲田清一『モードの迷宮』（一九八九：筑摩書房、一九九六）を参照。また解剖学における衣服と身体の表象については、Mario Perniola, "Between Clothing and Nudity," in *Fragments for a History of the Human Body*, ed. Michel Feher, Ramona Naddaff and Nadia Tazi (New York, NY: Zone, 1989), II, pp. 236-65, 258-59.

二 *Julius Caesar*, ed. T. S. Dorsch, Arden Shakespeare (London and New York: Methuen, 1955). 以下の『ジュリアス・シーザー』の引用および幕場行数もこの版による。

三 Jonathan Sawday, "The Fate of Marsyas: Dissecting the Renaissance Body," in *Renaissance Bodies: The Human Figure in English Culture c. 1540-1660*, ed. Lucy Gent and Nigel Llewellyn (London: Reaktion Books, 1990), pp. 111-35, 111. 英国での解剖実験と、文学作品中の言及については、David Harley, "Political Post-Mortems and Morbid Anatomy in Seventeenth-Century England," *Social History of Medicine*, 7 (1994), 1-28を参照。

四 Michel Foucault, *Discipline and Punish: The Birth of the Prison*, trans. Alan Sheridan (New York: Vintage Books, 1979).

五 Sawday, "The Fate of Marsyas," pp. 57, 63. 処刑と解剖との密接な関係については他に、Peter Linebaugh, "The Tyburn Riot Against the Surgeons," in D. Hay et al., *Albion's Fatal Tree: Crime and Society in Eighteenth-Century England* (New York: Pantheon Books, 1975), pp. 65-117; Ruth Richardson, *Death, Dissection and the Destitute* (Harmondsworth: Penguin Books, 1988) を参照。

六 Sawday, "The Fate of Marsyas," p. 118.

七 Jerome J. Bylebyl, "Interpreting the Fasciculo Anatomy Scene," *Journal of the History of Medicine*, 45 (1990), 285-316, 307. 解剖学者たちの名前の日本語表記は、藤田尚男『人体解剖のルネサンス』(平凡社、一九八九)、タイモン・スクリーチ『江戸の身体を開く』高山宏訳(作品社、一九九七)を参考にした。藤田氏によると、ヨーロッパの言語による表記も様々なものがあるとのことである。

八 Jonathan Sawday, *The Body Emblazoned: Dissection and the Human Body in Renaissance Culture* (London and New York: Routledge, 1995), p. 75.『ファブリカ』の図版解説については他に、David Le Breton, "Dualism and

Renaissance: Sources for a Modern Representation of the Body," trans. R. Scott Walker, *Diogenes*, 142 (1988), 47-69 も参照。

九　Giovanni Ferrari, "Public Anatomy Lessons and the Carnival: the Anatomy Theatre at Bologna," *Past and Present*, 117 (1987), 50-106. 100-01.

一〇　Sawday, "The Fate of Marsyas," p. 120.

一一　Sawday, "The Fate of Marsyas," p. 122.

一二　Sawday, "The Fate of Marsyas," p. 122. ちなみに、ガレノス（一二九頃～一九九年）は中世を通じ医学の権威と仰がれた学者。

一三　Sawday, "The Fate of Marsyas," p. 123.

一四　Sawday, "The Fate of Marsyas," p. 124.

一五　Sawday, "The Fate of Marsyas," p. 127.

一六　Ferrari, p. 85.

一七　Ferrari, pp. 66, 98-99. 英国における解剖の時期については、Sawday, *The Body Emblazoned*, p. 57.

一八　Ferrari, p. 98 に引用がある。

第四章　傷、痛み、秘密

一　R. J. Kaufmann and Clifford J. Ronan, "Shakespeare's *Julius Caesar*: Apollonian and Comparative Reading," *Comparative Drama*, 4 (1970-71), 18-51; 20.

二　Sigurd Burckhardt, *Shakespearean Meanings* (Princeton: Princeton Univ. Press, 1968) は、ブルータスによるシーザー殺しの「スタイル」を問題にしている。彼によると、ブルータスにとってそのスタイルが重要なのは、それが秩序のヴィジョンを具体化しているからだという。そのスタイルは、アナクロニズム・古いスタイルであった。暗殺計画が

スタイルの問題として扱われる点について、他にLynn de Gerenday, "Play, Ritualization, and Ambivalence in *Julius Caesar*," *Literature and Psychology*, 24 (1974), 24-31; Arthur Humphreys, ed., *Julius Caesar*, The Oxford Shakespeare (Oxford: Oxford Univ. Press, 1984), pp. 42-47が論じている。

三　空虚さ（hollowness）という語を用いているのは、James R. Siemon, *Shakespearean Iconoclasm* (Berkeley and Los Angeles: Univ. of California Press, 1985) である。ブルータスは彼の「真面目な姿勢（sober form）」の下に「空疎（hollow）」(p. 172) を隠している。また、Kaufmann and Ronan, p. 21 は漸降法（bathos）の効果を指摘している。

四　似た視点は、Kaufmann and Ronan によって提示されている。自己抑制の裂け目から感情が噴出するのは、ストイシズムのゆえであるとしている。また、Robert Hapgood, "Speak Hands for Me: Gesture as Language in *Julius Caesar*," in *Reinterpretations of Elizabethan Drama, Selected Papers from the English Institute*, ed. Norman Rabkin (New York and London: Columbia Univ. Press, 1969), pp. 415-22 もまた、はじめは抑えられていたブルータスの衝動的行動は、いったん解放されると破壊的で抑止がきかない、と述べる。

五　*Julius Caesar*, ed. T. S. Dorsch, Arden Shakespeare (London and New York: Methuen, 1955). 以下の『ジュリアス・シーザー』の引用および幕場行数もこの版による。

六　Peter S. Anderson, "Shakespeare's Caesar: The Language of Sacrifice," *Comparative Drama*, 3 (1969), 3-26; 15. ケートー（Marcus Porcius Cato）は、ポーシャの父親。彼は、厳格な道徳的誠実さで有名であった。シーザーがポンピーに対し勝利したのち、彼はシーザーの支配に服することを潔しとせず自害した。

七　Kaufmann and Ronan, p. 33.

八　Froma I. Zeitlin, "Playing the Other: Theatre, Theatricality, and the Feminine in Greek Drama," *Representations*, 11 (1985), 63-94; Janet Adelman, *Suffocating Mothers: Fantasies of Maternal Origin in Shakespeare's Plays*, Hamlet *to* The Tempest (New York: Routledge, 1992), p. 343n64 を参照のこと。この点で『ジュリアス・シーザー』は例外、あるいはローマの男性たちはすべて女性化していると言えようか。またこの作品における劇場・演技の位置付けについて、『アントニーとクレオパトラ』におけるそれと比較してみるとよい。後者については、Laura Levine, *Men in*

Women's Clothing: Anti-Theatricality and Effeminization, 1579-1642 (Cambridge: Cambridge Univ. Press, 1994), p. 46が「ものごとが、それら自体の演劇化、それら自体の演技化を別にしては存在しえない世界を想像することによって、シェイクスピアは演劇性を存在そのものの構成的条件とみなしている」と述べているように、「存在論的弁護」を提示している。しかし、『ジュリアス・シーザー』では、劇場性の基底には身体性が位置付けられている。

九　"proof" を "evidence, demonstration, testimony" と解するのは、David Crystal and Ben Crystal, *Shakespeare's Words: A Glossary and Language Companion* (London: Penguin Books, 2002), p. 349 である。これと異なり、"trial, test" の意味に解する注釈もある。どちらに解しても目下の議論に影響はない。

一〇　Jonathan Dollimore, "Shakespeare, Cultural Materialism, Feminism, and Marxist Humanism," *New Literary History*, 21 (1990), 471-93 は、「男色者や仕える主人をもたない者についてと同様、社会的危機において娼婦は、本当は彼女を裏切り犠牲にしている人々を裏切る者として解釈される」(477) と述べる。

一一　Peter Stallybrass, "Patriarchal Territories: The Body Enclosed," in *Rewriting the Renaissance: The Discourses of Sexual Difference in Early Modern Europe*, ed. Margaret W. Ferguson, Maureen Quilligan, and Nancy J. Vickers (Chicago: The Univ. of Chicago Press, 1986), p. 126.

一二　漏れる身体については、Gail Kern Paster, *The Body Embarrassed: Drama and the Disciplines of Shame in Early Modern England* (Ithaca: Cornell Univ. Press, 1993), pp. 23-63; Jonathan Gil Harris, "This is Not a Pipe: Water Supply, Incontinent Sources, and the Leaky Body Politic," in *Enclosure Acts: Sexuality, Property, and Culture in Early Modern England*, ed. Richard Burt and John Michael Archer (Ithaca: Cornell Univ. Press, 1994), p. 215 を参照。図版は、Geffrey Whitney, *A Choice of Emblems and Other Devices* (Leyden, 1586; New York: Da Capo Press, 1969), p. 12 より。Paster (p. 48) も同じ図版を載せている。

一三　Harold Jenkins, ed., *Hamlet*, Arden Shakespeare (London: Routledge, 1982).

一四　Peter Stallybrass, p. 133. また Paster, *Body Embarrassed*, p. 33. は、*Morris Palmer Tilley, A Dictionary of the Proverbs in England in the Sixteenth and Seventeenth Centuries* (Univ. of Michigan Press, 1950), J 57, pp. 347-48 か

ら「暗闇の中では、女中も貴婦人も同じ」"Joan is as good as my lady in the dark"という諺を引用している。Johannes Fabricius, *Syphilis in Shakespeare's England*（London: Jessica Kingsley, 1994), pp. 137-38によると、娼婦であるなしにかかわらず月経の血に触れることは性病をもたらすと考えられていた。これも漏出する肉体・信頼することができない肉体をもつものとして特徴づけられる女性の観念の一例となる。

一五　Melissa M. Matthes, *The Rape of Lucretia and the Founding of Republics*（University Park, Pennsylvania: The Pennsylvania State Univ. Press, 2000), p. 11によると、共和国ローマの成員は「最も男性的な瞬間に同時に他人の視線によって「女性化」される」と述べる。権力者とは視線の対象となる者だからである。その意味で、彼らは男性の位置と女性の位置の両方をもつ。

一六　Judith Fetterley, "Palpable Designs: An American Dream: 'Rip Van Winkle'," in *Feminisms: An Anthology of Literary Theory and Criticism*, ed. Robyn R. Warhol and Diane Price Herndl（New Brunswick: Rutgers Univ. Press, 1991）の、「彼女はその物語が提示している女性の否定的イメージによって攻撃されないではその物語を読むことができない。西洋文学だけでなくアメリカ文学においても広く見られ、それらのイメージのなかで主要であると言えるのは、敵どうしである（自然に、また本能的に敵なのである）女性のイメージである」（p. 507）という考察が参考になる。

一七　Kaufmann and Ronan, p. 38. 女主人公が男性コードを内在化させようとする努力はまたクレオパトラにもみられる。彼女は自殺の前に「私には女の気持ちなど微塵もない、頭から爪先まで堅固な大理石となった、もう変わりやすい月は私の星ではない」（五幕二場二三八～四一行）と言って、女性的な不安定性を拒絶する。

一八　J. M. Rist, *Stoic Philosophy*（Cambridge: Cambridge Univ. Press, 1969), pp. 37-53が、ストア派の哲学を快楽の否定と苦痛の受忍とに単純に結びつける一般的な受けとめ方を批判している点を参照。

一九　Cynthia Marshall, "Portia's Wound, Calphurnia's Dream: Reading Character in *Julius Caesar*," *English Literary Renaissance*, 24（1994), 471-88.

二〇　Marshall, 480.

二一　Marshall, 481.

二二　Kenneth Burke, "Antony in Behalf of the Play," in *The Philosophy of Literary Form*, 3rd ed.（1941; Berkeley: Univ. of California Press, 1973）, p. 343.

二三　Marshall, 480.

二四　Plutarch, *Plutarch's Lives of the Noble Grecians and Romans*, trans. Thomas North in *Narrative and Dramatic Sources of Shakespeare*, ed. Geoffrey Bullough（London: Routledge & Kegan Paul, 1966）, V, 98.

二五　シーザー殺害そのものは、Ernest Schanzer, *The Problem Plays of Shakespeare: A Study of Julius Caesar, Measure for Measure, Antony and Cleopatra*（London: Routledge & Kegan Paul, 1963）, p. 66が「距離感をつくる（distancing）」効果があると述べるように、驚くほどあっけない。シーザーは簡単に殺すことができる。

二六　肉体的痛みを主に医学史的な観点から扱った研究に、Roselyine Rey, *The History of Pain*, trans. J. A. Cadden and S. W. Cadden（Cambridge, Mass.: Harvard Univ. Press, 1995）がある。痛みは文化によって条件づけられている。この点に関しては、Mark Zborowski, "Cultural Components in Responses to Pain," *Journal of Social Issues*, 8（1952）, 16–30; H. Merskey, "Some Features of the History of the Idea of Pain," *Pain*, 9（1980）, 3–8; Giles Constable, *Attitudes Toward Self-Inflicted Suffering in the Middle Ages*（Brooline, Mass.: Hellenic College Press, 1982）; Elaine Scarry, *The Body in Pain: The Making and Unmaking of the World*（Oxford: Oxford Univ. Press, 1985）; David B. Morris, "The Language of Pain," in *Exploring the Concept of Mind*, ed. Richard M. Caplan（Iowa City: Univ. of Iowa Press, 1986）, pp. 89–99; Philip A. Mellor, "Self and Suffering: Deconstruction and Reflexive Definition in Buddhism and Christianity," *Religious Studies*, 27（1990）, 49–63; David B. Morris, *The Culture of Pain*（Berkeley and Los Angeles: Univ. of California Press, 1991）などの研究がある。

二七　Morris, "The Language of Pain," p. 90. Morrisによると、最も基本的な言語と痛みの関係は、「裏切り」（betrayal）である。

二八　Page du Bois, *Torture and Truth*（New York: Routledge, 1991）, p. 147. 他に、pp. 52, 68, 90を参照。

二九　Frankie Rubinstein, *A Dictionary of Shakespeare's Sexual Puns and their Significance*（London: Macmillan,

1984).

三〇　William W. E. Slights, “Secret Places in Renaissance Drama,” *Univ. of Toronto Quarterly*, 59（1990）, 372.

三一　Richard Broxton Onians, *The Origins of European Thought About the Body, the Mind, the Soul, the World, Time, and Fate*（1951; Cambridge: Cambridge Univ. Press, 1988）, p. 174.

三二　Carol Thomas Neely, “‘Documents of Madness’: Reading Madness and Gender in Shakespeare’s Tragedies and Early Modern Culture,’ *Shakespeare Quarterly*, 42（1991）, 314-38; 326 のハムレットとオフィーリアについての記述は、ブルータスとポーシャにも当てはまる。Neelyは、「ハムレットの佯狂とオフィーリアの実際の狂気における様式上の違いは、その他の差異によっても強調されている。その後の展開のなかで、ハムレットは当世風の内省とメランコリーの様子で提示されるのに対して、オフィーリアは、ハムレットがただ演技しているだけの狂気を実演し、疎外された者となる。彼女の狂気が身体化され、その内容がエロス化されるのに対して、ハムレットのメランコリーは形式と内容において政治化される」と述べる。ポーシャ死亡の報せによって、ブルータスの心の内奥が創造される（四幕三場）。ポーシャの死という一種の「痛み」によって創られる深部である。

三三　ルーパカル祭とは、オオカミから羊を守る保護者であり農耕の保護者でもあるルパーカスを称えるローマの祭り。ルーパカル（パラティヌス丘西端下の洞穴）で二月十五日に催される。

三四　歴史的にはシーザーの凱旋は紀元前四五年十月であったが、シェイクスピアはこれを二月一五日のルーパカル祭の日にもってきている。プルタークでは二つの事件は別々に扱われている。また、Dorschはこの変更が「劇的効果」を狙ったものであると述べているが、それがどのようなものであるのかについてはまったく説明していない。Geffrey Bullough, *Narrative and Dramatic Sources of Shakespeare*（London: Routledge & Kegan Paul, 1966）, V, 37は、シーザーの急な社会的上昇と下降を示すためだという。

三五　例えば、L. C. Knights, “Personality and Politics in *Julius Caesar*,” in *Shakespeare*: Julius Caesar, *a Casebook*, ed. Peter Ure（London: Macmillan, 1969）, pp. 121-39; Virgil K. Whitaker, “Brutus and the Tragedy of Moral Choice,” *ibid.*, pp. 172-82.

三六　「どうだ、最下等の連中でも心を動かされたと見える／罪を思い知って口を閉ざしたまま帰っていく」（一幕一場六一～六二行）を参照。

三七　この文脈で「声」と対照的なイメージは「手」である。ブルータスは二幕一場で、「首をはねた上に手足まで切り落とすようでは、怒りにまかせて殺し、殺したあとまで憎むようなものだ、アントニーはシーザーの手足にすぎないのだから」（二幕一場一六三～六五行）と、シーザーを人間の頭部にアントニーを四肢のひとつに喩えたが、この言葉から少しあとにある「シーザーの首が飛べば、シーザーの腕ほどの働きもできない男だ」（一八二～八三行）の言葉と考えあわせると、ブルータスによってアントニーは「手」ではなく「足」としてイメージされているのかもしれない。一幕二場冒頭のルーパカル祭でも、また、シーザー殺害の場面でも、活躍したのはアントニーの駿足であった。陰謀者たちにとっては、理想のローマ人の観念は手の働きと強く結びついている。シーザーを最初に刺すキャスカは、「返事はこのおれの手だ！」"Speak hands for me!"（三幕一場七六行）と叫ぶ。そしてその少しあと、ブルータスは自分たちの腕をシーザーの血で染める。キャシアスの心配にもかかわらず、ブルータスはアントニーを演壇に立たせる——「でなければ、この葬儀に関していっさいきみに手出しをさせる（have any hand）わけにはいかぬ」（三幕一場二四八～四九行）。アントニーは比喩ではありながらも初めて「手」を与えられる。そのイメージはキャスカの「返事はこのおれの手だ！」とは、ちょうど逆であった。声としての手。また劇は、演説のあとの最初の場面で、まったく新しい要素を加えたアントニー像を提示するが、このアントニーの変身は、彼のいままでの足の役割を他人（レピダス）に与えることによって象徴されている——「では、レピダス、シーザーの邸に行き、遺言状を／もってきてくれないか」（四幕一場七～八行）。四肢における「手」の特権的な意味づけについては、Michael Neill, "'Amphitheaters in the Body': Playing with Hands on the Shakespearean Stage," in *Shakespeare Survey*, 48 (1995), 23-50 の、「なぜなら手は、ヴェサリウスの弟子のコロンバスの言葉によると、器官中の器官であって、アリストテレスやガレノスのような様々の権威者によって、人体全体のなかで最も人間的な部分として引用されている」（p. 26）を参照。また、William S. Heckscher, *Rembrandt's Anatomy of Dr. Tulp: An Iconological Study* (Washington Square: New York Univ. Press, 1958), p. 73 を参照。

三八　ブルータスのそのような意向を受けて、トレボーニアスも「あの男を気にすることはあるまい。生かしておこう。／生きていても、あとでこの件を笑い話にするような男だ」（二幕一場一九〇～九一行）と言うのである。

三九　キャシアスによって、シーザーが「たった一人の男」"one only man"（一幕二場一五五行）と呼ばれたことが想起される。陰謀者たちの目からすると、シーザーはローマの男性性を独り占めしていたのである。またシーザー暗殺直後における陰謀者たちを除くローマ全体の女性化は、『コリオレーナス』において、主人公の攻撃に怯えるローマが女性化を加速させることに似ている。

四〇　この反応は一幕二場でキャスカによって、「おれのそばにいた三、四人の女どもは、「まあ、おかわいそう！」と叫んで、心から許してやっていた」（一幕二場二六八～七〇行）と語られる民衆のシーザーに対する反応を想起させる。ポーシャとの親近性をもつアントニーについて語ることは、彼と民衆との親近性を語ることにもなる。

四一　Jonathan Sawday, *The Body Emblazoned: Dissection and the Human Body in Renaissance Culture* (London and New York: Routledge, 1995), p. 9.

《幕間　その一》傷つく女性身体の変奏をみる

一　『ルークリースの凌辱』は、古代ローマ時代の貞女ルークリースの凌辱を扱ったシェイクスピアの物語詩。

二　引用及び幕場行数は、*Titus Andronicus*, ed. J. C. Maxwell, Arden Shakespeare (1961; rpt. London and New York: Methuen, 1987）に拠る。

三　Maxwell, note to 4.2.20–21.

四　Walter J. Ong, *Orality and Literacy: The Technologizing of the Word* (London and New York: Routledge, 1982), p. 97. また、Jean-Christopher Agnew. *Worlds Apart: The Market and the Theatre in Anglo-American Thought, 1550–1750* (Cambridge: Cambridge Univ. Press, 1986), p. 29 も、「そのような時代が来るまで、いかなる種類の書き物も従属的で、しばしば隠れた経済的地位しかなく、人々には胡散臭く曖昧でまがいものに見えた。彼らには、印章や、

図像的エンブレムや、行為遂行的発言の道具立てこそが権威と真正の真の印であった」と述べている。

五　ジョーゼフ・リクワート『〈まち〉のイデア——ローマと古代世界の都市の形の人間学』前川道郎・小野育雄訳（みすず書房、一九九一）一九九頁。リクワートによると、マクロビウスによるこの語源説明は古代ローマにおけるトロイアの遊戯について再考を迫るという。墓のまわりで踊られる迷路舞踏は「死に関すると同時に再生することでもあった」という（二〇〇頁）。これは、『タイタス』の舞台上につくられる象徴的な場所（アンドロニカス一族の墓と、タモーラの胎を思わせる森の穴）を連想させる。また、Robert M. Durling, "Deceit and Digestion in the Belly of Hell", in *Allegory and Representation*, ed. Stephen J. Greenblatt (Baltimore and London: The Johns Hopkins Univ. Press, 1981), p. 74によると、ウェルギリウスはトロイの木馬を「子宮」（*alvum, uterus*）と呼んだ。

六　Maurice Charney, *Titus Andronicus*, Harvester New Critical Introductions to Shakespeare (New York: Harvester Wheatsheaf, 1996), p. 100.

七　Eldred Jones, *Othello's Countrymen: The African in English Renaissance Drama* (London: Oxford Univ. Press, 1965), pp. 57–58.

八　Jones, p. 57.

九　Jacques Gélis, *History of Childbirth: Fertility, Pregnancy and Birth in Early Modern Europe*, trans. Rosemary Morris (Cambridge: Polity Press, 1991), p. 264.

第五章　授乳、流血、穀物

一　Bertolt Brecht, "Study of the First Scene of Shakespeare's *Coriolanus*," *Brecht on Theatre: The Development of an Aesthetic*, ed. and trans. John Willett (New York: Hill & Wang; London: Eyre Methuen, 1978), pp. 252–65.

二　*Coriolanus*, The World's Classics, ed. R. B. Parker (Oxford: Oxford Univ. Press, 1994), pp. 65–66.

三　興味深いことに、シェイクスピアの『アントニーとクレオパトラ』では小道具として鎧がクローズアップされるが、この作品には主人公の鎧への言及はない。

四　*Coriolanus*, ed. Philip Brockbank, Arden Shakespeare (London and New York: Methuen, 1976). 以下の『コリオレーナス』の引用および幕場行数もこの版による。

五　William S. Heckscher. "Shakespeare in His Relationship to the Visual Arts: A Study in Paradox," *Research Opportunities in Renaissance Drama*, 13-14 (1970-71), 25-35を参照。

六　Soji Iwasaki, *Shakespeare and the Icon of Time* (1973; rpt. Tokyo: Liber Press, 1992), p. 177を参照。

七　Louis Montrose, *The Purpose of Playing: Shakespeare and the Cultural Politics of the Elizabethan Theatre* (Chicago and London: The Univ. of Chicago Press, 1996), p. 33.

八　Thomas Phaire, *The Boke of Chyldren* (1545; rpt. Edinburgh and London: E. & S. Livingstone, 1955), p. 18. 幼児に対する授乳の影響力に関するその他の資料には、Audrey Eccles, *Obstetrics and Gynaecology in Tudor and Stuart England* (London: Croom Helm, 1982), pp. 49-50; Ian Maclean, *The Renaissance Notion of Woman* (Cambridge: Cambridge Univ. Press, 1980), p. 37; Kathryn Schwarz, "Missing the Breast: Desire, Disease, and the Singular Effect of Amazons," *The Body in Parts: Fantasies of Corporeality in Early Modern Europe*, ed. David Hillman and Carla Mazzio (New York and London: Routledge, 1997), pp. 152-53などがある。

九　Janet Adelman, "'Anger's My Meat': Feeding, Dependency, and Aggression in *Coriolanus*," *Representing Shakespeare: New Psychoanalytic Essays*, ed. Murray M. Schwartz and Coppélia Kahn (Baltimore and London: The Johns Hopkins Univ. Press, 1980), pp. 129-49; Stanley Cavell, *Disowning Knowledge in Six Plays of Shakespeare* (Cambridge: Cambridge Univ. Press, 1987). 両者は、このヴォラムニアの台詞を精緻に分析している。この台詞が作品に一貫するファンタジーにとって重要なものと考えるからである。作品のこの箇所の分析に関して、本章も二人に多くを負っている。両者の力点の違いについては、Cavell, pp. 153-56を参照。

一〇　Cavell, p. 154. また作品の同じ箇所について Adelman (1980) は、授乳に固有の依存性と、その依存性を払いのける方法を示すと述べる。

一一　Roy Strong, *The English Miniature* (London: Thames & Hudson, 1983), p. 83 にみられる。

一二　Margery Corbett and R. W. Lightbown, *The Comely Frontispiece: The Emblematic Title-Page in England 1550-1660* (London: Routledge & Kegan Paul, 1979), pp. 106, 108.

一三　Jonathan Sawday, *The Body Emblazoned: Dissection and the Human Body in Renaissance Culture* (London and New York: Routledge, 1995), p. 121.

一四　この授乳者の変化については、Lawrence Stone, *The Crisis of the Aristocracy 1558-1641*, abridged ed. (London: Oxford Univ. Press, 1967), p. 272 を参照。

一五　Mark Shell, *The Children of the Earth: Literature, Politics, and Nationhood* (Oxford: Oxford Univ. Press, 1993), pp. 142-43.

一六　Shell, *Children*, p. 158-59.

一七　このようなコリオレーナスは、彼と民衆の関係をめぐるアクションと授乳のイメージの交叉点において、裏切り者の乳母としてイメージされる「運命の女神」の相を帯びる。Howard R. Patch, *The Goddess Fortuna in Medieval Literature* (1927; rpt. New York: Octagon Books, 1967) によると運命の女神とは次のような存在である。「われわれにとっては親切に思えることもときどきはあるが、じつは裏切り者の運命の女神は、継母に似ている。おそらく彼女の乳で養ってくれたこともあるだろうが、あとで彼女はわれわれに敵対する。彼女は利己的な動機からのみ、われわれに関心があるのであり、その点でまさしく継母（*noverca*）なのである」（p. 56）。

一八　Gail Kern Paster, *The Body Embarrassed: Drama and the Disciplines of Shame in Early Modern England* (Ithaca, New York: Cornell Univ. Press, 1993) の、「血の内的構造と社会の内的構造との相同関係は、舞台上においては、特別な可視性とイデオロギー的力を与えられる。そこでは、血が現れたり語られたりすることは、物語上、記号学的に過剰コード化されることがないにしても、ほとんどつねに重層決定されている」（p. 84）という観点が参考になる。Pasterはその典型例として、『ベニスの商人』を挙げている。

一九　Cavell, pp. 157, 160.

二〇　Pseudo-Albertus Magnus, *Women's Secrets: A Translation of Pseudo-Albertus Magnus's* De Secretis Mulierum *with Commentaries*, trans. Helen Rodnite Lemay（Albany: State Univ. of New York Press, 1992), pp. 71, 144-45.

二一　Eccles, pp. 51-53. また同書は、一七世紀の産科医ヒュー・チェンバレンがあげる、乳首から乳の代りに血を出す女性の症例に言及している。

二二　Michael Schoenfeldt, "Fables of the Belly in Early Modern England," *Body in Parts*, p. 245.

二三　貴族と大食という伝統的な連想に反して、歴史上の君主の中には小食をよしとする者がいたことが想起される。たとえば、『自省録』のマルクス・アウレリウス、マキャヴェリが『タイタス・リヴィウスの最初の十巻についての論文』の中で触れるオーガスタス・シーザー、『バシリコン・ドーロン』のジェイムズ一世など。

二四　『オックスフォード英語辞典』"proceed", 6. c.

二五　「例えば、経済内部における貨幣の循環は、通貨への信頼を維持したい共和国当局の頭を大いに悩ませた問題であったが、本質的にハーヴェイ的な過程として理解できる」（Sawday, p. 243）を参照。

二六　Robert M. Durling, "Deceit and Digestion in the Belly of Hell," *Allegory and Representation*, ed. Stephen J. Greenblatt（Baltimore: The Johns Hopkins Univ. Press, 1981), p. 71. また「蓄積」に対する人びとの態度の変遷については、Michael D. Bristol, *Carnival and Theatre: Plebeian Culture and the Structure of Authority in Renaissance England*（New York and London: Routledge, 1985), p. 85.

二七　William Empson, *Essays on Shakespeare*（Cambridge: Cambridge Univ. Press, 1986), pp. 177-83. エンプソンは、戦時中、彼が駐屯していた中国の町に、コリオライに似た城門を備える都市外壁があったことを紹介する。その城壁の造りをモデルにして、このように推測する。突入したマーシャスは城壁を背に敵と戦い、そのような城壁につきものの内側の階段を上って欄干に姿を見せ、城壁上の斥候を排撃することによって、ラーシャスが用意した「攻城ばしご」（一幕四場二一行）を利用し味方の兵が攻め込めるようにした。従って、「マーシャスが敵の町を単独で攻め取ったとは誰も信じられない」（p. 182）。

二八　シェイクスピアのコリオレーナスは単身で敵の城に突入するが、プルタークでは部下を従えている。この素材との違いも特別な効果をねらう劇作家の意図を物語っている。

二九　Empson, p. 177.

三〇　シェイクスピアの『リチャード二世』には「神の国に入るよりは、ラクダが針の穴を／通る（thred the postern of a Needles eye）ほうが、もっとやさしい」（五幕五場一七行）という言葉がみえ、『コリオレーナス』におけるのと同じ意味で“thred”が用いられている。

三一　Cavell, pp. 155, 171n12.

三二　Marcel Mauss, *The Gift: The Form and Reason for Exchange in Archaic Societies*, trans. W. D. Halls（London: Routledge. 1990).

三三　Bruce M. Knauft, “Bodily Images in Melanesia: Cultural Substances and Natural Metaphors,” in *Fragments for a History of the Human Body*, ed. Michel Feher, Ramona Naddaff and Nadia Tazi（New York: Zone, 1989), III, 198-279, 226.

三四　Mark Shell, “The Family Pet,” *Representations*, 15（1986), 121-53. Shellは、*The End of Kinship*: ‘Measure for Measure,’ *Incest, and the Ideal of Universal Siblinghood*（Stanford, California: Stanford Univ. Press, 1988）において、「普遍的兄弟関係」“universal siblinghood”のテーマを歴史的に追求したが、この論文では近親相姦と獣姦を軸に「普遍的血縁関係」“universal kinship”の問題を扱っている。

三五　Shell, *The End of Kinship*, p. 235 n14は、『コリオレーナス』を、「すべての地上の血縁の否定が、キリスト教的博愛主義（人間はすべて兄弟である）ではなく、タイモン的な人間嫌いに到る（人間はすべて他者である）」というテーマをもつ作品として定義する。この解釈は多くの読者の共感を得るだろうが、筆者はこの解釈をとらない。

三六　Jonathan Goldberg, *James I and the Politics of Literature: Jonson, Shakespeare, Donne and Their Contemporaries*（Stanford, California: Stanford Univ. Press, 1989), pp. 141-42.

三七　このテーマに関しては、Gordon J. Schochet, *Patriarchalism in Political Thought: The Authoritarian Family and Political Speculation and Attitudes Especially in Seventeenth-Century England*（Oxford: Basil Blackwell, 1975）が標

準的な研究であるが、他にもSusan Dwyer Amussen, *An Ordered Society: Gender and Class in Early Modern England*（Oxford: Basil Blackwell, 1988）がある。

三八　Sir Robert Filmer, *Patriarcha and Other Writings*, ed. Johann P. Sommerville（Cambridge: Cambridge Univ. Press, 1991）, p. 11.

三九　Cavell, p. 168.

四〇　*The Political Works of James I*, ed. Charles Howard McIlwain（Cambridge, Mass.: Harvard Univ. Press, 1918）, p. 20.

四一　G. P. V. Akrigg, *Jacobean Pageant or the Court of King James I*（1962; rpt. New York: Atheneum. 1974）, p. 245.

四二　Goldberg, pp. 136-37. ジェイムズ王のギフト・エトスについては、Fumerton, pp. 169-206を参照。

四三　コリオレーナスのメッセージ性が神秘性をまとうという点については、ほかにスタンリー・キャベルの指摘がある。彼によると、選挙の過程でコリオレーナスがローマ市民に自分の傷を見せないで彼の価値を信じさせようとする箇所には、傷に触れないではイエスであることを信じようとしなかった弟子トマスのエピソードとの連想が、また、コリオレーナス追放には、人びとから耳を傾けられることなく郷里を去る預言者との連想がある。また、キャベルは、コリオレーナスの言葉と、食べものに喩えられるイエスの言葉との連想について詳しく論じている。

四四　Goldberg, p. 56; また、Leah S. Marcus, *Puzzling Shakespeare: Local Reading and Its Discontents*（Berkeley and Los Angeles: Univ. of California Press, 1988）, p. 116も参照。「国家の神秘」Mysteries of Stateの観念が成立した歴史的経緯については、Ernst H. Kantorowicz, "Mysteries of State: An Absolutist Concept and Its Late Medieval Origins," *Harvard Theological Review*, 48（1955）, 65-91を参照。その後の研究では、Peter S. Donaldson, *Machiavelli and Mystery of State*（Cambridge: Cambridge Univ. Press, 1988）がある。

四五　James I. p. 5.

四六　Goldberg, pp. 55-84.

四七　Frank Whigham, *Ambition and Privilege: The Social Tropes of Elizabethan Courtesy Theory*（Berkeley and Los Angeles: Univ. of California Press, 1984）, p. 67; Leonard Barkan, "Diana and Actaeon: The Myth as Synthesis," *English Literary Renaissance*, 10（1980）, 333n33 を参照。このイメージの具体例には、*The Faerie Queen*, Book VI, Proem 7; *The Duchess of Malfi*, 1.1.11-15 などがある。また、川北稔責任編集『歴史学事典１：交換と消費』（弘文堂、一九九四）の「非市場的交換」の項によると、王制のように社会に中心がある場合には、君主のもとに富が集中し、彼から富が流出する形をとるという。

四八　George Puttenham, *The Arte of English Poesie*, ed. Gladys Doidge Willcock and Alice Walker（Cambridge: Cambridge Univ. Press, 1936）, p. 100.

四九　James I, p. 24.

五〇　Debora Kuller Shuger, *Habits of Thought in the English Renaissance: Religion, Politics, and the Dominant Culture*（Toronto: Univ. of Toronto Press, 1997）, p. 228.

五一　Marcus, pp. 110-11.

五二　Edward Forset, *A Comparative Discourse of the Bodies Natural and Politique*（1606; rpt. New York: Da Capo Press, 1973）, pp. 30, 35. このときの心臓は消化器官として理解されていると思う。心臓を消化器官とする観念については、M. Anthony Newson, *Giles of Rome and the Medieval Theory of Conception*（London: The Athlone Press, 1975）, p. 75 を参照。

五三　Goldberg, pp. 141-42.

五四　D. J. Gordon, "Name and Fame: Shakespeare's *Coriolanus*," in *Papers Mainly Shakespearean*, ed. G. I. Duthie（Edinburgh and London: Oliver & Boyd, 1964）は、ローマの言語について、「本来は確認し関係づける言葉は、貶《おとし》め破壊する言葉となる。すなわち、罵声・やじ・悪態・嘘・追従・ただの声・臭い息」（p. 219）と述べている。

五五　D. Harris Willson, *King James VI and I*（London: Jonathan Cape, 1956）, p. 243.

五六　Willson, p. 247.

五七　Marcus, pp. 112-140.

五八　Marcus, p. 137 によると、「ジュピター神はジェイムズ王である。彼は、彼の蔑まれた同胞であるスコットランド人を変らず守護する意志を告げ知らせるため、ジュピター神のように議会に舞い降りたのであった。彼は、統合（union）計画との関連で、雷を投げるジュピター神として、あるいは、彼の紋章的生物であるローマの鷲と共にいるジュピター神として、しばしば描かれた。」

五九　Goldberg, p. 187.

第六章　悪魔の身体

一　例えば、Janet Adelman, "'Anger's My Meat': Feeding, Dependency, and Aggression in *Coriolanus*,' in *Representing Shakespeare: New Psychoanalytic Essays*, ed. Murray M. Schwartz and Coppélia Kahn（Baltimore and London: The Johns Hopkins Univ. Press, 1980）, 129-49; 136-37; Coppélia Kahn, *Man's Estate: Masculine Identity in Shakespeare*（Berkeley and Los Angeles: Univ. of California Press, 1981）, pp. 151-92; 162.

二　*Coriolanus*, ed. Philip Brockbank, Arden Shakespeare（London and New York: Methuen, 1976）. 以下の『コリオレーナス』の引用および幕場行数もこの版による。

三　例えば、Naomi Conn Liebler, *Shakespeare's Festive Tragedy: Ritual Foundations of Genre*（London and New York: Routledge, 1995）, p. 155 は、「『コリオレーナス』は「身体」について、ただ一つの物語ではなく、複数の択一的な物語（a set of alternative discourses of "bodies"）を伝える」と述べる。

四　Jean-Christopher Agnew, *Worlds Apart: The Market and the Theatre in Anglo-American Thought, 1550-1750*（Cambridge: Cambridge Univ. Press, 1986）, p. 86.

五　Lawrence Manley, *Literature and Culture in Early Modern England*（Cambridge: Cambridge Univ. Press, 1995）, pp. 84-85.

六　Giuseppe Mazzotta, *Dante, Poet of the Desert: History & Allegory in the Divine Comedy* (Princeton, N. J.: Princeton Univ. Press, 1979), p. 73.

七　Philip Brockbank, ed., *Coriolanus*, note to 3.1.109.

八　*The Geneva Bible: A Facsimile of the 1560 Edition* (Madison, Wisc.: The Univ. of Wisconsin Press, 1969).

九　Sir James G. Frazer, *Folk-Lore in the Old Testament: Studies in Comparative Religion, Legend, and Law* (London: Macmillan, 1919), I, 362-90. また、ウンベルト・エーコ『完全言語の探求』上村忠男・廣石正和訳（平凡社、一九九五）、とくに七一、四八四頁。

一〇　John Lydgate, *Lydgate's Fall of Princes*, Early English Text Society, Extra Series, No. 121 (1924; London: Oxford Univ. Press, 1967).

一一　現代の英訳聖書では別の動物になっている。たとえば *Revised English Bible* では「狼」（wolves）であるが、『ジュネーブ聖書』『欽定訳聖書』では「龍」（dragons）と訳されている。

一二　Lydgate, I, 1254-1260.

一三　Sir Robert Filmer, *Patriarcha and Other Writings*, ed. Johann P. Sommerville (Cambridge: Cambridge Univ. Press, 1991), p. 8.

一四　Honor Matthews, *The Primal Curse: The Myth of Cain and Abel in the Theatre* (London: Chatto and Windus, 1967), p. 49 は、「コリオレーナスは同胞によって追放され、同胞によって殺される。カインが恐れた審判が彼に下ったのである」と述べる。

一五　David Quint, "Rabelais: From Babel to Apocalypse," in his *Origin and Originality in Renaissance Literature: Versions of the Source* (New Haven: Yale Univ. Press, 1989), pp. 167-206; 178.

一六　S. F. Johnson, "*The Spanish Tragedy*, or Babylon Revisited," *Essays on Shakespeare and Elizabethan Drama in Honour of Hardin Craig*, ed. Richard Hosley (London: Routledge & Kegan Paul, 1963), pp. 24-25. Johnson は、両者を混同した文人の例として、エドマンド・スペンサーを挙げているが、*The Trew Law of Free Monarchies* を著し

たジェイムズ一世も加えてよい。王は、「バベルの王ネブカドネザル」“Nebuchadnezar the King of Babel” と言っている。

一七　St. Augustine, *Concerning The City of God against the Pagans*, trans. Henry Bettenson (London: Penguin Books, 1984), pp. 667, 677.

一八　たとえば「黙示録」一八章八〜九節。

一九　*Feminism and Art History*, ed. Norma Broude and Mary D. Garrard (New York: Harper & Row, 1982), p. 137 にこの図版がある。

二〇　Robert M. Durling, “Deceit and Digestion in the Belly of Hell,” in *Allegory and Representation*, ed. Stephen J. Greenblatt (Baltimore and London: The Johns Hopkins Univ. Press, 1981), pp. 61-93; 61. 彼が悪魔の体の観念の典拠（*locus classicus*）としているのは、聖アウグスティヌスの *De genesi ad litteram*, 11. 24. 31-25. 32 (P. L. 34, 457-58) である。

二一　Stanley Cavell, *Disowning Knowledge in Six Plays of Shakespeare* (Cambridge: Cambridge Univ. Press. 1987), p. 172 は、言葉の腐敗については述べていないが、劇中における穀物と金銭、穀物と言葉との連結から、金銭と糞便の連結を指摘している。

二二　Roy W. Battenhouse, *Shakespearean Tragedy: Its Art and its Christian Premises* (Bloomington: Indiana Univ. Press, 1969), p. 342; Ernst R. Curtius, *European Literature in the Latin Middle Ages*, trans. Willard R. Trask (Princeton: Princeton Univ. Press, 1953), p. 435:「騒がしい尻」; Gail Kern Paster, *The Body Embarrassed: Drama and the Disciplines of Shame in Early Modern England* (Ithaca, New York: Cornell Univ. Press, 1993), pp. 125-27; Cavell, p. 169. 腹がだす音が臭いを伴ったかどうかはテキストからは不明だが、悪魔は悪臭を放ち、おならの悪臭の汚染源は地獄であった。この点については、池上俊一『歴史としての身体――ヨーロッパ中世の深層を読む』（柏書房、1992）、二三九〜四一頁を参照。

二三　Katerina Clark and Michael Holoquist, *Mikhail Bakhtin* (Cambridge, Mass.: Harvard Univ. Press, 1984), p. 302.

二四　Stephen Mennell, "On the Civilizing of Appetite," *Theory, Culture & Society*, 4 (1987), 373-403.

二五　R. F. Yeager, "Aspects of Gluttony in Chaucer and Gower," *Studies in Philology*, 81 (1984), 42-55; 48. また大食と不信仰の関係については、Michael Schoenfeldt, "Fables of the Belly in Early Modern England," *The Body in Parts: Fantasies of Corporeality in Early Modern Europe*, ed. David Hillman and Carla Mazzio (New York and London: Routledge, 1997), pp. 253-54 を参照。

二六　Durling. "Deceit and Digestion, p. 68; M. Anthony Newson, *Giles of Rome and the Medieval Theory of Conception* (London: The Athlone Press, 1975). pp. 75-78. 第一の消化は口、第三の消化は肝臓とする理論が Pseudo-Albertus Magnus, pp. 71, 109 などに見られる。

二七　この関連では、ジョン・ミルトンが『失楽園』の宇宙を巨大な消化システムとして構想したことが想起される。そのことにより詩人は、西洋文化の起源神話は食事規定の侵犯であることを教えている。Schoenfeldt, p. 256 を参照。

二八　その代表として、Adelman と、その分析に批判を加えたCavellが挙げられる。

二九　Caroline Walker Bynum, *Holy Feast and Holy Fast: The Religious Significance of Food to Medieval Women* (Berkeley and Los Angeles: Univ. of California Press, 1987), p. 270.

三〇　G. R. Quaife, *Godly Zeal and Furious Rage: The Witch in Early Modern Europe* (New York: St. Martin's Press, 1987), p. 55. 他に Keith Thomas, *Religion and the Decline of Magic: Studies in Popular Beliefs in Sixteenth and Seventeenth Century England* (London: Weidenfeld and Nicolson, 1971), p. 446; Karen Newman, *Fashioning Femininity and English Renaissance Drama* (Chicago: The Univ. of Chicago Press, 1991), p. 53; Laura Levine, *Men in Women's Clothing: Anti-Theatricality and Effeminization 1579-1642* (Cambridge: Cambridge Univ. Press, 1994), p. 120.

三一　"witch" のジェンダーの曖昧性については、マクベスと男性ゴルゴンとの関係を扱った Marjorie Garber, *Shakespeare's Ghost Writers: Literature as Uncanny Causality* (London: Methuen, 1987), pp. 87-123 を参照。

三二　Stephen Greenblatt, *Renaissance Self-Fashioning: From More to Shakespeare* (Chicago: The Univ. of Chicago

Press, 1980), pp. 82, 269n19.

三三　Carlo Ginsburg, "Witchcraft and Popular Piety: Notes on a Modenese Trial of 1519," in his *Clues, Myths and the Historical Method*, trans. John and Anne C. Tedeschi（Baltimore: The Johns Hopkins Univ. Press, 1989）. pp. 1-16.

三四　Harold C. Goddard, *The Meaning of Shakespeare*（Chcago: Univ. of Chicago Press, 1951）, I, 210

三五　Kenneth Burke, "*Coriolanus* and the Delights of Faction," in his *Language as Symbolic Action: Essays on Life, Literature and Method*（Berkeley: Univ. of California Press, 1966）, p. 96.

三六　Durling, "*Io son venuto*': Seneca, Plato, and the Micrcosm," *Dante Studies*, 93（1975）, 119.

三七　Terence Hawkes, *Meaning by Shakespeare*（London: Routledge, 1992）, p. 56.

三八　通常の追従は、例えば、『ハムレット』の「貧乏人にお世辞を言ってもはじまるまい。／甘い言葉を吐く舌は、いばりくさった馬鹿者を／なめればいい」（三幕二場）という言葉に代表される。

三九　一幕一場の終りで、二人の護民官ブルータスとシシニアスが、コリオレーナスの出陣について語り合う中に。二幕で市民たちが、執政官に立候補したコリオレーナスに支持を与える過程の中で。また五幕で昨日までの敵を迎え入れたオーフィディアスの言葉（五幕六場一〇～一二行）は、コリオレーナスに対する過去の護民官たちの不安を想起させる。

四〇　Geoffrey H. Hartman は、*Saving the Text: Literature/Derida/Philosophy*（Baltimore: The Johns Hopkins Univ. Press, 1981）. p. 140 で、「共同体の夢とコミュニケーションの夢とは密接に結びついている。おそらく言葉と音楽どうしのように。しかし、言葉はしばしば音楽よりも耳ざわりである」と、述べている。

四一　「ギフト・エトス」"gift ethos" とは、Patricia Fumerton, *Cultural Aesthetics: Renaissance Literature and the Practice of Social Ornament*（Chicago: The Univ. of Chicago Press, 1991）, p. 193 の用語である。ジェイムズ朝における贈り物の交換に対する疑いについては、この本の第四～五章を参照。

四二　その「コリオレーナス伝」の中でプルタークは、役人の選挙に買収が始まるのは、かなり後のことだと言い、それが共和制から王制へと変る原因だと詳しく述べている。

四三　従来の選挙の習慣にとらわれているメニーニアスが、混乱が勃発してからも、「頭をさげられればやつらだって、ただで（free）許しを与えるだろう、／無意味な言葉と同様に」（三幕二場八八～八九行）と言うのは当然と言える。

四四　「毒」という語はもう一度、今度はコリオレーナス自身によって用いられている（三幕一場一五五～五六行）が、この場合も無償の贈り物のことを指して用いられている。

四五　Jacques Derrida, *Given Time: I. Counterfeit Money*, trans. Peggy Kamuf (Chicago: The Univ. of Chicago Press, 1992), p. 36n1.

四六　Derrida, p. 80.

《幕間　その二》食の変奏をみる

一　David Wilbern, "Rape and Revenge in *Titus Andronicus*," *ELR*, 8 (1978), 159–82; C. L. Barber and Richard P. Wheeler, *The Whole Journey: Shakespeare's Power of Development* (Berkeley: Univ. of California Press, 1968), pp. 125–57.

二　Barber and Wheeler, p. 136. また、Marion Wynne-Davies, "'The Swallowing Womb': Consumed and Consuming Women in *Titus Andronicus*," in *The Matter of Difference: Materialist Feminist Criticism of Shakespeare*, ed. Valerie Wayne (Herfordshire: Harvester Wheatsheaf, 1991), pp. 129–52 も参照。

三　John Gillies, *Shakespeare and the Geography of Difference* (Cambridge: Cambridge Univ. Press, 1994), p. 109.

四　以下の引用および幕場行数はすべて *Titus Andronicus*, ed. J. C. Maxwell, Arden Shakespeare (London: Methuen, 1961) に拠る。

五　材源の一つとされるチャップブック（行商本）では、ゴートの女王とローマ皇帝の結婚が述べられてから、彼女がムーア人（名前はない）との性的関係によって妊娠したことが語られる。妊娠時期がいつか、はっきりとは知りえないが、ローマに来てからとも読める。シェイクスピアが材源とする物語を舞台の時間に合わせて短縮することは知られた技法である。この点に関しては、Soji Iwasaki, "*Macbeth:* A Recapitulation of the History Plays," *Studies in Language and Culture*（『言語文化論集』）, V. 2（1984）, 11–18を参照。

六 Robert M. Durling, "Deceit and Digestion in the Belly of Hell," in *Allegory and Representation*, ed. Stephen J. Greenblatt（Baltimore and London: The Johns Hopkins Univ. Press, 1981）, p. 74を参照。

七 Jacques Gélis, *History of Childbirth: Fertility, Pregnancy and Birth in Early Modern Europe*, trans. Rosemary Morris（Cambridge: Polity Press, 1991）, p. 60は、民衆の安産祈願において、蝦蟇が妊娠する女性と子宮の象徴であったと述べる。森の穴についてのタモーラのヴィジョンと似たものが、『アセンズのタイモン』四幕三場にも見られる。そこでは母に擬せられた大地が蝦蟇などを生む。

八 Howard Baker, *Induction to Tragedy: A Study in a Development of Form in* Gorboduc, The Spanish Tragedy *and* Titus Andronicus（New York: Russell & Russell, 1939）, p. 121; Maxwell, p. xxxix; Geoffrey Bullough, *Narrative and Dramatic Sources of Shakespeare*（London: Routledge & Kegan Paul, 1966）, VI, 23; A. C. Hamilton, *The Early Shakespeare*（San Mario, Calif.: The Huntington Library, 1967）, p. 67; Frank Kermode, introduction to *Titus Andronicus* in *The Riverside Shakespeare*, ed. G. Blackmore Evans（Boston: Houghton Mifflin, 1967）, p. 1021; Roberts S. Miola, *Shakespeare and Classical Tragedy: The Influence of Seneca*（Oxford: Oxford Univ. Press, 1992）, pp. 28–30を参照。

九 Jean-Christophe Agnew, *Worlds Apart: The Market and the Theatre in Anglo-American Thought, 1550–1750*（Cambridge: Cambridge Univ. Press, 1986）, p. 105によると、職人組合と結びついていた中世の役者は、その職業によって役を振り当てられたという。例えば、パン屋は最後の晩餐、船大工はノアの物語、料理人は地獄の征服（Harrowing of Hell）という具合である。タモーラによって呼び出される森の暗い光景が地獄の相をもっていることを考えると、タイタスの料理人としての変装の背景には、このような演劇史的背景があるのかもしれない。これについては、*York Mystery Plays: A Selection in Modern Spelling*, ed. Richard Beadle and Pamela M. King（Oxford: Oxford Univ. Press, 1995）, xii–xiv も参照。

一〇　Douglas E. Green, "Interpreting 'marty'd signs': Gender and Tragedy in *Titus Andronicus*," *Shakespeare Quarterly*, 40 (1989), 317-26は、主人公の人物像と彼の悲劇が、タモーラとラヴィニアを通して構成されていると述べる。

一一　Natalie Zemon Davis, *Fiction in the Archives: Pardon Tales and Their Tellers in Sixteenth-Century France* (Stanford: Stanford Univ. Press, 1987), p. 85; J. A. Sharpe, *Crime in Early Modern England 1550-1750* (London: Longman, 1984), pp. 60-62, 108-10, 170を参照。

一二　Gélis, p. 64. また *Michael Schoenfeldt*, *"Fables of the Belly in Early Modern England,"* in *The Body in Parts: Fantasies of Corporeality in Early Modern Europe* ed. David Hillman and Carla Mazzio (New York and London: Routledge, 1997), pp. 243-61; 247も、胃の働きを料理に例える当時の観念について述べている。

一三　Jane Sharp, *The Midwives Book* (1671; rpt. New York and London: Garland, 1985), p. 140.

一四　Sir Thomas Raynolde, *The Birth of Mankind, otherwise named* The Woman's Book, in *Daughters, Wives, and Widows: Writings by Men about Women and Marriage in England, 1500-1640*, ed. Joan Larsen Klein (Urbana: Univ. of Illinois Press, 1992), pp. 177-204. 子宮を熱い「かまど」の比喩で捉える例は、古くはアリストテレスにも見られる。これに関しては、Aristotle, "Generation of Animals" in *The Complete Works of Aristotle*, The Revised Oxford Translation, ed. Jonathan Barnes (Princeton, New Jersey: Princeton Univ. Press, 1984), II, 1182を参照。

一五　James Guillemeau, *Child-Birth* (1612; rpt.. New York: Da Capo Press, 1972), p. 35. また、異食症（pica）については、中世の出産の書であるPseudo-Albertus Magnus, *Women's Secrets: A Translation of Pseudo-Albertus Magnus's* De Secretis Mulierum *with Commentaries*, trans. Helen Rodnite Lemay (Albany: State Univ. of New York Press, 1992), pp. 57, 122にも記述が見える。

一六　Sir Thomas Raynolde, p. 195. また Pseudo-Albertus Magnus, p. 141も同じように妊婦の食欲と死産の関係について述べている。

一七　Peggy Reaves Sanday, "Rape and the Silencing of the Feminine," in *Rape: An Historical and Social Enquiry*, ed. Sylvana Tomaselli and Roy Porter (Oxford: Basil Blackwell, 1986), pp. 85-86.

一八　アーロンの「ほしい女が／ものにでき（achieve）ぬときは、なにがなんでもものにする／覚悟がなくちゃいけません」（二幕一場一〇五〜〇七行）の言葉が示すように、彼はタモーラの息子たちが用いた "achieve"（八〇行）の語にこだわっている。それは、タモーラの息子たちが、この時点ではまだラヴィニアとの関係を彼らの自立の契機として捉えていることを暗示している。

一九　Stephen Booth, *King Lear, Macbeth, Indefinition, and Tragedy* (1983; Christchurch, New Zealand: Cybereditions, 2001) によると、シェイクスピアは文脈によって正反対の意味をもつ単語に関心を示すとして、その短いリストを示しているが、その中には "rest" も含まれている。

二〇　Frankie Rubinstein, *A Dictionary of Shakespeare's Sexual Puns and their Significance* (London: Macmillan, 1984), p. 219.

二一　Adrian Wilson, "Participant or Patient? Seventeenth Century Childbirth from the Mother's Point of View," in *Patients and Practitioners: Lay Perceptions of Medicine in Pre-Industrial Society*, ed. Roy Porter (Cambridge: Cambridge Univ. Press, 1985), pp. 29-44.

二二　Richmond Noble, *Shakespeare's Biblical Knowledge* (1935; rpt. New York: Octagon Book, 1970), p. 140.

二三　ヘキュバはトロイ戦争における敗者プリアモス王の妻である。

二四　*Hamlet*, ed. Harold Jenkins, Arden Shakespeare (London and New York: Routledge, 1982).

二五　Audrey Eccles, *Obstetrics and Gynaecology in Tudor and Stuart England* (London: Groom Helm, 1982), pp. 26-42. 他に、Peter Brown, *The Body and the Society: Men, Women, and Sexual Renunciation in Early Christianity* (New York: Columbia Univ. Press, 1988), p. 413; Sander L. Gilman, *Sexuality: An Illustrated History: Representing the Sexual in Medicine and Culture from the Middle Ages to the Age of Aids* (New York: John Wiley & Sons, 1989), p. 55; Thomas Laqueur, "Orgasm, Generation, and the Politics of Reproductive Biology," *Representations*, 14 (1986), 1-41 を参照。

二六　Mary Beth Rose, "Where are the Mothers in Shakespeare? Options for Gender Representation in the English Renaissance," *Shakespeare Quarterly*, 42（1991）, 291-314.

第七章　身体性の代行者たち

一　シーザーはアントニーについての認識を使者がもたらす報告から組み立てる。この点については、W. B. Worthen, "The Weight of Antony: Staging 'Character' in *Antony and Cleopatra*," *SEL*, 26（1986）, 295-308; 299:「シーザーによるアントニーの性格造形（characterization）は一貫して、演技／行動が進行中の登場人物よりも、舞台には不在の歴史上の登場人物を特権化している」を参照。

二　*The Tragedy of Anthony and Cleopatra*, ed. Michael Neill, The World's Classics（Oxford: Clarendon Press, 1994）. 以下の『アントニーとクレオパトラ』の引用および幕場行数もこの版による。

三　使者に対する「よく見てくるのだぞ、アントニーが逆境にあって／いかに身を処しているか」（三幕一二場三五行）という指示も、シーザーらしい。

四　「生きのびることは苦しみでしかない」"All length is torture"（四幕一五場四六行）を参照。

五　Louis Montrose, "The Work of Gender and Sexuality in the Elizabethan Discourse of Discovery," in *Discourses of Sexuality: From Aristotle to Aids*（Ann Arbor: The Univ. of Michigan Press, 1992）, p. 162.

六　Montrose, p. 144.

七　「野蛮・欺き」については、ローマからの使者に対してクレオパトラが理不尽で暴力的な対応をする場面（二幕五場）と、シリューカスを使ってシーザーを欺こうとする場面（五幕二場）に見られた。「食人」については、「塩水につけて、酢の中にほうりこんで、／からだじゅうひりひりさせてやる」"stewed in brine, /Smarting in ling'ring pickle"（二幕五場六六～六七行）が該当する。ここに使われている"stew"と"pickle"を、『オックスフォード英語辞典』はいずれも料理に関係した意味の使用例としてあげている。

八　一幕一場でクレオパトラが、ローマからアントニーの許へ伝言を届けに来た使者について述べる「どこなの、ファルヴィアからの召喚状は？　それとも／シーザーからなの？　両方かしら？」（一幕一場三〇行）という言葉の中では、ファルヴィアとシーザーは女王にとって同じ位置にある。すなわち、女王にとってローマは女性としてジェンダー化されている。大英雄であるアントニーがエジプトに滞在しているからである。並はずれた男性性の持ち主が存在する場合、それ以外の人々が、あるいは彼らの居場所が女性ジェンダーを帯びるのはシェイクスピアによく見られる現象である。本書で扱う他の三つの劇についてもそのような瞬間がある。

九　この引用文中の"mortal stroke"「致命的な一撃」は、クレオパトラに対するそれであると同時に、シーザーに対するそれでもある。つまり、「一撃」の対象は二つである。

一〇　この点は、プルタークの『英雄伝』とは違っている。

一一　「いや、おれは遠慮したいな、／ばかげた努力だよ、わざわざ脳味噌を酒にひたらして／濁らせるのは」（二幕七場九五～九七行）などを参照。

一二　これと似たイメージは一幕二場で「今夜は二人きりで／街を歩き、民衆の暮らしぶりを見たい」（一幕一場五五～五六行）というアントニーの言葉によって与えられたが、そこでの恋人たちは民衆との間に物理的な距離を保ち、彼ら自身が民衆を見る主体である。だから民衆に混じって散策ができる。

一三　*Antony and Cleopatra*, dir. Charlton Heston, perf. Charlton Heston and Hildegard Neil, 1972.

一四　Philip J. Traci, *The Love Play of* Antony and Cleopatra: *A Critical Study of Shakespeare's Play*（The Hague: Mouton, 1970）, p. 40 を参照。

一五　アントニーの「恥」に注目した研究には、Ewan Fernie, *Shame in Shakespeare*（London and New York: Routledge, 2002）がある。Fernie は、アントニーが自己アイデンティティの溶解を語る「雲を見ていると、ときには龍に見えることがある」で始まる言葉（四幕一五場二～一四行）を、シェイクスピアが恥について創作した「最も審美化された詩」（p. 210）であると述べる。

一六　Bernard Williams, *Shame and Necessity*（Berkeley and Los Angeles: Univ. of California Press, 1993）, p. 78.

一七　恥の感覚と身体の可視性との結合については、Stanley Cavell, *Disowning Knowledge in Six Plays of Shakespeare*（Cambridge: Cambridge Univ. Press, 1987）, pp. 39-124 での『リア王』論を参照。

一八　Ray L. Heffner, Jr., "The Messengers in Shakespeare's *Antony and Cleopatra*," *ELH*, 43（1976）, 154-62; 156.

一九　この作品におけるアジア的文体の利用を扱う Rosalie L. Colie, *Shakespeare's Living Art*（Princeton, New Jersey: Princeton Univ. Press, 1974）, p. 206 は、クレオパトラの感情が高まるとき、彼女の言葉は一貫して "vigorous, various, copious, vivid, liveliest" であると述べる。シーザーとクレオパトラはそれぞれ、ルネサンス期における「コピー」のもつ二つの意味（複製と豊富）を体現しているのかもしれない。「コピー」の意味については、*The Tragedy of Macbeth*, ed. Nicholas Brooke, The World's Classics（Oxford: Oxford Univ. Press, 1990）, note to 3.2.41; Terence Cave, *The Cornucopian Text: Problems of Writing in the French Renaissance*（1979; rpt. Oxford: Oxford Univ. Press, 1986）, pp. 3-34 を参照。

二〇　Michael Goldman, *The Actor's Freedom*（New York: The Viking Press, 1975）, p. 161.

二一　パフォーマンスにおけるアウラについては、Cormac Power, *Presence in Play: A Critique of Theories of Presence in the Theatre*（New York, NY: Rodopi, 2008）, pp. 47-85 を参照。またパフォーマンスにおける現前性については、Philip Auslander, *Liveness: Performance in a Mediatized Culture*（London: Routledge, 1999）を参照。

二二　Vestal Virgins については、Neill, note to 3.12.31-2 を参照。

二三　「あの女の芝居のうまさはわれわれの想像を絶しているのだ」"*She is cunning past man's thought*"（一幕二場一四四行）の箇所。

二四　西洋の古典文学において「トロイの木馬」に与えられた役割である。木馬は女性ジェンダーが与えられたが、ここではジェンダーが転倒している。これについては、本書《幕間　その一》を参照。

二五　例えば、Montrose は、「西欧全体に渡り、一五七〇年代までに、アメリカ大陸を羽の頭飾りをつけた裸の女性として表象する寓意的な擬人化が銅板刷りと油絵の形で、地図と書物の扉に現れ始めた」（p. 141）と述べる。他に p. 154 も参照。

二六　Neill, note to 3.13.100.

二七　現場の状況（mise-en-scène）を示す言語であるドラマ的直示（*deixis*）については、Stanton B. Garner, Jr., *Bodied Spaces: Phenomenology and Performance in Contemporary Drama*（Ithaca and London: Cornell Univ. Press, 1994), pp. 136-43を参照。

二八　John Gillies, *Shakespeare and the Geography of Difference*（Cambridge: Cambridge Univ. Press, 1994), p. 65.

二九　二幕七場のガレー船上の酒宴はシーザーの身体性が例外的に現れた箇所であるが、そこで彼は己の身体性に対して嫌悪感を示している。これはシーザーの非身体性を象徴的に示す箇所である。

三〇　Harold A. Innisの説については、Joshua Meyrowitz, *No Sense of Place: The Impact of Electronic Media on Social Behavior*（Oxford Univ. Press, 1985), p. 52; Paddy Scannell, *Media and Communication*（London: Sage, 2007), pp. 123-44を参照。

三一　*Antony and Cleopatra*, A New Variorum Edition of Shakespeare, ed. Marvin Spevack（n. p.: Modern Language Association of America, 1990), note to l. 3059.

三二　シェイクスピアは、材源となったプルタークの『英雄伝』における登場の順序を変えている。この点に関しては、*Antony and Cleopatra*, New Cambridge Shakespeare, ed. David Bevington（Cambridge: Cambridge Univ. Press, 1990), note to 5.2.63を参照。

三三　Pauline Kiernan, *Shakespeare's Theory of Drama*（Cambridge: Cambridge Univ. Press, 1966), pp. 154-208と比較。

三四　俳優のMichael Redgraveがアントニーを演じる難しさについて、アントニーは「実に奇妙な主役である。外見的には高貴さと力強さをそなえているが、その実、彼は弱い男だからだ。イノバーバスが彼について述べる言葉を除けば、あまり高貴な人間ではない。少なくとも、観客は彼がなにか高貴な行為をしているのを見ることがない。役者は、世界の一部を従わせることができる男を説得的に創造しなければならない。しかしその材料がほとんど与えられない。手元にある材料と言えば、彼の享楽性のみである。さらにひどいことには、彼は四幕の最後で死んでしまう」と述べる言葉は示唆的である。この引用は、Margaret Lamb, Antony and Cleopatra *on the English Stage* (London and Toronto: Associated Univ. Presses, 1980), pp. 148-49 から。

三五　Kiernan, p. 183.

三六　海面にその背を見せるイルカのイメージには「盛上り」tumescence のイメージが含まれている。このイメージと自然の豊穣との連想は、「ナイルの水位が高ければ（The higher Nilus swells）／それだけ実りが約束される、水がひいたあと、／そのどろどろのぬかるみに種を蒔けばたちまち／取り入れのときがくるわけだ」（二幕七場二〇～二三行）にも見られる。

三七　漏れる身体の観念については、Gail Kern Paster, *The Body Embarrassed: Drama and the Discipline of Shame in Early Modern England* (Ithaca, New York: Cornell Univ. Press, 1993) を参照。

三八　Colie が「この劇では「身体」は非常に重要である。アントニーとクレオパトラはお互いの体について、また恋愛における身体的感覚について驚くべき慎み深さで語るけれども、［女王がドラベラに語る］この言葉はその身体的な愛に対して文字通りの証明を与えている」(p. 192) と述べるとき、Colie もまた女王がアントニーについて抱く身体的記憶について述べていた。もっとも Colie は女王の立場に立ってこの言葉を述べているのであって、観客の演劇体験の立場から述べているのではない。

三九　Cynthia Marshall, "Portia's Wound, Calphurnia's Dream: Reading Character in *Julius Caesar*," *English Literary Renaissance*, 24 (1994), 471-88.

第八章　身体接触

一　Terence Hawkes, *Shakespeare's Talking Animals: Language and Drama in Society* (London: Edward Arnold, 1973), p. 181.

二　Hawkes, p. 181.

三　Hawkes, p. 185.

四　Hawkes, p. 187.

五　Stephen Orgel, "Nobody's Perfect: Or Why Did the English Stage Take Boys for Women?" *South Atlantic Quarterly*, 88 (1989), 7-29, 13; Laura Levine, "Men in Women's Clothing: Anti-Theatricality and Effeminization from 1579 to 1642," *Criticism*, 28 (1986), 121-43; 131; Madelon Sprengnether, "The Boy Actor and Femininity in *Antony and Cleopatra*," in *Shakespeare's Personality*, ed. Norman N. Holland, Sidney Homan, and Bernard J. Paris (Berkeley, Los Angeles, and London: Univ. of California Press, 1989), pp. 191-205; 202; Juliet Dusinberre, "Squeaking Cleopatra: Gender and Performance in *Antony and Cleopatra*," in *Shakespeare, Theory, and Performance*, ed. James C. Bulman (London: Routledge, 1996), pp. 46-67; 52. なお Marita Sturken and Lisa Cartwright, *Practices of Looking: An Introduction to Visual Culture*, 2nd ed. (Oxford: Oxford Univ. Press, 2008), pp. 130, 132 によると、同様の主張が映画研究においてもなされている。

六　Dusinberre, pp. 46-67, 54. 引用文中の「徒弟俳優」とは、当時の劇団は同業者組合（ギルド）をもとに結成されているとする説があり、その組合の中の徒弟をさす。ここでは少年俳優を意味する。

七　Dusinberreは「スターの演劇とレパートリーの演劇」（p. 54）という言い方をしている。

八　Margaret Lamb, Antony and Cleopatra *on the English Stage* (London and Toronto: Associated Univ. Presses, 1980), p. 30.

九　Shaun Moores, *Media/Theory* (London and New York: Routledge, 2005), p. 76 に引用されている。引用箇所は、John Langer, "Television's 'personality system'," *Media, Culture and Society*, 3 (1981), 351-65, 354-5.

一〇　Dusinberre, p. 58.

一一　*The Tragedy of Anthony and Cleopatra*, ed. Michael Neill, The World's Classics (Oxford: Clarendon Press, 1994). 以下の『アントニーとクレオパトラ』の引用および幕場行数もこの版による。

一二　Frank Kermode, intro. to *Antony and Cleopatra* in *The Riverside Shakespeare* (Boston: Houghton Mifflin

Company, 1974), p. 1344.

一三　Edward W. Said, *Orientalism: Western Conceptions of the Orient* (1978; rpt. London: Penguin Books, 1991), p. 63は、「ヨーロッパ的想像力は、このレパートリーから広く養われた。中世から一八世紀のあいだに、アリオスト、ミルトン、マーロー、タッソー、シェイクスピア、セルバンテス、『ローランの歌』と『シッドの歌』の作者たちは、彼らの作品制作のために、東洋の富を利用し、そのイメージ、観念、東洋的登場人物の輪郭を鮮明にしたのである」と述べる。

一四　Anne Barton, "'Nature's piece 'gainst fancy': Divided Catastrophe in *Antony and Cleopatra*," in her *Essays, Mainly Shakespearean* (Cambridge: Cambridge Univ. Press, 1994), p. 132.

一五　Janet Adelman, *The Common Liar: An Essay on* Antony and Cleopatra (New Haven and London: Yale Univ. Press, 1973), pp. 53-101.

一六　Neill, note to 5.2.246 を参照。この注釈者は道化の言い間違えと取る。

一七　ここに見られる「腐乱死体」のイメージは、"let the water-flies/Blow me into abhorring!" (5.2.59-60) にもあった。

一八　この劇における数々の暴力シーンが想起される。

一九　Carla Mazzio, "Acting with Tact: Touch and Theater in the Renaissance" in *Sensible Flesh: On Touch in Early Modern Culture*, ed. Elizabeth D. Harvey (Philadelphia: Univ. of Pennsylvania Press, 2003), p. 183. 具体例として、「ハムレットは「気が狂れる（touched）」（あるいはそれを演じる）ことから「傷を受ける（touched）」（そして死ぬ）ことへと進む」と述べられる。

二〇　*Antony and Cleopatra*, ed. David Bevington, New Cambridge Shakespeare (Cambridge: Cambridge Univ. Press, 1990), p. 43. 引用文中に言及されているのは、E. A. J. Honigmann, *Shakespeare, Seven Tragedies: The Dramatist's Manipulation of Response* (London: Macmillan, 1961), pp. 155-6 である。

二一　Barton の前掲論文で使われた用語。

二二　Bevington, note to 5.2.296-97 と比較せよ。

二三　H. W. Fawkner, *Shakespeare's Hyperontology:* Antony and Cleopatra (London and Toronto: Associated Univ. Presses, 1990), p. 173.

二四　Eric Bentley, *The Life of the Drama* (New York: Atheneum, 1966), p. 79.

二五　*Antony and Cleopatra,* ed. Marvin Spevack, A New Variorum Edition (n. p.: Modern Language Association of America, 1990), note to 1. 3570.

二六　Kent Cartwright, *Shakespearean Tragedy and Its Double: The Rhythms of Audience Response* (University Park, Pennsylvania: The Pennsylvania State Univ. Press, 1991), p. 270.

二七　Roland Barthes, *Camera Lucida: Reflections on Photography* (London: Fontana, 1984), pp. 26-27. バルトのプンクトゥムの概念には接触のイメージが含まれている。

二八　Cormac Power, *Presence in Play: A Critique of Theories of Presence in the Theatre* (New York, NY: Rodopi, 2008), pp. 47-85. パフォーマンスにおける現前性については、他に、Philip Auslander, *Liveness: Performance in a Mediatized Culture* (London: Routledge, 1999) を参照。

エピローグ

一　Herbert Blau, *Take Up the Bodies: Theater at the Vanishing Point* (New York: Routledge, 1992), p. 55. Stanton B. Garner, Jr., *Bodied Spaces: Phenomenology and Performance in Contemporary Drama* (Ithaca and London: Cornell Univ. Press, 1994), p. 44 に引用されている。

二　Bert O. States, *Great Reckonings in Little Rooms: On the Phenomenology of Theater* (Berkeley and Los Angles, Californiia: Univ. of California Press, 1985), p. 63.

三　States, p. 60.

四　Michael Goldman, *The Actor's Freedom: Toward a Theory of Drama*（New York: The Viking Press, 1975）, p. 98によると、セネカ悲劇のレトリックに見られる地理的・宇宙論的（cosmological）な拡がりは、舞台の登場人物の台詞として語られるときにのみ効果的に用いられ、ウェルギリウスとオヴィディウスではそのように行かないと述べている。

五　Garner, p. 45.

六　David B. Morris, *The Culture of Pain*（Berkeley and Los Angeles: Univ. of California Press, 1991）, pp. 41-42.

七　Roselyne Rey, *The History of Pain*, trans. J. A. Cadden and S. W. Cadden.（Cambridge, Mass.: Harvard Univ. Press, 1995）, p. 3に引用されている。

八　Katharine Eisaman Maus, *Inwardness and Theatre in the English Renaissance*（Chicago: The Univ. of Chicago Press, 1995）, pp. 195-96. また Linda Charnes, *Notorious Identity: Materializing the Subject in Shakespeare*（Cambridge, Massachusetts: Harvard Univ. Press, 1993）, p. 129の、「文化的広場として劇場が特権化された一方で、ルネサンスの宮廷人に見られた演劇的しぐさ（histrionicism）のスペクタクルが、清教徒の感受性のなかに大きな不安をかき立てた理由がこれであった。それはたんに表面を前景化するだけではなく、同時にそれは、なにか「真実な」ものが演技の「下に」あるいは背後に覆われ隠されているという感覚を生み出した」も参照。

九　Jean Starobinski, "The Inside and the Outside," *Hudson Review*, 28（1975）, 333-51.

一〇　この観点は、Michel Feher, "Introduction," *Fragments for a History of the Human Body*, ed. Michel Feher, Ramona Naddaff and Nadia Tazi,（New York: Zone, 1989）, I, 13の、神聖と人間身体との距離と近接の度合いを測る、垂直軸（vertical axis）のアプローチに相当する。

一一　ここで「コリオレーナス」ではなく「マーシャス」が使われたのは、劇作家の意図によるものだろう。物語は、はじめに戻る。

一二　Elaine Scarry, *The Body in Pain: The Making and Unmaking of the World*（Oxford: Oxford Univ. Press, 1985）, pp. 181-221.

あとがき

この書物は、これまで書き継いできたシェイクスピア関係の論文から、ローマ史劇関係のものを取り出し、このような形にまとめたものである。シェイクスピア研究を続けるなかで、身体への関心が自分のなかに芽生えたのは、必ずしも学問的世界の身体論ブームを受けてではないと思っている。一九八九年に客員研究員であったハーバード・エンチン研究所から日本に戻り、自分が進むべき研究の方向性が見えないときがあった。ハーバード大学ではシェイクスピア研究者としてのマージョリ・ガーバーとスタンレー・キャベルに接し、茫然自失していたのである。そんな折、エリザベス朝の復讐悲劇の論文集をつくる仲間に入らないかと声をかけていただいた。自分には復讐悲劇という枠組みは新味のない枠組みと思えたが、それなら、古い革袋に新しい酒を注いでやれという気持ちになって、自分が担当することになった『ハムレット』と『モルフィー公爵夫人』に性的復讐というようなことを考えた。そのとき頭の片隅には、『ハムレット』はシェイクスピア作品のなかで「もっとも汚れた」作品だというキャベルの評言があったかもしれない。そのあとも復讐悲劇というジャンルが自分のなかに関心として残っていて、では次は『タイタス・アンドロニカス』だということになった。このとき、この作品について書いた論文のひとつは『英語青年』に、ひとつは

『英文学研究』に掲載された。当時、『タイタス』はシェイクスピアの習作的な作品で、まじめに考えるほどのものではないという姿勢が研究者のあいだに見られた。私はそのような見方を意に介さなかった。また身体の問題を考えないでは『タイタス』を読めなかった。『タイタス』を扱った論文をいままでに十篇ほど書いたが、いつも研究のスランプ状態から抜け出させてくれたのは『タイタス』だった。『タイタス』から始まった私の「身体論」は、『コリオレーナス』、『ジュリアス・シーザー』、『アントニーとクレオパトラ』(この順番)に及んだ。その過程で、その頃勢いをみせてきたシェイクスピアやルネサンス文化に関する身体論的研究から吸収するものも多かった。

私は勤め先の大学院で所属講座を何度か異動することがあった。今の講座に異動して、ドラマ研究の授業を担当し始めたとき、学生諸君をまえにして、ドラマというメディアの特殊性を伝えなければという気持ちと、お恥ずかしい話だが、自分自身、その問題について深く考えたことがないということに思い至った。ある演劇の研究書に、ドラマに対するアプローチには文学的なもの、記号論的なもの、現象学的なものの三つがあると書かれていた。近年の私は後の二つに関心をもち、その影響が少しは本書の『アントニーとクレオパトラ』論にあるかもしれない。そして学生諸君のドラマに対する先入観(例えば、「プロローグ」で述べた小説的アプローチ)を見るにつけ、この書物はそのような学生諸君にも読んでいただいて役に立つように、他の劇作家の作品に応用できるようにと、願いながらまとめた。そのため索引は議論を導く鍵語を大小漏らさず拾い上げる気持ちで念入りに作ってある。同じ分野の研究者各位に読んでいただきたいのはもちろんであるが、シェイクスピアや、身体文化や、演劇などに関心を寄せる一般の読者にも読んでいただきたいと思っている。私が学生だった頃、シェイクスピアは形而上的に理解されることが多かったように思うが、そのようなイメージをお持ちの方々は本書を読んで、驚かれるかもしれない。本書のタイトルを考える際、「シェイクスピア」と組み合わせる言葉として「血みどろの」とか、「流血の」とか、「血と肉の」とかも考えたくらいである。また私のドラマ研究の授業案内には「対象のサイズは小さいけれども、多様な視点から思い巡らすことができるのがドラマなのです」と書いている。サイズの小さなこれらの作品について、多くのことが考えられているという印象をもっていただければ本書は成功だと言えると思うが、読者のご感想はどうであろうか。

シェイクスピアとその研究はどのような世界かと問われれば、それは自分の矮小さが快感となるような大宇宙だと答えるだろう。それはとてつもなく高く深く広い。シェイクスピア研究者がいまだ問うことを想像もしないような問いが存在するという感覚は上掲のキャベルから与えられた。その一方で、シェイクスピア研究の蓄積は「飽和状態」という指摘があるほど、すでに膨大なもので、研究者は一生かかってもその一部しか知ることができない。そのような学問的伝統を受け継ぎながら、さらにまだ見えていない地平を望みたいと、すべての研究者が思うだろう。いまの自分の立地点もそのような伝統に負っている。

私は大阪大学文学部で英文学を学び、そのときはディケンズで卒論を書いたが、授業を受けた藤田實先生の影響で、大学院に進学したらシェイクスピアに方向転換をすることを決めていた。それ以来、シェイクスピア研究を続けている。藤田先生から教わったのは、『オックスフォード英語辞典』を使ったテキストの綿密な読みとアイデアのヒントを得る方法である。いま振り返るとそこには「シェイクスピアそのものから離れてはならない」というメッセージがあったと思う。シェイクスピア研究を続けてこられたのは幸運であったと思う。様々な意味で変化の激しい近年の大学のなかにあって、ひとつの研究を続けるのは簡単なことではない。シェイクスピアにとどまれたのは、藤田先生のおかげである。先生はお嬢様のお一人が名古屋近辺に嫁がれたとかで、定年退官されたあと、私を職場にひょっこり訪ねて下さることが数度あった。昔の学生を不意に訪ねて下さる先生がどこにあるだろうかと、ありがたく思う。本書の「プロローグ」冒頭に「鉱脈を掘り進める」とあるのは、かつて先生から頂いた年賀状に「自分の鉱脈を大切に掘り進め」るようにと書いて下さった言葉の借用である。今回の出版を実現に向け、具体的に導いて下さったのも藤田先生である。研究者人生の最初からいまに到るまで、学恩を受けている。深くお礼を申し上げたい。またこのたびは本書冒頭に過分な推薦の辞を寄せて下さった。筆者として、またかつての先生の教え子として大きな喜びである。

私は赴任以来、名古屋大学に教員として勤めて三十年ほどになる。この大学が研究者としての私に与えてくれた大きな幸運は、岩崎宗治先生との出会いである。赴任して最初の年、岩崎先生はシェイクスピアの勉強会をしようと声をかけて下さった。他の先生も交えて毎週の勉強会が始まった。誰が当時の私のような駆け出しの研究者（いまも十分未熟である）といっしょに勉強会をしようと思うだろうか。私にとっては岩崎学校に入学したようなものであった。ほとんど毎週、読んだ論文の発表である。そのとき以来、岩崎先生には様々に励ましを受けてきた。先生が名古屋大学に在職されていたあいだは、論文原稿のほとんどを読んでいただいた。本を出すようにと、何度か、私の書いた論文タイトルを使って、本の目次を作って見せて下さりもした。私は長い間、その期待に応えられずにきた。申し訳ないと思う一方で、どのようなときでも励まし続けて下さったことに心からの感謝を申し上げたい。

その他にもお名前をあげないが、心地よい職場環境を提供してくださったＯＢの諸先生各位、なにかと相談に乗っていただく同僚各位、教員としての自分に喜びと励ましとサプライズを与え続けてくれている学生諸君、資料取り寄せに尽力してくださった名古屋大学附属図書館の職員各位、私の研究発表を聞いて下さった名古屋シェイクスピア研究会の研究者各位、お礼を申し上げなければならない方々は多い。

本書が世に出ることになったのは、私が藤田實先生に出版について相談に乗っていただき、先生が人文書院の谷誠二氏を紹介して下さったことによる。谷氏は「気合いを入れて」本作りを助けて下さった。京都で初めてお会いした折には、原稿について一方的に話す私に三時間以上も忍耐強く耳を傾けて下さり、本作りに慣れない者に対して親切に接していただいた。どうにかこうにか出版にこぎつけることができたのも、ひとえに谷氏のおかげである。

この本は、父・兼光、母・シゲノ、妻・由美、四人の娘たち（郁子、舞、響子、美穂）に捧げる。

二〇一二年十二月

著　者

初出一覧

第一章　レイプ表象の舞台化
「レイプ表象の舞台化――『タイタス・アンドロニカス』の一幕と二幕を中心に」『言語文化論集』第二六巻第二号（二〇〇五）一八九‐二〇五頁

第二章　身体損傷の順序
「『タイタス・アンドロニカス』とフィロメラ物語」『言語文化論集』第二六巻第一号（二〇〇四）一七一‐一八八頁

第三章　皮膚を剝ぐ――公開解剖学レッスン
「『ジュリアス・シーザー』と公開解剖学レッスン」『藤井治彦先生退官記念論文集』（英宝社、二〇〇〇）二四五‐五六頁

第四章　傷、痛み、秘密
「『ジュリアス・シーザー』の身体論（1）」『言語文化論集』第一九巻第一号（一九九七）一五五‐七〇頁と、「『ジュリアス・シーザー』の身体論（2）」『言語文化論集』第一九　巻第二号（一九九八）三七‐五二頁

《幕間　その一》傷つく女性身体の変奏をみる（『タイタス・アンドロニカス』）
――無言のラヴィニアのメッセージ性を基点として――
「文字に巻かれた剣――『タイタス・アンドロニカス』における多義性と一義性」『英語青年』第一三九巻第一号（一九九三）二一‐六頁

第五章　授乳、流血、穀物

「『コリオレーナス』の身体論（1）」『言語文化論集』第一七巻第一号（一九九五）五五‐七四頁と、「『コリオレーナス』の身体論（3）」『言語文化論集』第一八巻第一号（一九九六）二三七‐五二頁

第六章　悪魔の身体

「『コリオレーナス』の身体論（2）」『言語文化論集』第一七巻第二号（一九九六）三七‐五三頁。この英語版は、"*Coriolanus* and the Body of Satan," *Hot Questrists after the English Renaissance: Essays on Shakespeare and His Contemporaries* ed. Yasunari Takahashi (New York: AMS, 2000), pp. 115-30.

《幕間　その二》　食の変奏をみる（『タイタス・アンドロニカス』）

――料理と妊娠――

「料理と妊娠――*Titus Andronicus* の復讐」『英文学研究』第七一巻第一号（一九九四）一九‐三二頁

第七章　身体性の代行者たち

「日常性を運び込む嘘――『アントニーとクレオパトラ』論（3）」『言語文化論集』第二九巻第二号（二〇〇八）一五七‐七二頁

第八章　身体接触

「日常性を運び込む嘘――『アントニーとクレオパトラ』論（4）」『言語文化論集』第三〇巻第二号（二〇〇九）二三三‐五〇頁

索　引

大項目は五十音順、小項目は順不同。議論の構成要素となる語句を拾い上げるよう努めた。

語句は主に本文からとり、注からは控えめにしてある。

表記法：16n12 とは、本文16ページにある注12の意味。

ア　行

アーロン：
　演劇的な勝利　73-77
　告白の総計的効果　145
　一義的なメッセージ性　142-48
　外向的な～　143
アウグスティヌス，聖　188
アクティーオン神話　60
悪魔の身体：　181-200
　バベルの塔　182-89
　都市と言語の崩壊　183
　建築物の崩壊のイメージ　185
　蛇や巨大な龍　188
　ニムロデ　188
　カイン　188
　バベルとバビロンの混同　189
　バビロンの崩壊　189
　言葉の腐敗　193
　魔女の乳首　198
　悪魔の印　198
　逆さまの身体　200-01
アムスコ，ヴァルヴェルデ・デ（Hamusco, Valverde de）　88
アリストテレス　176
アントニー（『シーザー』）：119-27
　ルーパカル祭から直接に翌日へと目覚める　99
　芝居好き　100
　～と民衆との類似性　124-25
　～とポーシャとの類似性　125-27
　足のイメージ　309n37
アントニー（『アントニー』）：
　傷ついた身体と時間　234
　濃密な身体性　234
　アントニーの幻　253-59
『アントニーとクレオパトラ』：
　分割されたカタストロフォフィー　276
　女衒　252
　空間的な拡がり　262
　シドナス河御座船の記憶　268
イエス（・キリスト）：
　剣として～の言葉　173
　食べものとしての～の言葉　316n43
　～の誕生　225
　～の体なる教会　197
　授乳する～　158，198
池上俊一　320n22
イニス，ハロルド（Innis, Harold A.）　249
岩﨑宗治（Iwasaki, Soji）　312n6, 323n5
ヴァイス（Vice）　144
ヴァルヴェルデ（Valverde）　97
ヴィトルヴィウス（Vitruvius）　100
ウィリアムズ，バーナード（Williams, Bernard）　244
ウィルソン，エイドリアン（Wilson,

Adrian) 224
ウィルバーン，デイヴィド（Wilbern, David) 211
ヴェサリウス，アンドレアス（Vesalius, Andreas) 88
〜『ファブリカ』 95-99
ヴェルヴェデーレ（Belvedere) 99
ウェルギリウス（Virgil) 214
ウォーゼン，W. B.（Worthen, W. B.) 18,294n18,296n39,327n1
乳母 162
ウルフソール，ダイアン（Wolfthal, Diane) 28-29,31-32,35,38,46
運命の女神 継母としての〜 313n17
エイデルマン，ジャネット（Adelman, Janet) 153,304n8,312n9,318n1, 321n28,333n15
英雄主義 262
エヴァンズ，ジェシカ（Evans, Jessica) 51
エウリピデス『ヘキュバ』 55,56
エクリーズ，オードリー（Eccles, Audrey) 227
エティエンヌ，シャルル（Estienne, Charles) 88
〜『人体部分解剖学』 100
エリアス，ノルベルト（Elias, Norbert) 16
エリザベス女王（Elizabeth, Queen) 11, 158,175
演劇：
周縁性 12
〜と身体 14
〜の小説的アプローチ 17
ドラマ的示唆 235
ドラマの直接性 245
〜的消費 246
アウラ 246,285
〜的効果 249
〜的優勢 255
〜的仕掛け 260
〜的主役 267
舞台という遠近法 268
〜的快楽 268
語りの文脈をなすドラマ 193,269
パーソナリティ演劇 22,262,265-67, 270,284
分割されたカタストロフィー 276
秒単位の重要性 279
アウラ 285
現前性 285
存在の前提としての演劇化 305n8
エンプソン，ウィリアム（Empson, William) 166,169,314n27
オヴィディウス：
『変身物語』 30,55
性的関係を狩りとして表象 298n22
「フィロメラ物語」 30,43,54-84,215-16,221,229
王権の神秘（arcana imperii) 174
黄金時代 300n7
オーゲル，スティーブン（Orgel, Stephen) 263
オクテーヴィアス・シーザー（『アントニー』)：
〜の間接的な経験 234
〜はフィールド・ワークが苦手 233
〜の希薄な身体性 22,234,260-61, 291
〜の世界征服 237
観察眼の不足 243
物語のレベル 15,22,261,266-68,284
贈り物：
敵意ある〜 170
攻撃的な食料交換 170
感謝 173
小田島雄志 23
オックスフォード英語辞典（*OED*)：

314n24,327n7,220,203
オリエンタリズム的幻想　269
オング，ウォルター（Ong, Walter）
133

カ　行

カーシュボーム，リーオ（Kirschbaum, Leo）114
ガーナー，スタントン（Garner, Stanton B. Jr.） 287
カーナン，ポリーン（Kiernan, Pauline）
31,258
カーニバル　15
カーン，コッペリア（Kahn, Coppelia）
10,28
解剖学レッスン：　87-101
遠近法　101
公開処刑との関係　89
テキスト的権威　90
社会の階層秩序　90
遠方を見はるかす　93
聖遺物としての解剖死体　95
超越的な意味　95-96
治癒効果をもつ死体　95
死体の横に立つ　96
覆いものを取り去る　96
骸骨　96
解剖学者と死体との親密さ　97
死体自ら、内部を示す　97
生きている解剖死体　98
解剖死体の背景図　98
彫像のイメージ　98-99
劇場としての解剖劇場　100
カーニバル　100
カウフマン，R. J.（Kaufmann, R. J.）
102
軽いメディア　249
カルピ，ベレンガリオ・ダ（Carpi, Berengarius de） 88
観客：
生理的・心理的要求　42
観客反応の誘導　55
先行する認識　64
登場人物ではなく～に提示　83
内的次元　113
～の記憶　125,259
～の中につくられる印象　237
観客効果　239
役者との同一化　245
～にとっての落差　257
視線　267
異なる視点　271
カントーロヴィチ，エルンスト（Kantorowicz, Ernst H.） 16
ギフト・エトス　204
キャベル，スタンレー（Cavell, Stanley）
153,158,170,172,316n43
宮廷仮面劇　16,174
キューピッド：　～が蜂に刺される　58
ギユモ，ジャム（Guillemeau, James）
『出産』　220
ギンズブルグ，カルロ（Ginsburg, Carlo）
199
クナウフト，ブルース・M.（Knauft, Bruce M.） 170
グリーンブラット，スティーブン（Greenblatt, Stephen J.） 199
クレオパトラ：　261-85
カリスマ　243
アントニーの幻　256-59
日常性　262,267,281,285
演劇的優位　268,270
ケタム，ヨハネス・ド（Ketham, Johannes de）『医学叢書』　90
結婚　早朝の歌（"the hunt is up"） 39
現前性　19,30,260,285
交換経済　204

ゴールディング，アーサー（Golding, Arthur） 79
ゴールドバーグ，ジョナサン（Goldberg, Jonathan） 154
ゴールドマン，マイケル（Goldman, Michael） 13,245
国家機密 60
言葉・言語：
体外関係用語についての特徴 94
シェイクスピアの特徴的な言語 13
ローマの言語的不安 181,201-10
言葉が与える体感 75
コミュニケーションの断絶 177
シェイクスピアは正反対の言葉に関心 326n19
食物としての言葉 194
追従の関係 201
擬似的な物質性 202
書き言葉 137-42
舌の力 138-42
追従 177
「コピー」のルネッサンス的意味 328n19
コリー，ロザリー（Colie, Rosalie L.） 329n19
コリオレーナス： 153-208
ローマと血縁関係をつくる 171
名前 199
言葉の糞便的性格 200
口唇性 200
肛門性 200
罵声 205
コレッジョ（Correggio） 29

サ　行

サブテキスト 20,59,88,101,182,197, 206-07,260
サンデー，ペギー・リーブズ（Sanday, Peggy Reaves） 221
シーザー，ジュリアス（『シーザー』）：
皮膚としての外套 88
傷そのものが語る 98
ジェイムズ王：
『バシリコン・ドーロン』 173,174
気前良さ 172-73
スコットランドにおける議会の概念 177
『自由な王の真の法律』 177
帝政ローマのオーガスタス・シーザーとして 172
ジェネップ，アーノルド　ヴァン（Gennep, Arnold van） 157
ジェリ，ジャック（Gelis, Jacques） 146,218
シェル，マーク（Shell, Mark） 161,171
鹿（暴力と犠牲化の含意） 49
地獄の口（Hell mouth） 148
死神の図像 165-66
シモンズ，J. L.（Simmons, J. L.） 10
シャープ，ジェイン（Sharp, Jane）『産婆術』 218
ジャンボローニャ（Giambologna） 29
ジュピター神 177,318n58
『ジュリアス・シーザー』：
体外関係用語についての特徴 94
窓辺の手紙 94
東方についての議論 94
空虚さ 103
不変（constancy） 105-06
ルーパカル祭とシーザー凱旋を重ねる 119-21
ルーパカル祭とアイズ・オヴ・マーチとの接続 119-22
第三・四章以外での言及 140,211
情景（scenic illusion） 287
娼婦：
言葉の～ 108

裏切り者としての～　305n10
ジョーンズ，エルドレッド（Jones, Eldred）　144,146
職人組合としての料理人　324n9
植民地主義言説　236,248
女性：
漏れる容器として　299n28
～と嘆きの役割　126
ジョンソン，ベン（Jonson, Ben）：　174
『エピシーニ』　108
ジョンソン，S. F.（Johnson, S. F.）　189
ジリーズ，ジョン（Gillies, John）　212
身体：
身体論　15-17
グロテスクな～　15
疾走　39-53,298n21
衣服との関係　87
スタイルへの関心　102-03
肉体の軽視　103
傷つけ　103,112-19
演技　103
漏れる～　52,104-11,259
秘密を漏らす肉体　110
肉体的痛み　112
内的次元　113
肉体の深部が存在する感覚　116
肉体から引き出される真理　118
生殖器官としての膝　119
肉体的弱さ　121
スペクタクルとしての～　121
ルーパカル祭的な身体性　119-27
人間の共通項としての身体性　125
境界を越える体　127
内部を表面化すること　127
身体内部の女性化　127
声と対照的な手　309n37
流血　21,88,112-19,153-63,166-72,176-77,179-180,198
裸体　155
誕生　155
流血と真理性の結合　155
発達段階　156
授乳者の性格を受け継ぐ　157
授乳するキリスト　158
授乳習慣の変遷　158
共通の乳を飲む　162
四段階からなる消化作用　163,197
貴族と大食　314n23
君主と小食　314n23
血の無尽放出　164-67
富と血液の循環　164
栄養の源泉　165
血の蓄積　165
血の出処　165-66
返り血　165
身体としてのローマ　163-66,174,191-201
戦傷　140,167,168
豊穣としての流血　167
普遍的血縁関係　171
家族論と政体論が直結　172
国家への授乳　174
授乳する父親　175
両性具有　177
乳首から血を出す症例　314n21
消化器官としての心臓　317n52
傷を負う　234
地理的移動　234-36
接近　234-36
～的濃密／希薄　233-60
生理的嫌悪感　239
身体接触　241,249,252,260,261-85
～と恥の感覚　244
非身体化　249
日常的な身体性　253,281
恥の感覚と～の可視性　244,328n17
悪魔と魔女の性的交渉　142,217
混血児　146

怪物の誕生（monstrous birth） 146
嬰児殺し 217
胎児は「料理」される 218
擬娩（couvade） 219
異食症（pica） 220
人肉 220
出産の儀式 224
カニバリズム 226
単為生殖 228
不死の幻想 289
自殺 289
死すべき体 290-291
生殖と傷つけ 290
超人幻想 291
悪魔の～→独立項目
離乳 182
生歯 182
固い食物、柔らかい食物 182
貴族と大食 195
七つの大罪としての大食 196
乳首以外から授乳 198
レイプ→独立項目
暴力→独立項目
聖遺物 95
子宮の神秘性 300n8
妊娠期間 213
人文主義教育 55
『シンベリン』 177
真理（naked Truth）の図像 155,162
スキャリー，エレイン（Scarry, Elaine） 290
スクリーチ，タイモン（Screech, Timon）『江戸の身体を開く』 302n7
図像学 15
バート・ステイツ（States, Bert O.） 286
スティムスン，キャサリン R.（Stimpson, Catharine R.） 27
ストイシズム 112
ストゥディウム（stadium） 282
ストリブラス，ピーター（Stallybrass, Peter） 108
キャロライン・スパージョン（Spurgeon, Caroline F. E.） 15
スピゲリウス，アンドレアス・ファン（Spigelius, Andreas） 88
スプレングネザー，マディロン（Sprengnether, Madelon） 264
スペクタクル 16,50,89,101,115,121,127,237-38,279,335n8
スペンサー，エドマンド（Spenser, Edmund）『妖精の女王』 133
スライツ，ウィリアム・W. E.（Slights, William W. E.） 119
聖書：
原罪の物語（創世記） 272
『ジュネーブ聖書』 186
『欽定訳聖書』 158,186
エレミア書 187
創世記 186
ヘブル書 188
黙示録 189
イザヤ書 189
エレミア書 189
コリント人への手紙・第一 182,195
ヨブ記 136
世界としての地中海 249
セネカ『サイエスティーズ』 215
セルヴェトウス，M.（Servetus, Michael） 164
セルピエリ，アレッサンドロ（Serpieri, Alessandro） 113
ソーデイ，ジョナサン（Sawday, Jonathan） 89,127
ソフォクレス（Sophocles） 56

タ・ナ行

ダーリング，ロバート・M.（Durling, Robert M.） 191,197,200
大英雄： 234-36
身体性との出会い 236
タイタス：
プログニにまさる復讐 78-82
ラヴィニアと姉妹になる 82
ラヴィニアのメッセージ性の特徴を引き継ぐ 131-37
曖昧な攻撃性 132,142
タモーラとの同調 217
『タイタス・アンドロニカス』：
文字の帯が武器を巻く形 132
虚構と暴力の結合 132-35
蠅 133
虚構の物語の連続 136
母の性欲 212
父親の権威 213
森の穴 214
母の支配 214
料理 216
母への精神的依存 221-26
胎児へと退行 226
ダグラス，メアリー（Douglas, Mary） 16
タモーラの妊娠期間 213
男性性（masculinity） ～の独占 310n39
ダンソン，ロレンス（Danson, Lawrence） 11
ダンテ（Dante）： 214
『神曲』 183,191,207
蓄積の観念の変遷 314n26
父：
支配的な～ 81,212-13
涙を流す～ 81
本の読み聞かせをする～ 81
チャーニー，モリス（Charney, Maurice） 140
チャップブック（行商本） 323n5
直示的言葉（deixis） 249
ティツィアーノ（Titian） 29
デューラー（Durer, Albrecht） 173
デュシンベリー，ジュリエット（Dusinberre, Juliet） 264
道化（異形の者として） 270-74
同性愛 176
ドゥボイス，ペイジ（Du Bois, Page） 118
都市 城門で閉じられた空間 155
トマス（キリストの弟子） 316n43
トロイの木馬 139,214,229
中村雄二郎 17
ナッシュ，トマス（Nashe, Thomas）『不運な旅行者』 30
ノーブル，リッチモンド（Noble, Richmond） 225

ハ 行

ハーヴェイ，ウィリアム（Harvey, William） 89,164,227
パーカー，R. B.（Parker, R. B.） 154
バーカン，レオナード（Barkan, Leonard） 297n7,299n1
バーク，ケネス（Burke, Kenneth） 114,200
バージニア（物語） 30,71
バートン，アン（Barton, Ann） 271
バーバー，C. L. &リチャード・P・フィーラー（Barber, C. L., and Richard P. Wheeler.） 212
バイルビル，ジェラム・J（Bylebyl, Jerome J.） 93
バッキンガム（Buckingham） 173
パットナム，ジョージ（Puttenham, George）『英詩の技法』 175

バフチーン，ミハイル（Bakhtin, Mikhail） 15,195
『ハムレット』 109,227,272,322n38
バルト，ロラン（Barthes, Roland） 113, 282
バロル，J・リーズ（Barroll, J. Leeds.） 9
非市場的交換 317n47
フィルマー，ロバート（Filmer, Sir Robert）『パトリアーカ』 172
フィロメラ物語： 30,43,54-72,78-83, 215-16,221,229,297n7,299n1
アクションのサブテキストとして 59
秘密を内包 59
姉妹の仲の良さ 64
交換物としての女 65
織物による真相開示 67
アテネの政治的危機 67
蛮族との対立 67
秘密開示の物語 70
プログニ 78-82,216
フーコー，ミッシェル（Foucault, Michel） 16,89
風習喜劇 103
フェア，トマス（Phaire, Thomas）『小児に関する書』 157
フェラーリ，ジョヴァンニ（Ferrari, Giovanni） 100
フォークナー，H. W.（Fawkner, H. W.） 278
フォーセット，エドワード（Forset, Edward）『自然的な体と政治的な体の比較研究』 175
復讐（悲）劇： 100
身分秩序の転覆 79
ジェンダーの変化 79
藤田尚男『人体解剖学のルネサンス』 302n7
プッサン（Poussin） 28,29
ブラウ，ハーバート（Blau, Herbert） 286
ブラウン，ノーマン（Brown, Norman） 201
ブラウンミラー，スーザン（Brownmiller, Susan） 28
ブリストル，マイケル（Bristol, Michael D.） 16
プルターク（Plutarch）『英雄伝』 10, 114,266,314n28,322n42
ブルデュー，ピエール（Bourdieu, Pierre.） 16
フレーザー，ジェイムズ・G.（Frazer, Sir James G.） 186
文化英雄 169
プンクトゥム（punctum） 282
文法学校 56
ベイト，ジョナサン（Bate, Jonathan） 300n3
ベイナム，ジェイムズ（Bainham, James） 199
ベヴィングトン，デイヴィド（Bevington, David） 262,275
ヘキュバ：
復讐する母として 55
気が狂った母として 63
〜の多産 226
ヘフナー，レイ（Heffner, Ray L., Jr.） 244
ヘミングズとコンデル（Heminges and Condell） 11
ペリカンの図像 158,198
ヘレニズム的知識 272
ベントリー，エリック（Bentley, Eric） 279
ベンヤミン，ヴァルター（Benjamin, Walter） 285
ヘンリー王子（Henry, Prince） 173
暴力：

〜を教唆する古典文学　54
性的・階級的に無差別　69
ホークス，テレンス（Hawkes, Terence）　201，261, 262
ポーシャ：　104-19
演技　106
欺く性　106
秘密を漏らす性　106
女性ジェンダーの拒絶　106-10
門（port）の連想　108
自己分裂　110
内在化の努力　110
ジェンダー・イデオロギー　110
傷を顕わす／隠す衝動　115
機密漏洩の欲望　116
身体性の強調　126
ボッティチェリ（Botticelli）「春」　29
ホメーロス（Homer）　287
ホラティウス（Horace）　133

マ・ヤ行

マーシャル，シンシア　(Marshall, Cynthia)　20, 112-19, 128, 259
マイオラ，ロバーツ・S.（Miola, Roberts S.）　10
マイルズ，ジェフリー（Miles, Geoffrey）　10
マグヌス，擬アルベルトゥス（Magnus, Pseudo-Albertus）『女性の神秘』　163
魔女（witch）のジェンダーの曖昧性　321n31
マゾッタ，ジュゼピ（Mazzotta, Giuseppe）　183
マッカラム，マンゴー・W.（MacCallum, Mungo W.）　9
マックスウェル，J. C.（Maxwell, J. C.）　133
マッツィオ，カーラ（Mazzio, Carla）　274
ミアズ，フランシス（Meres, Francis）『知恵の宝庫』　11
ミルトン，ジョン（Milton, John）『失楽園』　321n27
メニーニアス、腹の寓話　163
モア，トマス（More, Sir Thomas）　199
モウス，キャサリン・アイザマン（Maus, Katharine Eisaman）　288
モース，マルセル（Mauss, Marcel）『贈与論』　170
モリス，デイヴィド・B.（Morris, David B.）　116, 287
森の穴　61
モンディーノ（Mondino）　93
モンテーニュ（Montaigne）　287
モントローズ，ルイ（Montrose, Louis）　236
役者：
演じ甲斐のある役　246
〜の認識　258
〜どうしの空間的距離　262
アンサンブル　22, 261-68, 274, 276, 284-85
スター　22, 169, 261-62, 264-66, 268-70, 276, 284-85, 332n7
パーソナリティ　22, 262, 265, 270, 284
少年俳優　266
成人俳優　266
少年俳優と成人俳優との競り合い　266
予表論　188
鎧　311n3

ラ・ワ行

ラヴィニア：　27-53, 54-78, 82-84, 131-32, 147-48
登場のタイミング　41

役者の身体的存在　41
身体を喚起する名前　42
節約された発言　43
表現手段を奪われること　44
疾走　39-53
役者の演技と表情の細部　50
「太陽」のイメージ　51
「漏れる容器」のイメージ　52
暴行の順序　54-84
「フィロメラ物語」　54-84
性的な身体部位の秘密的性格　60
一族が受ける全暴力の象徴　67
～の多義的・不透明なメッセージ性 131,143
持続したメッセージ性　147
リーヴァイン，ローラ（Levine, Laura） 264
リクワート，ジョーゼフ（Rykwert, Joseph）　139
リドゲイト，ジョン（Lydgate, John）『王侯の没落』　187
『ルークリースの凌辱』　30,68,132
ルービンスタイン，フランキ（Rubinstein, Frankie）　119,224
レイノルド，サー・トマス（Raynolde, Sir Thomas）『人の誕生』　219
レイプ：　27-72,131-32,147-48
～とローマ法　28
英雄的～　28
英雄的～の機能　28
略奪（raptus）としての結婚　29
～と古典文学　30
～と結婚の近接　36
生命のない死体　46
服喪の身振り　298n20
疾走　298n22
手首をつかむ　31-39
狩り（追い駆ける、疾走する）　38,39-52,66
～の理論　222
妊娠の不可能性　227-28
ローズ，メアリー・ベス（Rose, Mary Beth）　228
ローナン，クリフォード・J.（Ronan, Clifford J.）　102
ローマ：
閉じた容器として　93
劇場都市　103
理想のローマ人　105
視線による女性化　306n15
～の国防と書き文字　138
～史上の原体験としての妊娠する女の～入城　214,229
複数の身体をもつ　182
～の便秘　194
～の消化機能　194
共和制～の政治家心得　204
ロバーツ，ジーン・アディソン（Roberts, Jeanne Addison）　49
『ロミオとジュリエット』　158
ロングリート写本（Longleat manuscript） 40
鷲田清一『モードの迷宮』　301n1

引用文献一覧

一次資料

Aristotle. "Generation of Animals." *The Complete Works of Aristotle*. The Revised Oxford Translation. Ed. Jonathan Barnes. Vol. 2. Princeton, New Jersey: Princeton Univ. Press, 1984.

Augustine. *Concerning The City of God against the Pagans*. Trans. Henry Bettenson. London: Penguin Books, 1984.

Aurelius, Marcus. *Meditations*. Trans. Maxwell Staniforth. Harmondsworth: Penguin, 1984.

Beadle, Richard, and Pamela M. King. *York Mystery Plays: A Selection in Modern Spelling*. Oxford: Oxford Univ. Press, 1995.

Berry, Lloyd E., intro. *The Geneva Bible: A Facsimile of the 1560 Edition*. Madison, Wisc.: The Univ. of Wisconsin Press, 1969.

Corbett, Margery, and R. W. Lightbown. *The Comely Frontispiece: The Emblematic Title-Page in England 1550–1660*. London: Routledge & Kegan Paul, 1979.

Dürer, Albrecht. *Albrecht Dürer: Master Printmaker*. Boston, Mass.: Museum of Fine Arts, 1971.

Evans, G. Blakemore et al. eds. *The Riverside Shakespeare*. Boston: Houghton Mifflin Company, 1974.

Filmer, Sir Robert. *Patriarcha and Other Writings*. Ed. Johann P. Sommerville. Cambridge: Cambridge Univ. Press, 1991.

Forset, Edward. *A Comparative Discourse of the Bodies Natural and Politique*. 1606. New York: Da Capo Press, 1973.

Guillemeau, James. *Child-Birth*. 1612. New York: Da Capo Press, 1972.

Heston, Charlton, dir. *Antony and Cleopatra*. Per. Charlton Heston and Hildegard Neil. Embassy, 1972.

James I. *The Political Works of James I*. Ed. Charles H. McIlwain. Cambridge, Mass.: Harvard Univ. Press, 1918.

Lydgate, John. *Lydgate's Fall of Princes*. Early English Text Society, Extra Series. No. 121. 1924. London: Oxford Univ. Press, 1967.

Machiavelli, Niccolò. *The Discourses*. Ed. Bernard Crick. Trans. Leslie J. Walker, S. J. Rev. Brian Richardson. Harmondsworth: Penguin, 1970.

Magnus, Pseudo-Albertus. *Women's Secrets: A Translation of Pseudo-Albertus*

Magnus's De Secretis Mulierum *with Commentaries.* Trans. Helen Rodnite Lemay. Albany: State Univ. of New York Press, 1992.

Nashe, Thomas. *The Unfortunate Traveller* and Other Works. Ed. J. B. Steane. London: Penguin Books, 1972.

Ovid. *Ovid's* Metamorphoses, *The Arthur Golding translation 1567.* Ed. John Frederick Nims. Philadelphia: Paul Dry Books, 2000.

Phaire, Thomas. *The Boke of Chyldren.* 1545. Edinburgh and London: E. & S. Livingstone, 1955.

Plutarch. *Plutarch's Liues of the Noble Grecians and Romans.* Trans. Thomas North. *Narrative and Dramatic Sources of Shakespeare.* Ed. Geoffrey Bullough. London: Routledge & Kegan Paul, 1966. Vol. 5.

Puttenham, George. *The Arte of English Poesie.* Ed. Gladys Doidge Willcock and Alice Walker. Cambridge: Cambridge Univ. Press, 1936.

Raynolde, Sir Thomas. *The Birth of Mankind, otherwise named The Woman's Book. Daughters, Wives, and Widows: Writings by Men about Women and Marriage in England, 1500-1640.* Ed. Joan Larsen Klein. Urbana: Univ. of Illinois Press, 1992. 177-204.

Shakespeare, William. *Antony and Cleopatra.* A New Variorum Edition of Shakespeare. Ed. Marvin Spevack. N. p.: Modern Language Association of America, 1990.

Shakespeare, William. *Antony and Cleopatra.* New Cambridge Shakespeare. Ed. David Bevington. Cambridge: Cambridge Univ. Press, 1990.

Shakespeare, William. *Coriolanus.* Arden Shakespeare. Ed. Philip Brockbank. London: Methuen, 1976.

Shakespeare, William. *Coriolanus.* The World's Classics. Ed. R. B. Parker. Oxford: Oxford Univ. Press, 1994.

Shakespeare, William. *Hamlet.* Arden Shakespeare. Ed. Harold Jenkins. London and New York: Routledge, 1982.

Shakespeare, William. *Julius Caesar.* Arden Shakespeare. Ed. T. S. Dorsch. London: Methuen, 1955.

Shakespeare, William. *Julius Caesar.* The World's Classics. Ed. Arthur Humphreys. Oxford: Oxford Univ. Press, 1984.

Shakespeare, William. *The Tragedy of Anthony and Cleopatra.* The World's Classics. Ed. Michael Neill. Oxford: Clarendon Press, 1994.

Shakespeare, William. *The Tragedy of Macbeth.* The World's Classics. Ed. Brooke, Nicholas. Oxford: Oxford Univ. Press, 1990.

Shakespeare, William. *Titus Andronicus.* Arden Shakespeare. Ed. J. C. Maxwell. London: Methuen, 1961.

Shakespeare, William. *Titus Andronicus.* New Cambridge Shakespeare. Ed. Alan

Hughes. Cambridge: Cambridge Univ. Press, 1994.
Shakespeare, William. *Titus Andronicus.* The World's Classics. Ed. Eugene M. Waith. Oxford: Oxford Univ. Press, 1994.
Shakespere, William. *Romeo and Juliet.* The World's Classics. Ed. Jill L. Levenson. Oxford: Oxford Univ. Press, 2000.
Sharp, Jane. *The Midwives Book.* 1671. New York and London: Garland, 1985.
Spenser, Edmund. *The Faerie Queene.* Ed. A. C. Hamilton. Text ed. Hiroshi Yamashita and Toshiyuki Suzuki. Edinburgh Gate: Pearson Education, 2001.
Tilley, Morris Palmer. *A Dictionary of the Proverbs in England in the Sixteenth and Seventeenth Centuries.* Ann Arbor: Univ. of Michigan Press, 1950.
Webster, John. *The Duchess of Malfi.* Ed. Elizabeth Brennan. 1964. London: A & C Black, 1987.
Whitney, Geffrey. *A Choice of Emblems and Other Devices.* 1586. New York: Da Capo Press, 1969.
オウィディウス『転身物語』田中秀央・前田敬作訳（人文書院、1966）
シェイクスピア、ウィリアム『シェイクスピア全集』小田島雄志訳、全７巻（白水社、1973-80）
プルターク『プルターク英雄伝』河野与一訳、全12巻（岩波文庫、1956）

二次資料

Adelman, Janet. "'Anger's My Meat'": Feeding, Dependency, and Aggression in *Coriolanus.*" *Representing Shakespeare: New Psychoanalytic Essays.* Ed. Murray M. Schwartz and Coppélia Kahn. Baltimore and London: The Johns Hopkins Univ. Press, 1980. 129-49.
Adelman, Janet. *Suffocating Mothers: Fantasies of Maternal Origin in Shakespeare's Plays,* Hamlet *to* The Tempest. New York: Routledge, 1992.
Adelman, Janet. *The Common Liar: An Essay on* Antony and Cleopatra. New Haven and London: Yale Univ. Press, 1973.
Agnew, Jean-Christopher. *Worlds Apart: The Market and the Theatre in Anglo-American Thought, 1550-1750.* Cambridge: Cambridge Univ. Press, 1986.
Akrigg, G. P. V. *Jacobean Pageant or the Court of King James I.* 1962. New York: Atheneum. 1974.
Amussen, Susan Dwyer. *An Ordered Society: Gender and Class in Early Modern England.* Oxford: Basil Blackwell, 1968.
Anderson, Peter S. "Shakespeare's *Caesar*: The Language of Sacrifice." *Comparative Drama* 3 (1969): 3-26.
Auslander, Philip, ed. *Performance: Critical Concepts in Literary and Cultural Studies.* 4 vols. London and New York: Routledge, 2003.

Auslander, Philip. *Liveness: Performance in a Mediatized Culture*. London: Routledge, 1999.

Axton, Marie. *The Queen's Two Bodies: Drama and the Elizabethan Succession*. London: Royal Historical Society, 1977.

Baker, Howard. *Induction to* Tragedy: *A Study in a Development of Form in* Gorboduc, The Spanish Tragedy *and* Titus Andronicus. New York: Russell & Russell, 1939.

Bakhtin, Mikhail. *Rabelais and His World*. Trans. Hélène Iswolsky. Bloomington: Indiana Univ. Press, 1984.

Barber, C. L., and Richard P. Wheeler. *The Whole Journey: Shakespeare's Power of Development*. Berkeley: Univ. of California Press, 1968.

Barkan, Leonard. "Diana and Actaeon: The Myth as Synthesis." *English Literary Renaissance* 10 (1980): 317-59.

Barkan, Leonard. *The Gods Made Flesh: Metamorphosis and the Pursuit of Paganism*. New Haven: Yale Univ. Press, 1986.

Barroll, J. Leeds. "Shakespeare and Roman History." *Modern Language Review*. 53 (1958): 327-43.

Barthes, Roland. *Camera Lucida: Reflections on Photography*. London: Fontana, 1984.

Barton, Ann. "'Nature's piece 'gainst fancy': Divided Catastrophe in *Antony and Cleopatra*." *Essays, Mainly Shakespearean*. Cambridge: Cambridge Univ. Press, 1994. 113-35.

Bate, Jonathan. *Shakespeare and Ovid*. Oxford: Clarendon Press, 1993.

Battenhouse, Roy W. *Shakespearean Tragedy: Its Art and its Christian Premises*. Bloomington: Indiana Univ. Press, 1969.

Benjamin, Walter. *Illuminations*. Ed. and with an introduction by Hannah Arendt. Trans. Harry Zohn. New York: Harcourt, Brace & World, 1968.

Bentley, Eric. *The Life of the Drama*. New York: Atheneum, 1966.

Blau, Herbert. *Take Up the Bodies: Theater at the Vanishing Point*. New York: Routledge, 1992.

Booth, Stephen. King Lear, Macbeth, *Indefinition, and Tragedy*. 1983. Christchurch, New Zealand: Cybereditions, 2001.

Bourdieu, Pierre. *Distinction: A Social Critique of the Judgement of Taste*. Trans. Richard Nice. Cambridge, Massachusetts: Harvard Univ. Press, 1984.

Bourdieu, Pierre. *Outline of a Theory of Practice*. Trans. Richard Nice. Cambridge: Cambridge Univ. Press, 1977.

Brecht, Bertolt. "Study of the First Scene of Shakespeare's *Coriolanus*." *Brecht on Theatre: The Development of an Aesthetic*. Ed. and trans. John Willett. New York: Hill & Wang, 1978. 252-65.

Breton, David Le. "Dualism and Renaissance: Sources for a Modern Representation of the Body." Trans. R. Scott Walker. *Diogenes* 142 (1988): 47-69.

Bristol, Michael D. *Carnival and Theatre: Plebeian Culture and the Structure of Authority in Renaissance England.* New York and London: Routledge, 1985.

Brooks, Cleanth, and Robert B. Heilman. *Understanding Drama: Twelve Plays.* New York: Holt, Rinehart and Winston, 1945.

Broude, Norma, and Mary D. Garrard, ed. *Feminism and Art History.* New York: Harper & Row, 1982.

Brown, Peter. *The Body and the Society: Men, Women, and Sexual Renunciation in Early Christianity.* New York: Columbia Univ. Press, 1988.

Brownmiller, Susan. *Against Our Will: Men, Women and Rape.* London: Secker & Wirburg, 1975.

Bryson, Norman. "Two Narratives of Rape in the Visual Arts: Lucretia and the Sabine Women." *Rape: an Hisorical and Social Enquiry.* Ed. Sylvana Tomaselli and Roy Porter. Oxford: Basil Blackwell, 1986. 152-73.

Bullough, Geoffrey. *Narrative and Dramatic Sources of Shakespeare.* Vol. 5. London: Routledge & Kegan Paul, 1966.

Bullough, Geoffrey. *Narrative and Dramatic Sources of Shakespeare.* Vol. 6. London: Routledge & Kegan Paul, 1966.

Burckhardt, Sigurd. *Shakespearean Meanings.* Princeton: Princeton Univ. Press, 1968.

Burke, Kenneth. "Antony in behalf of the Play." *The Philosophy of Literary Form.* 3rd ed. Berkeley: Univ. of California Press, 1973. 329-43.

Burke, Kenneth. "*Coriolanus*—and the Delights of Faction." *Language as Symbolic Action: Essays on Life, Literature and Method.* Berkeley: Univ. of California Press, 1966. 81-97.

Burt, Richard, and John Michael Archer. *Enclosure Acts: Sexuality, Property, and Culture in Early Modern England.* Ithaca: Cornell Univ. Press, 1994.

Bylebyl, Jerome J. "Interpreting the Fasciculo Anatomy Scene." *Journal of the History of Medicine* 45 (1990): 285-316.

Bynum, Caroline Walker. "Female Body and Religious Practice in the Later Middle Ages." *Fragments for a History of the Human Body.* Ed. Michel Feher, Ramona Naddaff and Nadia Tazi. New York: Zone, 1989. I, 161-219.

Bynum, Caroline Walker. *Holy Feast and Holy Fast: The Religious Significance of Food to Medieval Women.* Berkeley and Los Angeles: Univ. of California Press, 1987.

Bynum, Caroline. "Why All the Fuss about the Body? A Medievalist Perspective." *Critical Inquiry* 22 (1965): 1-33.

Caplan, Richard M. *Exploring the Concept of Mind.* Iowa City: Univ. of Iowa Press,

1989.

Cartwright, Kent. *Shakespearean Tragedy and Its Double: The Rhythms of Audience Response.* Univ. Park, Pennsylvania: The Pennsylvania State Univ. Press, 1991.

Cave, Terence. *The Cornucopian Text: Problems of Writing in the French Renaissance.* 1979. Oxford: Oxford Univ. Press, 1986.

Cavell, Stanley. *Disowning Knowledge in Six Plays of Shakespeare.* Cambridge: Cambridge Univ. Press. 1987.

Charney, Maurice. *Titus Andronicus.* Harvester New Critical Introductions to Shakespeare. New York: Harvester Wheatsheaf, 1996.

Clark, Katerina, and Michael Holoquist. *Mikhail Bakhtin.* Cambridge, Mass.: Harvard Univ. Press, 1984.

Colie, Rosalie L. *Shakespeare's Living Art.* Princeton, New Jersey: Princeton Univ. Press, 1974.

Constable, Giles. *Attitudes Toward Self-Inflicted Suffering in the Middle Ages.* Brookline, Mass.: Hellenic College Press, 1982.

Crystal, David, and Ben Crystal. *Shakespeare's Words: A Glossary and Language Companion.* London: Penguin Books, 2002.

Curtius, Ernst R. *European Literature in the Latin Middle Ages.* Trans. Willard R. Trask. Princeton: Princeton Univ. Press, 1953.

Danson, Lawrence. *Shakespeare's Dramatic Genres.* Oxford Shakespeare Topics. Oxford: Oxford Univ. Press, 2000.

Davis, Lennard J. *The Disability Studies Reader.* New York and London: Routledge, 1997.

Davis, Natalie Zemon. *Fiction in the Archives: Pardon Tales and Their Tellers in Sixteenth-Century France.* Stanford: Stanford Univ. Press, 1987.

Derrida, Jacques. *Given Time: I. Counterfeit Money.* Trans. Peggy Kamuf. Chicago: The Univ. of Chicago Press, 1992.

Dollimore, Jonathan. "Shakespeare, Cultural Materialism, Feminism, and Marxist Humanism." *New Literary History* 21 (1990): 471-93.

Donaldson, Peter S. *Machiavelli and Mystery of State.* Cambridge: Cambridge Univ. Press, 1988.

Douglas, Mary. *Natural Symbols: Explorations in Cosmology.* 2nd ed. London: Barrie and Jenkins, 1973.

Douglas, Mary. *Purity and Danger: An Analysis of the Concepts of Pollution and Taboo.* 1966. London and New York: Routledge, 1984.

Du Bois, Page. *Torture and Truth.* New York: Routledge, 1991.

Duden, Barbara. "A Repertory of Body History." *Fragments for a History of the Human Body.* Ed. Michel Feher, Ramona Naddaff and Nadia Tazi. New York:

Zone, 1989. III, 470-554.

Durling, Robert M. "'*Io son venuto*': Seneca, Plato, and the Micrcosm." *Dante Studies* 93 (1975): 95-129.

Durling, Robert M. "Deceit and Digestion in the Belly of Hell," *Allegory and Representation*. Ed. Stephen J. Greenblatt. Baltimore and London: The Johns Hopkins Univ. Press, 1981. 61-93.

Dusinberre, Juliet. "Squeaking Cleopatra: Gender and Performance in *Antony and Cleopatra*." *Shakespeare, Theory, and Performance*. Ed. James C. Bulman. London: Routledge, 1996. 46-67.

Eagleton, Terry. *William Shakespeare*. Oxford: Basil Blackwell, 1986.

Eccles, Audrey. *Obstetrics and Gynaecology in Tudor and Stuart England*. London: Croom Helm, 1982.

Empson, William. *Essays on Shakespeare*. Cambridge: Cambridge Univ. Press, 1986.

Evans, Jessica. "Feeble Monsters: Making up Disabled People." *Visual Culture: the Reader*. Ed. Jessica Evans and Stuart Hall. London: Sage, 1999. 274-88.

Fabricius, Johannes. *Syphilis in Shakespeare's England*. London: Jessica Kingsley, 1994.

Fawkner, H. W. *Shakespeare's Hyperontology:* Antony and Cleopatra. London and Toronto: Associated Univ. Presses, 1990.

Feher, Michel, Ramona Naddaff and Nadia Tazi, ed. *Fragments for a History of the Human Body*. 3 Vols. New York: Zone, 1989.

Feher, Michel. "Introduction." *Fragments for a History of the Human Body*. Ed. Michel Feher, Ramona Naddaff and Nadia Tazi. New York: Zone, 1989. I, 10-17.

Ferguson, Margaret W., Maureen Quilligan, and Nancy J. Vickers, ed. *Rewriting the Renaissance: The Discourses of Sexual Difference in Early Modern Europe*. Chicago: The Univ. of Chicago Press, 1986.

Fernie, Ewan. *Shame in Shakespeare*. London and New York: Routledge, 2002.

Ferrari, Giovanni. "Public Anatomy Lessons and the Carnival: the Anatomy Theatre at Bologna." *Past and Present* 117 (1987): 50-106.

Fetterley, Judith. 'Palpable Designs: An American Dream: "Rip Van Winkle."' *Feminisms: An Anthology of Literary Theory and Criticism*. Ed. Robyn R. Warhol and Diane Price Herndl. New Brunswick: Rutgers Univ. Press, 1991. 492-508.

Foucault, Michel. *Discipline and Punish: The Birth of the Prison*. Trans. Alan Sheridan. 1978. New York: Vintage Books, 1979.

Frank, Arthur. "Bringing Bodies Back in: A Decade Review." *Theory, Culture & Society* 7 (1990): 131-62.

Frazer, Sir James G. *Folk-Lore in the Old Testament: Studies in Comparative Religion. Legend, and Law*. London: Macmillan, 1919.

Fumerton, Patricia. *Cultural Aesthetics: Renaissance Literature and the Practice of Social Ornament.* Chicago: The Univ. of Chicago Press, 1991.

Garber, Marjorie. *Shakespeare's Ghost Writers: Literature as Uncanny Causality.* New York: Methuen, 1987.

Garner, Stanton B. Jr. *Bodied Spaces: Phenomenology and Performance in Contemporary Drama.* Ithaca and London: Cornell Univ. Press, 1994.

Gélis, Jacques. *History of Childbirth: Fertility, Pregnancy and Birth in Early Modern Europe.* Trans. Rosemary Morris. Cambridge: Polity Press, 1991.

Gent, Lucy and Nigel Llewellyn, ed. *Renaissance Bodies: The Human Figure in English Culture c. 1540-1660.* London: Reaktion Books, 1990.

Gerenday, Lynn de. "Play, Ritualization, and Ambivalence in *Julius Caesar.*" *Literature and Psychology* 24 (1974): 24-31.

Giddens, Anthony. *Sociology.* 3rd ed. Cambridge: Polity Press, 1997.

Gillies, John. *Shakespeare and the Geography of Difference.* Cambridge: Cambridge Univ. Press, 1994.

Gilman, Sander L. *Sexuality: An Illustrated History: Representing the Sexual in Medicine and Culture from the Middle Ages to the Age of Aids.* New York: John Wiley & Sons, 1989.

Ginsburg, Carlo. "Witchcraft and Popular Piety: Notes on a Modenese Trial of 1519." *Clues, Myths, and the Historical Method.* Trans. John and Anne C. Tedeschi. Baltimore: The Johns Hopkins Univ. Press, 1989. 1-16.

Goddard, Harold C. *The Meaning of Shakespeare.* Chcago: Univ. of Chicago Press, 1951.

Goldberg, Jonathan. *James I and the Politics of Literature: Jonson, Shakespeare, Donne and Their Contemporaries.* Stanford, California: Stanford Univ. Press, 1989.

Goldberg, Jonathan. *Shakespeare's Hand.* Minneapolis: Univ. of Minnesota Press, 2003.

Goldman, Michael. *Ibsen: The Dramaturgy of Fear.* New York: Columbia Univ. Press, 1999.

Goldman, Michael. *On Drama: Boundaries of Genre, Borders of Self.* Ann Arbor: The Univ. of Michigan Press, 2000.

Goldman, Michael. *Shakespeare and the Energies of Drama.* Princeton, New Jersey: Princeton Univ. Press, 1972.

Goldman, Michael. *The Actor's Freedom: Toward a Theory of Drama.* New York: The Viking Press, 1975.

Gordon, D. J. "Name and Fame: Shakespeare's Coriolanus." *Papers Mainly Shakespearean.* Ed. G. I. Duthie. Edinburgh and London: Oliver & Boyd, 1964. 40-57. Rpt. in *The Renaissance Imagination.* Collected and edited by Stephen Orgel. Berkely and Los Angeles: Univ. of California Press, 1975. 203-19.

Green, Douglas E. "Interpreting 'marty'd signs': Gender and Tragedy in *Titus Andronicus*." *Shakespeare Quarterly* 40 (1989): 317-26.

Greenblatt, Stephen J. *Allegory and Representation*. Baltimore and London: The Johns Hopkins Univ. Press, 1981.

Greenblatt, Stephen. *Renaissance Self-Fashioning: From More to Shakespeare*. Chicago: The Univ. of Chicago Press, 1980.

Gélis, Jacques. *History of Childbirth: Fertility, Pregnancy and Birth in Early Modern Europe*. Trans. Rosemary Morris. Cambridge: Polity Press, 1991.

Hamilton, A. C. *The Early Shakespeare*. San Mario, Calif.: The Huntington Library, 1967.

Hapgood, Robert. "Speak Hands for Me: Gesture as Language in *Julius Caesar*." *Reinterpretaions of Elizabethan Drama, Selected Papers from the English Institute*. Ed. Norman Rabkin. New York and London: Columbia Univ. Press, 1969. 415-22.

Harley, David. "Political Post-Mortems and Morbid Anatomy in Seventeenth-Century England." *Social History of Medicine* 7 (1994): 1-28.

Harris, Jonathan Gil. "This is Not a Pipe: Water Supply, Incontinent Sources, and the Leaky Body Politic." *Enclosure Acts: Sexuality, Property, and Culture in Early Modern England*. Ed. Richard Burt and John Michael Archer. Ithaca: Cornell Univ. Press, 1994. 203-28.

Hartman, Geoffrey H. *Saving the Text: Literature/Derrida/Philosophy*. Baltimore: The Johns Hopkins Univ. Press, 1981.

Harvey, Elizabeth D. ed. *Sensible Flesh: On Touch in Early Modern Culture*. Philadelphia: Univ. of Pennsylvania Press, 2003.

Hawkes, Terence. *Meaning by Shakespeare*. London: Routledge, 1992.

Hawkes, Terence. *Shakespeare's Talking Animals: Language and Drama in Society*. London: Edward Arnold, 1973.

Hay, Douglas, Peter Linebaugh, John G. Rule and E. P. Thompson. *Albion's Fatal Tree: Crime and Society in Eighteenth-Century England*. New York: Pantheon Books, 1975.

Heckscher, William S. "Shakespeare in His Relationship to the Visual Arts: A Study in Paradox." *Research Opportunities in Renaissance Drama*. 13-14 (1970-71): 5-72.

Heckscher, William S. *Rembrandt's Anatomy of Dr. Tulp: An Iconological Study*. Washington Square: New York Univ. Press, 1958.

Heffner, Ray L., Jr. "The Messengers in Shakespeare's *Antony and Cleopatra*." *ELH* 43 (1976): 154-62.

Higgins, Lynn A., and Brenda R. Silver, eds. *Rape and Representation*. New York: Columbia Univ. Press, 1991.

Hillman, David, and Carla Mazzio, eds. *The Body in Parts: Fantasies of Corporeality*

in Early Modern Europe. New York and London: Routledge, 1997.

Hillman, David. "Visceral Knowledge." *The Body in Parts: Fantasies of Corporeality in Early Modern Europe*. Ed. David Hillman and Carla Mazzio. New York and London: Routledge, 1997. 81-106.

Holland, Norman N., Sidney Homan, and Bernard J. Paris. *Shakespeare's Personality*. Berkeley, Los Angeles, and London: Univ. of California Press, 1989.

Honigmann, E. A. J. *Shakespeare, Seven Tragedies: The Dramatist's Manipulation of Response*. London: Macmillan, 1961.

Hosley, Richard, ed. *Essays on Shakespeare and Elizabethan Drama in Honour of Hardin Craig*. London: Routledge & Kegan Paul, 1963.

Iwasaki, Soji. "Macbeth: A Recapitulation of the History Plays." *Studies in Language and Culture* (『言語文化論集』) 5. 2 (1984): 11-18.

Iwasaki, Soji. *Shakespeare and the Icon of Time*. 1973. Tokyo: Liber Press, 1992.

Johnson, Mark. *The Body in the Mind: The Bodily Basis of Meaning, Imagination, and Reason*. Chicago and London: The Univ. of Chicago Press, 1987.

Johnson, S. F. "*The Spanish Tragedy*, or Babylon Revisited." *Essays on Shakespeare and Elizabethan Drama in Honour of Hardin Craig*. Ed. Richard Hosley. London: Routledge & Kegan Paul, 1963.

Jones, Eldred. *Othello's Countrymen*. London: Oxford Univ. Press, 1965.

Joplin, Patricia Klindienst. "The Voice of the Shuttle Is Ours." *Rape and Representation*. Ed. Lynn A. Higgins and Brenda R. Silver. New York: Columbia Univ. Press, 1991.

Kahn, Coppélia. *Roman Shakespeare: Warrior, Wound, and Women*. London and New York: Routledge, 1997.

Kantorowicz, Ernst H. "Mysteries of State: An Absolutist Concept and Its Late Medieval Origins." *Harvard Theological Review* 48 (1955): 65-91.

Kantorowicz, Ernst H. *The King's Two Bodies: A Study in Medieval Political Theology*. 1957. Princeton: Princeton Univ. Press, 1981.

Kaufmann, R. J. and Clifford J. Ronan. "Shakespeare's *Julius Caesar*: Apollonian and Comparative Reading." *Comparative Drama* 4 (1970-71): 18-51.

Kermode, Frank. Introduction to *Titus Andronicus*. *The Riverside Shakespeare*. Ed. G. Blackmore Evans. Boston: Houghton Mifflin, 1967.

Kiernan, Pauline. *Shakespeare's Theory of Drama*. Cambridge: Cambridge Univ. Press, 1996.

Knauft, Bruce M. "Bodily Images in Melanesia: Cultural Substances and Natural Metaphors." *Fragments for a History of the Human Body*. Ed. Michel Feher, Ramona Naddaff and Nadia Tazi. New York: Zone, 1989. III, 198-279.

Knights, L. C. "Personality and Politics in *Julius Caesar*." *Shakespeare:* Julius Caesar,

a Casebook. London: MacMillan, 1969. 121-39.
Lakoff, George, and Mark Johnson. *Metaphors We Live By*. Chicago and London: The Univ. of Chicago Press, 1980.
Lamb, Margaret. Antony and Cleopatra *on the English Stage*. London and Toronto: Associated Univ. Presses, 1980.
Langer, John. "Television's 'Personality System.'" *Media, Culture and Society* 3 (1981): 351-65.
Laqueur, Thomas. "Orgasm, Generation, and the Politics of Reproductive Biology." *Representations* 14 (1986): 1-41.
Leder, Drew. *The Absent Body*. Chicago and London: The Univ. of Chicago Press, 1990.
Lenz, Carolyn Ruth Swift, Gayle Greene and Carol Thomas Neely, ed. *The Woman's Part: Feminist Criticism of Shakespeare*. Urbana and Chicago: Univ. of Illinois Press, 1983.
Levine, Laura. "Men in Women's Clothing: Anti-Theatricality and Effeminization from 1579 to 1642." *Criticism* 28 (1986): 121-43.
Levine, Laura. *Men in Women's Clothing: Anti-Theatricality and Effeminization, 1579-1642*. Cambridge: Cambridge Univ. Press, 1994.
Liebler, Naomi Conn. *Shakespeare's Festive Tragedy: Ritual Foundations of Genre*. London and New York: Routledge, 1995.
Linebaugh, Peter. "The Tyburn Riot Against the Surgeons." D. Hay et. al. *Albion's Fatal Tree: Crime and Society in Eighteenth-Century England*. New York: Pantheon Books, 1975. 65-117.
MacCallum, Mungo W. *Shakespeare's Roman Plays and Their Background*. London: Macmillan, 1910.
Maclean, Ian. *The Renaissance Notion of Woman*. Cambridge: Cambridge Univ. Press, 1980.
Manley, Lawrence. *Literature and Culture in Early Modern England*. Cambridge: Cambridge Univ. Press, 1995.
Marcus, Leah S. *Puzzling Shakespeare: Local Reading and Its Discontents*. Berkeley and Los Angeles: Univ. of California Press, 1988.
Marshall, Cynthia. "Portia's Wound, Calphurnia's Dream: Reading Character in *Julius Caesar*." *English Literary Renaissance* 24 (1994): 471-88.
Matthes, Melissa M. *The Rape of Lucretia and the Founding of Republics*. University Park, Pennsylvania: The Pennsylvania State Univ. Press, 2000.
Matthews, Honor. *The Primal Curse: The Myth of Cain and Abel in the Theatre*. London: Chatto and Windus, 1967.
Maus, Katharine Eisaman. *Inwardness and Theater in the English Renaissance*.

Chicago: The Univ. of Chicago Press, 1995.
Mauss, Marcel. *The Gift: The Form and Reason for Exchange in Archaic Societies.* Trans. W. D. Halls. London: Routledge, 1990.
Mazzio, Carla. "Acting with Tact: Touch and Theater in the Renaissance." *Sensible Flesh: On Touch in Early Modern Culture.* Ed. Elizabeth D. Harvey. Philadelphia: Univ. of Pennsylvania Press, 2003. 159-86.
Mazzotta, Giuseppe. *Dante, Poet of the Desert: History & Allegory in the* Divine Comedy. Princeton, N. J.: Princeton Univ. Press, 1979.
Mellor, Philip A. "Self and Suffering: Deconstruction and Reflexive Definition in Buddhism and Christianity." *Religious Studies* 27 (1990): 49-63.
Mennell, Stephen. "On the Civilizing of Appetite." *Theory, Culture & Society* 4 (1987) : 373-403.
Merskey, H. "Some Features of the History of the Idea of Pain." *Pain* 9 (1980): 3-8.
Meyrowitz, Joshua. *No Sense of Place: The Impact of Electronic Media on Social Behavior.* Oxford Univ. Press, 1985.
Miles, Geoffrey. *Shakespeare and the Constant Romans.* Oxford: Clarendon Press, 1996.
Miola, Roberts S. *Shakespeare and Classical Tragedy: The Influence of Seneca.* Oxford: Oxford Univ. Press, 1992.
Miola, Roberts S. *Shakespeare's Rome.* Cambridge: Cambridge Univ. Press, 1983.
Montrose, Louise. "The Work of Gender and Sexuality in the Elizabethan Discourse of Discovery." *Discourses of Sexuality: From Aristotle to Aids.* Ann Arbor: The Univ. of Michigan Press, 1992. 138-84.
Montrose, Louise. *The Purpose of Playing: Shakespeare and the Cultural Politics of the Elizabethan Theatre.* Chicago and London: The Univ. of Chicago Press, 1996.
Moores, Shaun. *Media/Theory.* London and New York: Routledge, 2005.
Morris, David B. "The Language of Pain." *Exploring the Concept of Mind.* Ed. Richard M. Caplan. Iowa City: Univ. of Iowa Press, 1986. 89-99.
Morris, David B. *The Culture of Pain.* Berkeley and Los Angeles: Univ. of California Press, 1991.
Mullaney, Steven. *The Place of the Stage: License, Play, and Power in Renaissance England.* Chicago and London: The Univ. of Chicago Press, 1988.
Murphy, Robert Francis. *The Body Silent: The Different World of the Disabled.* New York and London: W. W. Norton, 1990.
Murray, James A. H., Henry Bradley, W. W. Craigie and C. T. Onions. ed.. *The Oxford English Dictionary.* Oxford: Clarendon Press, 1970.
Neely, Carol Thomas. "'Documents of Madness': Reading Madness and Gender in Shakespeare's Tragedies and Early Modern Culture." *Shakespeare Quarterly* 42 (1991): 314-38.

Neill, Michael. "'Amphitheaters in the Body': Playing with Hands on the Shakespearean Stage." *Shakespeare Survey* 48 (1995): 23-50.

Newman, Karen. *Fashioning Femininity and English Renaissance Drama.* Chicago: The Univ. of Chicago Press, 1991.

Newson, M. Anthony. *Giles of Rome and the Medieval Theory of Conception.* London: The Athlone Press, 1975.

Noble, Richmond. *Shakespeare's Biblical Knowledge.* 1935. New York: Octagon Book, 1970.

Norbrook, David. "The Emperor's New Body? *Richard II,* Ernst Kantorowicz, and the Politics of Shakespearean Criticism." *Textual Practice* 10 (1996): 329-57.

Norman, Donald A. *The Design of Everyday Things.* New York: Basic Books, 1988.

Ong, Walter J. *Orality and Literacy: The Technologizing of the Word.* London and New York: Routledge, 1982.

Onians, Richard Broxton. *The Origins of European Thought About the Body, the Mind, the Soul, the World. Time, and Fate.* 1951. Cambridge: Cambridge Univ. Press, 1988.

Orgel, Stephen. "Nobody's perfect: Or Why Did the English Stage Take Boys for Women?" *South Atlantic Quarterly* 88 (1989): 7-29.

Orgel, Stephen. *The illusion of power: Political Theater in the English Renaissance.* Berkeley: Univ. of California Press, 1975.

Otis, Brooks. *Ovid as an Epic Poet.* 2nd ed. Cambridge: Cambridge Univ. Press, 1970.

Paster, Gail Kern. *The Body Embarrassed: Drama and the Disciplines of Shame in Early Modern England.* Ithaca, New York: Cornell Univ. Press, 1993.

Patch, Howard R. *The Goddess Fortuna in Medieval Literature.* 1927. New York: Octagon Books, 1967.

Perniola, Mario. "Between Clothing and Nudity." *Fragments for a History of the Human Body.* Ed. Michel Feher, Ramona Naddaff and Nadia Tazi. New York, NY: Zone, 1989. II, 237-65.

Pfister, Manfred. *The Theory and Analysis of Drama.* Trans. John Halliday. Cambridge: Cambridge Univ. Press, 1988.

Porter, Roy. "History of the Body Reconsidered." *New Perspectives on Historical Writing.* Ed. Peter Burke. 2nd ed. Cambridge: Polity Press, 2001. 233-260.

Porter, Roy. *Patients and Practitioners: Lay Perceptions of Medicine in Pre-Industrial Society.* Cambridge: Cambridge Univ. Press, 1986.

Power, Cormac. *Presence in Play: A Critique of Theories of Presence in the Theatre.* New York, NY: Rodopi, 2008.

Quaife, G. R. *Godly Zeal and Furious Rage: The Witch in Early Modern Europe.* New York: St. Martin's Press, 1987.

Quint, David. "Rabelais: From Babel to Apocalypse." *Origin and Originality in Renaissance Literature: Versions of the Source*. New Haven: Yale Univ. Press, 1983. 167-206.

Rabkin, Norman, ed. *Reinterpretaions of Elizabethan Drama, Selected Papers from the English Institute*. New York and London: Columbia Univ. Press, 1969.

Rey, Roselyine. *The History of Pain*. Trans. J. A. Cadden and S. W. Cadden. Cambridge, Mass.: Harvard Univ. Press, 1995.

Richardson, Ruth. *Death, Dissection and the Destitute*. Harmondsworth: Penguin Books, 1988.

Rist, J. M. *Stoic Philosophy*. Cambridge: Cambridge Univ. Press, 1969.

Roach, Joseph R. *The Player's Passion: Studies in the Science of Acting*. Ann Arbor: The Univ. of Michigan Press, 1993.

Roberts, Jeanne Addison. *The Shakespearean Wild: Geography, Genus, and Gender*. Lincoln and London: Univ. of Nebraska Press, 1991.

Rose, Mary Beth. "Where are the Mothers in Shakespeare? Options for Gender Representation in the English Renaissance." *Shakespeare Quarterly* 42 (1991): 291-314.

Rubinstein, Frankie. *A Dictionary of Shakespeare's Sexual Puns and their Significance*. 2nd ed. London: Macmillan, 1984.

Said, Edward W. *Orientalism: Western Conceptions of the Orient*. 1978. London: Penguin Books, 1991.

Sanday, Peggy Reaves. "Rape and the Silencing of the Feminine." *Rape: An Historical and Social Enquiry*. Ed. Sylvana Tomaselli and Roy Porter. Oxford: Basil Blackwell, 1986. 84-101.

Sawday, Jonathan. "The Fate of Marsyas: Dissecting the Renaissance Body." *Renaissance Bodies: The Human Figure in English Culture c. 1540-1660*. Ed. Lucy Gent and Nigel Llewellyn. London: Reaktion Books, 1990.

Sawday, Jonathan. *The Body Emblazoned: Dissection and the Human Body in Renaissance Culture*. London and New York: Routledge, 1995.

Scannell, Paddy. *Media and Communication*. London: Sage, 2007.

Scarry, Elaine. *The Body in Pain: The Making and Unmaking of the World*. New York and Oxford: Oxford Univ. Press, 1985.

Schanzer, Ernest. *The Problem Plays of Shakespeare: A Study of* Julius Caesar, Measure for Measure, Antony and Cleopatra. London: Routledge & Kegan Paul, 1963.

Schochet, Gordon J. *Patriarchalism in Political Thought: The Authoritarian Family and Political Speculation and Attitudes Especially in Seventeenth-Century England*. Oxford: Basil Blackwell, 1975.

Schoenfeldt, Michael. "Fables of the Belly in Early Modern England." *The Body in Parts: Fantasies of Corporeality in Early Modern Europe*. Ed. David Hillman and Carla Mazzio. New York and London: Routledge, 1997. 243–61.

Schwartz, Murray M. and Coppélia Kahn, ed. *Representing Shakespeare: New Psychoanalytic Essays*. Baltimore and London: The Johns Hopkins Univ. Press, 1980.

Schwarz, Kathryn. "Missing the Breast: Desire, Disease, and the Singular Effect of Amazons." *The Body in Parts: Fantasies of Corporeality in Early Modern Europe*. Ed. David Hillman and Carla Mazzio. New York and London: Routledge, 1997. 147–70.

Sharpe, J. A. *Crime in Early Modern England 1550–1750*. London: Longman, 1984.

Shell, Mark. "The Family Pet." *Representations* 15 (1986): 121–53. Rpt. in *The Children of the Earth: Literature, Politics, and Nationhood*. Oxford: Oxford Univ. Press, 1993. 148–75.

Shell, Mark. *The Children of the Earth: Literature, Politics, and Nationhood*. Oxford: Oxford Univ. Press, 1993.

Shell, Mark. *The End of Kinship*: 'Measure for Measure,' *Incest, and the Ideal of Universal Siblinghood*. Stanford, California: Stanford Univ. Press, 1983.

Shepherd, Simon. *Theatre, Body and Pleasure*. London and New York: Routledge, 2006.

Shuger, Debora Kuller. *Habits of Thought in the English Renaissance: Religion, Politics, and the Dominant Culture*. Toronto: Univ. of Toronto Press, 1997.

Siemon, James R. *Shakespearean Iconoclasm*. Berkeley and Los Angeles: Univ. of California Press, 1985.

Simmons, J. L. *Shakespeare's Pagan World: The Roman Tragedies*. Charlottesville: Univ. Press of Virginia, 1973.

Slights, William W. E. "Secret Places in Renaissance Drama." *Univ. of Toronto Quarterly* 59 (1990): 363–81.

Sprengnether, Madelon. "The Boy Actor and Femininity in Antony and Cleopatra." *Shakespeare's Personality*. Ed. Norman N. Holland, Sidney Homan, and Bernard J. Paris. Berkeley, Los Angeles, and London: Univ. of California Press, 1989. 191–205.

Spurgeon, Caroline F. E. *Shakespeare's Imagery and What It Tells Us*. Cambridge: Cambridge Univ. Press, 1985.

Stallybrass, Peter and Allon White. *The Politics and Poetics of Transgression*. Ithaca, New York: Cornell Univ. Press, 1986.

Stallybrass, Peter. "Patriarchal Territories: The Body Enclosed." *Rewriting the Renaissance: The Discourses of Sexual Difference in Early Modern Europe*. Ed. Margaret W. Ferguson, Maureen Quilligan, and Nancy J. Vickers. Chicago: The Univ. of Chicago Press, 1986. 123–42.

Starobinski, Jean. "The Inside and the Outside." *Hudson Review* 28 (1975): 333-51.

States, Bert O. *Great Reckonings in Little Rooms: On the Phenomenology of Theater.* Berkeley: Univ. of California Press, 1989.

Stimpson, Catharine R. "Shakespeare and the Soil of Rape." *The Woman's Part: Feminist Criticism of Shakespeare.* Ed. Carolyn Ruth Swift Lenz, Gayle Greene and Carol Thomas Neely. Urbana and Chicago: Univ. of Illinois Press, 1983. 56-64.

Stone, Lawrence. *The Crisis of the Aristocracy 1558-1641.* Abridged ed. London: Oxford Univ. Press, 1967.

Strong, Roy. *The English Miniature.* London: Thames & Hudson, 1983.

Sturken, Marita and Lisa Cartwright. *Practices of Looking: An Introduction to Visual Culture.* 2nd ed. Oxford: Oxford Univ. Press, 2008.

Taylor, Mark C. *Critical Terms for Religious Studies.* Chicago: The Univ. of Chicago Press, 1998.

Thomas, Keith. *Religion and the Decline of Magic: Studies in Popular Beliefs in Sixteenth and Seventeenth Century England.* London: Weidenfeld and Nicolson, 1971.

Thomson, Rosemarie Garland. *Extraordinary Bodies: Figuring Physical Disability in American Culture and Literature.* New York: Columbia Univ. Press, 1997.

Tomaselli, Sylvana, and Roy Porter, eds. *Rape: A Historical and Social Enquiry.* Oxford: Basil Blackwell, 1986.

Traci, Philip J. *The Love Play of* Antony and Cleopatra. The Hague: Mouton, 1970.

Turner, Bryan S. *The Body and Society.* 2nd ed. London: Sage, 1996.

Vigarello, George. *A History of Rape: Sexual Violence in France from the 16th to the 20th Century.* Cambridge: Polity Press, 2001.

Warhol, Robyn R., and Diane Price Herndl, ed. *Feminisms: An Anthology of Literary Theory and Criticism.* New Brunswick: Rutgers Univ. Press, 1991.

Wayne, Valerie. *The Matter of Difference: Materialist Feminist Criticism of Shakespeare.* Hertfordshire: Harvester Wheatsheaf, 1991.

Whigham, Frank. *Ambition and Privilege: The Social Tropes of Elizabethan Courtesy Theory.* Berkeley and Los Angeles: Univ. of California Press, 1984.

Whitaker, Virgil K. "Brutus and the Tragedy of Moral Choice." *Shakespeare:* Julius Caesar, *a Casebook.* London: MacMillan, 1969. 172-82.

Wilbern, David. "Rape and Revenge in *Titus Andronicus.*" *ELR* 8 (1978): 159-82.

Williams, Bernard. *Shame and Necessity.* Berkeley and Los Angeles: Univ. of California Press, 1993.

Willson, D. Harris. *King James VI and I.* London: Jonathan Cape, 1956.

Wilson, Adrian. "Participant or Patient? Seventeenth Century Childbirth from the Mother's Point of View." *Patients and Practitioners: Lay Perceptions of Medicine in*

Pre-Industrial Society. Ed. Roy Porter. Cambridge: Cambridge Univ. Press, 1985. 29-44.

Wolfthal, Diane. *Images of Rape: The "Heroic" Tradition and its Alternatives*. Cambridge: Cambridge Univ. Press, 1999.

Worthen, W. B. "The Weight of Antony: Staging "Character" in *Antony and Cleopatra*." *SEL* 26 (1986): 295-308.

Worthen, W. B. *Drama: Between Poetry and Performance*. Oxford: Wiley-Blackwell, 2010.

Wynne-Davies, Marion. "'The Swallowing Womb': Consumed and Consuming Women in *Titus Andronicus*." *The Matter of Difference: Materialist Feminist Criticism of Shakespeare*. Ed. Valerie Wayne. Hertfordshire: Harvester Wheatsheaf, 1991. 129-52.

Yeager, R. F. "Aspects of Gluttony in Chaucer and Gower." *Studies in Philology* 81 (1984): 42-55.

Zborowski, Mark. "Cultural Components in Responses to Pain." *Journal of Social Issues* 8 (1952): 16-30.

Zeitlin, Froma I. "Playing the Other: Theatre, Theatricality, and the Feminine in Greek Drama." *Representations* 11 (1985): 63-94.

池上俊一『歴史としての身体——ヨーロッパ中世の深層を読む』(柏書房、1992)

ヴァルデンフェルス、B.『講義・身体の現象学——身体という自己』(知泉書館、2004)

エーコ、ウンベルト『完全言語の探求』上村忠男・廣石正和訳(平凡社、1995)

荻野美穂「身体史の射程——あるいは、何のために身体を語るのか」『日本史研究』366号(1993) 39-63頁

荻野美穂『ジェンダー化される身体』(勁草書房、2002)

佐々木正人『からだ:認識の原点』(東京大学出版会、1987)

ジェネップ、アルノルド・ヴァン『通過儀礼』秋山さと子・彌永信美訳(思索社、1977)

鈴木忠志・中村雄二郎『劇的言語』(白水社、1977)

ドゥーデン、バーバラ『女の皮膚の下——十八世紀のある医師とその患者たち』井上茂子訳(藤原書店、1994)

正高信男『子どもはことばをからだで覚える——メロディから意味の世界へ』中公新書(中央公論新社、2001)

リクワート、ジョーゼフ『〈まち〉のイデア——ローマと古代世界の都市の形の人間学』前川道郎・小野育雄訳(みすず書房、1991)

吉原ゆかり「ボディ・コンシャス——初期近代の身体表象研究概観」『英語青年』145巻3号(1999) 123-26頁

図版リスト

図1-1　「ディナのレイプ」、パンプロナ聖書、12世紀末葉、アミアン市民図書館
出典：Diane Wolfthal, *Images of Rape: The "Heroic" Tradition and its Alternatives* (Cambridge: Cambridge Univ. Press, 1999), p. 40.

図1-2　右下のコマ「レビ人は妻の死体を発見する」、モーガン絵聖書、1240-55年頃、ピアポント・モーガン図書館（ニューヨーク）
出典：Wolfthal, p. 39.

図1-3　「女を追いかけるゼウス」、紀元前190-80、ボストン美術館
出典：Wolfthal, p. 13.

図3-1　ケタム『医学叢書』(1493) より
出典：Jonathan Sawday, *The Body Emblazoned: Dissection and the Human Body in Renaissance Culture* (London and New York: Routledge, 1995), illustration 3.

図3-2　ヴェサリウス『ファブリカ』(1543) より
出典：Sawday, illustration 2.

図3-3　スピゲリウス『人間身体の構造について』(1627) より
出典：Sawday, illustration 14.

図3-4　ヴェサリウス『ファブリカ』(1543) より
出典：Sawday, illustration 9.

図4　ジェフリー・ウィトニー『エンブレム集』(ライデン、1586) より
出典：Geffrey Whitney, *A Choice of Emblems and Other Devices* (1586; New York: Da Capo Press, 1963), p. 12.

図5-1　ニコラス・ヒリアード「ペリカン・ポートレット」(1572-6年頃)
出典：Roy Strong, *Gloriana: The Portraits of Queen Elizabeth I* (New York, N. Y.: Thames and Hudson, 1987), p. 80.

図5-2 『欽定訳聖書』(1611) の表題頁、部分
出典：*The Comely Frontispiece: The Emblematic Title-page in England, 1550–1660,* ed. Margery Corbett and Ronald Lightbown (London and Boston: Routledge & Kegan Paul, 1979), p. 106.

図5-3 ホーセン・ファン・デル・ウェルデン「Antonius Tsgrootenの三翼祭壇画」(1507)、アントワープ王立美術館
出典：Caroline Walker Bynum, *Holy Feast and Holy Fast: The Religious Significance of Food to Medieval Women* (Berkeley and Los Angeles: Univ. of California Press, 1987), p. 302.

図5-4 M・フィオリーニ（F・ヴァンニ原画）「キリストは、シェーナの聖カテリーナにその胸や脇腹から授乳したという言い伝えがある」『大聖人伝』(1597) から。フランス国立図書館（パリ）
出典：Caroline Walker Bynum, "Female Body and Religious Practice in the Later Middle Ages" in *Fragments for a History of the Human Body,* ed. Michel Feher, Ramona Naddaff and Nadia Tazi (New York: Zone, 1989), I, 160.

図5-5 アルブレヒト・デューラー『ヨハネの黙示録』連作より「七つの燭台の幻」(推定1498)、部分、ボストン美術館
出典：Albrecht Dürer, *Albrecht Dürer: Master Printmaker* (Boston, Mass.: Museum of Fine Arts, 1971), p. 42.

図5-6 ルーベンス「ジェイムズ一世の神格化」、ホワイトホール宮殿、宴会の間の天井画(1635完成) 中央パネル
出典：D. J. Gordon, *The Renaissance Imagination: Essays and Lectures by D. J. Gordon,* ed. Stephen Orgel (Berkeley and Los Angeles: Univ. of California Press, 1980), p. 37.

図6 マールテン・ド・フォス（？）「女の力の寓意」(16世紀末葉)、ピアポント・モーガン図書館（ニューヨーク）
出典：*Feminism and Art History,* ed. Norma Broude and Mary D. Garrard (New York: Harper & Row, 1982), p. 137.

著者略歴

村主幸一（むらぬし・こういち）

1952年　大阪府枚方市に生まれる

1981年　大阪大学大学院博士課程後期満期退学

現在　名古屋大学国際言語文化研究科教授

シェイクスピアを中心に西洋演劇を専攻

著書：『エリザベス朝の復讐悲劇』共著（英宝社、1997）

　　　『世紀末のシェイクスピア』共著（三省堂、2000）

JIMBUN SHOIN Printed in Japan

ISBN978-4-409-14065-9 C3098

シェイクスピアと身体《しんたい》

——危機的ローマの舞台化

二〇一三年二月五日　初版第一刷印刷

二〇一三年二月一〇日　初版第一刷発行

著者　村主幸一

発行者　渡辺博史

発行所　人文書院

〒六一二-八四四七

京都市伏見区竹田西内畑町九

電話　〇七五・六〇三・一三四四

振替　〇一〇〇〇-八-一一〇三

印刷　創栄図書印刷株式会社

製本　坂井製本所